W0305966

STEPHEN KELMAN

MANN IN FLAMMEN

STEPHEN KELMAN

MANN IN FLAMMEN

ROMAN

Aus dem Englischen
von Robin Detje

BERLIN VERLAG

Mehr über unsere Autoren und Bücher:
www.berlinverlag.de

MIX
Papier aus verantwortungsvollen Quellen
FSC® C014496

ISBN 978-3-8270-1282-1
Die Originalausgabe erschien unter dem Titel *Man on fire*
bei Bloomsbury Publishing, London
© Stephen Kelman 2015
Für die deutschsprachige Ausgabe
© Berlin Verlag in der Piper Verlag GmbH, München 2018
Satz: Uhl + Massopust, Aalen
Gesetzt aus der Bodoni Book
Druck und Bindung: GGP Media GmbH, Pößneck
Printed in Germany

Für Bibhuti, meinen Bahnbrecher.
Für Mum und Dad, eurer Tapferkeit wegen.
Für Uzma, das Licht, das ich erhaschen will.

»Mein Leben ist meine Botschaft.«

Mahatma Gandhi

1

Ich teile mir die Zelle mit einem fertigen Typen in einem T-Shirt, auf dem »*Welcome to Fabulous Las Vegas*« steht. Er kommt von irgendetwas runter, das sein Leben verändert hat, und die Tragödie seiner Rückkehr in die wirkliche Welt steht ihm ins Gesicht geschrieben wie ein müdes Gebet. Sein Blick ist leer und flackert. Er weiß, dass ich ganz knapp davor war, einen Menschen umzubringen. Das strahle ich aus, und es macht ihn nervös.

Ich sage dem Inspektor, dass ich noch wohin muss.

»Wohin denn?«

»Ich muss nach Hause. Ich muss sterben. Ich habe nicht mehr viel Zeit. Sie wissen, dass ich unschuldig bin. Lassen Sie uns raus, wir wollen einfach nach Hause.«

Der Inspektor flucht leise und schmutzig und blättert die Zeitung um.

»Du musst sterben?«, fragt mein Zellengenosse.

»Stimmt genau.«

Als er das hört, kommt er ran und ist ganz Ohr. Ich kann seinen Klamotten den Kampf anriechen. Irgendwie weiß ich, dass für ihn jeder Tag ein Kampf ist, den er nicht gewinnen kann. Sein Atem ist heiß und süßlich, und ich brauche einen Drink.

»Ich muss auch sterben«, sagt er. Ganz jung sieht er

aus, als er das sagt. Er hat etwas Verschwörerisches in der Stimme, das finde ich ein bisschen eklig.

Er hält die Arme aneinander, als würde er Handschellen tragen. Die Innenseiten seiner Unterarme sind zerstochen und böse zugerichtet. Ohne jede Scham erzählt er mir, dass er Heroin drückt. Es bringe ihn um, sagt er, aber er könne nicht damit aufhören.

»Ich brauche es zu dringend. Ich habe versucht aufzuhören, aber das ist sehr schwierig. Mein Bruder ist auch an Heroin gestorben. Er war neunzehn. Ich bin zweiundzwanzig. Ich bin schon zweimal gestorben, aber immer wieder aufgewacht. Als mein Bruder gestorben ist, war ich auf dem College. Ich wollte Ingenieur werden. Jetzt lebe ich auf der Straße. Ich klaue und bettele. Manchmal verkaufe ich Bücher, aber die Konkurrenz ist zu groß, die Arm- oder Beinamputierten verkaufen immer am meisten, weil die Kunden Mitleid mit ihnen haben. Ich bin bloß ein Junkie. Mit mir hat keiner Mitleid.«

Ich möchte ihm eine Hand auf die Schulter legen, aber dann ziehe ich sie schnell wieder zurück, weil ich nicht aufdringlich wirken will. Ich weiß selbst nicht, warum mir so wichtig ist, dass er mich für einen guten Menschen hält, mit einem Gespür für die Bedürfnisse seiner Mitmenschen.

»Das Leben ist sehr hart. Gott hat mich vergessen. Ich weiß, dass ich ihn enttäuscht habe. Deshalb hört er mir nicht mehr zu. Andere Leute brauchen seine Hilfe dringender. Sie haben sie verdient.«

Sein Lächeln ist entwaffnend. Völlig unberührt von dem Selbstmitleid, dem ich mich unterworfen hatte.

Ich sage ihm, dass Gott ihn nicht vergessen habe. Und bin überrascht, dass ich es sogar glaube. Aber eigentlich dürfte es mich nicht überraschen, nach allem, was geschehen ist.

Ich glaube zwanglos an Dich, wie an ein Kochrezept, das man geerbt hat. Du bist nun mein Brot. Seltsam, wie mein Geschmack für Dich aufgelodert ist, wie ein Feuer in einem stickigen Zimmer.

Der Junge schlingt die Arme um sich selbst und zittert wie ein begossener Pudel. In den kleinen Erschütterungen und dem Fußaufstampfen ist noch das Kind zu sehen, das er einmal war.

Er will Geld von mir. Bloß genug für eine Nacht Trost, wenn er hier rauskommt. Morgen kauft er sich dann neue Bücher und zieht wieder los. Der Monsun ist fast vorbei, und viele Sachen sind weggespült worden. Er weiß, dass er sie sich nicht zurückholen kann. Bloß genug für eine Nacht Trost.

Ich könne ihm nicht helfen, sage ich. Gott werde ihm beistehen, sage ich, und dass er die Hoffnung nicht aufgeben dürfe.

Er legt sich auf die Betonbank, rollt sich fest zusammen, mit dem Rücken zu mir. Ich lausche auf Anzeichen für einen Wutausbruch, aber nach kürzester Zeit atmet er tief und wird ganz ruhig. Ich mache mir schon lange keine Gedanken mehr darüber, was andere Menschen träumen.

Eine Stunde vergeht, und Du bist bei mir. Die Welt, die Du für mich erschaffen hast, sei wunderschön, sagst Du, und werde es auch, nachdem ich sie verlassen habe, noch lange sein.

Was ist mit Erdbeben und Vulkanausbrüchen?, frage ich.

Größtenteils auch wunderschön, sagst Du. Und was sie an Schrecken bringen, geht vorbei, damit die Schönheit neuen Platz hat, ihr Hochamt abzuhalten. Gras sprießt aus der Asche, aus den Gerippen steigen Vögel auf.

Die Schrecken, die ich gebracht habe, sind noch frisch,

und ich hoffe, dass mir vergeben wird, bevor ich sterbe. Ich erlaube mir ein Lächeln. Ich werde Indien vermissen und den Regen auf meiner Haut.

Weltrekord Nummer 1: 43 Tritte in die ungeschützte Scham in anderthalb Minuten (1998)

2

Mein Erst-Weltrekord gelang mir auf Anhieb zu Hause bei meinem damaligen Arbeitgeber und wichtigen Freund Rajesh Battacharjee, damals im Ort ein hoch angesehener Geschäftsmann und Angehöriger der Gemeindeverwaltung. Er war einer der vier Unterstützer, die gemeinsam mit dreien meiner Schüler alles in die Wege leiteten; ihre außergewöhnliche Entschlossenheit und ihre gemeinsame Lebenseinstellung hatten ihnen den Job eingebracht. Alles war sehr experimentell, ein nie da gewesener Rekordversuch; es war mir deshalb eine Ehre, den Versuch auf meine ganz eigene Weise auszurichten – mein Dank gilt den guten Menschen von Limca für ihre Gewogenheit und ihr Verständnis.

Ich wählte für meinen Erstrekord den Schamtritt, weil Gefährlichkeit und großes erforderliches Geschick dafür sorgen würden, dass er auf viele Jahre unangefochten blieb (dies hat sich bis heute als richtig erwiesen, da ich bis zu dem Tag, da ich dies schreibe, auf diesem Gebiet unübertroffen geblieben bin). Wer höchste Ziele anstrebt, muss die Arme bis an die äußerste Grenze ausstrecken, das habe ich von Kindertagen an geglaubt. Meine Frau war nicht überzeugt, aber ich war nicht zu bremsen. Ich hatte schon meinen Sohn bekommen, Shubham, der damals sechs Monate alt war, insofern war meine Familie komplett. Wenn ich also invalid werden sollte, wäre es kein Unglück. In der Trainingsphase entwickelte ich das ultimative Erfolgsrezept: Vier abwechselnd zutretende Unterstützer kamen auf eine Frequenz von einem Tritt alle zwei Sekunden oder öfter, und ich war überzeugt, dies würde für eine respektable Endsumme genügen. Rajesh Battacharjee war der führende Zutreter, weil er in der Gemeinde ein wichtiger Mann war und auch den Veranstaltungsraum und die Erfrischungen stellte.

»Mit deinem Training bist du klar im Vorteil«, erklärte er mir. »Dies wird die ideale Bühne für die Talente, mit denen der Allmächtige dich gesegnet hat.«

Seine Worte leuchteten mir sofort ein. Es war schon immer mein tiefster Wunsch gewesen, Weltbester einer großen Disziplin zu werden, wie es nur mir gelingen konnte. Viele Jahre hatte ich überall nach einem Weg gesucht. Dann folgte ich einem merkwürdigen Impuls und erwarb ein Exemplar des *Guinness-Buches der Rekorde*. Ich fand es zufällig während meiner ersten einsamen Monate in Mumbai in der Auslage eines Straßenhändlers am Marine Drive – ich war aus meinem Heimatort Cuttack in die große Stadt gekommen, mit ehrgeizigen Plänen, mir einen Namen zu machen, zur Ehre meiner Lieben, die ich zurückgelassen hatte. Jede freie Minute verbrachte ich auf seinen Seiten und suchte nach Inspiration und Erlösung von der Mühsal meiner Buchhaltertätigkeit in der Kühlturmproduktion in Rajesh Battacharjees Everest-Engineering-Fabrik. Aber alle dort verzeichneten Rekorde kamen mir vor wie ein Witz. Besonders die von meinen indischen Landesgenossen aufgestellten: längster Bart. Längste Fingernägel. Dauerpfahlsitzen. Höchste Anzahl überlebter Schlangenbisse. Nichts entsprach meinem

Wunsch, ganz neue Wege einzuschlagen. Ich wollte auf nie da gewesene Weise Eindruck machen, und als Rajesh Battacharjee im dritten Jahr meiner Beschäftigung in Mumbai den Tritt in die Scham als unerprobten Leistungsbereich erwähnte, schien mir dies ein Musterbeispiel für meine Ziele zu sein. Ich war nicht mehr so aufgeregt gewesen, seit ich als Junge in meinem Heimatdorf die Freunde im Liegestützwettbewerb besiegt hatte. Damals schon hatte ich gewusst, dass ich zu Großem bestimmt war, und dieses Mal war das Gefühl noch hundertmal stärker. Als ich die Augen schloss und in mich ging, erschien mir ein herrliches Feuer, und aus seinen Flammen trat BB Nayak hervor, die Arme zur Siegerpose erhoben, mit der Medaille des Weltrekordhalters um den Hals.

»Ich werde Weltbester im Schamtreten werden«, erklärte ich mit tiefem Ernst.

»Jawohl, BB, das wirst du!«, stimmte Rajesh Battacharjee mir zu, und wir fielen einander kameradschaftlich beglückt in die Arme. Ich wollte mit Volldampf voraus.

Die Trainingsphase war ein rechter Spaß. Es begann damit, dass Rajesh Battacharjee und ausgewählte Schüler sich überwinden lernten, um mir in die ungeschützte Scham treten zu können. Anfangs war ihre Angst, mich zu verletzen, groß, und ich musste ihnen mit zahlreichen Zusicherungen Mut machen. Jedes Mal, wenn sie zutraten und ich nicht zusammenbrach, ging es ihnen ein wenig besser dabei, bis zum vollen Krafteinsatz ohne Hemmungen. Danach lief alles ganz glatt. In den ersten paar Tagen hatte ich Schmerzen, was ich aber vor ihnen geheim hielt, um mir ihre Besorgnis zu ersparen. Nachdem ich meine Atmung angepasst und eine längere Meditationseinheit in mein Aufwärmtraining eingebaut hatte, war es für alle ein Vergnügen. Die

Resultate wurden immer besser, und ich konnte ohne böse Folgen immer mehr Tritte aushalten, bis zu zwanzig in Folge. Als dieser Meilenstein erreicht war, war ich mir sicher, dass ich den Erfolg in der Tasche hatte.

Dann ein schwerer Rückschlag, als die Guinness-Leute dem Event ihre Anerkennung verweigerten. Eine verhängnisvolle Nachricht, die mich erst zwei Wochen vor dem großen Tag erreichte – was mich, wie man sich leicht vorstellen konnte, zum Wirbeln brachte, und mich erfüllte tiefe Sorge, all die gründliche Vorbereitung könnte umsonst gewesen sein. Im Brief wurde auseinandergesetzt, es handele sich um einen extremen Ansatz, und man wolle mich nicht darin bestärken, mir möglicherweise selbst Schaden zuzufügen. Da dies eine Organisation von weltweitem Ansehen war, respektierte ich ihre Entscheidung, obwohl es mich seelisch sehr mitnahm.

»Das ist vielleicht ein Zeichen, deinen Kurs zu ändern, bevor es zu Verletzungen kommt«, sagte meine Frau. »Du kannst andere Rekorde brechen, wenn dein Drang danach groß bleibt, und sie sind weniger gefährlich.«

Natürlich hörte ich nicht auf ihre Meinung, denn sie war albern. Wir waren damals noch recht frisch verheiratet, und sie wusste nicht, wie stark ich an solche großen Momente glaubte. Ich konnte mein neues Lebensziel so wenig aufgeben wie ein Fisch das Schwimmen. »Es gibt eine andere Lösung«, sagte ich. »Wenn die Leute von Guinness diesen Rekord nicht anerkennen, hole ich mir die Unterstützung von Limca. Die werden nur zu gerne an Bord kommen, da bin ich mir sicher.«

Falls es Ihnen nicht vertraut ist, das *Limca-Buch der*

Rekorde enthält nach Guinness die größte Sammlung – und was es noch besser macht, der Zugang ist exklusiv auf Leistungsträger meines Landes beschränkt. Außerdem ist Limca offener für aufstrebende Rekordbrecher und will die Kunde von der indischen Exzellenzbereitschaft in alle Ecken der Welt tragen. Subito hatte ich ihre volle Unterstützung – der Rekord war wieder in greifbarer Nähe! Noch eine Woche intensiven Trainings, dann war ich so weit, den ersten Riesenschritt in meine Traumzukunft zu setzen.

Diese letzte Woche war die Zeit des Nägelkauens. Nicht nur, dass ich zusätzlich zum harten Trainingsplan in der Fabrik viel zu tun hatte, auch meine Frau war keine große Hilfe. Zur Vermeidung von Ehekrach musste ich auf das Tritttraining zu Hause verzichten und konzentrierte mich stattdessen ganz auf allgemeines Krafttraining und längere Meditationsrunden. Nur wenn sie nicht da war, bat ich einen meiner Freunde, mir in die Scham zu treten, um mir zu bestätigen, dass ich noch standhalten konnte und die Trainingsdisziplin sich ausgezahlt hatte. Dann stand der große Tag vor der Tür. Ungehört verhallte ein letzter Appell an meine Frau, zu kommen und mich zu unterstützen, sie blieb mit dem Kind daheim. Dieser Abfuhr ungeachtet begab ich mich voller Zutrauen und innerem Frieden an den Veranstaltungsort. Es war ein herrlicher sonniger Tag, der Allmächtige war bei mir, und ein gutes Ende war vorherbestimmt.

Ein großer Teil meiner Freunde, Schüler und Kollegen hatten sich im Heim von Rajesh Battacharjee versammelt, um mich bei meinem Eintreffen mit wärmsten Worten der Ermutigung zu begrüßen. Amrit Battacharjee, Bruder von Rajesh, in dessen Auftrag Geschäftsführer des Everest-Audio-Video-Vertriebs, fungierte als offizieller Kameramann zwecks Aufnahme des allentscheidenden Videomaterials für die offizielle Anerkennung, obwohl der graue Star ihn quälte. Mein Schüler Vijay Two übernahm die Fotokamera (ich hatte damals vier Schüler namens Vijay, und spaßeshalber hatte ich sie durchnummeriert, um Verwechslungen zu vermeiden). Mein ältester Schüler Gopal Dutta, den ich seit der ersten Karatestunde in meinem Ortsverein »Navi Mumbai Sports Association« trainiert habe und der im Alter von fünfundsiebzig Jahren der vertrauenswürdigste Kandidat für diese Rolle war, übernahm die offizielle Zählung. Er war sehr niedergeschlagen, weil ich ihn nicht in die Runde der Treter aufgenommen hatte – es fehlte ihm meiner Einschätzung nach nicht an Kraft, sondern am nötigen Schwung in den Beinen –, aber als ich ihm die zentrale Bedeutung der Zählerrolle vermitteln konnte, war er voll und ganz dabei. In den letzten Tagen vor dem großen Ereignis wohnte er dem Training bei, um seine Zählmethode vervollkommnen zu können – alle waren seiner Meinung, es sei am besten, jeden Tritt mit einer klaren Abwärtsbewegung der Hand zu markieren, dazu mit verbaler Bestätigung, damit die Kamera alles zu Verifikationszwecken aufzeichnen konnte – und wir sechs fühlten uns einander eng verbunden.

Am Tag des Versuchs waren wir eine gut gedrillte Truppe. Die Treter standen einander nicht mehr im Weg, es gab keine Kabbeleien mehr, und alle Tritte wurden mit gleicher Spannkraft ausgeteilt – wir hatten das ganze Programm unter

Kontrolle, und unser strahlendes Lächeln nach jedem Training war der Beweis dafür.

Zurück zum großen Tag. Vier Treter und ich bereiteten uns mit Dehnübungen vor, mit einer Meditationseinheit und der Aufnahme von Wasser. Die Zuschauer, die sich in der Enge drängten und auch aus Rajesh Battacharjees Haus zusahen, wo seine Frau für alle Besucher Mangos und Limetten vorbereitet hatte, übermittelten letzte Unterstützerbotschaften. Das Gefühl der Liebe war allumfassend. Ich entkleidete mich bis auf die Unterhose, um Welt und Kamera zu zeigen, dass ich mir nicht heimlich Schutzkleidung umgeschnallt hatte. Auch gab ich eine kurze Erklärung ab und verkündete, dass keine Betäubungsmittel zum Einsatz gekommen waren und mein Verhalten ganz dem eines ehrenhaften und passionierten Sportsmanns entsprach. Dann leerte ich meinen Geist von allen Äußerlichkeiten. Nahm die Bereitschaftshaltung ein. Die vier Treter stellten sich wie festgelegt im Kreis um mich auf, alle in idealer Distanz zu mir, um einen glatten Ablauf zu gewährleisten. Gopal Dutta hatte die beste Position zur Erfüllung seiner Pflichten eingenommen. Alles war am richtigen Ort.

Selbstverständlich war ich inzwischen ganz entspannt. Ich konnte den Allmächtigen auf meiner Schulter sitzen spüren – er flüsterte mir zu: »Du schaffst es, BB, du schaffst es. Keine Sorge.« Alles würde sich ganz nach seinem Belieben fügen. Ich atmete ein letztes Mal tief durch und gab Gopal Dutta das Zeichen.

»Eins. Zwei. Drei. Lostreten!«, und auf ging es. Rajesh Battacharjee trat als Erster zu. Geradeheraus und feste, wie geprobt. Er traf allerdings leicht daneben, und ich stellte mich in Reaktion darauf etwas breitbeiniger auf. Der nächste Tritt, verabreicht von Nihal Prasad, dem Jüngsten und Eifrigsten der vier, war von großer Anmut. Ich verspürte den erhabenen Aufprall des Fußes und stieß die Luft aus, um mich zu wappnen. Sein Beispiel gab uns allen Auftrieb, und die Tritte drei und vier kamen planmäßig hintereinander – bei Nummer vier verspürte ich eine leichte Anspannung, löschte aber das Gefühl rasch aus dem Bewusstsein. Da war meine Konzentration so vollkommen, dass ich meine Umwelt nicht mehr wahrnahm. Ich richtete mein Augenmerk ganz auf meine Atmung und das Zählen der Tritte, die mich trafen. Ein herrliches Gefühl, als würde ich von einer Welle aus Liebe und positiver Energie getragen.

Meine Unterstützer vollbrachten wahre Wunder, zielten mit großer Präzision und traten blitzschnell zu. Nur Rajesh Battacharjee, in den Kampfkünsten ungeübt und auch von schlechter Kondition wegen schlechter Ernährung und allgemeiner Faulheit, kam nur schleppend hinterher.

»Ich kann nicht mehr«, flüsterte er, Panik in den Augen, mit wabbelnden Beinen wie ein überladener Esel. Ich versuchte, ihm Mut zu machen mit meinem Gesichtsausdruck, aber er rutschte bei dem Versuch, seinen nächsten Tritt anzuschließen, aus und sackte auf dem Boden zusammen.

»Zwanzig!«, rief Gopal Dutta.

»Tut mir leid, BB!«, keuchte Rajesh Battacharjee aus seiner Bauchlage.

Wir Übrigen in der Gruppe wechselten bitterernste Blicke, rissen uns aber rasch wieder zusammen. Die drei Treter rückten zusammen und schlossen die Lücke, die Rajesh Battacharjee gelassen hatte. Wir machten weiter, immer auf Anschluss, kein Patzer würde uns den Weg zum Ruhm verstellen.

»Weiter, BB!«, rief ein wohlmeinender Schaulustiger.

Gern preschte ich voran, auf einen hohen Endstand hin. Die Tritte kamen in schöner Regelmäßigkeit.

»Dreißig! Einunddreißig!«

»Weitermachen!«

Hinreißend war nun das Muster der Tritte, die Summe der besten Möglichkeiten dieser Welt sammelte sich in meiner Scham. Jeder Aufprall war schöne Machtbezeugung des Allmächtigen zur Belohnung härtester Maßnahmen – ich wollte nicht aufhören. Ich fing an, den Sound jedes Kicks mitzusummen, ich zählte mit, Freude in der inneren Stimme.

»Sechsunddreißig! Siebenunddreißig!«, rief Gopal Dutta, dessen Stimme nun wie aus weiter Entfernung zu mir drang, wie Meeresrauschen.

Ich wusste, dass ich schon Rekordbrecher war, wollte aber immer noch weiter, bis an die äußerste Grenze meines Geistes und meiner körperlichen Möglichkeiten. Die Zeit war wie ein kleines Vögelchen, das mir in der Hand saß, dessen Flügel mir über die Finger strichen und das keine Anstalten machte davonzuflattern; es fühlte sich dort sehr wohl.

»Vierzig! Einundvierzig!«

Dann atmete die Welt aus. Aller Lärm von außen schoss mir in die Ohren, und das Tageslicht füllte mir die Augen. Wie ein Blitz traf mich der Schmerz, machte mich sehr empfindlich, von der Scham bis in den Bauch und die ganze Länge meiner Beine hinunter. Ich gebe ganz offen zu, dass sich mir ein Schrei entrang, aber es war genauso sehr Jubel- wie Schmerzensschrei.

»Nicht aufhören!«, wies ich meine Schüler an. Ich nahm einen weiteren Tritt von Nihal Prasad entgegen, der eifrig war wie eh und je. Da war der Schmerz schon gewaltig. Einen letzten Tritt konnte ich noch aushalten, bevor ich das Zeichen gab, dass mein Stehvermögen am Ende war, mehr nicht.

»Dreiundvierzig!«, rief Gopal Dutta, und ich brach

zusammen, geschockt, verwundert. »Neuer Rekord! Glückwunsch! Höchste Zahl von Tritten in die ungeschützte Scham, Weltrekordbrecher Bibhuti Bhushan Nayak aus Navi Mumbai!«

Lauter Jubel brach aus. Ich blieb auf dem Rücken liegen, mit geschlossenen Augen, nahm die Nachricht von meiner Leistung in mich auf. Als die Schmerzen nachgelassen hatten, konnte ich aufstehen und die Hände meiner Freunde fassen, die sämtlich merklich stolz waren.

»Gut gemacht!«, ertönten von allen Seiten die Glückwünsche.

»Herrlich, herrlich!«, sagte Rajesh Battacharjee. »Mein Freund BB Nayak, Weltrekordmann!«

Ich suchte hinter ihm nach meiner Frau, in der eitlen Hoffnung, sie könnte ihren Zorn überwunden haben und gekommen sein, um Zeugin des wichtigen Augenblicks zu werden. Zu meinem größten Entzücken erspähte ich sie am Fenster, in Rajesh Battacharjees Küche neben dessen Frau, meinen Sohn auf dem Arm. Vorsichtig trat ich ins Haus, um sie und das Kind zu begrüßen, wie der Ast eines Baumes im Sturm bog mein Herz sich unter der Last meiner Liebe zu ihnen. Ich fragte sie, ob sie meinen Erfolg gesehen habe. Ja, sagte sie. Ich fragte sie, ob sie sich für mich freue, und obwohl sie schwieg, fand ich die gewünschte Antwort in ihren Augen, die sich mit Tränen füllten.

Es folgte ein kurzer Moment der Unruhe, als Amrit Battacharjee und Vijay Two ihre Ausrüstung prüften, um sicherzugehen, dass die entscheidenden Aufnahmen gelungen waren. Dann gab Rajesh Battacharjee ein geheimes Zeichen, und bevor ich protestieren konnte, hatte man mich hochgehoben, und ich wurde auf Schultern durch die Straße getragen. In der Aufregung vergaß ich, wie leicht bekleidet ich war, als sie mich die Straße hinauf- und hinunterparadierten wie eine Statue beim Durga-Puja-Fest. Die vorbeifahrenden Autos grüßten mich hupend. Ein tolles Gefühl!

Die kommenden Tage brachten viel Anspannung. Meine Frau sorgte sich, als ich Blut in meinem Urin entdeckte, und wies mich an, in der Zukunft von so gefährlichem Tun abzusehen. Zum Glück setzte sich die Blutung nicht über die erste Nacht hinaus fort, und ich hatte nicht das Gefühl einer weiteren Verletzung oder Gefahr.

Eine größere Sorge war die korrekte Abwicklung des Rekords, und hochnervös bereitete ich die von Limca zur Beweisführung verlangte Dokumentation vor. Zu den Anforderungen gehörte eine Zeitungsmeldung über das Ereignis, und ich musste mich an verschiedene Medienunternehmen wenden, bis ich schließlich eine Lokalzeitung fand, die willens war, mich zu unterstützen. Ich brachte die Nachricht an die Öffentlichkeit, und das half mir bei der Registrierung im Limca-Buch. Ich belohnte mich selbst mit einem Tag der Einkehr und lautloser Lobpreisungen des Allmächtigen für seine Hilfe beim Erringen des Erfolges.

Das Schicksal hatte an meine Tür geklopft, und ich hatte mich der Herausforderung ganz offen gestellt. Aus dem Nichts war ich ins Rampenlicht gesprungen und hatte mich der Welt als Bahnbrecher und gutes Beispiel vorgestellt.

Danke schön.

3

Indien roch nach Diesel und reifem Obst, und es war so heiß, dass ich nicht klar denken konnte. Die Stimme des Landes war schrill und kannte keine Zurückhaltung, Aberglaube dröhnte im Überfluss aus viel zu vielen Radios. Ich erzähle einfach so, wie ich es erinnere. Nur damit ich beschäftigt bin, bis Bibhuti wieder aufwacht. Dir erzähle ich es, Gott, weil Du es offenbar hören willst. Deshalb bist Du hier, oder? Um die Geschichte von mir persönlich zu hören. Wir hatten eigentlich noch nie das Vergnügen. Vermutlich weil ich nie an Dich geglaubt habe, aber das ist jetzt wohl anders. Ich weiß nicht genau, wie ich das finde. Aber da Du schon fragst… Außer warten und mich erinnern habe ich ja nichts zu tun.

Ich weiß noch, wie ich mir selbst die Daumen drückte, um es durch den Flughafen zu schaffen. Ich war mir nicht sicher, ob die Maschinenpistolen nur Schau waren oder ob die dürren Männer, die sie hielten, ausgewählt worden waren, weil sie auf mystische Weise meine Geheimnisse erschnüffeln konnten. Alle paar Schritte hielt ich an, damit Ellen hinterherkam, anders konnte ich nicht mehr gehen. Im blendenden Licht der Sonne war ich dann niemandes Ehemann mehr. Alle Männer trugen Schnurrbart, außer mir.

Der Taxifahrer sagte, ich hätte mir für meinen Besuch die falsche Zeit ausgesucht.

»Die Menschen fallen vor Hitze tot um, und der Monsun kommt dieses Jahr zwei Wochen zu spät. Alle leiden. Sie müssen sich einen guten Hut kaufen und viel Wasser trinken. Nur das in Flaschen ist gut.«

Ich hatte das Gefühl, es mache dem Wetter Spaß, mich bis auf meine verwundbaren Stellen auszuziehen, die ich daheim mit Kleidern bedecken konnte. Ich fürchtete, es könnte einen Wahnsinn entblößen, den ich all die Jahre sorgfältig versteckt gehalten hatte.

»Sind Sie geschäftlich hier?«, fragte der Taxifahrer.

»Nein, nur ein Urlaub. Ich will mir einfach mal ansehen, wie es hier so läuft.«

Die Wahrheit verschwieg ich ihm. Nicht weil ich mich der Wahrheit schämte, sondern weil ich wusste, dass er sie nicht verstehen würde, und ich hatte keine Lust auf lange Erklärungen.

Diesel und reifes Obst. Und Scheiße, das ließ sich nicht leugnen. Ich schnupperte, zum Beweis meiner Unerschrockenheit, dann kurbelte ich das Fenster wieder hoch. Die Straßen bestanden aus Staub, Verkehrsschilder gab es nicht. Für die Kinder war Anstand keine Tugend. Verschmierte Wangen, nackte Ärsche und eine Haut, die Sonne fraß. Wir überquerten eine Brücke über einen trägen Fluss. Am Straßenrand badete eine Mutter zwei kleine Kinder in einem Schlagloch, das so groß war wie der Krater eines Meteors. Neben ihnen parkte ein Obstlaster, und der Fahrer füllte mit seinem Schlauch das Schlagloch auf. Die Kinder lachten und planschten herum wie kleine Vögel, mit großen, hungrigen Gesichtern. Ich war neidisch auf ihre Geheimnislosigkeit und gelobte ihnen, selbst geheimnislos zu werden. Sofern ich noch ein Geheimnis hatte.

Google zufolge wohnte Bibhuti in Airoli, dort fuhr ich also hin. Das Hotel, an der Hauptstraße zwischen einen Sperrholzhandel und einen Handykiosk geklebt, war gestrichen wie in Miami – ein Traum aus Malve und Eierschale. Auf dem Pflaster vor der Tür hockte ein alter Mann. Sein Bart war rostrot, seine nackten Füße waren aufgesprungen und mit jahrealtem Schmutz verkrustet. Seine milchigen blauen Augen sahen aus, als würden sie ihm aus dem Kopf rinnen, wenn er den Rücken nicht gerade hielt.

Er verkaufte kleine Götterstatuen aus bemaltem Ton, die auf einem Fetzen Plane standen. Sie trugen alle Elefantenköpfe. Er bot mir eine an. Sie spielte Saxofon. Als er zu mir aufblickte, sah ich die Trauer in den milchigen Augen, von der weisen und mitleidlosen Sorte, wie ein Mann sie entwickelt, der vom Blitz getroffen worden ist. Ich lehnte ab, ohne daran zu denken, welchen Schmerz ich ihm damit vielleicht zufügte. Ich hatte schließlich Großes vor.

In der Hotelhalle roch es nach frischer Farbe. Ein Mädchen malte eine Schlange an die Wand, eine große Kobra, die dumm aussah und der das Gift in dicken Tropfen von den Giftzähnen rann. Das Mädchen schien Anfang zwanzig zu sein und war westlich gekleidet. Über der Schlange konnte man die Umrisse eines Mannes erkennen, der ein Schwert schwang. Ich sah gleich, dass das Bild nicht sehr schön werden würde. Das Mädchen tupfte angespannt den Bauch der Schlange ab, wie eine große Meisterin.

»Ziemlich große Schlange«, sagte ich zu dem Mann an der Rezeption.

»Ja, sehr groß. Natürlich habe ich die Größe effekthalber übertrieben, aber nicht sehr.« Das war Harshad, der Hotelbesitzer. Er versuchte, seine Glatze unter quer über den Kopf gekämmten Haaren zu verstecken, und hatte ein

Alkoholproblem. Beim Sprechen rieb er sich mit der Hand den Bauch, als würde er sich etwas wünschen. Wahrscheinlich war noch nie einer seiner Wünsche wahr geworden.

Er stellte die Kiste mit »Officer's Choice«-Whisky auf dem Tresen ab und hob die rechte Hand. Die beiden ersten Finger fehlten, zu Stümpfen abgefressen.

»Hier hat sie mich erwischt«, sagte er und zeigte mir die Stelle zwischen Daumen und Zeigefinger, schwarz verbrannt, dort, wo das Gift das Gewebe abgetötet hatte. »Ich wollte ein paar Flaschen zum Recycling bringen, da habe ich sie aufgeschreckt, sie war im Gras hinter meinem Haus auf der Jagd. Sie hat ohne jede Vorwarnung zugeschlagen, und ich konnte mich nicht wehren. Auf diesem Bild nehme ich Rache. Ich bin kein Künstler, deshalb malt meine Tochter das Bild. Sie ist sehr begabt. Das Bild wird in meinem Hotel das Wahrzeichen. Ich hätte auch einen Getränkeautomaten installieren können, aber die gibt es in jeder Hotelhalle. Ich brauche etwas Interessanteres, habe ich mir gesagt.«

Das Bild gefalle mir, log ich. Ich fände es dramatisch. Das freute ihn. Seine schwarzen Knopfaugen blitzten kurz auf, und er schenkte sich einen Drink ein. Er erzählte mir, dass seine Frau vor fünf Jahren ums Leben gekommen sei, von einem Sattelschlepper zerquetscht. Er sorge für seine Tochter Amrita, bis sie unter der Haube sei. Sie sei zu wählerisch, keiner der Männer, die er gefunden habe, sei gut genug für sie gewesen. Sie wolle einen gebildeten Schönling mit Ehrgeiz und weichen Händen, darunter mache sie es nicht.

Amrita schwieg. Das Grün, das sie für die Schlange benutzte, gab dieser eine cartoonartige Anmutung, und ganz kurz fühlte ich mich jünger, als ich mich hätte fühlen dürfen.

Harshad erwischte mich dabei, wie mein Blick auf die Kiste Whisky fiel, und bot mir für dreihundert Rupien eine

Flasche an. Das klang annehmbar, und ich nahm eine. Er führte mich über die Treppe nach oben, an abblätterndem Putz und durchgebrannten Glühbirnen vorbei in ein Zimmer, das aussah wie eine Sterbekammer für die von der Welt Vergessenen. Die Luft unter dem bewegungslosen Deckenventilator roch nach den Duftsteinen, die in Urinalen liegen. Dort, wo der Notausgangsplan hätte hängen sollen, gab es ein handgeschriebenes Schild: »Nicht auf den Boden spucken«. Harshad wollte mir zeigen, wie der Fernseher funktioniert, aber ich unterbrach ihn. Ich würde keine Zeit zum Fernsehen haben, während ich hier war. Ein gutes Gefühl, das zu sagen und es auch so zu meinen.

Ich trat ans Fenster und blickte auf die kreischende Straße hinab und auf die Schienen dahinter. Staub in biblischen Ausmaßen, die Rettung des Ortes war der verfallene Bahnhof, der half, ihn zu verlassen und dorthin zu reisen, wo Schuhputzer geboren werden und der Alltagsdreck zu Futtersäcken für die ärmeren Pferde des Westens recycelt wird.

»Kennen Sie einen gewissen Bibhuti Nayak?«, fragte ich. »Er bricht Rekorde.«

Harshads Augen leuchteten wieder auf. Ja, er kannte ihn. Er stellte meinen Koffer ab, um die Arme freizubekommen und raumgreifend seinen Stolz zu zeigen, zu den Kreisen dieses Mannes zu gehören.

»Er ist mein Freund. Ein berühmter Mann, der Bruce Lee von Navi Mumbai. Er wohnt ganz in der Nähe. Sie kennen ihn?«

»Auf gewisse Weise ja. Ich bin hier, weil ich ihm bei seinem nächsten Rekordversuch helfen möchte.«

Nachdenklich rieb Harshad sich den Bauch. »Ach ja, der neue. Darüber hört man viel. Unmöglich, glaube ich.«

Ich war gekränkt. »Natürlich ist es möglich. Sie kennen also seine anderen Rekorde?«

»Ich war immer dabei. BB ist ein sehr starker Mann. Diesmal bin ich mir nicht so sicher. Man muss das Beste hoffen.«

»Er schafft es. Nichts ist unmöglich. Wenn dieser Franzose ein Flugzeug essen kann!«

Harshad war verwirrt. Ich erklärte es ihm. Es gab einen Franzosen, der ein Flugzeug gegessen hatte.

»Ein Düsenflugzeug?«

»Nein, bloß ein Einmotoriges, mit Propeller. Aber er hat es aufgegessen. Er hat es auseinandergenommen, und dann hat er es aufgegessen, Stück für Stück. Er isst alles aus Metall, das ist sein Ding.«

Harshad grinste. Das war das Genialste, was er je gehört hatte, und es gab mir einen süßen Stich, dass ich es war, der es ihm erzählt hatte. »Er muss einen starken Magen haben. Und starke Zähne. Ich glaube das nicht. Das würde ihn bestimmt umbringen.«

»Nein, er hat es geschafft. Findet man im Internet, Sie können nachsehen.«

Harshad dachte darüber nach. Als ich die Whiskyflasche aufschraubte, holte er zwei Gläser vom Nachttisch. Er wischte sie mit dem Hemdzipfel aus und überließ das Einschenken mir.

»Sie werden ihm helfen?«, fragte er.

»Habe ich vor. Wenn er mich lässt.«

»Weiß er, dass Sie kommen?«

»Eigentlich nicht.«

»Wie wollen Sie ihn überzeugen?«

»Ich sage ihm, dass es mein letzter Wunsch ist.«

»Sie müssen sterben?«

»Wahrscheinlich.«

Harshad nahm einen Schluck Whisky und zog ihn durch die Zähne. Der Schnaps schien eine Großzügigkeit in ihm freizusetzen, die ihm sonst fremd war.

»Ich bringe Sie zu ihm«, beschloss er.

Ich wusste nicht, was ich sonst tun sollte, also stieß ich mit ihm an. Wir tranken schweigend. Als er gegangen war, ließ ich mich auf die weißen Betttücher fallen und weinte. Es war ein seltsames Gefühl, Ellen nicht neben mir atmen zu hören. Ich war noch nie ohne sie ins Ausland gereist. Zum ersten Mal, seit ich mich erinnern konnte, war ich allein und fühlte mich wie in einem Körper wiedergeboren, den ich schon abgenutzt hatte.

4

Als ich Ellen zum ersten Mal sah, legte sie gerade im Royal einen Twist aufs Parkett, und ich versuchte, meine Eifersucht auf die Luft zu verbergen, die ihr Halt gab. Ich saß breitbeinig mit meinem Bier in der Ecke und hatte vor dem Tanzen genauso viel Angst wie vor dem Tod, ein junger Mann in den letzten Zügen der Sixties ohne rechte Vorstellung davon, was ich mit meinem Leben anstellen sollte oder welche meiner Ängste mich am Ende langweilen würden. Ich wollte jemandem Halt geben, so viel wusste ich. Jemandem der feste Boden unter den Füßen sein und vielleicht auch die Luft, die diesen Jemand am Leben hielt, falls ich mich zart genug machen konnte, um eingeatmet zu werden.

Mama hatte mir immer geraten, ganz zart zu sein, das würden die Mädchen mögen, und das Leben sei schon hart genug.

Also ging ich jeden Samstagabend ins Tanzlokal und hoffte, der Zarte zu sein, der herausstach unter den vielen gelackten Recken in Rollkragenpullovern, der eine ohne den Schnappmesserhumor und die harten Moves. Und hielt Ausschau nach einem Mädchen, das Härte nicht anziehend fand und dem es nichts ausmachen würde, dass ich Bücher las und mit von der Oberschule verweichlichten Fingern und hohen Stubenhockeridealen darin blätterte. Ich versuchte also, als Mauerblümchen herauszustechen, und dachte, das würde vielleicht ein stilles Mädchen aus Tottenham anziehen, das langsam entblättert werden wollte, so wie ich.

Aber Ellen hatte keinen Fürsorgebedarf, das sah ich auf den ersten Blick. Männer, die mit ihr tanzten, mussten ihr Platz lassen, sie sprang wild durch die Gegend und forderte mit fest zugekniffenen Augen alle vier bekannten Dimensionen heraus. Ohne Angst vor Stürzen und scharfen Kanten twistete sie sich die Traurigkeit weg, mit der sie aufgewacht war, schwerelos vom Rum und von der Musik.

Ich hatte angebissen und war mir meiner sehr bewusst. Ich wollte genauso leicht sein.

Zwischen zwei Songs kam sie an meinen Stuhl und fragte mich, warum ich nicht aufstehe. Zugucken würde mir reichen, sagte ich. Meine Freunde gaben anzügliche Laute von sich. Ich trinke hier nur was, sagte ich. Ich produziere mich einfach nicht so gern.

Ihre blauen Augen waren kühner als meine, sie hatte all meine Geheimnisse schon gesehen, bevor ich sie hinter einem bedächtigen Schluck aus meinem Glas verstecken konnte. Sie sah eine Stille, die aufgerüttelt werden musste, so drückte sie sich später aus. Ihre »Schneekugel« nannte sie mich, und ich widersprach ihr nicht.

»Na komm«, sagte sie und hielt mir ihre Hand hin. »Dich hat doch keiner an den Stuhl genagelt, oder? Hoch mit dir, zeig mal, was du kannst!«

Am Ende zeigte ich ihr alles. Ich versprach ihr noch mehr, und sie wartete geduldig. Wenn sie es jetzt einfordern würde, hätte ich keine Ausrede mehr. All meine Ausreden gingen in jenem Augenblick in Flammen auf, als ich Bibhuti zu ersten Mal leibhaftig vor mir sah.

Er stand mitten im Raum, schweißtriefend, mit einem Heiligenlächeln, vor sich eine Schlange aus dreißig Kids, die darauf warteten, dass sie ihm in die Eier treten durften. Ganz geduldig, bis sie an der Reihe waren. Da wurde nicht geschwatzt oder herumgealbert. Ganz kleine Kinder waren dabei; sie sahen drollig aus, Konzentration im Gesicht, barfuß, diszipliniert und steif vom Training. Bibhuti winkte sie einzeln zu sich, dann verbeugten sie sich vor ihm, die kleinen Hände zu ehrerbietigen Fäustchen geballt. Sie nahmen Haltung an, traten zurück und versetzten ihrem Sensei den Tritt ins Gemächt, wahrhaftig, mit Schmackes und Tiefgang. Bibhuti steckte den Tritt mit Dankbarkeit ein und nickte anerkennend. Noch eine Verbeugung zum guten Schluss, dann gesellte das Kind sich wieder zum Abkühlen zu seinen Freunden, und Bibhuti winkte das nächste heran.

Wie ein Uhrwerk.

Das war Fließbandarbeit, reibungslos und fehlerfrei. Hypnotisch. Als würde Kunst erschaffen, Geschichte gemacht, und wenn ich zu laut atmete, wäre alles dahin. Ich wahrte Distanz. Ich sah mit Harshad von hinten aus der Halle zu, bei den Badmintonnetzen. Sie hatten so große Löcher, dass ich den Kopf hätte hindurchstecken können.

Bibhuti sah genauso aus wie auf den Videos, die ich gesehen hatte. Groß und stark, nicht so massig, wie man meinen könnte. Anmutig. Der dichte Schnurrbart und die schwarze Tolle auf dem Kopf verorteten ihn irgendwo in den Siebzigern, ein Relikt aus Zeiten eines strengen Ehrenkodexes und schlechter Stoffe, die einem schicke elektrische Schläge versetzten. In seinem weißen Karatedress sah er aus, als könnte er fliegen.

Die Kinder in seiner Obhut machten weiter, und er steckte ihre besten Treffer weiter ohne Wimpernzucken ein, mit einem seltsamen Lächeln im Gesicht, als stecke ihm ein Zauberspruch im Hals. Jetzt war ein kleines Mädchen an der Reihe. Es kann nicht älter gewesen sein als sechs oder sieben. Es trug ein Dora-T-Shirt, das ihm zu klein war, und hatte eine Wildheit an sich, die nur einem frühreifen Bewusstsein von Todesnähe entstammen konnte.

Das kleine Mädchen stieß einen furchterregenden Schrei aus und schoss mit Furor ihr ganzes Gewicht in einem einzigen Tritt auf Bibhuti ab; er traf mit schauriger Präzision ins Ziel. Bibhuti federte den Tritt bereitwillig ab. Er wartete, bis das Mädchen wieder gelandet war, dann schenkte er ihm die allerfröhlichste Verbeugung. Ein Tiger, der sich kratzte, wo er von einer Fliege gekitzelt worden war.

Als alle Kids an der Reihe gewesen waren, klatschte Bibhuti in die Hände, und sie versammelten sich in einem Halbkreis um ihn. Er verbeugte sich, abgemessen und feierlich, und sie erwiderten gemeinsam die Geste, die Fäustchen in Kriegerpose geballt, die kleinen braunen Zehen schüchtern in den Holzboden gekrallt. Er rief ihnen etwas Aufmunterndes zu, dann waren die Schüler entlassen.

Mein Herz raste. Am liebsten wäre ich einfach auf ihn losgestürmt und hätte ihm den härtesten Kick verpasst, den ich zustande brachte. Am liebsten wäre ich einfach eines dieser Kinder gewesen, straffrei wie sie, hätte etwas Wildes, Verbotenes getan, ohne dafür einstehen zu müssen.

»Zu schade, dass wir den Anfang verpasst haben«, sagte Harshad und stellte sich vor mich, damit er als Erster versuchen konnte, Bibhutis Aufmerksamkeit zu gewinnen. »Das Sparring ist das Schönste. Die Jüngsten haben überhaupt keine Angst, sie kämpfen bis zur Erschöpfung, und BB fördert den Vollkontakt.« Er nickte in Richtung des

Mädchens mit dem Dora-T-Shirt. »Das ist Kavita. Sie kämpft alle nieder. Einmal hat sie ein anderes Kind bewusstlos geschlagen. Es hatte Schwächen in der Abwehr. Hirnschaden vielleicht.«

Das Mädchen und Bibhuti waren ins Gespräch vertieft. Wahrscheinlich besprachen sie die besten Methoden, einen Menschen umzubringen, ohne Spuren zu hinterlassen. Nachdem sie seinen Rat entgegengenommen hatte, schritt sie kampfeslustig aus der Halle, und die Anerkennung ihres Sensei verlieh ihren zarten Schritten Kühnheit.

Bibhuti entdeckte uns. Er warf mir einen argwöhnischen Blick zu und schlenderte in unsere Richtung. Sofort beschlich mich das Gefühl, einen Mann vor mir zu haben, für den die Naturgesetze außer Kraft gesetzt worden waren. Er war aus anderem Stoff, das spürte ich. Harshad senkte ergeben den Blick. Im Verlauf ihrer Unterhaltung leerte sich die Halle, bis auf einen Jungen, der nicht am Unterricht teilgenommen, sondern von der Tribüne aus zugesehen hatte. Er tippte träge auf seinem Handy herum.

Bibhuti wandte sich strahlend mir zu und reichte mir die Hand. Mein Herz schlug schneller, ganz verknallt.

»Hallo, Sir, ich bin BB. Willkommen in meinem Land. Sie möchten mir bei meinem Rekord helfen?«

»Ja, das stimmt«, sagte ich. »Ich heiße John. John Lock. Ich habe Sie im Fernsehen gesehen und von Ihnen gelesen, ich finde Sie großartig. Ich bin aus England gekommen, heute erst angekommen. Wenn Sie es erlauben, werde ich Ihnen helfen.«

Mir wurde klar, wie seltsam und blöde ich ihm vorkommen musste, wie ich mich da in meinen Worten verhedderte, überhitzt und mit meinem Jetlag, und versuchte, in meinen Urlaubsklamotten glaubwürdig rüberzukommen. Was sah er schon, wenn er mich anblickte? Hängende Schultern, Sichelfüße für unerwünschte Botengänge, die ich ihm abnehmen wollte. Ich versuchte, so überzeugend zu wirken wie möglich.

»Sie haben mich schon einmal gesehen? Die Reportage auf AXN?«

»Kann sein. Die Sendung handelte von Weltrekorden. Und Ihrem mit den Vorschlaghämmern.«

»Genau«, grinste Bibhuti. Ich hatte eine schöne Erinnerung für ihn losgebunden, und er trieb zu ihr hin. Er umschwamm sie noch ein, zwei Augenblicke lang. »Das ist ein ganz alter Rekord. Inzwischen gibt es viele neue. Haben Sie die auch gesehen?«

»Ja, ich habe alle Clips auf YouTube gesehen. Dann habe ich das Interview mit Ihnen gelesen, in dem Sie Ihren nächsten Rekordversuch erwähnen und sagen, dass Sie Unterstützung brauchen.«

»Und Sie glauben, Sie sind der richtige Mann dafür«, sagte Bibhuti.

»Das bin ich. Ja. Ganz bestimmt.«

Wir lächelten einander an. Wer würde zuerst kneifen? Wer würde als Erster ausrufen, dass mein ganzer Plan hierherzukommen von tiefer Dummheit war? Bibhuti musterte mich, suchte nach Rissen und Charaktermängeln. Ich fühlte mich unter seinen Blicken schwach und jämmerlich, ein Exponat aus einstmals festem Fleisch, das nun verweichlicht und aus der Form geraten war.

Schweigen breitete sich aus, unterbrochen nur vom *Space-Invaders*-Piepsen aus dem Telefon des Jungen.

»Ich will hier keinen verarschen«, sagte ich nach einer Weile. »Ich habe Geld. Kann ich Ihnen jederzeit zeigen.«

Jetzt hatte der Junge mich gesehen, stand auf und gesellte

sich zu seinem Vater, damit auch er mich abschätzen konnte. In seinem abwartenden Blick flackerte Belustigung auf.

Bibhuti zerzauste dem Jungen die Haare und legte ihm einen kunstvoll mit Muskeln bepackten Arm um die Schulter. »Das ist mein Sohn, Shubham.«

Der Junge murmelte eine Begrüßung. Bibhuti flüsterte ihm etwas zu, und er versetzte mit einem bockigen Zucken sein Telefon in den Ruhezustand und ließ es sich in die Tasche gleiten.

»Ein braver Junge. Er muss mehr lernen und weniger fernsehen.«

»Wie wir alle«, sagte ich, weil ich versöhnlich klingen wollte.

Später werde ich erzählen, wie aus Shubham Jolly Boy wurde. Für unsere Geschichte ist das nicht wichtig. Jetzt soll die Mitteilung genügen, dass der Junge Privileg und Schande, seines Vaters Sohn zu sein, mit Würde trug.

So wie heute, da er sich sanft vorbeugt und Bibhuti die Lippen anfeuchtet, unverzagt seine Hand durch das Gewirr der Schläuche streckt, an die sein Vater angeschlossen ist, und ihm diese Hand prüfend auf die Stirn legt. Die Stirn sei heiß, sagt er. Ein gutes Zeichen, sage ich. Ich habe keine Ahnung, ob es stimmt.

»Er wird sehr stolz auf seinen Vater sein, wenn ich meinen großen Erfolg erringe. Gehen wir«, sagte er, führte uns aus der Halle und durch den Korridor, vorbei an Wänden voller Zeitungsausschnitte über seine vergangenen Triumphe, auf den Parkplatz, wo die Kinder darauf warteten, in einer heranstotternden Flut aus Toyotas und Geländewagen aus heimischer Fabrikation abgeholt zu werden; die Rückspiegel schmückte noch immer die Schutzfolie aus dem Autosalon.

Ich wartete, während er die Begrüßungen der Eltern erwiderte, brutzelte in der Hitze der indischen Abenddämmerung, während er alle Fragen nach den Fortschritten der Kinder in der Kriegskunst oder den besten Ernährungstipps gegen die Gicht beantwortete. Alle wollten sie dem weißen Mann vorgestellt werden, der vom Himmel gefallen war. Ein gnädiger Gott hatte ihnen diese Kuriosität geschenkt, eine gute Gelegenheit für einen kleinen Einblick in ausländische Moden und um umgangssprachliches Englisch zu üben.

Ein Freund aus England, erklärte Bibhuti. Mehr Erklärungen brauchten sie nicht.

Kavitas Vater fragte mich, ob ich Lincolnshire kenne. Ich hätte davon gehört, sagte ich, sei aber nie dort gewesen.

»Ich habe einen Bruder, der dort Arzt ist«, sagte er und ignorierte seine Tochter, die schnell noch ein wenig ihren Roundhouse-Kick übte und in rascher Folge gnadenlos auf Bibhutis Scham eintrat. Geduldig parierte Bibhuti jeden Tritt. »Ich habe seit vielen Jahren nicht mehr mit ihm gesprochen. Als wir klein waren, hat er behauptet, ich hätte seinen Hund vergiftet. Das hatte ich aber nicht. Wenn ich mich daran hätte erinnern können, hätte ich es zugegeben. Aber ich habe keine Erinnerung daran. Mein Bruder ist ein guter Mensch, ich bin sehr stolz auf ihn.«

»Lincolnshire ist Flachland«, sagte ich. »Viel Gemüseanbau.«

»Ach, wirklich?«, sagte der Mann versonnen und malte sich im Geiste das Exil seines Bruders aus.

Als alle Autos fort waren und Harshad uns verlassen hatte, um unbeobachtet aus dem Flachmann im Lederetui trinken zu können, den er dabeihatte, führte Bibhuti mich durch die Anlage. Wir kamen an den Joggingpfad, der sich an der »Navi Mumbai Sports Association« entlangzog wie ein ausgetrockneter Bach. Der Cricket Pitch daneben war verdorrt und braun, und an seinem Rand lagen zwei schlafende Hunde, ineinander verknäult wie eine unanständige Brezel. Über uns hockte der Abend, aus den Baumwipfeln verspottete mich ein fetter Vogel, und ich versuchte unbeholfen, Bibhuti irgendwie durch meine Haltung, durch mein Zuhören davon zu überzeugen, dass ich der Mann war, auf den er sein Leben lang gewartet hatte.

Wir setzten uns hinter den Hunden ins Gras, der eine Hund begann, am Bein des anderen zu nagen, und ich wurde gefragt, ob ich an Gott und Schicksal glaubte.

Ich hätte an beides nie geglaubt, sagte ich, ließe mich aber gerne überraschen. Das war nicht ernst gemeint. Sechzig Jahre Leben hatte ich hinter mich gebracht, ohne jemals Deine Schritte hinter mir zu hören, und ich rechnete nicht damit, sie jemals zu hören zu bekommen. Aber Bibhuti brauchte diese Lüge. Er musste ein Gefühl der Nähe zu mir entwickeln, damit meine Bitte hängen blieb. Ich erzählte ihm, als ich ihn im Fernsehen gesehen hätte, sei in meinem Inneren ein Licht aufgeleuchtet, und ob die Hand, die es entzündet habe, göttlich gewesen sei, müsse er entscheiden.

»Ich glaube tief an beides«, sagte Bibhuti. »Mein ganzes Tun entscheidet sich an Gott und Schicksal. Wenn es Gottes Wille war, dich hierherzuführen, dann muss ich auf ihn hören.« Er schloss die Augen, als würde er auf Deine Stimme in den Zweigen lauschen. Er strich sich nachdenklich den Schnurrbart, was, wie ich lernen sollte, bei großem inneren Aufruhr typisch für ihn war.

Ich wartete. Der warme Windhauch an den nackten Armen war mir angenehm. Das Licht, das vom Himmel fiel, war anders als alles, was ich je gesehen hatte. Ich erschnupperte meine eigene schwache Whiskyfahne und dachte wieder an die vielen Meilen zwischen mir und allem, was mir vertraut war. Ich erinnerte mich das Gefühl, Schulturnschuhe anzuziehen, und sah die Kirschen auf Ellens Kleid vor mir, als wir auf der *Maid of the Mist* unterwegs waren. Hinter ihr war ein Regenbogen zu sehen gewesen, der eifersüchtig in der Luft hing. Ihr Strahlen war so hell, das die Natur eine Show abziehen musste, wenn sie mithalten wollte.

Jetzt sitzt Ellen neben mir, betrogen, sie schläft, das Gesicht an meine Schulter gelehnt. Ich streiche ihr durch die Haare, mit Fingern, die schon ganz taub davon sind, in stiller Wut auf ihre Bereitschaft, mir zu vergeben, und frage mich, mit welcher Freundlichkeit ich sie ihr vergelten kann, solange mir noch Zeit bleibt. Bisher ist mir nichts eingefallen.

Bibhuti tippte mir auf die Schulter und weckte mich auf. »Du hast verstanden, was ich vorhabe?«, fragte er.

»Du willst fünfzig Baseballschläger an dir kaputt schlagen lassen. Jemand muss das Schlagen übernehmen. Das kann ich machen, kein Problem.«

»Das ist nicht so einfach, wie es klingt. Die Schläger müssen ganz entzweigehen. Es genügt nicht, mich damit zu schlagen, das wäre noch keine Leistung. Man braucht viel Kraft dafür. Glaubst du, das stehst du körperlich durch? Du bist nicht sehr fit, du wirst trainieren müssen.«

»Ich werde alles tun, was du willst. Ich bin kräftiger, als ich aussehe.«

»Ich bin nicht reich. Mit meiner Sportart verdient man nicht viel Geld, ich werde nicht bezahlt. Ich mache das aus Leidenschaft. Und man hat Ausgaben, wenn man Rekorde brechen will, das Geld muss man irgendwie zusammenbekommen.«

»Ich habe alles Geld, das du brauchst. Im Hotel. Knapp neunhunderttausend Rupien, alles für dich.«

Bibhuti machte große Augen. Jolly Boy pfiff, wie ich Zeichentrickwölfe hatte pfeifen hören. Jetzt hatte ich sie.

»Du musst dich voll einbringen und tun, was ich dir sage«, warnte Bibhuti. »Ich muss mich ganz auf dich verlassen können, wenn ich Erfolg haben will. Das bedeutet mir viel, mit diesem Rekord erreicht meine Sportlerkarriere ihren Höhepunkt, und alles muss ganz glattlaufen. Das ist alles sehr wichtig.«

Auch für mich war es wichtig. Wichtiger, als ich damals ahnen konnte. »Ich habe in einem Maklerbüro gearbeitet – Häuser vermietet. Ich hatte nie einen Kniff, so wie du, ich hatte nie etwas, das ich besser konnte als alle anderen. Nein, nicht Kniff. Du weißt schon, was ich meine. Dies ist meine letzte Chance, etwas Großes zu tun, etwas Gutes, jemandem von Nutzen zu sein. Ich werde dich nicht enttäuschen, versprochen.«

Bibhuti sah mir jetzt in die Augen. Ich sah jeden lahmen und braven Moment meines Lebens in ihnen widergespiegelt. Ich schämte mich.

»Morgen besprechen wir unsere Strategie«, sagte er. »Wir treffen uns bei dir im Hotel. Mit dem Trinken musst du auch aufhören.«

Ich versprach es ihm.

Harshad fuhr einen Motorroller, dem der Glanz meiner alten Lambretta fehlte. Ich musste ihn fest umarmen, wenn ich auf der Fahrt zurück zum Hotel nicht herunterfallen wollte. Ich konnte seine Knochen unter dem Hemd spüren und sah zwischen den im Wind flatternden Haaren auf der Kopfhaut die Schuppen. Ich klammerte mich in den Haarnadelkurven an ihn und trat nach den Straßenkötern aus, die uns in den Weg kamen.

5

Vergnügt malte Amrita die Haare ihres Vaters aus, der Pinselstrich wurde ungenau, weil sie zu fest aufdrückte. Etwas Wichtigeres schien es für sie nicht zu geben, und mir war, nachdem ich mir den Jetlag weggeschlafen und Bibhutis Vertrauen gewonnen hatte, alles recht. Ich sah ihr zu, wie sie die Farbe an die Wand klatschte. Die Gestalt war Harshad ganz und gar nicht ähnlich. Sie war stark und heldisch, und ihre Haare wallten wie ein Strom aus Öl. Man musste an einen Kinohelden denken, aus der Zeit, als man die Filme im Doppelpack im Kino sah, mit einer Wochenschau und einer Taschenlampe, mit der man seinen Sitz fand.

Die seltsame Eitelkeit, die einen Mann überkommt, der sich gehen lässt, machte Harshad für diese Lügen blind. Er tat so, als würde er die Parodie, die da wie Schimmelpilz an seiner Wand wuchs, gar nicht bemerken, und quälte geduldig ein Kofferradio, das verwundet auf dem Tresen lag. An seinem Ellenbogen stand ein halb leeres Glas Whisky. Er fuhrwerkte mit einem Schraubenzieher in den Eingeweiden des Radios herum und summte dabei mit zusammengebissenen Zähnen ein Klagelied. Eine heisere Mahnung an die Lieder, die aus dem Radio erklungen waren, bevor es verstummt war. Er warf einen Blick auf die Wand, prüfte den Fortgang der Malerarbeiten und brachte mit einer einzelnen gesummten Note seine Zufriedenheit mit der Form zum Ausdruck, die sein Alter Ego annahm. Ein Schluck aus dem Glas, dann wieder ein Stoß mit dem Schraubenzieher ins Gewirr der glücklosen Kabel. Das Lied entrang sich dem Gerät in schroffen Schwaden; die Klänge verfingen sich in den Lamellen des Deckenventilators, der die zähe Luft zerschnitt.

»Viel Lärm morgens«, sagte ich. »Überall Baustellen.«

Eine Million Hämmer und Hupen hatten mich geweckt. Ich hatte die Hand ausgestreckt und das leere Laken neben mir abgetastet, das kalt war vom Ventilator und vom Fehlen eines anderen Körpers. Ich hatte von Oscar geträumt, dem Wellensittich, den ich als junger Mann besessen hatte, vor Ellen. Er hatte mir auf der Schulter gehockt, beim Lesen in der Dachstube, die ich von der alten Mrs March gemietet hatte. Mir zugehört bei meinen Tagträumen von einem Leben als Forschungsreisender, der Abenteuer der harmloseren Art erlebte, und nicht den Mut gehabt, mir zu gestehen, dass er in meine Zukunft geblickt hatte und dass sie nicht schön war. Eines Tages, als ich das Fenster offen gelassen hatte, war er davongeflogen. Vielleicht hatte ich es bewusst getan, weil ich seinen Freiheitsdrang testen wollte, da bin ich mir nicht sicher. Im Traum saß er mir wieder auf der Schulter, zog an einem Faden aus meinem Pullover und reppelte ihn langsam auf. Ich hatte ihn gerne dort, spürte das Leichtgewicht seiner Krallen, den schwachen Atem an meinem Ohr. Als ich aufwachte, hatte ich böse Bauchschmerzen und weinte, weil ich ihn nicht mehr spüren konnte.

»Das ist immer so«, sagte Harshad. »Navi Mumbai ist erst vierzig Jahre alt, und es wächst noch. Die ganzen Bürotürme, die sie bauen, viel Wohnraum für Computer. In meinem Haus funktioniert kein einziger Fahrstuhl, schon seit

Wochen nicht, aber die Computer haben es gut, das ist das Wichtigste. Also. Wollen wir mal sehen, was ich geschafft habe.«

Er drückte das Kabel fest an das Gehäuse, klemmte die Batterie in die Verankerung und drehte am Knopf. Schmetternd erwachte das Radio zum Leben. Laute Streicherklänge und eine schrille Frauenstimme erfüllten die Luft mit dem Funkenschlag von vergangener Liebe und Hinterlist. Harshad nickte zufrieden.

»Sie haben es repariert«, sagte ich.

»Natürlich. Ich spende allen toten Sachen Leben.« Kurz überzog Trauer sein Gesicht, und er nahm einen Schluck. Er strich sich mit der verkrüppelten Hand über den Kopf und fing an, das Gehäuse wieder an das Radio zu schrauben.

»Die Haare gefallen mir«, sagte ich zu Amrita. Sie schreckte auf, drehte sich schwankend nach mir um und streckte eine Hand aus, um die Balance zu halten.

»Mein Vorbild war Amitabh Bachchan in *Deewaar*«, sagte Amrita, als wisse ich, wovon sie redete. »Mein Vater findet den Film ganz toll.«

»Gefällt mir gut«, sagte ich. Und dann fiel mir nichts mehr ein. Ich krallte die Hand fester um den Griff meiner Tragetasche und spürte das Gewicht des Geldes darin. Ich schlug sie mir ans Bein, um mich daran zu erinnern, dass ich das Leben eines Menschen in Händen hielt.

»BB ist zufrieden mit dir?«, fragte Harshad. »Er nimmt deine Hilfe an?«

»Ich glaube schon.«

»Hast du ihm von deinem letzten Wunsch erzählt?«

»Das mit dem Sterben habe ich ausgelassen. War am Ende gar nicht nötig.«

»Du hast Glück gehabt, dass ich mit BB befreundet

bin, sonst hättest du ihn vielleicht gar nicht gefunden.« Er fixierte die Tasche wie eine Katze auf Vogeljagd.

Ich bedankte mich bei ihm und beschloss, mich erkenntlich zu zeigen, wenn es so weit war. Um das Unheil wiedergutzumachen, das ich unweigerlich anrichten würde.

Der alte Mann saß im Kreise seines Trupps aus Elefantengöttern da. Neben ihm stand eine Gießkanne aus Plastik. Ich suchte nach den Blumen, denen sie das Leben schenkte, fand aber keine. Er bot mir wieder ein Figürchen an. Es spielte Gitarre. Ich lehnte ab. Er trug die Zurückweisung mit Fassung, wandte sich ab und starrte weiter auf die gleiche Stelle wie vor meiner Unterbrechung, irgendwo jenseits des vorbeirasenden Verkehrs, einen Fleck im Himmel über den Eisenbahnschienen, der irgendeine besondere Bedeutung für ihn hatte. Er wartete mit einer Ausdauer, die mich neidisch machte.

Ich verspürte den Drang, den alten Mann an den Füßen zu kitzeln, und hätte es beinahe getan, da fuhr Bibhuti mit dem Auto vor.

Vom Rücksitz aus winkte Jolly Boy mir zu. Die großen Ferien hatten angefangen, und der Junge hatte beschlossen, mich zu seinem Sommermärchen zu machen. Ich war der erste Weiße, der ihm je begegnet war, und er war fasziniert. Gelegentlich erwischte ich ihn dabei, dass er mich anstarrte wie einen Fisch im Aquarium.

Das ist gelegentlich immer noch so, aber inzwischen ist seine Neugier gespensterhaft geworden, abgestumpft durch eine Traurigkeit, die seinem Alter nicht gemäß ist, und zwar nachdem wir gemeinsam einem Tiger auf der Spur gewesen waren.

Bibhuti stieg aus und begrüßte mich. Sein weißes T-Shirt und seine Stonewashed-Jeans leuchteten in der Sonne. Er sah aus, als könnte er mit jeder Gefahr fertigwerden, der wir uns stellen mussten. Er war aus dem Stoff, mit dem sie das Spaceshuttle isolieren, damit es beim Wiedereintritt in die Atmosphäre nicht verglüht. Ich fühlte mich bei ihm geborgen und schämte mich meiner Schwächen. Er zog einen Kamm aus der Tasche und fuhr sich damit erst durch die Haare, dann durch den Schnurrbart.

Als er den alten Mann sah, erstarrte er. Alle Selbstsicherheit verließ ihn. Ungläubig starrte er auf ihn herab. Der alte Mann blickte lächelnd zu ihm auf, trotzig und zahnlos. Er gluckste leise, und sein orangefarbener Bart leuchtete in der Sonne.

Bibhuti stand schwankend da, eine Frage brannte ihm auf den Lippen. Es war, als hätte er dem Tod ins Auge gesehen.

Aus dem Glucksen des alten Mannes wurde ein leises Lachen. Das Leuchten kehrte in Bibhutis Augen zurück, er beugte sich herab und schüttelte dem alten Mann die Hand. Sie wechselten ein paar warme Worte, wie Freunde bei einem Wiedersehen nach langer Zeit. Dann verabschiedete Bibhuti sich und brachte mich zum Auto, das im Leerlauf am Straßenrand stand.

Er tätschelte die Motorhaube. »Erst zwei Monate alt«, murmelte er. »Ich wollte schon lange einen Mittelklassewagen, und jetzt hat meine Frau eingewilligt. Das ist kein Luxus, ich brauche ihn für die Arbeit. Ich muss immer beweglich bleiben. Wir hatten die Wahl zwischen einem Auto und einer größeren Wohnung mit drei Zimmern. An Ende habe ich die richtige Entscheidung getroffen.«

Er strich zärtlich mit dem Finger über den Kotflügel und wirbelte ein wenig Staub auf. Mit dem T-Shirt über der Faust wischte er den Staub ab und sprach dabei ein paar leise Koseworte.

»Es läuft sehr gut. Ich fahre gerne. Im Sommer besuchen wir die Hill Stations der Umgebung und Goa. Irgendwann werde ich durchs ganze Land fahren, von oben nach unten. In meinen Heimatort in Orissa und nach Darjeeling oben in den Bergen. Du musst mitkommen.«

»Ich weiß nicht, ob ich dann noch hier bin«, sagte ich.

»Du wirst schon bleiben. Da bin ich mir sicher. Mein Land wird dir alles geben, was du brauchst, es gibt keinen Grund, wieder zurückzufahren.«

Ich glaube, er hat nur Spaß gemacht. Damals kann er mich noch nicht geliebt haben. Wir waren einander noch fremd.

Vorsichtig ließ er sich auf dem Holzbrett nieder, das auf dem Fahrersitz lag. Zum Schutz einer Sitzbeinmuskelverletzung, die er sich bei seinem letzten Rekordversuch zugezogen hatte. Die Verletzung heilte langsamer ab, als er gehofft hatte, und er akzeptierte nun, dass er sie vielleicht ewig mit sich herumschleppen würde. Das Schicksal eines passionierten Sportlers, sagte er. Immer erinnerten einen die Narben der Hochleistungen von früher an die eigene Berufung, und wenn man von Zweifeln überkommen wurde, konnte man in ihnen lesen wie in einer heiligen Schrift.

Ich setzte mich auf den Beifahrersitz. Ich öffnete meine Tasche und erlaubte Bibhuti einen Blick auf das Geld. Er nickte feierlich, als wollte er die Echtheit der Gebeine seiner Ahnen bestätigen. Jolly Boy beugte sich vom Rücksitz aus vor und stieß wieder seinen Wolfspfiff aus. Ich stopfte mir die Tasche zwischen die Füße. Vom Armaturenbrett aus bezeugte ein Ganesha den Deal. Er sah anders aus als die Statuen des alten Mannes und war aus geschliffenem Stein, wie eine Schachfigur. Er lugte aus seinem Plexiglaswürfel, umfasste sich meditativ mit seinen vielen Armen und mahnte mich, die Gastfreundschaft meines neuen Freundes nicht auszunutzen.

Bibhuti kannte den alten Mann nicht. Ihre Unterhaltung war zu einer gegenseitigen Segnung geworden.

»Er hat mich an jemanden von vor langer Zeit erinnert. Er sieht ihm sehr ähnlich. Auch dieser Mann trug den orangefarbenen Bart und roch nach Feuer. Einen Augenblick lang dachte ich, er wäre zu mir zurückgekehrt, aber das war ein Irrtum. Trotzdem ein deutliches Zeichen, dass ich dein Angebot annehmen muss. Ich freue mich sehr über deine Hilfe.«

Mein Herz setzte einen Schlag lang aus. Bibhuti drehte den Zündschlüssel, und während der Motor stotternd ansprang, gratulierte ich mir dazu, so weit gekommen zu sein, aus eigener Kraft und ohne Zuflucht zu Gebeten. Der alte Mann stand da, sah uns beim Wegfahren zu und pinkelte dabei fröhlich in seine Gießkanne.

Als wir ungeschützt auf die Talsohle zuwanderten, versetzte die Sonne uns ihre Hammerschläge. Ich fragte Jolly Boy, ob er wisse, was ein Roboter sei. Er sagte Ja. Ich erzählte ihm von dem Spiel, das ich auf langen Autofahrten immer mit Ellen gespielt hatte. Wie wir immer so getan hatten, als wenn die Strommasten Roboter wären, die ausgeschaltet im Gras am Rand der Landstraßen standen oder schliefen und später dann entlang der Autobahn, auf der wir unseren Ferien am Meer entgegenbrummten.

»Man musste den Atem anhalten, wenn man an ihnen

vorüberfuhr, damit sie nicht aufwachten. Wenn man sie weckte, dann rasteten sie aus und fraßen dein Auto auf. Und dich gleich mit.«

Ellen platzte immer als Erste heraus, sie konnte das Gelächter, das in Schüben in ihr anschwoll, nie lange genug unterdrücken, und immer lag ihr dabei ein Wissen auf der Zunge, von Dingen, die man nicht begreifen konnte, wenn man immer nur geradeaus auf die Straße blickte. Ich tat, als würde ich blau anlaufen, wenn der Verkehr nachließ, und sie pikste mir in die Wange, um mir die Luft abzulassen, damit ich wieder atmen konnte. Dann hielten wir an und pflückten am Straßenrand Brombeeren, dick und süß, die man im Schatten unter der Brücke essen musste. In ihren letzten Zügen trieb die Sonne uns ans Meer, und Ellen rannte dann immer an den Strand, Muscheln suchen, während ich den Herd anwarf, in dem Wohnwagen, der so winzig war, dass man durchdrehte, wenn das Wetter sich gegen uns wendete und uns die gute Laune ausging. Das dauerte aber. Es gab ja die Hügel, die wir ablaufen mussten, und das Gras, in dem wir liegen konnten, wenn uns das Laufen zu schwer wurde. Selbst an den Kieselstränden gab es herzförmige Steine, die man sich holen musste. Schlimm wurde es erst, wenn ich keine mehr fand.

»Also lieber Luft anhalten, für alle Fälle.«

»Die sind noch weit weg. Die können uns nicht hören«, sagte Jolly Boy.

»Da wäre ich mir nicht so sicher. Die haben Superohren.«

Der Junge warf einen Blick auf die beiden rostigen Masten, die tief im Tal wie im Gebet nebeneinanderknieten. Ohne Kabel. Zu ihren Füßen lagen ausgeblichene Knochen vom Vieh, vielleicht Opfergaben abergläubischer Bauern, vielleicht hatten die Tiere sich auch in ihrem Schatten versammelt und waren dort verendet, verhungert oder irgendeiner hiesigen Plage zum Opfer gefallen. Der Junge spielte mit. Er atmete tief ein und hielt die Luft an. Vorsichtig staksten wir an den Masten vorüber. Als wir sie hinter uns hatten, atmeten wir tief aus, um zu zeigen, wie knapp wir davongekommen waren.

»Jetzt kann uns nichts mehr passieren«, erklärte Jolly Boy. »Sie werden uns nicht auffressen.«

Sicherheitshalber ging er schneller. Ich folgte ihm. Wir pirschten uns an Bibhuti und seinen Sikh-Fotografen an, durchs Gebüsch auf die baumbestandenen Hügel zu, die sich über das Tal erhoben, und orientierten uns an dessen wackelndem pinken Turban, damit wir nicht abgehängt wurden.

Bibhuti wollte gleich mit unseren Vorbereitungen anfangen und mich dann mit nach Hause nehmen, damit ich seine Frau kennenlernte, aber vorher gab es noch etwas zu erledigen. Der Fotograf war auf dem Weg in die Einöde zu uns gestoßen. Beim Halt an einer Ampel war er auf seinem Motorrad aufgetaucht und auf dem Weg an den Stadtrand an unserer Seite geblieben, wo die Straßen breiter und älter wurden, Kletterpflanzen und Schatten regierten und die Erde die Macht übernahm. Ich tat es Jolly Boy nach und winkte dem großen Sikh auf seiner roten Hero Honda zu, der wie eine sommertrunkene Schwalbe neben uns hersegelte und in dessen Bart sich die von den Straßenbäumen herabrieselnden Blütenblätter verfingen.

An einem kleinen Laden hatten wir haltgemacht, und Bibhuti hatte einen Schwung Einwegrasierer, Rasierschaum und Deo gekauft und kleine eingeschweißte Seifenstücke. Ich musste bezahlen, er sagte mir aber nicht, was er damit vorhatte. Für Nachfragen war es zu heiß, und ich hatte Angst vor der Antwort, falls es hier um irgendein komisches Initiationsritual gehen sollte. Vielleicht wollte er mich rasieren und parfümieren, rituelle Sterilisation vor dem Ausweiden.

Im Fernseher auf dem Tresen kam die Eilmeldung von einem Flugzeugabsturz in Mangalore. Das klang nach einem mystischen Ort, aber dass dort eine Flugzeugladung Menschen niedergegangen war, beraubte ihn aller Romantik. Ein grüner Hügel, aufgewühlt und mit verkohltem Metall übersät, ein Stück Heck, das im Schlamm steckte wie eine Münze.

Ich stellte mir den durchgeknallten Franzosen vor, wie er einen Bissen davon nahm, sich mit den Überlebenden vollstopfte, die um ihn herumtaumelten, sie salzte und pfefferte, während die Feuer Bolzen und Milchzähne ausspien.

Wir legten grimmig eine Schweigeminute ein, dann brachen wir auf, unsere Einkäufe fest an die Brust gedrückt, als wären sie das Amulett, das uns durch die landesweite Trauer helfen würde.

Mit Schwung erhoben sich vor uns die Hügel, und als die gepflasterte Straße aufhörte, kamen wir zum Stehen, am Rand einer Siedlung aus niedrigen Villen, die aussahen, als hätte man sie aus einem Sumpf gezogen. Aus einem unfertigen Regenüberlauf tropfte alter Diesel auf das Unkraut darunter. Wenn sie mir das Geld stehlen und die Kehle durchschneiden wollten, wäre dies die perfekte Stelle dafür, das war mir klar. Hier konnten sie mich in aller Stille vergammeln lassen, und die Welt würde nicht einmal mit der Wimper zucken.

Vielleicht hatte ich den Fehler meines Lebens begangen.

»Hat die Farbe eine spezielle Bedeutung?«, fragte ich

den Sikh-Fotografen und zeigte auf seinen Turban. »Ich habe einmal mit einem Sikh zusammengearbeitet. Er hat immer einen schwarzen getragen. Ich habe mich immer gefragt, ob die Farben etwas mit der Punktewertung zu tun haben, wie beim Snooker. Oder wie bei den Gürteln beim Karate, man fängt mit einem weißen an und arbeitet sich langsam hoch.«

Ich wollte nicht witzig sein, ich wollte es wirklich wissen. Ich hatte beschlossen, neugieriger und direkter zu sein, wo ich schon einmal in Indien war. Besser spät als nie.

»Nein, die Farbe ist Geschmackssache«, sagte er lächelnd. »Mir gefällt diese immer am besten.«

»Ach so. Gefällt mir gut, schön bunt.«

»Vielen Dank.«

Der Fotograf hieß Jagatdeep, aber Bibhuti nannte ihn den Turbanator. Er hatte schon gleich nach der Begrüßung nichts dagegen, dass ich ihn auch so nannte. Er warf sich die Kameratasche über die Schulter, und Bibhuti holte die Hygieneartikel aus dem Kofferraum. Ich nahm die Tasche mit dem Geld, und wir marschierten Richtung Tal. Zwischen hohen schmutzigen Wolken prügelte die Sonne auf uns ein.

6

Auf dem Weg hügelan war Jolly Boy mein Führer. Er suchte sich einen Stock, gegen Dornenranken und hypothetische Schlangen. Er ging langsamer, als er eigentlich wollte, blickte über die Schulter, um zu sehen, wie weit ich zurückgefallen war. Sein Vater und der Turbanator stürmten voran und legten unsere Leben in die Hände jedes x-beliebigen guten Geistes, der im Himmelszelt über uns wachte. Die Dornen stachen mir in den Hals, ich stolperte über meine eigenen Füße, reinster Slapstick. Ich biss die Zähne zusammen und kletterte weiter. Ich musste allen beweisen, dass ich die Kraft hatte, meine Versprechen einzulösen.

Der Aufstieg musste schon eine halbe Stunde gedauert haben. Mir zitterten die Beine. Die Bäume verbargen den Himmel, und ich hatte Angst, nie wieder ein Auto zu sehen zu bekommen. Jolly Boy nahm mir mit frechen Robotergeräuschen die Angst und erzählte mir, wie er einmal einen Tiger gesehen hatte, als sein Vater ihn in eine Gegend gebracht hatte, wo sie frei herumliefen. Er erzählte mir, wie er dem Tiger vom Fenster des Geländewagens aus den Schwanz gestreichelt hatte.

»Er war ganz weich«, sagte er. »Ich durfte ihn lange in der Hand halten.«

Ich wusste, die Geschichte war erlogen, aber so schön,

dass ich sie mir zu Herzen nahm. Ich kaute auf ihr herum, als wäre sie wasserhaltig. Ihr Saft trug mich bis auf die Hügelkuppe, wo ich mich keuchend zu Boden fallen ließ. Ich schleppte mich zu einem Baum, setzte mich an seinen Stamm und spürte die Rinde im Rücken. Jolly Boy benetzte mich mit ein paar Tropfen Wasser. Ich trank den Rest der Flasche aus. Ich hatte vergessen, wie kostbar Wasser in der Hitze war.

Mit mir sei alles in Ordnung, sagte ich Bibhuti. Ich müsse mich nur erst akklimatisieren.

Anpassung sei wichtig, stimmte er mir zu. Er stand über mir, jedes einzelne Haar an seinem Platz, sein Atem ging ruhig und störungsfrei. Für ihn waren Wetter und Steigung Dinge, die sich überwinden ließen, indem man sich in Gedanken einfach über sie erhob.

Da hörten wir das Pingpong.

Es kam von irgendwo hinter der Wegbiegung. Tock-tock. Tock-tock. Dieses schöne lustige Geräusch, das der Plastikball auf dem Schläger macht. Wir hielten alle inne und lauschten. Der Klang kam durch die Bäume zu uns gesegelt, und wir folgten ihm.

Bibhuti führte uns an den orangefarbenen Fahnen vorüber, die an ihren Bambusmasten hingen, den Pfad hinunter, der am Rand eines Abhangs endete. Dort stand das Kloster mit dem kleinen Tempel daran, eine bröckelnde Hochzeitstorte an einem Abgrund, der in die Ödnis darunter abfiel. Abgeblättert im Licht der Sonne, mit Rissen, wo das andächtige Maulen der Mönche sich hinter den Mauern aufgestaut hatte, bis sie im offiziellen Gebet Erlösung fanden. So stellte ich es mir jedenfalls vor, wie eine Nadel, mit der man ein Loch in einen Damm bohrt. Das war für mich damals ein Gebet.

Hinter dem Haupttor befand sich ein Innenhof, und von dort, hinter den Säulen, kam der Klang. Lauter und inzwischen unverkennbar. Ich konnte das Scharren der Spielerfüße auf ihrem Weg um den Tisch hören, die Sohlen der Schuhe, die über die Steinfliesen schliffen.

Ich wollte auch spielen, wie wir alle. Ich wollte es so dringend, dass ich die Hitze und die Mechanik des Sterbens ganz vergaß.

Ein Weißer mit schulterlangen Haaren wartete am Tor auf uns, um uns willkommen zu heißen. Er sah jung aus und schien so gar nicht in die Gegend zu passen, auch nicht zur heiligen Berufung. Er stellte sich als Thomas vor und sagte, er sei der Verwalter des Klosters. Er hatte einen leichten deutschen Akzent. Ich fühlte mich um meine Rolle als einziger Weißer im Land betrogen, und plötzlich war mir nicht mehr feierlich zumute.

Thomas ging mit uns durch das Tor und erklärte uns seine Rolle. Als Verwalter sei er der Verbindungsmann zwischen den Mönchen und den Laien, deren mildtätige Gaben überlebenswichtig seien. Ich hatte das Gefühl, er könnte auf der Flucht vor der Polizei sein. Ich konnte mir nicht vorstellen, dass er jemanden umgebracht hatte, dazu war er zu dünn und wieselig, also dachte ich ihn mir irgendwie als Internetbetrüger. Am Eingang zum Hof zögerte ich, Orte der Andacht machten mich immer nervös. Sie wurden von unsichtbaren Kraftfeldern bestimmt, die man nur mit ehrbaren Absichten durchschreiten durfte. Ich setzte meine Schritte mit Bedacht. Der Boden hielt mein Gewicht, und ich kam durch das Kraftfeld, ohne zerbrutzelt zu werden.

Zwischen den Säulen spielten vier kahl geschorene Mönche in Kutten ein Doppel. Sie tanzten um den Tisch wie auf Springfedern, wilden Ehrgeiz in den Gesichtern. Aus den

Schlägern floss ein ununterbrochener Strom zielsicherer Schläge. Ein herrlicher Anblick. Das Tock-tock des Balls auf den Schlägern war die endlos wiederholte Pointe eines Witzes, den sie sich mit den Unerleuchteten machten.

Der Matchball war eine Vorhandrakete, die in ein Wurmloch flog und auf dessen anderer Seite, mit dem Geburtsschleim des Universums bedeckt, wieder zum Vorschein kam. Die Siegermannschaft nahm ihren Triumph emotionslos zur Kenntnis. Die Verlierer hielten es mit ihrer Niederlage ebenso. Alles war ganz diplomatisch, als gehöre die Hitze des Gefechts schon in eine andere Zeit, als hätten sie mit seinem Ende Erlösung von den Qualen menschlicher Rivalität gefunden. Sie legten die Schläger ab und begrüßten Bibhuti lächelnd und mit Handschlag. Er kam gleich zur Sache, luchste ihnen die sportliche und spirituelle Philosophie ab und kritzelte eifrig seinen Notizblick voll, während der Turbanator seine Aufnahmen vorbereitete und sich hockend in die Klemme brachte, um die zeitlose Merkwürdigkeit der Mönche aus allen Winkeln einzufangen.

Thomas übersetzte für mich. Er erklärte mir, wie die Mönche aus den verschiedensten Orden zu dem Glauben gelangt seien, dass Tischtennis für sie der ideale Weg der Religionsausübung war. Im Pingpong fanden sie einen Seelenfrieden, den sie auf keinem anderen Weg erlangen konnten. Im Augenblick trainierten sie für ein großes Turnier in Singapur, wo sie ihre Kräfte mit anderen Tischtennisorden aus der ganzen Welt messen würden und die Liebe und den Frieden, die sie verströmten, im Wettbewerb verstärken wollten, bis ein Überfluss entstand, der um die Welt ging, menschengemachtes Übel beseitigte und lahme Tiere wieder auf die Beine brachte. Sie sammelten Geld für die

Reise. Selbst durften sie kein Geld in die Hand nehmen, also musste der Verwalter alle Spenden entgegennehmen.

Ich umklammerte meine Geldtasche fester und sah den Mönchen beim Posieren für die Nahaufnahmen zu. Einer von ihnen war älter, und ich hielt ihn für den Häuptling. Als er mir einen Blick zuwarf, zog ich die Augenbrauen hoch, zeigte auf den Tisch und schwang einen imaginären Schläger. Er lächelte zustimmend.

Ich nickte Jolly Boy zu. Der Schalk stand ihm ins Gesicht geschrieben, als er mit mir zum Tisch ging. Ich überließ den Aufschlag ihm. Ich suchte nach dem Gefühl, das die Mönche schon gefunden hatten – Experte sein, unschlagbar sein. Aber es kam anders. Der Junge machte mich gnadenlos fertig. Mir fehlten das Geschick und der Wagemut, ihm das Grinsen auszutreiben. Mein Körper ächzte und wabbelte. Jeder seiner Schläge pfiff unangefochten an mir vorüber. Als ich aufgab, hätte ich jemanden umbringen können.

»Gutes Spiel«, sagte der Junge großzügig, Heil ihm im Siegerkranz. Ich antwortete nicht. Ich ging zu den anderen zurück, ohne ihn eines Blickes zu würdigen. Bibhuti war mit seinem Interview fertig und warf sich für einen Tritt in Positur. Der jüngste Mönch pflanzte ihm ein tolles Exemplar zwischen die Beine, und seine rechtschaffenen Kumpanen applaudierten dazu, alle verbunden im Sportsgeist.

Der Turbanator trieb die Mönche für die Actionfotos zusammen und wechselte das Objektiv für die Aufnahmen beim Spiel. Das Tock-tock des Balls hallte von den Steinfliesen wider wie ein angstvoll schlagendes Herz, die Wolken zogen sich erneut zusammen und foppten uns mit der Ahnung, dass es regnen würde.

Als Bibhuti sagte, wir würden gesegnet werden, wurde mir eiskalt. An so etwas glaubte ich nicht, sagte ich ihm. Aber er sagte, der Segen sei keine Gefahr und würde uns Schutz bieten bei den Prüfungen, die uns bevorstanden. Ich widersprach nicht, weil ich niemanden beleidigen wollte. Bevor wir den Tempel betraten, mussten wir die Schuhe ausziehen. Ich hatte ein Loch im Strumpf, und dass ich meine Zehe sehen konnte, gab mir plötzlich ein Gefühl der Gottlosigkeit und Selbstsucht.

Wir folgten den Mönchen hinein. Ein seltsamer Geruch erfüllte die Luft, süßlich, feierlich. Mir platzte fast der Kopf von all den dummen kleinen Dingen, die ich getan hatte, und vom dicksten dummen Ding von allen. An diesem Ort wartete etwas auf mich, im Herzen der Finsternis. Es würde mir im Prunkgewand der Religion gegenübertreten und dennoch bösartig sein, und es würde kein Entkommen geben. Ich würde erfahren, welches das größte Versagen meines Lebens war, und ich würde dastehen und mir anhören müssen, wie es mir vor allen anderen verlesen wurde. Ich machte mich fluchtbereit.

Dann waren da plötzlich alle Farben auf einmal, und zu viele Götter hingen von den Wänden. Eine Frau mit spitzem Hut tanzte mit Elefanten. Ein Buddha saß schläfrig und selbstzufrieden auf einem Altar, umgeben von seinen Obstschalen und von Blumen, deren Duft den Gestank von Menschenopfern überdecken sollte. Die Mönche verbeugten sich vor dem Buddha, und wir taten es ihnen nach. Sie gingen ganz nach hinten, dort saß im Schneidersitz ein neuer Mönch in einer andersfarbigen Kutte. Der Oberschlangenbeschwörer. Er war die Perle, und seine Lakaien waren der Schmutz, der an ihr klebte. Er sah mich, und ein warmherziges Lächeln legte sich über sein Gesicht.

Bibhuti verbeugte sich vor dem Obermufti. Ich tat es ihm nach. Wir wurden geheißen, uns auf den Boden zu setzen. Ich faltete mich zusammen, so gut es ging. Mein Herz schlug so laut, dass die Mönche es ganz bestimmt hören und aus seinem Rhythmus den Salzgehalt meines Essens ablesen konnten.

Der jüngste Mönch trat an den Altar und zündete Kerzen und Räucherstäbchen an. Flüsternd erhob sich der Rauch, und der süßliche Geruch im Raum wurde noch dicker. Er nahm ein Knäuel orangefarbener Schnur vom Altar und fing an, es abzuwickeln. Er wand die Schnur um den Buddha, dann kam er mit dem Knäuel zu uns und legte uns die Schnur um die Schultern, bis wir lose zusammengebunden waren. Dann reichte er das Schnurknäuel dem Chef, der es locker in der Hand hielt und begann, ein Gebet zu murmeln.

Der Jüngere setzte sich neben ihn, alle bauten sich in einer Reihe auf. Der Chef wickelte die Schnur ab und reichte das Knäuel weiter. Jeder Mönch wickelte sich die Schnur um die Hände, bevor er es weiterreichte. Als sie alle miteinander verbunden waren, erhoben sie die Hände im Gebet, der Chef schloss die Augen und stimmte einen feierlichen Gesang an. Die anderen fielen mit ein. Der Gesang baute sich immer weiter auf, bis er zu einer Welle anschwoll, auf der sie ritten. Die Welle hob sich und sank und wiederholte sich, und mit jeder Wiederholung wurde ihr Schwall stärker. Der Lärm wurde lauter und breitete sich aus wie ein Feuer, das reichlich Nahrung fand, und die Wände schienen sich zu weiten, um ihn drinnen halten zu können. Der Lärm trug die Mönche in seinen Armen an einen Ort, über den ich nichts wusste.

Ich warf Bibhuti einen Blick zu und sah, dass er mit

davongetragen wurde. Er strahlte leeren Gleichmut aus, die Anmutung eines Mannes, der mühelos an die Fähigkeit des Menschen glaubte, sich zu reinigen.

Der Gesang ging weiter. Der Lärm ließ die Schnur um meine Schultern erzittern. Ich zupfte daran wie an einer Gitarrensaite, aber das konnte die Mönche nicht aufhalten. Ich war als Letzter noch wach. Ich saß da und wartete auf ihre Rückkehr von dem anderen Ort. Die Schnur schnitt mir in die Haut, und ich wollte gerade aus der Schlinge schlüpfen, als der Obermönch die Augen aufschlug und sich leise rührte, als würde er aus einer Betäubung aufwachen. Er hörte auf zu singen. Die anderen hörten einen Augenblick nach ihm auf, und die Stille, die sich ausbreitete, war furchterregend und wundersam.

Der Obermönch ließ die Schnur fahren. Er sah auf übertriebene Weise dankbar aus, so als hätte sein Chorgesang mit dem Unbekannten einen Knoten in seinem Bauch gelöst, der ihn von Geburt an geplagt hatte. Seine Gefolgsleute kamen vorbei und warfen ihre Stücke der Schnur ab, und sie atmeten alle gemeinsam tief aus. Die Schnur fiel uns von den Schultern, und der Obermönch holte sie ein. Mit einer Schere, die der Jüngste ihm reichte, schnitt er ein Stück ab. Er schloss die Faust um ein Ende und murmelte wieder ein Gebet, dann blies er sich in die Hand. Er beugte sich in meine Richtung und bedeutete mir, einen Arm auszustrecken. Ich hielt ihm beide hin, die Handflächen nach oben, wie zum Anlegen der Handschellen. Er schlug mir den linken Arm weg und drehte den rechten um, dann band er mir die Schnur ums Handgelenk.

Ich bedankte mich. Er schwieg.

Er schnitt noch ein Stück Schnur ab und wiederholte alles

mit Bibhuti, der die Gabe routiniert annahm. Er war schon öfter gesegnet worden, als er zählen konnte.

Als es vorüber war, blickte ich das Stück orangefarbene Schnur um mein Handgelenk an. Die Haut dort fühlte sich anders an, aber mein Herz schlug noch am gleichen Fleck, jedenfalls soweit ich wusste.

Wir verteilten die Rasierer und die Deos, die üblichen Geschenke an die Mönche zum Dank für den Segen. Keiner bedankte sich. Bibhuti sagte, es sei ihnen verboten, Dank zu sagen sei gegen ihre Regeln.

»Wenn man für eine Wohltat Dank annimmt, ist das wie eine Belohnung. Wohltätigkeit ist ohne Aussicht auf Belohnung besser, dann bedeutet sie dem Gebenden mehr.«

Er fragte mich, ob es mir besser gehe. Er wartete meine Antwort nicht ab.

»Das sind die Gebete, die von der Schnur übertragen werden. Wenn man sie trägt, wird alle negative Energie geblockt. Wir werden vor allen Übeln geschützt, ganz unvermittelt stellt sich Erfolg ein.«

»Also bist du Buddhist?«

»Ich bin religionslos, aber ich habe meinen Glauben. Ich glaube nicht, dass Gott ein Ding ist. Er ist alles, was uns umgibt, die Namen und die Formen, die wir ihm geben, sind reine Erfindungen. Aber es ist gut, wenn man das Angebot der Mönche annimmt: Wir nähren uns alle von derselben Energie, und jede Segnung ist willkommen.«

»Sehr vernünftig«, sagte ich.

»Ja. Und in meiner Zeitung bekommen sie einen schönen Bericht mit ihrem Spendenaufruf.«

»So haben alle etwas davon«, sagte ich und bereute meine Einfalt sofort.

Die Mönche geleiteten uns an das Tor, ein paar seilten sich ab, als wir am Pingpongtisch vorüberkamen. Sie griffen zum Schläger und fingen sofort an, Löcher in die Luft zu hauen. Ich stellte mir vor, dass sie unsterblich waren und auf dieser Hügelkuppe noch ihr Spiel spielen würden, wenn der Rest der Welt rund um sie herum zu Asche zerfallen war. Wir traten aus dem heiligen Kreis, so sündenhaft als wie zuvor, und stolperten den Hügel wieder hinunter. Unten im Tal schliefen die Roboter noch.

7

Seit Bibhuti in den Schlaf gefallen ist, hat seine Frau kaum mehr als ein paar Worte gesprochen. Sie hat den Blick kaum von ihm abgewandt, damit sie den Augenblick seines Erwachens nicht verpasst. Ihre Andacht ist still und trotzig. Sie zwingt ihren Gatten mit einer Kraft zu sich zurück, die alle Vögel aus den Bäumen schreckt. Die Hände hat sie fest zu Fäusten geballt, rund um die Hoffnung, die sie festhalten wie einen blutenden Stein. Ich weiß noch, wie ich ihr eingeredet habe, ihr Mann würde weltberühmt werden, und das habe er mir zu verdanken. Wenn ich mir einen Blick von ihr einfange, werde auch ich zu Stein werden, da bin ich mir sicher.

Sie blickt ihren Mann an und wartet. Sie zählt die blauen Flecken, die sie zwischen seinen Gipsverbänden sehen kann, und malt sich aus, wie sie seine Wunden wieder zusammenlötet. Ihr Name ist mir noch immer ein Rätsel, und es kann jetzt keinen richtigen Moment mehr geben, um sie danach zu fragen.

Ich kann noch den Lötzinn riechen, von Ellens Ferienjob, als sie in Handarbeit am Küchentisch Leiterplatten montiert hatte, damals, als wir auf das Kinderzimmer sparten und auf alles, was ein Kind brauchen könnte, um stark und glücklich zu werden. Das Radio lief, durch das offene Fenster kam der Straßenlärm, auf der neuen Rasenfläche spielten Kinder Fußball, und Ellens Finger glänzten schwarz von einer Reihe von Verbrennungen, die ihr nicht wehtaten. Ich weiß noch, wie sehr ich mich schämte, dass sie einen Zweitjob annehmen musste, weil ich ihr keine goldenen Eier legen konnte, und ich weiß noch, wie ich ihr sagte, falls es beim ersten Mal mit dem Kind nicht klappen würde, würden wir es noch einmal versuchen und perfekt hinbekommen.

Leere Versprechungen. Machte ich damals im Dutzend. Heute weiß ich, wie dumm es ist, etwas zu sagen, das man dann nicht mehr zurücknehmen kann.

Jetzt sitzen die beiden Frauen nebeneinander, Ellen war aus dem Schlaf geschreckt und fand, sie müsse auf Distanz gehen zu mir, bevor man sich zuflüsterte, dass sie auf meiner Seite sei. Eben war die Schwester da und hat Bibhutis Urinbeutel gewechselt. Wir sahen alle nach der Farbe. Braun ist nicht gut. Ein Machtgefühl, wenn man weiß, dass man die Farbe der Pisse eines Menschen verändern kann. Es bereitet mir keinen Genuss.

Zuerst hatte seine Frau mich gern gefüttert. Sie gab mir großzügig von ihrem Essen, das ich belebend fand. Die Geschmäcker waren mir eine Wonne, und beim Kauen dachte ich darüber nach, ob ich ihren Gatten wohl umbringen würde. Wenn die Schärfe der ersten Bisse mich zum Husten brachte, reichte sie mir Wasser und ein Tuch, mit dem ich mir die Nase abtupfen konnte. Wenn ich um mehr bat, bekam ich einen Nachschlag.

Bibhutis Wohnung befand sich in einem niedrigen Betonklotz auf Stelzen, mit dem Auto ein paar Minuten vom Hotel.

Unter dem Bauch des Hauses schliefen japanische Autos, mehr oder weniger nackt, sie schüttelten ihre überflüssigen Teile ab wie Hunde ihre Flöhe. Der kleine Hof war leer, abgesehen von einem Badmintonnetz, das Bibhuti aufgehängt hatte, damit er in der Abendkühle mit Jolly Boy spielen konnte, wenn der Junge der adelnden Kraft sportlichen Wettkampfes bedurfte.

Eine ellbogenhohe Mauer trennte sein Haus vom Nachbarbungalow, und durch deren Lücken konnte ich die Nachbarn auf Plastikstühlen in ihrem Vordergarten sitzen sehen, als wir vorfuhren. Ein junges Paar mit Augen, aus denen dreist die Zufriedenheit strahlte, als würden sie die Schritte aller Tänze dieser Welt kennen und sie mir nur zu gerne beibringen, sollte ich auch nur das leiseste Anzeichen von Lernbereitschaft zeigen. Die Frau schälte Mandeln, mit blitzschnellen geschickten Fingern. Der Mann suchte den Himmel nach Anzeichen von Einbrechern ab und hielt ihr den Eimer zwischen die Füße, um die niederprasselnden Kerne darin aufzufangen. Bibhuti winkte ihnen zu und zeigte auf mich. Sie unterhielten sich kurz in ihrer Sprache, und der Mann hob zufrieden den Daumen. Er hieß mich in seinem Land willkommen und wünschte mir viel Glück. Ich bedankte mich und flüchtete in den Schatten der Treppe, die zu den Wohnungen führte.

Auf dem Weg zu Bibhutis Haustür mussten wir uns an einer Beinprothese vorbeischleichen, die jemand vor der Tür hatte liegen lassen. Die kleinen künstlichen Zehen waren so ergreifend, dass mir fast die Tränen kamen.

An die Wand neben Bibhutis Tür hatte jemand ganz sorgfältig ein Hakenkreuz gemalt. Ich wusste, dass es hier etwas anderes bedeutete als im Westen, und der Anblick brachte mich nicht aus der Fassung.

Ich tat es Bibhuti nach, streifte die Schuhe ab und ließ sie draußen stehen. Er öffnete die Tür, und Jolly Boy schlüpfte an ihm vorbei in die Wohnung und ließ sich auf das Sofa mit Zebramuster fallen, das das kleine Wohnzimmer beherrschte. Er schaltete den Fernseher ein und hatte sich in Sekundenschnelle im Geschehen auf dem Bildschirm verloren.

Der Ort des Flugzeugabsturzes war ein Futterplatz für Leichenfledderer geworden. Die Reporter balgten sich um die herumtaumelnden Verletzten. Eine Interviewte konnte die Fragen nicht hören; ihre Haare qualmten.

Ich fühlte mich ängstlich und einsam. Das Fehlen der vertrauten Fernsehprogramme erinnerte mich daran, dass ich nun staatenlos war und aller Annehmlichkeiten ledig.

Eine Seite des Zimmers war ein Altar für Bibhutis Wahn. An der Wand hingen in labilem Gleichgewicht seine Guinness- und Limca-Urkunden. Die Zeitungsausschnitte zu all seinen Rekorden standen, in Schildplatt gerahmt, auf der Anrichte. Alle waren echt, und auf allen Fotos sah er leblos aus, der Schock des seltsamen Sieges hatte ihm das Geschichtsträchtige aus dem Blick gezogen. Wie er schweißüberströmt auf den Schultern eines Jüngers herumgetragen wurde. Wie er die Betonplatte ritt beim Aufprall des Vorschlaghammers.

Ich sah ein Foto von ihm, auf dem er mit nacktem Oberkörper auf einen Fisch einboxte, und musste mir ein Lächeln verkneifen.

»Das war kein Rekordversuch«, erklärte Bibhuti, »das ist lange her, damals wollte ich Model werden. Der Fluss, an dem ich stehe, mündet in den Thane Creek, der Navi Mumbai vom Festland trennt. Ich wollte diese Fotos nicht, aber weil ich langsam berühmt wurde, ließ ich mich überreden. Sie sind nicht weit verbreitet worden. Dieses steht hier, weil es meiner Frau gefällt.«

Ich sah ihm in die Augen und suchte nach der Aufrichtigkeit, die seine Fotos vermissen ließen. Als ich sie fand, fürchtete ich nicht länger um seine mentale Härte.

»Willkommen bei mir zu Hause«, sagte er. »Dies ist nun auch dein Zuhause. Normalerweise essen wir nur zweimal am Tag, morgens und abends, aber für dich machen wir extra Lunch. Du bist mein Besucher von jenseits der sieben Weltmeere, das ist für uns alle ein großer Segen.«

Da trat Bibhutis Frau ein, still und ausdruckslos, gefolgt von eifersüchtigen Dampfschwaden aus der Küche. In den Falten an ihrem Hals nistete der Schweiß vom Kochen. Sie begrüßte mich schüchtern und stellte drei Gläser Orangensaft auf den Couchtisch. Im Kondenswasser an den Gläsern zeichnete sich ihr Handabdruck ab. Ich konnte spüren, wie hart sie daran arbeitete, ihre Welt jeden Morgen in neuem Glanz erscheinen zu lassen. Sie mochte mir nicht in die Augen blicken, und wer konnte ihr das verdenken? Soweit sie wusste, war ich der Todesengel, der ihren Gatten in die nächste Welt treiben wollte, bevor er die Versprechen einlösen konnte, die er ihr unter vier Augen gemacht hatte.

Wir aßen im Schlafzimmer, als Tischtuch diente ein buntes Umhängetuch, das sie über das Bett geworfen hatten, in dem sie alle schliefen. Mir war nicht wohl dabei, so rasch Teil ihrer intimsten Arrangements zu werden. Als Bibhuti mich fragte, ob ich verheiratet sei, behauptete ich, meine Frau sei gestorben. Das kam einfach so heraus, ich konnte mich nicht bremsen. Die Scham kroch mir die Beine hoch, und ich bekam eine Gänsehaut. Ich hasste mich dafür, dass ich immer zu schwach war, die Wahrheit zu sagen.

Sie sprachen mir ihr Beileid aus. Sie verstanden, wie schwer es für mich ohne sie sein musste.

»Ich möchte nicht die sein, die zurückbleibt«, sagte seine Frau und warf Bibhuti einen kurzen wütenden Blick zu. Er bemerkte ihn nicht.

»Das wird nicht geschehen«, sagte er zu mir und schaufelte sich etwas aufs Brot, das ich bald als Aloo Gobi kennenlernen sollte.

Ich ahmte seine Technik nach. Meine Finger schreckten bei der ersten Berührung mit dem Essen zurück, dann entspannten sie sich und passten sich an.

»Ich stehe unter dem Schutz des Allmächtigen, und es wird mir kein Leid geschehen. Und wenn ich mich jetzt mitten auf die Straße stellen würde, kein Auto könnte mir etwas anhaben, und ich würde ohne den kleinsten Kratzer zurückkehren. Dies ist die Kraft, die Gott mir verliehen hat.«

»Du wirst es nicht noch einmal versuchen, hast du gesagt«, sagte seine Frau.

Bibhuti wischte ihre Klage weg. »Einmal habe ich versucht, ein vierzig Stundenkilometer schnelles Auto zum Halten zu bringen«, erklärte er. »Das war in der Praxis nicht erfolgreich, also habe ich den Plan fallen lassen. Das ist lange her. Ich bin mit einer kleinen Verletzung davongekommen, einem Beckenbruch, mehr nicht. Vielleicht sollte ich die Geschwindigkeit auf dreißig Kilometer reduzieren. Vielleicht werde ich es irgendwann noch einmal versuchen. Wenn ich für einen Rekord nicht bestimmt bin, lässt Gott es mich wissen. Ich gehe nur dorthin, wo er mich hinführt.«

Seine Frau nahm einen größeren Bissen, als sie kauen konnte, und alle warteten angespannt, bis sie ihn wohlbehalten herunterbekommen hatte. Alle aßen mit neuer

Entschlossenheit weiter. Unsere Essgeräusche erzeugten ein Gefühl der Gleichheit. Ich war froh, dass Ellen nicht mit ansehen musste, wie schlimm ich kleckerte.

Bevor ich einen Schläger in die Hand nehmen konnte, musste ich Leib und Seele bereitmachen. Kein Fleisch mehr! Bibhuti lebte seit vielen Jahren streng vegetarisch und führte seine mentale Stärke und Widerstandsfähigkeit gegen jede Art von Krankheit darauf zurück. Seine Frau würde täglich für mich kochen. Von außerhalb durfte ich nichts annehmen.

Kein Alkohol, kein Tabak, kein Koffein. Zucker nur in Maßen. Sexueller Spannungsabbau war mir gestattet, aber nicht exzessiv. Mein Geld durfte ich behalten und es verteilen, wenn Bedarf entstand.

Bibhuti war Frühaufsteher und erwartete, dass ich seinem Stundenplan folgte. Der Tag begann um fünf Uhr morgens mit Fitnesstraining. Ich brauchte bequeme Kleidung und ein Paar gute Turnschuhe, die meine Knöchel stützten und Zerrungen vorbeugten.

Ich würde ohne Zögern oder Widerrede tun müssen, was er sagte. Nach vielen Jahren des Trainings und Wettkampfs sei er der Experte. Er wisse, dass er der Beste sei. Es würde schwer werden. Es würde jeden Tropfen Blut und Schweiß verlangen, den ich geben konnte. Das würde mein großer Durchbruch werden. Wenn wir einmal am Ziel waren, wäre ich ein neuer Mensch. Ich würde wissen, wie es sich anfühlte, dem Tod die Stirn zu bieten und all den Ängsten, die das Leben der anderen so klein machen. Ich wäre Gott begegnet, von Angesicht zu Angesicht.

Ich sagte ihm: Ich bin dabei.

Zuerst musste ich atmen lernen. Ich sagte Bibhuti, das könne ich schon, aber davon wollte er nichts hören.

»Du atmest ganz falsch, das ist mir schon bei unserer ersten Begegnung aufgefallen.«

»Was soll damit nicht stimmen? Ich atme eben.«

»Ganz falsch. Sehr schlecht. Du kannst von Glück sagen, dass du noch lebst, wenn das bei dir schon immer so war.«

Er brachte mich in den Hof unter seiner Wohnung, und ich musste im Schneidersitz auf dem Betonboden sitzen. Alles fand draußen statt, vor den Augen der Welt. Scham war hierzulande unbekannt, und wenn ich dazugehören wollte, musste ich mich daran gewöhnen, dass Blicke und Hände auf mir lagen.

Bibhuti kniete hinter mir auf dem Beton, sodass seine Oberschenkel sich an meinem Rücken rieben. Er packte meine Schultern und zog mir den Rücken gerade. Als er auf Widerstände traf, legte er mir die Hand auf die Brust und zog mich ganz in die Länge, dann wuchtete er mich in eine Form, die ihm gefiel.

Jolly Boy lümmelte sich vor mir auf dem Boden herum, auf einen babyspeckigen Arm gestützt, und starrte mich in einer Art lasziver Trance an. Er trug ein Hemd mit einem aufgestickten Silberdrachen, der den Tod bannen sollte. Eine Stoppuhr hing ihm um den Hals, und er war allzeit bereit, auf ein Zeichen seines Vaters die Zeit bis zu unserer Schicksalsstunde zu nehmen.

Bibhutis Nachbar stützte sich mit den Ellenbogen auf die Trennmauer und sah zu, wie ich verrenkt wurde. Hinter ihm hängte seine Frau Bananenschalen an die Wäscheleine. Sie waren schwarz und tropften. Bestimmt irgendeine finstere

Beschwörung, mit der die Götter dazu verführt werden sollten, mir und dem Rekordversuch ihren Segen zu geben.

Beim Einatmen durch die Nase bis sieben zählen.

Die Luft anhalten und bis fünf zählen.

Durch den Mund ausatmen und dabei bis sieben zählen.

Auf fünf ausruhen, dann noch einmal.

Noch einmal.

Noch einmal.

So atmet man. So tötet man Drachen.

»Kommt mir schwer vor«, sagte ich. Meine Brust fühlte sich an wie mit Dornen ausgestopft. Jedes Ein- und Ausatmen nach dieser neuen idealen Formel war panisch und krampfig. Mein Körper war es nicht gewohnt, sich selbst so genau unter die Lupe zu nehmen. Ich war für ein Leben mit geschlossenen Augen gebaut.

»Das ist ganz natürlich«, insistierte Bibhuti. »Das lernst du ganz leicht. Es dauert nicht lange, dann geht es ganz automatisch. Den Nutzen spürst du sofort. Das wird dir viel Ärger ersparen und dir viele zusätzliche Lebensjahre schenken.«

Ich versuchte es. Ich wurde müde. Jolly Boy maß meine Zeiten, und ich jagte der Reinkarnation nach, die Bibhuti mir versprochen hatte, wenn die Atemzüge in den vorfabrizierten Lücken einrasteten. Aber nichts. Die Sonne brannte hernieder, und ich kroch in den Schatten der Garage, um den Nachbarn das Schauspiel meines Scheiterns vorzuenthalten. Mir wurde klar, dass ich schon immer alles falsch gemacht hatte.

Als ich wieder im Hotel war, trank ich die Flasche leer. Die Demütigung durch das falsche Atmen hatte mir eine Last auf die Seele gelegt, die nur der Suff mir nehmen konnte. Als ich locker geworden war, ging ich meinen ersten

Tag als Ausgestoßener und Mythenbildner durch und speicherte ihn als Anerkennungserfolg ab. Es hatte keine Toten gegeben, und die Stolpersteine, vor denen ich Angst gehabt hatte, waren noch nicht aufgetaucht.

Weltrekord Nummer 2: 1448 Klappmesser in einer Stunde (1999)

8

In den Tagen nach meinem allerersten Weltrekord, dem heldenhaften Schamtritt, versprach ich meiner Gattin hoch und heilig, dass meine Gier nach extremen Betätigungen befriedigt sei und ich reuelos in mein normales Leben zurückkehren würde. Sie sorgte sich um meine Gesundheit, und es ist die erste Pflicht eines jeden Ehemannes, die Sorgen seiner Frau zu achten und sich entsprechend zu verhalten. Und dennoch fand ich mich in den Klauen einer wilden Entschlossenheit, meiner ersten Leistung noch größere Triumphe folgen zu lassen. Aller inneren Einkehr zum Trotz konnte ich kein Gegenargument entdecken, das diesen Wunsch von seiner zentralen Position in meiner Vorstellungswelt hätte verdrängen können. Ich war süchtig.

Das ist unweigerlich die Folge, wenn man Weltrekordhalter wird: Wenn man sich wie ich gegen alle Wahrscheinlichkeit durchsetzt und den Gipfel des Berges erklimmt, möchte man nicht wieder hinunter. Man hat die seltenste Sorte Höhenluft gekostet, und es kommt einem wenig sinnvoll vor, wieder die staubige Luft der niederen Regionen zu atmen. Außerdem quälte mich im Hinterkopf ein Frust: Zwar hatten die netten Leute bei Limca meinen Schamtrittrekord liebenswürdigerweise zertifiziert, aber ein echter Hit würde ich erst sein, wenn ich Anerkennung im *Guinness-Buch der*

Rekorde gefunden hatte. Der Ruf dieses Buches ist auf dem ganzen Erdenrund unübertroffen, und das Ziel eines jeden Extremsportlers ist es, in diese Familie aufgenommen zu werden. Daher machte ich mich, sobald ich kein Blut mehr im Urin hatte und die Schwellung meines Genitalbereichs zurückgegangen war, auf die Suche nach einem Rekord, der ihre Unterstützung finden würde.

Meine Frau war von meinem Entschluss erschüttert. Sie wollte wissen, wer der Familie die Bäuche füllen würde, falls ich ihr im Katastrophenfall entrissen werden würde.

Shubhams kleine Finger ruhten auf der Schulter seiner Mutter, mit runzligen Knöcheln und allen Fingernägeln am rechten Ort, und eine tiefe Traurigkeit grub sich mir ins Herz, weil meine Frau nicht daran glaubte, dass ich alle guten Dinge für uns wahr werden lassen konnte. Ich nahm ihr das Kind ab und drückte es fest. Es war leicht wie eine Feder, und ich sagte ihm, dass ich die Steinmauer war, die ihn vor all den Winden schützte, die ihn forttragen wollten.

»Mach dir keine Sorgen«, sagte ich zu meiner Frau. »Es wird nichts geschehen. Ich atme jetzt die Luft der Berge und bin geschützt. Ich werde dies dir und dem Kind zu Ehren tun. Ein Guinness-Weltrekord wird uns berühmt machen. Er wird uns eine Zukunft im hellen Licht der Sonne schenken. Dies ist der Weg, den der Allmächtige mir vorherbestimmt hat, ich muss ihn erhobenen Hauptes beschreiten.«

Meine Frau ließ sich von meinem entschlossenen Auftreten überzeugen und von meinem Versprechen, für unser Heim eine neue Klimaanlage aus heimischer Produktion zu kaufen, sobald ich den Erfolg in der Tasche hatte. (Den Beweis dafür kann man an der Wand meines Schlafzimmers sehen, auch nach rund zehn Jahren läuft sie noch immer fehlerfrei. Ihr langes Leben ist dem sparsamen Umgang geschuldet, sie läuft nur, wenn die Hitze am schlimmsten wütet – das ist generell besser, finanziell und für die Körperfunktionen.)

Bald darauf setzte ich die Guinness-Leute von meinen Absichten in Kenntnis. Für meinen nächsten Rekordversuch hatte ich Klappmesser gewählt, weil es auf diesem Gebiet bereits einen Guinness-Rekord gab und meine Bemühungen daher mit Sicherheit ratifiziert werden würden. Außerdem gehörten eintausend Klappmesser bereits zu meinem täglichen Trainingsprogramm, daher wusste ich, dass es kein Problem für mich werden würde, meinen Vorgänger zu übertrumpfen. Es war wirklich alles perfekt. Nichts konnte schiefgehen.

Der Veranstaltungsort war die große Halle der »Navi Mumbai Sports Association«, wo ich trainiere, weil die Anfahrt von meinem Zuhause in Airoli kurz ist. Hier mache ich in den umliegenden Gärten gymnastische Übungen, hier gebe ich bis heute meine offiziellen Karatekurse, ein Unternehmen, das ich aus dem Nichts aufgebaut habe. Viele meiner Schüler sind mit mir durch dick und dünn gegangen, aus den verschiedensten Altersstufen und mit unterschiedlichem Geschick, aber alle teilen das gleiche Ziel: höchste Leistung und stetes Wachstum durch Hingabe im Training. Die Halle war bis auf den letzten Platz voll mit meinen ergebenen Schülern, Kollegen und anderen mir Wohlgesinnten, angelockt von der Mundpropaganda, die Rajesh Battacharjee nah und fern ausgestreut hatte. Obwohl ich meinen Job bei ihm aufgegeben hatte, um Vollzeit als Journalist zu arbeiten, hatte er mir als Unterstützer die Treue gehalten und seine wichtigen Freunde in der Stadtverwaltung von Navi Mumbai wissen lassen, dass ich ungenutzte Fähigkeiten besaß, die mehr Anerkennung verdienten. In der Menge konnte man einige neue Gesichter entdecken, und es war großartig, so viel Unterstützung zu erfahren, von den Obersten meiner Stadt ebenso wie vom einfachen Mann, dem all meine Erfolge gewidmet sind.

Auch meine Frau war von Anfang an dabei; sie hatte sich eine Klimaanlage ausgesucht und plagte sich, seit ich auf die Idee mit den Klappmessern gekommen war, auch nicht mehr mit Sorgen um meine Unversehrtheit. Sie hatte sie in endloser Zahl von mir gesehen und war überzeugt, dass keinerlei Gefahr drohte. Der Rekordversuch war eine ganz einfache Sache, es waren keine besonderen Vorkehrungen oder Helfer vonnöten. Nur ich und mein Bauch im Wettlauf gegen die Zeit. Das Training war reibungslos verlaufen, im letzten Durchlauf mit Zeitmessung war ich auf die Zahl 1389 gekommen, nur sechs Klappmesser unter dem bestehenden Rekord. Nur leichte Schmerzempfindlichkeit in der Oberbauchregion während der letzten Trainingsphase, kein Anlass zur Besorgnis.

Diesmal stand Vijay Five hinter der Kamera, weil Amrit Battacharjee, Rajeshs Bruder, inzwischen völlig erblindet war. Vijay Five hatte ich kennengelernt, als ich bei der *Times of India* anfing, der englischsprachigen Zeitung mit der höchsten Auflage weltweit. Er war ein Reporterkollege aus dem Politikressort. Nachdem ich ihm die Kampfkünste als besten Weg zu Gesundheit, Fitness und Ausgeglichenheit empfohlen hatte, wurde er bald der fünfte Vijay in meiner Karategruppe.

Die Geschichte meines Weges zum Journalismus ist ein großartiges Beispiel dafür, wie einem Gottes Schätze in die Arme fallen, wenn man seine Arme nur ausstreckt und bereit für sie ist. Wirklich herrlich war das, ganz unerwartet, und ich will kurz erzählen, wie es sich zugetragen hat. Sie werden sich erinnern, dass ich Limca einen Zeitungsausschnitt schicken musste, damit mein erster Rekord anerkannt wurde: Der Lokaljournalist, der mir dabei half, bahnte mir den Weg zum Journalistenberuf. Er bat mich zu schreiben, was ich gerne gedruckt sehen würde, und als er meine Rezension gelesen hatte, lud er mich ein, freier Mitarbeiter der Zeitung zu werden. Das war mir ein Anlass, anderen durch meine Teilhabe am sozialen Wirken als Journalist zu helfen. Bald darauf bot mir die *Times of India* eine Stelle an. Ich wurde Vollzeitjournalist, um gegen die Gleichgültigkeit zu kämpfen, mit der die Medien viele Sportler wie mich behandeln. Ich nahm die Fackel auf und förderte mit meinem Bericht Sportbegabungen. Dies ist bis heute meine Mission geblieben.

Zurück zum Rekordversuch! Nach meiner üblichen Meditationsphase war ich bereit, voller Optimismus. Mein ältester Schüler, Gopal Dutta, übernahm wieder das Zählen. Er trug seinen besten Leinen-Bandhgala, und es gab noch kein Anzeichen dafür, dass ihn bald ein Tumor quälen würde.

Bevor ich in Position ging, warf ich rasch einen Blick in die Zuschauermenge. Auf der Tribüne saßen zirka sechzig Menschen, die schon unter der Hitze litten, die sich in der Halle staute (ich hatte Valmik, den Hausmeister, angewiesen, die Fenster geschlossen zu halten, um so Leistung und Effizienz meiner Muskeln zu unterstützen). Alle waren sie gekommen, um Zeuge meines nächsten Schrittes auf dem Weg zum Extremsportpionier zu werden. In der ersten Reihe erspähte ich meine Frau mit Shubham im Arm, und ihr Lächeln gab mir die Sicherheit, dass aller Ehestreit hinter uns lag. Ich spürte die Erwartungen der Zuschauer, und sie kamen mir realistisch vor: Ich würde nicht zulassen, dass sie die Halle enttäuscht verließen. Nein, ich würde sie mit süßen Erinnerungen an ein einzigartiges Ereignis in der Geschichte unserer von Armut gezeichneten Gemeinde nach Hause entlassen.

Ich legte mich in die Startposition, flach auf den Rücken, dann wartete ich bei klarem Verstand auf den Beginn der mir zugewiesenen Stunde. Dann, auf Gopal Duttas Kommando, begann ich den Versuch.

Zunächst lief alles ganz rund, in nur dreißig Minuten schaffte ich eintausend Klappmesser. Ich ging jeden Augenblick mit voller Energie an: Körper auf, Körper nieder, Körper auf, Körper nieder, Körper auf, Körper nieder, wie eine herrliche Lokomotive, die über die Schienen walzt. Ich fand einen zufriedenstellenden Rhythmus, lauschte der Stimme von Gopal Dutta, die meine Bewegungen abzählte, atmete jedes Mal ein, wenn meine Nase an meine Knie stieß, und atmete aus, wenn mein Kopf wieder auf den Boden prallte. Die Zeit verging sehr rasch. Jedes Mal, wenn mein Kopf auf den Beton aufschlug, wusste ich, dass ich meinem großen Ziel einen Schritt näher gekommen war, dem Guinness-Weltrekord.

Dann, als ich die Tausendergrenze überschritten hatte, spürte ich die Kraft meiner Halsregion schwinden. Ein unvorhergesehenes Ereignis war eingetreten, das ich nicht augenblicklich benennen konnte, aber ich ließ in meinen Anstrengungen, den Versuch zu Ende zu bringen, nicht nach. Ich drängte weiter voran, aber mit nachlassendem Tempo, was dem ständigen Aufprallen des Hinterkopfes auf den harten Beton geschuldet war, der mir nun Anlass zur Sorge bot.

»Eine Minute«, rief Gopal Dutta, und danach brach die Menge bei jedem meiner Klappmesser in Applaus aus. Das Klatschen gab mir den Schub, den ich brauchte, um die letzten Sekunden durchzuhalten. In dem Augenblick, als die Schmerzen zu groß wurden und mir schwarz vor Augen war, verkündete Gopal Dutta das Ende, und die Zuschauer ließen die Wände wackeln.

»Eintausendvierhundertundachtundvierzig!«, verkündete Gopal Dutta, und ich blieb in völliger Erschöpfung liegen. Meine Reaktion war sehr emotional. Still dankte ich dem Allmächtigen dafür, dass er mir diesen Augenblick geschenkt hatte. Dann eilten meine Frau und mein Sohn herbei, und ich blickte durch einen Schleier aus Freudentränen zu ihnen auf.

»Ich habe es geschafft!«, sagte ich. »Jetzt bin ich ein Guinness-Mann!« Ich setzte mich auf, um ihre Umarmungen entgegennehmen zu können. Da weiteten sich die Augen meiner Frau vor Schreck, und sie wurde blass. Sie ließ das Kind wie glühende Kohlen in Gopal Duttas Arme fallen.

»Dein Kopf!«, schrie sie. »Was hast du getan?«

Ich fuhr mir mit den Fingern an den Hinterkopf und ertastete Haare und Blut. Ich blickte in die Runde meiner Freunde, und alle waren von Panik gezeichnet.

»Ist schon okay, BB«, sagte Rajesh Battacharjee, den Blick auf den Teil von mir geheftet, den ich nicht sehen konnte. »Das ist bestimmt nicht schlimm. Glückwunsch! Du hast es geschafft!« Er zog mich auf die Beine und stellte mich vor der anstürmenden Menge auf. »BB Nayak, Guinness-Weltrekordbrecher! Ein Sohn Navi Mumbais, ehemals beschäftigt bei Everest Engineering, Freund des einfachen Mannes! Kommt!«

Die Menge überrannte mich, und wieder hoben sie mich auf ihre Schultern. Sie schienen nicht zu merken, dass mein

Blut ihre Kleider beschmutzte, als sie mich aus der Halle in die Gärten hinaustrugen. Ich versuchte, die Hand meiner Frau zu fassen, aber sie war zu weit weg.

Hier sollte ich anmerken, dass ich nicht an Ärzte glaube. Ich habe meinen Körper immer besser gekannt als jeder Arzt: Er wird immer nur eine Röntgenaufnahme des gebrochenen Knochens machen, man selbst aber wartet voller Schmerzen auf die Entwicklung der Aufnahme. Die innere Kraft eines Menschen ist es, die schließlich Heilung bringt. Mit der Erfahrung meiner einundvierzig Jahre kann ich sagen, dass ich im Leben keinen Arzt besucht habe, abgesehen von dieser einen Ausnahmesituation. Ich habe mir bei der Ausübung meines Sports jeden Knochen im Körper gebrochen, und nie sind Schäden zurückgeblieben – ich habe mich vollkommen zufriedenstellend selbst geheilt und die Genesung mit eigener Sachkenntnis vorangetrieben. Nach so vielen Jahren des Trainings sind mir Verletzungen Routine geworden. Meine Medizin ist Kurkuma in Milch als Schmerzmittel, und es ist hervorragende Medizin, und wenn der Bruch schlimm ist, verbinde ich ihn und gipse ihn selbst auf konventionelle Art ein. Ich bin daran gewachsen, Traumata, Pein und Schmerzen zu behandeln, ohne jemandem damit zur Last zu fallen.

Und so bin ich tags darauf nur deshalb schnell ins Krankenhaus gefahren, um meiner Frau die Sorgen zu nehmen. Das dauernde Brummen im Kopf, das mich die Nacht über wach gehalten hatte, war nur eine vorübergehende Blockade vor den großen Feierlichkeiten, die bald beginnen würden.

Der Arzt im Krankenhaus zeigte sich ernstlich besorgt, als

er mich zu sehen bekam. Daraufhin begann meine Frau wieder zu weinen, was mir nicht dabei half, wieder ins Gleichgewicht zu kommen. In dieser Phase merkte ich, dass ich nicht gehen konnte, ohne gestützt zu werden, und musste mich setzen. »Es ist nicht so schlimm, wie es aussieht«, sagte ich ihr. »Ich habe nur ein bisschen Kopfschmerzen.« In Wahrheit litt ich Höllenqualen, aber ich wusste, dass ich mein Leiden in meinem neuen Amt als Guinness-Weltrekordhalter unter Kontrolle halten musste, um nicht die aufstrebenden Sportler zu entmutigen, die in meine Fußstapfen treten wollten. Deshalb schämte ich mich sehr, als ich es einige Augenblicke später nicht verhindern konnte, in ein kleines Koma zu fallen.

Als ich wieder aufwachte, brannte ich lichterloh. Mein Körper fühlte sich auf ganzer Länge an, als würde er in Flammen stehen. Ich schlug die Augen auf und fand mich in einem merkwürdigen Bett. Als ich meinen Kopf spüren konnte, bemerkte ich dort einen dicken Verband. Ich versuchte, den Kopf zu heben, aber das war sehr unangenehm. Bei der kleinsten Bewegung überfluteten mich die Schmerzen, und ich musste schreien. Meine Frau trat in mein Blickfeld, und ich sah, dass ihr Gesicht tränennass war. Mein Sohn, der in ihren Armen schlief, kannte den Kummer nicht, der sich im Leben der Erwachsenen breitmacht. Neben meiner Frau standen der Arzt und auch Rajesh Battacharjee, alle mit Gesichtern, als wären auch sie eben aus langem Schlaf erwacht.

Der Arzt erklärte mir, dass man mich am Gehirn operiert habe. Ich hatte keine Erinnerung daran. Die Information war recht überraschend, aber ich nahm es mit Fassung. Dann teilte er mir mit, dass ich drei Tage geschlafen hatte. Ich war schockiert, weil ich mich nicht angemessen ausgeruht fühlte. Nichts als Schwere und Schmerzen.

»Habe ich den Rekord noch?«, lautete meine dringendste Frage. Meine Stimme klang, als käme sie von meilenweit weg. Das war natürlich meine größte Angst. Was wäre das für ein Fluch, wenn während meines tiefen Schlafs ein Missgeschick oder eine Formalität mich meines rechtmäßig errungenen Rekordes beraubt hätte. Ich wollte nicht, dass meine harte Arbeit ohne Anerkennung blieb.

»Ja, BB, der Rekord ist dein«, versicherte mir Rajesh Battacharjee. »Ich habe die Dokumentation persönlich eingeschickt. Wir warten nur noch auf die Ratifizierung der Guinness-Leute. Das dauert wenige Wochen. Du hast es geschafft, mein Freund.«

Ich gab einen Stoßseufzer von mir, und der Schmerz ließ beträchtlich nach. Dann musste ich mir den Arzt anhören, der mir meine Verletzungen erklärte. Ich hatte mir nicht nur am ganzen Körper von Kopf bis Fuß durch die bei dieser nie da gewesenen Anzahl von Klappmessern entstehende Reibung tiefe Wunden zugezogen, das wiederholte Aufschlagen meines Kopfes auf den Betonboden hatte auch zu einer Hirnblutung geführt. Diese Verletzungen konnte man leicht aus dem Mangel an Vorkehrungen erklären, der verständlich war, weil das Ereignis für alle Beteiligten ganz neu gewesen war. Wir hatten nicht daran gedacht, den Boden abzupolstern oder mir einen Kopfschutz anzulegen: Ich mache alles gern auf natürliche Weise, und diesem Prinzip muss ich durch dick und dünn folgen. Daher akzeptierte ich leichten Herzens mein Missgeschick.

»Wann kann ich wieder nach Hause?«, fragte ich den Arzt.

»Die Genesung wird lange dauern«, sagte er. »Wir haben operiert, um die Schwellung im Gehirn zu lindern, aber weitere Blutungen und Komplikationen sind nicht auszuschließen. Die Wunden am Rücken sind recht schwer, und es besteht Infektionsgefahr. Ansonsten brauchen Sie Ruhe und möglicherweise Hauttransplantationen. Das wird nicht einfach, aber wir werden unser Bestes tun, Sie ganz wiederherzustellen.«

Ich hatte kein Vertrauen in die Behandlung, die das Krankenhaus mir bieten konnte, also verließ ich es sofort und setzte den Genesungsprozess zu Hause fort.

Drei Monate lang war ich bettlägerig, bis ich mich von den Schmerzen und den Hautverletzungen erholt hatte. Die Komplikationen, vor denen der Arzt gewarnt hatte, stellten sich nicht ein, aber Langeweile und Frustration waren ein großes Problem. Unvorhergesehener Verzögerungen wegen traf keine Urkunde von Guinness ein, ich konnte meinen üblichen Pflichten und meinem regelmäßigen Training nicht nachkommen und war außerdem noch vom ständigen Flehen meiner Frau abgelenkt, meine Ambitionen im Extremsport für immer zu begraben. Sobald ich nicht mehr im Bett liegen musste, nahm ich Yoga, Meditation und Atemübungen wieder auf, damit ich wieder in Form kam. Ich hatte dreißig bis vierzig Prozent meines Erinnerungsvermögens eingebüßt. Bis heute spüre ich ein deutliches Zwicken, wenn ich hart trainiere und dabei den Kopf miteinbeziehe. Die Genesungszeit hat mich viel schwer verdientes Geld gekostet, die ganze Familie hing von mir ab, das war eine schlimme Zeit. Erschwerend kam der zeitintensive Ausgleich von Verdienstausfällen hinzu.

In dieser Zeit der Prüfung stand Rajesh Battacharjee mir zur Seite und hielt mich bei Laune. Ich konnte meiner Arbeit bei der Zeitung nicht nachgehen, aber er gab mir großzügig Geld, damit ich meiner Familie die Bäuche füllen und ein Dach über dem Kopf geben konnte. Auch saß er oft an meinem Bett und erinnerte mich an die Verpflichtung, die mich an meine Unterstützer band.

»Ich spüre im Volk eine große Begierde auf deine Botschaft«, ließ Rajesh Battacharjee mich wissen. »Die Menschen ahnen es vielleicht noch nicht, aber ich werde sie dort hinführen. Wir können ihnen zeigen, dass Demut und Leistungsbereitschaft jeden aus den Tiefen der Anonymität in nationales Ansehen und sogar Weltruhm hineinkatapultieren können. Du kannst ein Symbol dafür sein. Eines Tages werden sie vielleicht bei dir ihre Träume kaufen. Ich habe die Macht, dich groß herauszubringen, BB. Sag einfach Ja, dann werde ich es tun. Das ist erst der Anfang. Du wirst dich erholen, und dann beginnt die nächste Etappe unserer Reise.«

Seine Ansprache beeindruckte mich, aber ich hielt mich bedeckt, damit die gute Stimmung zwischen meiner Frau und mir hielt. Sie dagegen ließ ihren Gefühlen freien Lauf.

»Ich will ihn nicht als Symbol«, sagte sie Rajesh Battacharjee ganz deutlich. »Ich möchte einfach, dass er lebt. Ein guter Ehemann soll er mir sein und seinem Sohn ein guter Vater. Dafür bete ich, Tag und Nacht.«

»Deine Gebete werden erhört werden, Bhabhi. Aber ein guter Ehemann ist ein Mann, der seinen Liebsten ein Beispiel gibt, dem sie folgen können. BB gibt ein überzeugenderes Beispiel ab, als die meisten einfachen Männer es jemals könnten. Wenn du ihn nur seinen Weg gehen lässt, kann er ein leuchtendes Beispiel für die ganze Welt sein.

Eine gute Ehefrau stellt sich nicht zwischen ihren Mann und sein Schicksal.«

Darauf antwortete sie nicht mit Worten, stattdessen senkte sie den Blick zum Zeichen, dass sie sich bereitmachte, sich der unbestreitbaren Stärke von Rajesh Battacharjees Argument zu unterwerfen.

Ich sammelte gleichzeitig schon Einfälle für meinen nächsten Rekordversuch. Ich wusste, wenn ich meinen Platz in der langen Geschichte unseres Landes für alle Zeit behaupten wollte, musste der nächste Rekord ebenso ungewöhnlich sein oder den vorigen noch übertreffen. Die folgenden Worte sagte ich mir selbst mit viel Kraft und Entschlossenheit vor: Ich bin Bibhuti Bhushan Nayak aus Cuttack, stolzer Einwohner von Navi Mumbai, Limca-Weltrekordhalter, Guinness-Weltrekordhalter. Ich werde den Menschen meine Botschaft der Liebe durch Disziplin, Sport und vegetarische Ernährung anvertrauen, und meine Leistungen werden dem einfachen Mann ebenso Ermutigung sein wie der jungen Generation.

Danke schön.

9

Ich blicke aus dem Fenster und sehe einen ganzen Zirkus auf uns zurollen. Das Auto irgendeines Jüngers verstopft die Straße, und ein Krankenwagen fährt über die Wiese, um durchzukommen. Am Hang gehen seine Ladetüren auf, und eine Frau auf einer Trage kommt herausgerauscht und klappert über den Rasen. Die Trage prallt an einen Laternenpfahl, dort bleibt sie stehen. Krankenpfleger unterbrechen ihre Zigarettenpause und eilen der Frau zu Hilfe. Sie tragen die Trage in die Notaufnahme. Die Frau rührt sich dabei nicht. Sie ist alt und hat vernichtendere Entwürdigungen erlebt als diese. Sie schläft friedlich weiter.

Auf dem Parkplatz recken vertraute Gesichter sich himmelwärts, suchen das Fenster, hinter dem sich ihr gefallenes Idol verbirgt. Alle, die gesehen haben, wie ich Bibhuti umgehauen habe, sind gekommen. Da sind die Vijays, da ist Harshad. Da sind Amrita und die Tischtennismönche. Der Turbanator schützt seine Kamera vor den langen Fingern der bettelnden Kinder. Kavita sieht wild aus in ihrem Dora-T-Shirt, kämpft mit ihrem Vater und reagiert, um sich schlagend, all ihre kleinen Sorgen an ihm ab. Sie glaubt, dass ihr Sensei schon nicht mehr lebe. Sie glaubt, dass die Welt untergehe.

Jemand muss sie irgendwo hoch oben absetzen, wo sie

keinen Schaden anrichten kann, in einem Baum, bis das Gewitter abgezogen ist. Aber niemand wagt sich in ihre Nähe. Sie ist eine Tigerin. Ich habe ihr das Herz gebrochen.

In einem Pilgerzug sind sie gekommen, der Kavalkade folgend, die uns hierherbrachte, als Bibhuti sich nicht mehr rührte. Erst seine Freunde, dann der Kameramann von AXN und die bettelnden Kinder, die zum Tempel gekommen waren, weil sie sehen wollten, was los war, und weil sie hofften, die anderen Schaulustigen in Geberlaune anzutreffen. Sie kamen tröpfelnd, angezogen von der Aussicht auf einen glanzvollen Tod. Jetzt stehen ihnen die Münder offen, und ihre Blicke schweifen wie Suchscheinwerfer über die Fassade. Sie wollen den Bösewicht sehen. Sie verstecken die Heugabeln hinter dem Rücken. Ich bin für sie das Monster, und ich habe keine Ahnung, wie es so weit kommen konnte.

Ich verstecke mich hinter der Gardine.

»Sie müssen doch wissen, dass es nicht meine Schuld war«, sage ich.

»Wessen Schuld war es denn?«, fragt Ellen heiser und anklagend in der Tür, wo sie darauf wartet, dass Bibhutis Frau und Jolly Boy von ihrer Besprechung mit den Ärzten zurückkommen. Mich wollten sie nicht dabeihaben. Ellen stützt sich auf ihren Stock, und der Stock kippelt. Sie, das Opfer, die Behinderte, ist stärker, als ich sie in Erinnerung habe.

»Er hat nur das bekommen, was er von mir wollte. Ich wusste nicht, dass es so enden würde.«

»Wie konntest du das nicht wissen?«

»Ich habe geglaubt, er hält das aus. Er hat mir gesagt, es sei okay. Ich habe es nur zu seinem Besten getan.«

Bibhutis Urinbeutel ist wieder voll, und ich sollte ihn auswechseln, aber ich weiß nicht, wie. Ich bitte Ellen, eine Schwester zu rufen, und tupfe ihm die Lippen ab, wische den Schorf weg. Er solle aufwachen, sage ich ihm. Seine Augen schwimmen in ihren Höhlen. Er träumt. Er träumt, also muss er noch ein Mensch sein. Wer nur noch dahinvegetiert, träumt nicht. Er ist noch ein Mensch, und alles wird gut. Wach auf.

Wach auf.

Ich flüstere es ihm ins Ohr. Ich komme ihm so nah, dass ich seinen Atem riechen kann. Verfaulte Eier. Ich schließe ihm die Lippen wieder. Ich bin nie Vater gewesen, aber jetzt weiß ich, wie es sich anfühlt, ein Kind zu haben. In diesem Augenblick würde ich alles dafür geben, um an seiner Stelle sterben zu dürfen.

Vielleicht wird mein Wunsch mir ja noch erfüllt. Wir befinden uns beide in einem Wettrennen, der Tod ist das Ziel, und keiner kann sagen, wer von uns vorne liegt. Das weißt Du allein.

Die Schmerzen werden schlimmer.

Solange ich glaubte, dass Bibhuti mich retten könnte, hatten sie ein wenig nachgelassen. Dann kamen sie zurück und wuchsen; jetzt kann ich sie nicht mehr abschütteln, nicht mit neuen Perspektiven, nicht mit neuer Atemtechnik. Sie erfüllen mich wie glühend heißer Sand, der in jede Lücke dringt. Jedes Korn eine falsche Entscheidung, ein böses Wort oder ein nicht ausgesprochenes Kompliment, und deswegen kann ich nun nicht atmen. Nun brennt mir die Reue in den Knochen. Nun weiß ich, wie der Fasan sich gefühlt haben muss, als ich ihm beim Sterben zusah, als ich zum ersten Mal getötet hatte. Er wird noch einmal jeden Augenblick des Fliegens durchlebt und seine stummeligen Flügel verflucht haben, weil sie ihm nicht mehr als eine Ahnung gaben von einem Himmel, der zu groß war, um einfach so von ihm zu lassen.

Ich war auf dem Weg zur Arbeit gewesen, über Land, um den Verkehr auf der Autobahn zu umfahren. Es war Winter, und die Sonne ging gerade auf. Die Straße glitzerte. Es war noch Eis auf der Windschutzscheibe. Manchmal fuhr ich diese Strecke, um ein bisschen Natur zu sehen, bevor der Tag anfing und mit ihm die ganze Plackerei. Fasane sah ich oft. Einmal sah ich einen Hirsch, der am Straßenrand an den Büschen knabberte. Ich konnte sehr nahe herankommen, und wenn niemand hinter mir war, fuhr ich langsamer, um mir die Tiere in Ruhe anzuschauen. Auf den Landstraßen herrschte Stille, die Bäume verbargen die Industrieanlagen und ließen mich vergessen, was los war in der Welt, all die Kriege, die sich in die Länge zogen, und Ellen, die zu Hause saß und sich selber Babynamen vorsang. Etwas schreckte ihn auf, er kam aus der Hecke geflattert, und ich erwischte ihn voll. Mir blieb die Luft weg von dem Krach, und ich stieg in die Bremsen. Ich saß eine Weile da und sah ihn zuckend auf der Straße liegen. Dann fuhr ich an den Straßenrand und stieg aus, um ihm Gesellschaft zu leisten.

Ich ging langsam zu ihm, während er wartete, dass die Schmerzen aufhörten. Ich konnte nichts für ihn tun. Seine Verletzungen waren zu schwer, und er glitt ins Morgenrot hinüber. Ich überlegte, ob ich hinlangen und versuchen sollte, ihn wieder zusammenzusetzen, aber ich wollte ihm nicht noch größere Schmerzen zufügen. Er blickte mich an, aus seinem kleinen Auge, blinzelnd. Ich suchte nach Verständnis oder Vergebung, nach einer Seele vielleicht, aber da war nichts als leeres Warten. Mir kamen die Tränen. Ich wischte sie ab, ignorierte die Kälte und blieb bei ihm. Die Luft schmeckte frischer, als ich sie je erlebt hatte. Die Stille war wunderschön, und ich sah die wahre Farbe der Bäume. Grausamkeit sah ich und herrliches Chaos. Dich sah ich nicht. Ich hielt das alles für einen Unfall, alles Gute, alles Böse.

Ich entschuldigte mich bei ihm. Ich bat ihn, mir zu vergeben, wenn er konnte. Er zitterte. Wichtige Teile seiner Innereien tropften auf die Straße und schimmerten im Morgenlicht. Er blinzelte noch dreimal, schnell hintereinander, dann starb er. Die Welt zog sich ein ganz klein wenig zusammen, und ich spürte etwas von mir abfallen. Ich ging in die Büsche, pinkeln, dann holte ich eine Decke aus dem Kofferraum und wickelte ihn darin ein. Ich brachte es nicht über mich, ihn anzufassen. Als ich durch die Decke seinen Körper spürte, musste ich wieder weinen. Ich kam mir vor wie eine Krankheit. Ich legte ihn in den Kofferraum und ließ ihn schlafen, während ich den Arbeitstag hinter mich brachte. Immer wieder stand mir sein Gesicht vor Augen, und ich hörte früher auf, ohne ein Wort von dem aufgenommen zu haben, was man zu mir gesagt hatte, und ohne einen der Gegenstände zu spüren, die ich in die Hand genommen hatte, Stifte, Laufzettel und die Kaffeetasse mit den braunen Verfärbungen innen.

Ellen sah mir zu, wie ich das Loch aushob, und sagte nichts über den Zustand des Gartens. Sie wusste, dass ich ihm das Begräbnis schuldig war. Sie wusste es so gut wie ich. Ich suchte eine schöne Stelle aus, hinten unter dem Holzapfelbaum. Dort würde es ihm gefallen. Wenn es heißer wurde, war es dort schattig, und über ihm in den Zweigen zwitscherten die Vögel. Während ich im Dunkeln schaufelte, machte sie viel Aufhebens um den Vogel, putzte so viel Blut weg wie möglich, damit er schön aussah. Sie ersetzte die kratzige Decke mit etwas Weicherem, einer Häkelarbeit aus Wolle, die Mum uns für das Baby geschenkt hatte, das nie gekommen war. Zitronengelb und noch mit Falte von der

Lagerung ganz unten in der Schublade bei den Manschettenknöpfen und Lotterieanleihen. Sie strich ihm über das tote Gesicht und zupfte ihm den Schmutz aus dem Gefieder.

Ich fand einen alten Ranzen zum Schutz gegen die Würmer, und als ich ihn zuschnappen ließ, kamen auch ihr die Tränen. Ich ließ ihn ganz sanft hinab, um ihn nicht zu wecken. Wir entschuldigten uns beide, beieinander so sehr wie bei dem Vogel. Ich klopfte fein säuberlich die Erde fest und trat zurück, um Platz für das Ritual zu machen. Ellen hielt mich einfach am Arm, und die Sterne schienen herab, und sie sah in eine Zukunft, die sie zum ersten Mal schaute. Eine Zukunft, die nie ein neues Leben ausformen würde, in der unsere beiden Leben mit ihren Nietnägeln und ihrem Sodbrennen genügen mussten, um uns zu wärmen. Was von mir abgefallen war, fiel nun auch von ihr ab, und ich wusste, wir würden es nie zurückgewinnen. Als wir hineingingen, schnitt sie sich ein Stück Kuchen ab, und sie schaltete das Licht aus, bevor sie sich auszog.

Von draußen ein Knall. Ich gehe ans Fenster. Der Kleinbus eines Fernsehsenders ist auf das Auto aufgefahren, das die Straße versperrt. Eine Reporterin stolpert vom Beifahrersitz und streicht sich die Haare glatt, schreitet durch die Menge, um ihren Platz am Krankenhaustor zu beanspruchen. Ihr Kameramann läuft hinter ihr her und trägt ihr einen Schuh nach. Einen roten Slipper.

Das Auto gehört Vijay Five. Er rauft sich die Haare und sieht sich den verbeulten Kotflügel an. Er geht sich bei der Reporterin beschweren. Zwei Medienhunde, die sich über dem Filetstück einer Story anknurren. Aber Vijay hat seinen

Notizblock nicht mitgebracht. Bibhuti ist keine Story für ihn. Hinter seinem Rücken klettern nackte Kinder auf das Autodach und fangen an zu tanzen. Bald wird es wieder regnen.

In diesem Stadtteil waren die Überschwemmungen nicht schlimm. Die Gullys haben das Wasser aufgenommen, und die Straßen fallen zum Meer hin ab. Ich habe auf dem Weg hierher nur einen einzigen schwimmenden Hund gesehen, der panisch im Kreis herumplanschte, auf der Suche nach Boden unter den Füßen. Das war meilenweit weg und einen Tag her. Inzwischen ist er bestimmt in Sicherheit. Wir sind hier sicherer als auf dem Festland, wo der größte Teil niedergegangen ist. Ein Zauber liegt auf uns.

Immer wenn ich die Augen schließe, sehe ich mich Bibhuti mit dem Baseballschläger schlagen. Ich sehe ihn, wie er sich krümmt und zusammenbricht, mit einem freudigen Gesichtsausdruck. Da hat er mich geliebt. Wenn er aufwacht, wird er mich wieder lieben. Wir sind Brüder, daran gibt es nichts zu rütteln. Gestern war der wichtigste Tag meines Lebens. Er muss aufwachen, damit ich ihm dafür danken kann. Ich muss mich bei ihm dafür entschuldigen, dass ich ihn benutzt habe, um zu erwachen.

10

Jolly Boy saß neben dem alten Mann, umfasste seine Knie auf der Plane vor dem Hotel. Der alte Mann hatte zu ihm gesprochen, und nun starrte er wieder seinen Lieblingsfleck im Himmel an. Dort bildeten sich Wolken, wie nach seinem Willen, fügten sich zusammen, und er sah ihnen mit seinen trüben Augen zu. Ich fragte Jolly Boy, was der Mann gesagt habe.

»Er wartet auf den Monsun. Wenn der Regen kommt, wird er zu Regen werden und so zum Himmel aufsteigen. Seit zwölf Jahren wartet er darauf. Jedes Jahr glaubt er, dass es so weit sei, aber nie war der Regen stark genug, ihn auffahren zu lassen. Dieses Mal ist es so weit, glaubt er.«

»Was meinst du? Glaubst du ihm?«

»Ja. Er ist sich ganz sicher. Er betet schon sehr lange. Ich glaube, dieses Jahr schafft er es.«

»Warum will er sich in Regen verwandeln?«

Jolly Boy fragte den alten Mann und übersetzte dessen Antwort. »Er sagt, es sei ihm immer verheißen gewesen, auf diesem Weg zu sterben. Er glaubt, es sei der beste Weg. Er möchte hier nicht mehr leben, er ist zu schwer. Als Regen wird er leicht sein und ganz schnell in den Himmel kommen. Dort wartet seine Familie auf ihn, und dort sind seine Ziegen. Er vermisst seine Ziegen sehr. Gottes Verheißung ist schon lange her, er kann nicht länger warten.«

»Sag ihm, ich hoffe, dass es dieses Jahr geschieht.«

Jolly Boy übermittelte meine Nachricht. Der alte Mann schenkte mir ein zahnloses Lächeln. Er bot mir wieder einen Nippesgott an, und ich lehnte höflich ab. Es war derselbe, den er mir schon einmal angeboten hatte. Wir ließen ihn auf seiner Verheißung sitzen, und pflichtschuldig bildeten sich über seinem Kopf die Regenwolken.

Der Ganesha auf dem Armaturenbrett in seinem kleinen Plexiglasgefängnis behielt seine Meinung für sich. Bibhuti saß auf seinem Brett, wechselte krachend die Gänge und schaltete mit einem gestressten Zungenschnalzen die Klimaanlage ein, als Jolly Boys Betteln langsam nervte. Auf der Brücke staute sich der Feierabendverkehr. Auf jedem Auto stand hinten der gleiche Spruch: »Hupen o.k. bitte«, und alle nahmen sich die Bitte zu Herzen.

Ich sah einen Mann, der einen Hund in den Bach warf, der leblose Körper verrenkte sich schaurig beim Aufklatschen. Der Mann entbot dem Hund keinen Abschiedsgruß, er stieg einfach wieder auf sein Motorrad und fädelte sich in den Verkehr ein. Ausdrucklos fuhr er an uns vorüber, während wir uns Zentimeter um Zentimeter in Richtung Festland vorarbeiteten.

Das alte Bombay. Wo wie ein Lied hinter jeder Tür der Tod erklingt und unerfüllte Träume wie Rauch aus dem brennenden Müll und den Rattenlöchern aufsteigen. Trotz der Klimaanlage konnte ich den Ort riechen, als er näher kam, fruchtbar und wimmelnd vor Tradition und alltäglichen Schrecknissen. Ein Ort, an dem man sich verlieren konnte und der einen zwang, alte Gewissheiten entsetzt zu überdenken. Bibhuti schaltete das Radio ein und sang mit Jolly Boy das erstbeste Lied mit. Ich konnte den Text nicht verstehen und war wieder Außenseiter.

Bibhuti konnte seine Aufregung kaum verbergen. Er wiegte sich im Rhythmus der Musik, während wir zwischen den Stoßstangen ruckartig vorankamen, nahm die Hände vom Lenkrad und klatschte ungeduldig. »Ich habe diesen Mann nach langer Suche gefunden«, sagte er. »Mein Freund Santosh, der auch mein Schüler ist, er hat mir von ihm erzählt. Das Glück wollte, dass er einen großen Vorrat an Schlägern besitzt, für die er keine Verwendung hat. Ich konnte sie nicht bezahlen, aber ich nahm ihm das Versprechen ab, sie für mich aufzubewahren, bis Geld da war. Er hat mir meine Bitte erfüllt, aber ich muss ihm einen kleinen Gefallen tun, wenn wir die Transaktion abgeschlossen haben. Ein ehrenwerter Mann. Die Schläger sind nie benutzt worden, und es sind viele. Heute bin ich sehr glücklich.«

Er fing wieder an zu singen. Ich war ausgelaugt vom frühen Aufstehen und nickte ein. Dann ließ der Verkehr nach, und das neue Tempo machte mich wieder wach.

Die Straßen waren jetzt wie abgepellt und warfen Hitzeblasen, die Häuser waren edler geworden, Villen aus der Kolonialzeit mit Salons voller Bücher, in denen einst syphilitische Vizekönige und Teehändler mit Koteletten bis aufs Blut um Diamanten von der Größe von Straußeneiern gerungen hatten. So stellte ich es mir jedenfalls vor. An den üppigen Bäumen hingen Laternen, die sich bei näherem Hinsehen als Früchte entpuppten. Die Kinder am Straßenrand waren hellhäutiger, ihre Gesichter waren nicht vom Schmutz der Drangsal der Kinder aus den ärmeren Vierteln bedeckt. Ihr Haar war fein säuberlich gekämmt, und im Blick trugen sie das Ungestüm der Einschränkungen, die der Wohlstand ihrer Familien ihnen auferlegte. Sie waren in gemächliche Hebelspiele versunken und versuchten, mit einem Ast einen Gullydeckel anzuheben. Sie versuchten nicht, das Auto anzuhalten, und reckten uns nicht bettelnd die Hände entgegen.

Wir verließen die gute alte Zeit, bogen ab und waren wieder in der modernen Welt. Eine wogende Straße, glatt poliert von den Reifen aller Autos, Busse und Tanklaster der Stadt, die alle zugleich gekommen waren, auf einer Art Pilgerfahrt ins Benzinzeitalter. Ein Hupgewitter prasselte auf unser Auto hernieder, und wieder kamen wir nur noch im Schneckentempo voran. Ich sah meine erste heilige Kuh, die sich am Straßenrand erleichterte, an einen Wellblechkiosk gebunden, der SIM-Karten und Limetten verkaufte. Die spitzen Schultern der Kuh gaben ihr eine mythische Anmutung, und niemandem schienen die Sturzbäche aus Scheiße aufzufallen, die ihr aus dem Hintern rannen. Man ging nur instinktiv darum herum, ohne aufzublicken, als würde es gegen einen uralten Moralkodex verstoßen, einem Tier im Augenblick unanständigen Betragens in aller Öffentlichkeit in die Augen zu blicken.

Bibhuti parkte am Kothaufen der Kuh. Ich musste mich anstrengen, um nicht hineinzutreten, und Jolly Boy zog mich auf den Randstein. Ich rümpfte die Nase vor dem Gestank, und er zog die seine solidarisch kraus. Wir gingen in das Café Coffee Day und setzten uns an einen roten Plastiktisch. Das Mädchen, das unsere Bestellung aufnahm, trug eine Baseballkappe. Der Tee wurde in Pappbechern serviert. Ich hatte irgendwie mit einem Porzellantässchen gerechnet. Ich war enttäuscht, wie schnell Indien seine Traditionen dem Dogma der Zweckmäßigkeit geopfert hatte. Es stand mir nicht zu, das zu sagen, aber ich fand, man hätte sie entschlossener verteidigen müssen.

B Pattni brachte den Geruch der Straße mit, nach schnellen Deals und eilig beim Kartenzinken getrunkenem Kaffee mit viel Milch. Als er durch die Tür kam, klingelte das kleine Glöckchen. Er begrüßte mich mit einem Händedruck, der mich auf Konstruktionsfehler prüfen sollte. Seine Hände fühlten sich weniger dafür gemacht an, Höflichkeiten mit Menschen von auswärts auszutauschen, als dafür, Telegrafenmasten in den Boden zu rammen oder angreifende Leoparden zu erwürgen.

Er fragte mich, ob ich das Geld hätte, und ich hob die Tragetasche.

»Wir brauchen sie nicht zum Baseballspielen«, sagte ich. »Sie sind für etwas ganz Besonderes. Sie müssen *pukka* sein.«

»Ich weiß, wofür sie gebraucht werden, Sir. Keine Sorge, sie sind eins a. Kommen Sie mit.«

Wir folgten ihm nach draußen. Er führte uns durch eine dumpfige Gasse, die zu den Lieferanteneingängen der Geschäfte führte. Aus Gewerbemülltonnen und Mülltüten quollen die stinkenden Überreste aus Fast-Food-Buden. Ganz hinten befand sich eine Reihe versperrter Garagen. B Pattni ging auf Zehenspitzen, damit seine Lacklederschuhe nicht schmutzig wurden. Er schloss die hinterste Garage auf, zog das Tor auf und verschwand im Inneren.

Bibhuti und sein Junge waren still geworden. Die Luft brummte vor Fliegen und angespannter Erwartung. Langsam traten wir näher, wie Grabräuber in einer Pyramide.

Eine Ratte huschte an meinen Füßen vorbei und verschwand durch ein Loch in einem Müllbeutel. Sie trug einen Paillettenkragen und Diebeslust im Blick.

B Pattni tauchte wieder auf und überreichte Bibhuti seine erste Gabe. Bibhuti machte große Augen, als er sie sah. Gierig nahm er den Schläger in Empfang. Er strich ihn mit den Fingern von der Spitze bis zum Griff ab, glättete sich die Handfläche am lackierten Holz. Er suchte nach Fehlern in der Maserung. Er las den Schläger wie eine heilige Schrift.

»Wunderbar, ganz wunderbar«, murmelte er. Er schlug sich mit dem Schläger in die Hand, spürte sein Gewicht und sog das Versprechen auf, das ihm innewohnte. Der Schauder einer geheimen Lust durchfuhr ihn, als er mit dem Schläger in die Luft schlug. Vielleicht dachte er an den ersten Schlag auf sein eigen Fleisch und seine Knochen, die Befreiung, die dieser mit sich bringen würde.

»Ist er gut?«, fragte B Pattni, zog eine Kiste heraus und reichte mir einen zweiten Schläger zur Prüfung.

»Ganz wunderbar«, wiederholte Bibhuti. Grinsend drehte er sich zu mir um, mit Feuer in den Augen. »Fühlt sich genau richtig an. Besser geht's nicht. Fühl mal.«

Ich schlug zum Schein in die Luft. »Gutes Gefühl«, sagte ich.

Jolly Boy nahm sich auch einen Schläger und ahmte unser Ritual nach, testete ihn gegen den schwachen Widerstand der Luft. Bald schwangen wir alle drei feierlich unsere Schläger, wider die Gespenster aller Enttäuschungen unserer Vergangenheit, und nahmen von einer teuflischen Zukunft Besitz. Ein Ziel vereinte uns alle, und wie spielende Jungen verloren wir uns darin. Vater und Sohn schlugen synchrone Homeruns, dann fochten Jolly Boy und ich miteinander. Uns packte die Lust auf Clownerie, und unser gespieltes Kriegsgeschrei hallte durch die Gasse.

Jolly Boy holte zu einem Schlag auf Bibhutis Kopf aus. Der duckte sich weg.

»Brich jetzt gleich einen kaputt, Baba«, bettelte der Junge. »Ich schlage.«

»Noch nicht«, sagte Bibhuti. »Das ist Onkels Job. Den ersten Schlag müssen wir ihm überlassen, er kommt von weit her.«

Der Junge schmollte. Er tröstete sich mit einem Schlag in die Luft, während sein Vater einen weiteren Schläger aus der Kiste holte und ihn hingerissen streichelte.

Ich entdeckte eine Prägeschrift am Stil meines Schlägers: »B Pattni Feine Lederwaren, Im- und Export, Groß- und Einzelhandel«. Eine Adresse, Telefon- und Faxnummer. Auf Bibhutis Schläger fand sich dieselbe Aufschrift. Und auf allen anderen auch.

»Das war ein Missgeschick«, sagte B Pattni. »Für mich sind sie völlig wertlos. Mein Sohn spielt Baseball in der Mannschaft der Malad Maroons. Letztes Jahr wurden sie in die A-Jugend von Mumbai aufgenommen. Ein kleines Vermögen habe ich ausgegeben, um sie mit Schlägern auszustatten, und noch etwas draufgelegt für die Prägeschrift mit meinen Firmendaten. Eine tolle Werbemöglichkeit, habe ich gedacht.«

Er deutete auf die Schrift auf meinem Schläger. »B Pattni Feine Lederwaren, das ist meine Firma. Eben habe ich meine zweite Filiale eröffnet, in der Evershine Mall, neben dem Cell-bug-Handy-Showroom. Ihr müsst vorbeikommen, bei mir gibt es alles, was ihr braucht: Brieftaschen, Handtaschen, iPhone-Hüllen, Dokumentenmappen, Aktenkoffer, alles beste Qualität.«

Seine Stimmung verdüsterte sich. »Die Schläger wurden fehlerhaft geliefert. Die ganze Charge, unwiederbringlich entstellt. Seht ihr, die Telefonnummer? Falsch. Das soll eine Sieben sein und keine Zwei. Ich hatte die Bestellung ganz korrekt aufgegeben, das war ihr Fehler, aber sie haben sich geweigert, die Verantwortung zu übernehmen.«

Der Zorn verzerrte seine Stimme, und etwas Gefährliches umfing ihn wie ein Nebel. Ich trat einen Schritt zurück, für den Fall, dass er plötzlich um sich schlug. »Ich mache so etwas immer per Hand, wisst ihr, den Onlineformularen traue ich nicht. Ihr seht ja, auf dem Schläger steht keine Webadresse. So mache ich meine Geschäfte nicht. Das Internet ist nicht sicher, so spioniert Pakistan uns aus. Ich habe per Fax bestellt, und sie haben meine Angaben falsch gelesen. Meine Sieben sieht eindeutig nicht wie eine Zwei aus, meine Handschrift war schon immer ganz klar. Das liegt am Leser. Wenn ich meinen Füller dabeihätte, würde ich es euch zeigen.«

»Schon okay, ich glaube dir.«

»Ich habe versucht, sie zur Vernunft zu bringen, aber sie haben sich geweigert, ihren Fehler wiedergutzumachen. Für den korrekten Aufdruck musste ich eine neue Bestellung aufgeben, ich durfte meinen Sohn nicht enttäuschen, das Vorsaisontraining stand vor der Tür. Jetzt sitze ich auf hundertzwanzig Schlägern, die ich nicht gebrauchen kann. Das ganze letzte Jahr über haben sie Staub angesetzt. Aber dann kam BB hereingeschneit, und die Lage ist gerettet.«

Ein Krachen ertönte. In einem Anfall von Übermut hatte Jolly Boy seinen Schläger an ein Garagentor krachen lassen. Bibhuti erwachte aus seiner Trance, war mit einem Satz bei dem Jungen, entriss ihm den Schläger und schalt ihn für seinen respektlosen Umgang mit der Ausrüstung. Er suchte an der Schlägerspitze nach Schäden.

Der Lärm hatte B Pattni aus dem Konzept gebracht. Er leckte sich einen Spuckebatzen von der Lippe.

»Ich bitte euch nur um Abdeckung des Aufdrucks«, sagte er. »Ich möchte weitere Peinlichkeiten vermeiden.« Ängstlich sah er Bibhuti an. »Habt ihr über meinen Preis gesprochen?«

»Die Entscheidung steht«, sagte Bibhuti.

Bibhuti bugsierte mich in eine ungestörte Ecke und knöpfte mir 30.000 Rupien ab. Das klang nach einem fairen Preis für zwei Menschenseelen und all ihre großen Pläne. Ich zählte die Scheine ab und reichte sie ihm. Er dankte mir mit wildem Überschwang. Nun war ich sein Wohltäter. Allgemeines Händeschütteln. Aber Bibhuti und B Pattni hatten noch etwas zu erledigen.

B Pattni krempelte sich die Hemdsärmel auf und wischte sich mit einem Taschentuch den Schweiß von der Stirn. Er stellte sich breitbeinig auf und versuchte, auf den Fußballen zu tänzeln wie ein Schattenboxer. Er wirkte so aber nur noch dicker.

»Wenn es dir lieber ist, ziehe ich die Schuhe aus.«

»Die Schuhe können bleiben, wo sie sind, kein Problem«, beruhigte Bibhuti ihn. »Und dann hilfst du uns, die Schläger zu mir nach Hause zu bringen, oder?«

B Pattni legte den Kopf schief, abgemacht. Ganz unfeierlich zog er den Fuß zurück und versetzte Bibhuti einen vorsichtigen Tritt in die Eier. Vor dem nächsten Tritt versicherte er sich, dass es keine Missstimmung gab. Alles war gut. Bibhuti wollte noch einen, und er machte ihn zum Showstopper. Bibhuti wankte und gab den Abpfiff. Noch ein Handschlag, der die neu gewonnene Freundschaft besiegelte, dann packten sie beide an einer Seite der ersten Kiste zu und trugen sie zu B Pattnis Pick-up.

Jolly Boy hatte immer noch den Schläger in der Hand und Neid im Blick. Nachlässig holte er nach einer Ratte aus. Sie verschwand im gleichen Loch wie die mit dem Paillettenkragen. Ich dachte mir die erste Ratte als entlaufenes Haustier. Für die das Leben auf der Straße zuerst schwer gewesen, die dann aber an der Herausforderung der Freiheit gewachsen war. Die anderen Ratten machten sich nicht mehr über sie lustig. Sie hatte sich Respekt verschafft, durch Kampfeslust und Findigkeit.

Auf der Fahrt zurück zu Bibhutis Wohnung kamen wir an einer winzigen Kirche aus Holzlatten vorbei, die sich zwischen zwei Relikte aus der Kolonialzeit zwängte. Draußen hing ein Schild: »Menschen sind so oft einsam, weil sie Mauern bauen anstatt Brücken.« Ich dachte an Ellen und wie einsam sie sich mit mir gefühlt haben musste, und mir setzte kurz das Herz aus. Ich fragte mich, ob sie das Auto schon gefunden hatten und was sie an meiner Stelle in den Sarg füllen würde. Sägemehl, um in absentia meine Würde zu retten, oder Kieselsteine, deren Rasseln meinen Verrat ans Licht brachte.

11

Als wir mit den Schlägern zurückkehrten, wartete Bibhutis Frau schon auf uns und floss in ihrem Kleid aus goldenen Fäden die Treppe hinunter. In ihrem Blick flackerte majestätische Launenhaftigkeit. Sie sah aus, als hätte sie ein Leben lang darauf gewartet, eine unbequeme Wahrheit auszusprechen. Kaum war er ausgestiegen, steckte Bibhuti in der Klemme. Jolly Boy und ich hielten uns aus der Schusslinie und luden geschäftig die Kisten von B Pattnis Pick-up ab.

Bibhutis Nachbar bot seine Hilfe an. Mannhaft lehnte ich ab. Hinter ihm hatte sich in unserer Abwesenheit ein Sternenmuster aus Schmetterlingen gebildet, angelockt von den Bananenschalen auf der Wäscheleine. Sie schlugen träge mit den Flügeln, während sie sich an dem verrottenden Fruchtfleisch nährten. Aus den umstehenden Bäumen kamen andere geflogen und warteten, bis sie an der Reihe waren, tanzende Farben in der stehenden Luft. Sie setzten sich wie Schmuck auf die Frau des Nachbarn.

»Der Lieblingsschmetterling meiner Frau ist der Grüne Baron. Die grüne Schattierung am Flügelansatz gefällt ihr besonders, sehen Sie mal.«

Er deutete auf eines der fressenden Tiere, auf den jadegrünen Saum an dessen Hinterteil.

»Wunderschön«, sagte ich. Aus meinem Mund klang das Wort seltsam, aber ich stand dazu. Ich ging mir das Tier näher ansehen.

»Eine gute Zeit für Schmetterlinge«, sagte der Nachbar. »Der Monsun kommt, und sie mögen die Feuchtigkeit. Die Banane lockt sie an. Wir haben hier den Grünen Baron, die Große Eierfliege, den Gewöhnlichen Jezebel, das Blaue Eichenblatt – hier.«

»Oh ja, der sieht genau wie ein Blatt aus.«

»Natürlich. Und dies hier ist der Gestreifte Tiger.« Da saß er und fraß seiner Frau aus der Hand. Mit seiner schwarzorangenen Zeichnung wurde er seinem Namen gerecht. Jolly Boy gesellte sich zu mir, zum Schauen und damit seine Eltern sich ungestört streiten konnten.

Vorsichtig streckte er einen Finger aus, um den Schmetterling zu streicheln. Die Angst packte ihn, und er zog ihn wieder zurück. »Ich habe einen Tiger am Schwanz gestreichelt. In Tadoba. Er ist an unserem Maruti Gypsy vorbei, und ich habe die Hand ausgestreckt, und er hat haltgemacht und mir erlaubt, ihn zu streicheln. Das war sehr schön.«

Der Nachbar witterte die Lüge, und die Nettigkeit fiel von ihm ab. Der Junge wollte, dass der Nachbar ihn für seine Geschichte bewunderte. Als Jolly Boy abzustürzen drohte, schritt ich ein.

»Das stimmt«, sagte ich. »Er hat es mir selbst erzählt.«

»Wow«, grinste der Mann. »Man stelle sich vor, einen Tiger streicheln. Du hast großes Glück gehabt.«

Jolly Boy platzte fast vor Stolz, er spreizte sich wie die Schmetterlinge, die noch mehr Sonnenstrahlen einfangen wollten.

Bibhuti fügte sich in seine Niederlage. In seinem hängenden Schnurrbart zeichnete sich großer Kummer ab. Seine Frau entschwand treppauf, ein goldener Blitz, ganz im Recht.

»Wir dürfen die Schläger nicht ins Haus bringen«, sagte Bibhuti. »Das fordert das Schicksal heraus. Wir müssen sie im Hof lagern.«

Jolly Boy und ich mussten wieder an die Arbeit, und B Pattni brauste in einer Dieselwolke davon, um sich eine Charge Haifischleder anzusehen, eine Gelegenheit.

Zu dritt schafften wir die Kisten auf das Stück Ödland hinter dem Haus. Bibhuti hob einen Deckel an und warf einen letzten Blick auf die Schläger. Einen befreite er und gönnte sich eine letzte Liebkosung, ein Bildhauer, der sich in den Steinblock verliebt, aus dem sein Meisterwerk entstehen wird. Vorsichtig schloss er den Deckel wieder.

»Meine Frau ist sehr froh, dass du mir helfen willst«, sagte er. »Bevor du gekommen bist, war ich überzeugt, dass ich es nicht schaffe. Keiner wollte helfen, alle hatten zu viel Angst, mich zu verletzen. Jetzt ist der Rekord wieder in Reichweite, und sie kann sehen, dass ich wieder strahle. Das ist eine große Erleichterung für sie. Sie schließt dich in ihre Gebete ein.«

»Das ist wirklich nicht nötig.«

»Kein Problem, sie betet ständig. Du bist jetzt unser Freund, und das freut sie.«

Ich sprang wieder auf den Beton, bevor die Schlangen mich wittern konnten.

Zum entspannenden Klackern der Computertastatur schlief ich ein. Bibhuti musste sein Interview mit den Tischtennismönchen abtippen, rechtzeitig zum Redaktionsschluss der morgigen Ausgabe. Ich hatte ihm erlaubt, mich in sein Bett zu bringen und zuzudecken, zärtlich wie eine Mutter, die ihr fieberkrankes Kind pflegt. Jolly Boy hatte eine Weile am Bett gesessen und auf mich aufgepasst, während ich mich in die Kuhle kuschelte, die Bibhuti vor mir im Laken hinterlassen hatte. Als ich mich schlafend gestellt hatte, war er davongeschlichen, und ich hatte mich allein über die Freiheiten aufregen können, die ich mir herausgenommen hatte – mich in die Kleider seines Vaters einzuschleichen!

Das T-Shirt mit dem Logo der indischen Colamarke »Thums Up« spannte über meinem grummelnden Bauch. Die Trainingshose kniff am Bund. Weiße Socken mit Löchern an den Hacken, eine Gabe, bei der ich mich verpflichtet fühlte zu weinen, als ich sie anzog, und später verfluchte ich mich für meine Undankbarkeit, weil die Tränen ausgeblieben waren. Ein Outfit, perfekt, um die Grenzen meines alten Leibes zu testen und um mich in meiner neuen Familie unsichtbar zu machen.

Vielleicht würde Bibhutis Frau mich in dieser Aufmachung, im Dunkeln oder wenn sie in Eile war, mit ihrem Mann verwechseln und mir die Geduld entgegenbringen, die sie für ihn reservierte. Vielleicht würde sie sich lange genug täuschen lassen, um mir zu erlauben, mich wie eine Katze auf ihren Schoß zu kuscheln, um mir die Wange zu streicheln und mir zu sagen, dass alles gut werden würde.

Ich erwachte vom Geräusch ihrer Flip-Flops, die obszön auf den Boden klatschten, während sie sich in der Küche zu schaffen machte. Ich musste mich an ihr vorbei ins Bad schleichen. Ihre Toilette war ein Loch im Boden, über das man sich hockte, mit ein paar Keramikfliesen rundherum zur Stütze. Das Haus hielt den Atem an und lauschte auf meine Fehler.

Jolly Boy wartete vor der Tür auf mich. Er sollte offiziell meine Fortschritte überprüfen. Rasch schätzte er den Zustand des Raums ab. Zu seiner Freude hatte ich mich blitzschnell an ihre Gebräuche angepasst.

In den kommenden Tagen galt es, brav im Strom des Programms mitzuschwimmen, das Bibhuti für mich aufgestellt hatte, bis mir die Kraft ausging, und dabei zu jammern, was er großmütig überhörte. Harshad zeigte mir, wie ich aus dem Hotel kam. Ich musste die Tür hinter mir abschließen und den Schlüssel in den Briefschlitz werfen. Bis zu Bibhutis Wohnung waren es nur ein paar Minuten zu Fuß, und ich teilte mir die leeren Gassen mit schlaflosen Hunden, ein Gespenst im bläulichen Zwielicht, bis ich in Bibhutis Hof stand und die Demütigungen ihren Lauf nahmen.

Zuerst kam ein Sonnengruß, es folgten ein Stuhl und ein Herabschauender Hund. Das Yoga sollte mich geschmeidig machen und mir alle Gedanken an Rache für die Grausamkeiten, denen mein Meister mich aussetzen würde, aus dem Kopf treiben. Dann kamen Klappmesser und Liegestütze zur Stärkung meiner Mitte und Kniebeugen für die Schenkelmuskulatur, die mir die Kraft zum Ausholen geben würde. Zum Stretchen und Ausschütteln kroch ich unter den Bauch der Wohnung, wo mir die Erniedrigung ins Blut ging, während die Sonne ihre ersten Pfeile abschoss, und ich keuchte, mit Bibhutis Händen um die Fußgelenke, die mich unten hielten und mich zwangen, Wort zu halten. Der Magen spannte sich, die Schultern knirschten, und er erzählte mir von seiner Leidenschaft für das Leben mit seinen vielen Gelegenheiten zur Selbstverstümmelung.

Der Geruch nach Deodorant und Frühstückssprossen. Beim Einatmen durch die Nase bis sieben zählen.

Die müden Augen seiner Frau von oben, die mich beim Auswringen der Wäsche anblickt. Das Seifenwasser, das in lauten lasziven Ergüssen in den Hof klatscht.

Luft anhalten und bis fünf zählen.

Jolly Boy, der auf dem Weg ins Bett in seinem Hemd mit der Drachenstickerei nach Schlaf riecht und an seiner Mutter vorbeihüpft, damit er die Zeit meiner keuchenden Übungen nehmen kann, mit seiner Stoppuhr als Übersetzer zwischen der Arithmetik der Kindheit und der seltsamen unbezifferbaren Arithmetik der Männer mit ihren fixen Ideen. Wie er an seinem Vater hängt wie an einem Baum, wie er auf ihm reitet, während ich mich ausruhe. Wie seine kleinen Hände über die Narben huschen, die Bibhutis Rücken überziehen wie uralte Migrationswege.

Durch den Mund ausatmen und dabei bis sieben zählen. Luft anhalten und bis fünf zählen, dann wieder von vorne.

Das tägliche Aufhängen der Bananenschalen, später der Fang. Nach dem übereilten Aufgehen der Sonne und der wütend schwelenden Zeitlupe danach am Horizont nach Anzeichen für Unwetter suchen. Das Kochen der schwarzen Wolken, das wilde Abwärtsschlagen der Flügel. Die Farben der Schmetterlinge mein Trost, während ich alt wurde, ohne genug Geschichten erzählen zu können.

Der Nachbar, der mich beobachtete, wie man vielleicht die Blutlache betrachtete, die sich unter einer Leiche bildete. Ich hatte vorher nie ganz verstanden, was morbide Neugier war. Ich flüsterte einem Land heisere Obszönitäten zu, das mich durchschaut hatte und dessen Himmel mich verdampfen lassen konnte wie in einem Dampfdruckkochtopf.

Und wieder von vorne.

Die Arme verschränken, um mein Hüftgold zu verstecken, mit nacktem Oberkörper, und Bibhuti cremt meine verbrannten Schultern mit Sonnenmilch ein; sein anstößig warmer Atem in meinem Nacken. Ich hielt die Augen offen, damit es nicht so aussah, als gefiele es mir. Ich hätte gerne Ellens Hände auf mir gespürt. Ich hätte gerne Götter gehabt, vor denen ich meine Hässlichkeit verbergen konnte.

Und dann waren da die Spielchen. Besondere Aufgaben, die Bibhuti sich für mich ausdachte, um meine Entschlossenheit und meine Nase für Sakrilegien auf die Probe zu stellen. Als Geduldsprobe schüttete er eine Schale Reis aus und ließ mich die Körner einzeln wieder aufsammeln. Und zwar nachdem er meine Fahne gerochen hatte, obwohl ich gelobt hatte, mit dem Trinken aufzuhören. Auf dem Sack prangte das Bild eines Jungen mit einer Baseballkappe. Die Marke hieß Tolly Boy. Aus Versehen las ich Jolly Boy, und bevor mein Fehler mir aufgefallen war, hatte ich Shubham seinen neuen Namen gegeben. Er war begeistert, jetzt hatte er ihn weg.

Zum Ausgleich half Jolly Boy mir, den Reis mit vollen Händen zusammenzukratzen, als sein Vater sich nach drinnen verdrückt hatte, um seine Notdurft zu verrichten. Als ich die Schale wieder halb gefüllt hatte, wusste ich alles, was es über Geduld und Respekt zu lernen gab. Ich wusste, dass der Gott, nach dem Bibhuti sich richtete, für beides nicht viel übrighatte.

Nach den Würdelosigkeiten des Vormittags ging Bibhuti hinaus mit seinem Notizblock, um das unbesungene Leben auf seinem Flecken in Worte zu fassen – eine Sportanlage für blinde Kinder im Wald, ein Powerlifting-Probetraining in der Eingangshalle einer über den Sommer geschlossenen Schule in Thane –, und Jolly Boy und ich standen uns am Rand die Beine in den Bauch, während er seine Interviews führte. Im letzten Augenblick kam dann immer der Turbanator, um die Begegnungen für die Ewigkeit festzuhalten, auf Fotos, die meistens nicht gedruckt wurden, weil in der Spalte zwischen den Anzeigen für die Monsun-Super-Rabattaktionen und den Sexratschlägen zu wenig Platz war.

Ich weiß noch, wie ich die blinden Kinder wie kaputte Windspiele von den Bäumen hängen sah, ihre steifen zappelnden Gliedmaßen ließen die Sicherungsseile erzittern, die anderthalb Meter über dem Boden zwischen den Stämmen gespannt waren. Ein tollpatschiges Aussetzen der Ungläubigkeit. Sie lachten. Sie zuckten ohne Furcht und lachten ohne Reue, weil sie nicht sehen konnten, wie unschön sie aussahen. Mit toten Augen hielten sie nach dem Boden Ausschau und fanden nur Himmel. Ein Tasten nach Sinneseindrücken, Seelen, die sich ein paar Augenblicke lang vom Ballast ihrer verwaisten Körper lösen konnten.

Einem Mädchen rutschte bei einem Schritt der Fuß vom Seil. Kaum hing es in der Luft, war es mit ihrem Wunder vorbei. Es verlor mit einer Hand den Halt und verwickelte sich in seinem Trapez, baumelte wie Obst. In Panik verzog sich sein Gesicht, seine nutzlosen Augen schwammen in eingesunkenen Höhlen. Ich wollte ihm zu Hilfe eilen und fand dann, dass es mich nichts anging. Bald war ein Betreuer zur Stelle, stabilisierte das Kind und legte ihm ganz sanft die

Finger wieder um das Seil über dem Kopf. Nach ein paar Worten der Ermutigung setzte es seinen Weg fort und wurde am Ziel von gut gemeintem Klatschen und tastenden Händen empfangen.

Abends versuchte ich, Bibhuti zwischen zwei Probespielen am Badmintonnetz seine Geheimnisse zu entlocken. Anders als versprochen, hatte Jolly Boy mich hart rangenommen.

Ich fragte Bibhuti, wie er mit Schmerzen fertigwerde.

»Ich habe mich trainiert. Schmerz ist eine Entscheidung. Ich habe mich entschieden, ihn nicht zuzulassen.«

»Sehr praktisch.«

»Ja, sehr hilfreich.«

»Aber wie?«

»Komm mit«, sagte Bibhuti, stand auf und stellte sich am Netz auf, ein klein wenig breitbeinig. »Tritt mich, dann wirst du schon sehen.«

Ich brachte es nicht fertig. Er versuchte, mich zu überzeugen, aber ich war stocksteif, in meinem Gehirn gab es eine redliche Windung, die mir nicht erlaubte, diese Grenze zu überschreiten. Ich entschuldigte mich mit einem Muskelkrampf. Ich wolle warten, bis er sich gebessert habe. »Also gut«, sagte Bibhuti und winkte nach Jolly Boy. Ohne den Badmintonschläger wegzulegen, holte der Junge aus und versetzte seinem Vater wie nebenbei einen Tritt in die Scham, was so alltäglich zu sein schien, dass die Bewegung fast unwillkürlich wirkte. Sein Gesicht zeigte kein Gefühl. Sein Vater nahm den Tritt in ähnlicher Manier entgegen. Ich stellte mir zahllose Vormittage disziplinierten Übens vor –

wie der Vater den Sohn anspornte, härter und schneller zuzutreten, ihn mürbe machte, ihm den Heldenmut abtrotzte, den er brauchte, um den Namen seiner Familie weiterzutragen.

»Hast du gesehen?«, fragte Bibhuti.

»Ja, habe ich. Aber wie machst du das, das war meine Frage.«

Ich hatte noch nie einen Schläger im Zorn geschwungen. Jetzt hatte ich Blut bei ihm geleckt.

»Das ist wie ein Schalter. Wie ein Lichtschalter. Ich lege den Schalter um, und das Licht geht aus. Dann ist es dunkel, und man kann den Schmerz nicht mehr sehen. Ich weiß, dass er da ist, aber wenn ich ihn nicht sehen kann, dann bekommt er mich nicht in die Finger.«

»Aber wie geht das?«

»Atmung. Meditation, Training. Ernährung. Die Gnade des Allmächtigen. Alles zusammen.«

Ich nickte, damit er sah, dass ich ihm glaubte. Ich fragte ihn, ob er von dem Franzosen gehört habe, der ein Flugzeug gegessen hatte.

Hatte er nicht. Ich erzählte ihm die Geschichte. Er war entsetzt.

»Das ist kein ernsthafter Mensch«, sagte Bibhuti. »Das Ethos des Extremsportlers ist ihm völlig unbekannt. Das Gleiche wie bei meinen indischen Landsleuten, viele dümmliche Rekorde. Der Knabe, der Kerzen auf dem Schnurrbart balanciert. Der andere, der einfach elf Stunden lang bewegungslos auf einer Mauer sitzt. Was soll das bringen? Wie soll das dem einfachen Mann und der kommenden Generation ein Beispiel geben?«

Er fing an, sich aufzuregen, ging im Hof auf und ab, strich sich den Schnurrbart. Die Perversität einer Welt, in der die

Opfer, die gewöhnliche Menschen brachten, unbemerkt blieben, trieb ihm das Feuer in die Augen.

»Ich sage den Menschen: Wenn sie den Schmerz ertragen, werden sie danach das Glück erlangen. Mein Land ist ein sehr schwieriger Ort. Viele Menschen sind arm und hungern. Das Leben ist ein ständiger Kampf gegen alle Widrigkeiten und Naturkatastrophen. Ich stamme aus einer Familie mit vier Brüdern und zwei Schwestern in meinem Heimatort. In einer Welt des Konkurrenzkampfes war es schwer, sechs Kinder großzuziehen. Das auf unserem Land gezogene Korn konnte nie alle Bäuche füllen. Jeden zweiten Tag sind wir mit leeren Mägen zu Bett gegangen.

Mit zwölf verlasse ich mein Zuhause und schlage mich durch, in Slums, auf Feldwegen. Mit Gelegenheitsarbeiten, Nachhilfe, Kellner im Hotel, Lagerjunge im Lebensmittelladen, Kuhmist als Dünger verkaufen, Kühe hüten, alles für nicht mehr als hundert Rupien am Tag. Ich musste oft die Schule und das College wechseln, weil ich das Schulgeld nicht mehr bezahlen konnte, und habe schließlich den Abschluss auf eigene Kosten geschafft. Als ich dann nach Mumbai gezogen bin, habe ich lange auf der Straße gelebt.«

Er kniff die Augen zu, als wollte er die Geister seiner traurigen Vergangenheit verjagen. Ich wollte ihm auf die Schulter klopfen, aber er riss sich wieder zusammen, bevor ich dazu kam.

»Darauf kommt es jetzt nicht an. Durch hartes Ringen habe ich den mir vorgezeichneten Weg gefunden. Das ist die Botschaft, die ich den Menschen mitgebe, wenn ich meine Rekorde breche. Das Glück kommt, wenn man den Schmerz überwunden hat. Vergiss diese emotionalen Momente. Tut mir sehr leid.«

Bibhuti holte einen Kamm aus der hinteren Hosentasche und ging zur Treppe, wo er gedankenverloren in seinen Haaren herumwühlte. Schweigen breitete sich aus. Die Temperatur in Indien stieg weiter. Meine Vergangenheit tropfte von mir ab und rann in die Risse im Pflaster.

Wieder Sprossen und Gewürze als letzte Mahlzeit des Tages, und Bibhutis Frau stellte keine Fragen. Sie wollte nur, dass wir uns die Hände wuschen und unsere Schalen leer aßen. Je schweigsamer sie war, desto dringender wollte ich wissen, was in ihr vorging, genau wie bei Ellen, um mich mit etwas Schönem und Zeitlosem beruhigen zu können. Ich wollte den Ort sehen, an dem sie geboren worden war. Vor meinem inneren Auge sah ich Hirschkälber und Chemiesmog und einen Fluss, der sie hierhergetragen hatte, als Zeugnis des Unergründlichen, um die verlorenen Seelen zu trösten und die Eifersucht von Männern wie mir zu erregen.

Abends brachte Jolly Boy mich wieder ins Hotel, damit ich mich nicht verlief und um die lästigen Hunde zurück in ihre Verstecke zu jagen. Wir unterhielten uns über Sportwagen und die verschiedenen Bezeichnungen für Schokolade. Sobald er Harshad in der Tür stehen sah, drehte er sich um und lief weg, sein Abschiedsgruß hallte von den Werbetafeln und den geschlossenen Fensterläden wider. Harshad begrüßte mich immer mit gehetztem Blick, als würde ich ihn dabei ertappen, wie er die Vor- und Nachteile eines weiteren Lebenstages abwog. Ich versteckte dann das Geld und zählte meine blauen Flecken, danach lag ich eine Stunde lang wach, quälte mich mit Gedanken an die Unannehmlichkeiten des kommenden Morgens und an meine alten Schulfreunde. Was sie wohl aus ihrem Leben gemacht hatten? Und woran sie vielleicht geglaubt hatten?

Wenn sie mich jetzt sehen könnten, sie wären ganz krank vor Neid. Ich würde der Erste von uns sein, der viral ging, und der Letzte, der sich der Religion beugte.

Weltrekord Nummer 3 und 4: 133 Rückhandliegestütze in einer Minute; 3 mit dem Vorschlaghammer in der Scham zertrümmerte Betonplatten von je 18 kg Gewicht (2001)

12

Wie Sie aus dem vorangegangenen Kapitel erinnern werden, war ich nach meinem Erfolg mit dem Klappmesserrekord drei Monate lang ans Bett gefesselt. In dieser Zeit der Untätigkeit war mein einziger Trost der Gedanke an einen neuen großen sportlichen Aufbruch, sobald ich körperlich wieder bei Kräften war. Ich gebe gerne zu, dass ich nach dem besonderen Kick des Rekordebrechens inzwischen süchtig war. Ein leeres Leben, so wie zu der Zeit, bevor ich mich auf diesen abenteuerlichen Weg begeben hatte, konnte ich mir nicht mehr vorstellen.

Folgendes müssen Sie verstehen: In meinem Land lebt der einfache Mann in großer Zahl, aber seine Möglichkeiten zu glänzen sind begrenzt. Er ist entweder Sachin Tendulkar oder Salman Khan oder ein Niemand. Die Menschen rackern sich im Schatten ab, nur damit sie etwas zu essen haben, und ihre Träume liegen im Staub und werden vergessen. Sie tun es klaglos, weil sie glauben, dies sei Gottes Plan für sie. Ich bin hier, um ihnen zu sagen, dass Gott andere Pläne hat, und wenn sie nur den Blick vom Boden heben, werden auch sie es ganz klar sehen. Ein Erdenleben hat der Allmächtige mir geschenkt, von einhundert Jahren Dauer oder weniger, und er hat mir seine Anweisungen gegeben, was ich damit anzufangen habe: dem einfachen

Mann zu zeigen, was sich mit Hingabe und positiver Einstellung erreichen lässt.

Und wirklich, es gibt keine Grenzen. Das ist meine erstaunliche Entdeckung.

Wenn er mich auf der Bühne der Rekorde sieht oder wie ich im Rampenlicht der Medien bade, dann möchte ich ihm sagen: »Hier steht ein Mann, der seinen Traum ohne Hilfe eines reichen Vaters oder Förderung durch eine Firma verwirklicht hat. Allein mit der Kraft seines Körpers und Geistes hat er den Schmerz besiegt. Schaut sein Glück! Wenn er es kann, dann kannst du es auch.« Ich möchte das Vorbild sein, das in ihm das Schicksal erweckt, das in seinem Herzen schlummert.

Als ich Ihnen berichtet habe, dass ich lichterloh brennend aus meinem Koma erwacht bin, war das gar nicht so weit von der Wahrheit entfernt. Denn im Schlaf war mir eine eindringliche Vision aus meiner Vergangenheit geschickt worden und hatte in mir die Flamme einer Sehnsucht neu entzündet, die mir zuvor von meinen Verletzungen ausgeblasen worden war.

Die Vision war eine Erinnerung an die Zeit, als ein Feuerschlucker meinen Heimatort besuchte. Dies war der wichtigste Augenblick meiner Kindheit, und aus dieser Wurzel ist jeder Zweig meines Lebens gesprossen und hat reiche Früchte getragen. Ich war erst sieben Jahre alt und hatte den Sinn meines Lebens noch nicht gefunden. Der Feuerschlucker war ein groß gewachsener Mann mit einem wilden orangefarbenen Bart, der aus dem Wald kam, als ich die Ziegen meines Vaters hütete. Er war viele Tage lang auf Wanderschaft gewesen, und er war hungrig und durstig. Ich brachte ihn zu uns nach Hause, und meine Mutter verpflegte ihn. Er nahm das Angebot meines Vaters an, eine Nacht bei uns zu verbringen. Er wollte nur seine müden Beine ausruhen, wieder zu Kräften kommen und dann seine Reise nach Puri fortsetzen, zum Bahara Chandana, einem wichtigen Fest im dortigen Jagannath-Tempel.

Während seines kurzen Aufenthaltes wollte der Feuerschlucker niemandem seinen Namen verraten. Er sei nicht wichtig, sagte er. Außerdem brauchte er keinen Namen, denn die Kinder meines Dorfes hatten ihn schon zum Rama gekrönt, weil er aus dem Wald gekommen war. Rama ist die siebte Inkarnation von Vishnu, der geschaffen worden war, die Welt von der Grausamkeit des Dämonenkönigs Ravana zu befreien, und im Wald viele Dämonen tötete. Daran glaubten wir als Kinder.

Der Mann, den wir Rama nannten, wurde für den einen Tag, den er unter uns weilte, zum Gott, weil er so groß war und seine physische Präsenz so schön und auch weil wir noch nie einen Menschen Feuer schlucken sehen hatten. Für uns, die Kleinsten, war es sehr aufregend zuzusehen, wie Rama die Fackel nahm, sie vor unseren Augen am Tandur meiner Mutter anzündete und ihr Feuer ohne jedes Anzeichen von Schmerz schluckte. Das erste Mal war es ein echter Schock, und wir schnappten überrascht nach Luft. Dann baten wir ihn, es noch einmal zu tun, zum Beweis, dass das eben Gesehene kein Trick war und kein seltsamer kollektiver Traum. Und tatsächlich wiederholte er das Kunststück, und da waren wir überzeugt, dass er wirklich die Inkarnation eines Gottes war. Er sagte nichts, denn in diesem Augenblick brauchte er keine Worte.

Dann, um uns noch mehr Unterhaltung zu bieten, bedeckte er die Fackel mit Paraffin, und als er sie dieses Mal anzündete, war die Flamme unglaublich groß. Er blies hinein und ließ sie tanzen wie die Klauen eines wilden Tiers. Wieder schluckte er sie, ohne dass sie ihm etwas antun konnte, in großer Ruhe und Glückseligkeit. Auch aß er ein Stück Kohle aus dem Feuer.

Dies war ein verzauberter Tag meiner Kindheit. Die Zeit verging ganz langsam, und als die Sonne unterging, hatte mein Heimatort sich in ein Land verwandelt, in dem die wildesten Träume unseres Lebens wahr wurden. Rama schlief in meinem Bett, ich schlief neben ihm auf dem Boden. Die ganze Nacht hindurch schnarchte er laut. Mit meinem kindischen Verstand stellte ich mir vor, dass das Schnarchen die Geheimnisse seiner Kunst enthielt und ich sie lernen konnte, wenn ich sie herunterschluckte. Und so sperrte ich den Mund auf, um seine Weisheit zu empfangen. Als ich am nächsten Morgen aufwachte, war er fort.

Alle Tage, monatelang, wünschte ich mir seine Wiederkehr, aber er kam nie zurück. Trotzdem hatte er mir einen klaren Hinweis darauf geschenkt, dass es die Macht Gottes wirklich gab. Von da an versuchte ich, sie mir auf die gleiche Weise nutzbar zu machen wie Rama. Heute glaube ich, dass dies meine erste Inspiration für den Weg des Extremsports war, dem ich später folgen würde. Gott sprach zu mir, aber ich war zu jung, seine Stimme ungefiltert zu hören, und so sprach er durch Rama, den Feuerschlucker.

Deshalb war es keine Überraschung, dass Rama mir in meinem Koma wiedererschien, um mich anzufeuern. Er sagte mir, ich dürfe mich nicht beim ersten Rückschlag von meinem Weg abbringen, mich von der Verletzung nicht unterkriegen lassen und müsse meine Reise an ebenjenen Ort fortsetzen, von dem er gekommen war. Und ich folgte seinen Worten.

Meiner Frau machte mein Entschluss weiterzumachen, nachdem ich dem Ende so nah gewesen war, große Sorgen. Sie kann sehr störrisch sein, aber sie ist mir ganz ergeben und hat mich immer für meine Körperkraft gepriesen, und auch wenn unsere Verbindung keine Liebesheirat war, passen wir recht gut zusammen.

»Keine Angst«, sagte ich ihr. »Von nun an treffe ich Vorsorge für meine Sicherheit. Die ersten Rekorde waren nur ein Sprungbrett, jetzt, als Guinness-Mann, werde ich professionell an die Sache herangehen. Ich werde die Fehler der Vergangenheit nicht wiederholen.«

Und so machte ich mich mit großem Elan an die Aufgabe, den nächsten Rekord auszuwählen. Eben war nach neun Monaten des Nägelkauens die Beurkundung von Guinness eingetroffen, und ich war bester Stimmung. Guinness-Weltrekord, 1448 Klappmesser in einer Stunde, Bibhuti Bhushan Nayak aus Airoli, Navi Mumbai, Indien. Nach einer kleinen Feier mit meinen Nächsten und Liebsten, bei der ich stolz die Urkunde an ihrem Ehrenplatz zu Hause an meiner Wand enthüllte, zog ich mich zurück, um den nächsten Schritt in meiner Sportlerlaufbahn vorzubereiten.

Sie fragen sich vielleicht, warum zwischen meinem letzten Rekord und dem nächsten so viel Zeit liegt, zwei Jahre. Leider ist dies nicht ungewöhnlich. Voller Trauer berichte ich Ihnen von den großen Schwierigkeiten, die man in meinem Land als passionierter Sportsmann überwinden muss: Auf manchen Gebieten mag Indien boomen, aber was weniger hervorstechende Aktivitäten wie den Individual- und Extremsport angeht, ist es zurückgeblieben. Menschen wie ich erhalten von der Regierung nicht die angemessene Unterstützung. Uns hält man nicht für wichtig, ungeachtet unserer großen Leistungen für unser Umfeld, und überall mangelt es an Sportanlagen. Deshalb schneiden indische Athleten bei den Olympischen Spielen so schlecht ab, trotz der riesigen Menge an Kindern und jungen Menschen landauf, landab, die gewaltige Fortschritte machen würden, wenn sie nur die rechte Ermutigung erhielten. (Ich habe persönlich zwei meiner Schüler im Bodenturnen auf die Spiele von Peking 2008 vorbereitet, sie kamen bis in die nationale Endausscheidung, konnten sich aber nicht für die große Show qualifizieren. In meinen langen Jahren als Trainer habe ich beobachtet, dass unter den jungen Menschen von heute ein Mangel an Ehrgeiz und Interesse vorherrscht, zurückzuführen auf Vernachlässigung durch die Regierung und die Ablenkung durch Smartphones und das allgemeine Stubenhockertum.) Außerdem werden wir von den Sponsoren ignoriert. Sie richten ihre ganze Aufmerksamkeit auf die Erste Cricketliga, sogar auf Zweitligisten, die oft vor leeren Tribünen spielen.

Die schmerzliche Folge ist, dass ich meine Veranstaltungen selbst finanzieren und organisieren muss. Das ist jedes Mal ein harter Kampf. Neben dem Fundraising vor jeder Veranstaltung – um einen Veranstaltungsort mieten zu können, wenn keiner aus Gefälligkeit zur Verfügung gestellt wird, um die Ausrüstung zu beschaffen, für das Training ebenso wie für die Veranstaltung selbst – fallen bei jedem Rekord zusätzlich Verwaltungs- und Dokumentationskosten an. Die Veranstaltung muss offiziell aufgezeichnet werden, und die Dokumentation ist den Unterlagen zur Ratifizierung beizufügen. Das ist billiger, als einen offiziellen Schiedsrichter zu bestellen, dessen Anwesenheit eine hohe Aufwandsentschädigung für Reise, Unterkunft etc. mit sich bringt. Es handelt sich um einen wirklich teuren und zeitaufwendigen Vorgang, den es zusätzlich zu den Anforderungen des Alltags zu bewerkstelligen gilt.

Vielen Veränderungen war mein Leben in den zwei Jahren zwischen dem letzten Rekord und dem großen Tag ausgesetzt. Vor allem war in der Genesungszeit mein regelmäßiges Einkommen ausgefallen, und es dauerte viele Monate, bis meine Ersparnisse wieder auf dem früheren Stand waren. In der Redaktion übernahm ich mehr Aufgaben, berichtete neben dem Sport auch über Kultur und schrieb dazu noch als Freier für die *Hindustan Times.* Ich arbeitete Tag und Nacht, um entgangenen Verdienst auszugleichen. Dann zeigte Gott mir seine Güte und schenkte mir eine neue Gelegenheit in Gestalt keines Geringeren als des Generaldirektors der Firma Konkan Railway.

Rajesh Battacharjee, der damals in meiner Stadt und weit darüber hinaus jeden Mann von Einfluss kannte, hatte ihm von meinen Rekordmeisterleistungen berichtet. Dass ich der einzige und mehrfache Weltrekordhalter in Mumbai und im Bundesstaat Maharashtra war, muss ihn interessiert haben, denn er rief mich an und bot mir die Stelle eines Technischen Leiters Fitness auf Vertragsbasis an, um die Angestellten in Kampfkunst, Yoga und Fitness zu schulen. Ein Traumjob, denn Konkan Railway ist für mein Land ein hochwichtiges Projekt, eine achthundert Kilometer lange Schienenstrecke an der Küste, die Mumbai mit Mangalore verbindet. Dank des Könnens, der Beherztheit und des Teamgeists der besten Ingenieure Indiens wurde sie außerordentlich schnell gebaut und passenderweise genau im fünfzigsten Jahr der Unabhängigkeit fertiggestellt.

Doch ein solch monumentales Werk brachte leider vielerlei Probleme mit sich. Die Modernität und Schönheit der Anlage und ihre Verbindung zu wichtigen Großstädten machten sie zum Ziel von terroristischer Bedrohung und Alkoholschmugglern aus Goa und angrenzenden Gebieten. Daher der Bedarf nach den allerbesten Fachleuten, um die Sicherheit der Strecke und Passagiere zu gewährleisten und um Ticketkontrolleure und asoziale Elemente im Dienst der Eisenbahn zu überwachen.

»Es wird mir eine Ehre sein, die Stelle anzunehmen«, ließ ich den Generaldirektor wissen. »Ich werde Ihre Leute im Interesse der Nation eins a auf Zack bringen.«

Eine Woche später stellte sich auf einem Lagerplatz des Bahnhofs von Thane die erste Gruppe zum Training auf, begierig, auf Herz und Nieren geprüft zu werden. Sehr unterschiedliches Eignungsniveau, aber vereint in ihrer Bereitschaft, dem Land zu dienen und dafür ihr Leben zu geben. Was für ein stolzer Augenblick für mich, ihrer Begegnung mit dem Schicksal vorstehen zu dürfen. In den folgenden Monaten und Jahren hielt ich hier und an verschiedenen anderen Bahnhöfen zwischen Mumbai und Mangalore Unterricht ab, zum Beispiel in Goa, Karwar, Ratnagiri, Chiplun, bei strömendem Regen und im hellen Sonnenschein, und lauschte freudig den gemeinschaftlichen Klängen der über hundert Männer beim Verfeinern jener Techniken, die ihnen zum Schutz dienten und die Reise mit der Eisenbahn für alle Bürger zu einer angenehmen Erfahrung machen sollten. Hier war es auch, dass mir die Idee kam, mit den Haaren eine Lokomotive zu ziehen, was sich jedoch als unmöglich erwies, vielen mutigen Versuchen zum Trotz.

Von 2002 bis zu meinem letzten Arbeitstag im Jahr 2008 war ich für die Kampfkunstschulung von über tausend

Angestellten verantwortlich. Zwölf von ihnen errangen nach fünf harten Trainingsjahren schwarze Gürtel. Sie wurden in eine neue Abteilung der Konkan Railway aufgenommen, gebildet nach dem Vorbild des nationalen Sicherheitsdienstes, der in Indien den Premierminister, den Präsidenten und andere wichtige VIPs schützt. Konkan Railway hat von ihrem Dienst als ehrliche Beamte enorm profitiert. Es erfüllt mich mit enormer Zufriedenheit, darauf zurückzublicken, welche Rolle ich dabei gespielt habe, meinen Teil des Landes vor Attentätern und anderen Banditen zu schützen.

Während dieser Zeit war Rajesh Battacharjee rastlos bemüht, meinen Namen in allen Ecken der Stadt bekannt zu machen. Mithilfe von Vijay Five arrangierte er Interviews mit dem *Mumbai Mirror*, der *Twin City Times* und meinen angesehenen Redakteuren bei der *Times of India*, die über meinen kometenhaften Aufstieg vom völlig Unbekannten zum mehrfachen Weltrekordhalter schrieben. All die harte Arbeit machte sich bezahlt, als vom australischen Kanal AXN, dem weltbesten Spezialsender für den Extremsport, die Einladung zur Teilnahme an einem einzigartigen Ereignis eintraf.

Die Bedingungen waren in der Tat ungewöhnlich; es handelte sich um eine Massenveranstaltung, an der auf der ganzen Welt 7500 Fitnessbegeisterte teilnehmen sollten, alle gleichzeitig, aber in verschiedenen Ecken der Welt. Wettbewerbe und Unterhaltungssegmente sollten dem Publikum weltweit Vergnügen bieten, und nur ein Dutzend der Veranstaltungen waren als Weltrekordversuche angelegt. Der Teil aus Mumbai sollte in der Grant Medical Hall am Marine Drive abgehalten werden, einem höchst geschichtsträchtigen Ort. Hier haben viele hervorragende Wissenschaftler studiert, hier haben die Spitzen der Gesellschaft von Mumbai viele Hochzeiten gefeiert. Die Chancen, die sich hier boten, waren nicht zu unterschätzen, und deutlich machte sich bei mir der Drang bemerkbar, die verlorene Zeit wieder aufzuholen. Mein Wagemut meldete sich zurück, und ich beschloss, zwei Rekorde auf einmal zu versuchen.

Der extremen Natur meines Spezialgebiets gemäß, wählte ich zwei besonders schwierige Rekorde. Beide waren seit Jahren nicht mehr gebrochen worden. Der Rückhandliegestütz ist unbeliebt, der schwierigen Ausführung wegen und der hohen Verletzungsanfälligkeit zerbrechlicher Körperteile unter hoher Belastung. Es ist nicht üblich, das gesamte Körpergewicht auf die Handgelenke zu übertragen, und zwei Wochen vor der Veranstaltung brach ich mir in der Vorbereitung das linke Handgelenk (diese Verletzung ist noch nicht vollständig abgeheilt, weil der Knochen sich im Jahr 2001 verschoben hat, was für mich jedoch im Alltag keine Einschränkungen mit sich bringt). Zum Glück reagierten die Guinness-Leute auf meinen misslichen Rückschlag sehr verständnisvoll und erlaubten mir, während der Veranstaltung einen Stützverband zu tragen – der Abbruch des Versuchs stand keine Sekunde lang zur Diskussion, und die Schmerzen aus der betroffenen Körperregion wurden mir im Training ein besonderer Ansporn.

Der prachtvolle Veranstaltungssaal war ausverkauft, und für das Ereignis war ein spezielles Podest errichtet worden. Rundherum Fernsehkameras, dazu ein großes Kontingent von Reportern der regionalen und überregionalen Presse, die über das Drama berichten wollten. Schüler, Freunde und Kollegen drängten sich in die Halle und auf dem Gelände draußen zu meiner ersten Prüfung im Scheinwerferlicht einer Fernsehübertragung. Dies war ein weltumspannendes Großereignis, und daher war ein Vertreter von AXN vor Ort, um meinen Erfolg zeitnah zu beglaubigen und zu verkünden. Nach den Filmaufnahmen würde das Beweismaterial bei Guinness eingereicht werden. »Einhundertunddreiunddreißig! Neuer Weltrekord: Bibhuti Bhushan Nayak aus Navi Mumbai!« Das reichte, ich hatte den bisherigen Rekordhalter mit seinen einhundertundsechzehn vernichtend geschlagen. Meine fitnessbegeisterten Sportskameraden unterbrachen die eigenen Vorbereitungen und bedachten die Durchsage ausgiebig mit Applaus. Das war ein erbaulicher Moment, der mir Extrakraft für den nächsten Versuch gab.

Das Leben des Rekordbrechers ist einsam, nur selten hat man Gelegenheit, sich mit gleichgesinnten Fanatikern auszutauschen. Zeiten des Triumphes wie diese sind es, da wir am deutlichsten spüren, was uns verbindet, und diese gemeinsam empfundene positive Energie können wir nutzen, uns noch höher zu recken, jeder auf sein Ziel hin. Ich glaube fest, dass das Wohlwollen anderer, gemischt mit den Wünschen des Allmächtigen, die allerwirksamste Mischung darstellt. Ein Mensch, der sich an dieser Quelle labt, wird wahrhaft unverwüstlich. Ich bin der lebendige Beweis.

Aber meine Frau versteht so etwas nicht. Leider hindern ihre Engstirnigkeit und ihre ständige Sorge um meine Sicherheit sie daran, sich meiner Leistungen ungehemmt zu erfreuen. Diese Ängste waren es, wie ich glaube, die in der Zeit unmittelbar vor der Doppelrekordveranstaltung von ihr Besitz ergriffen und meiner Laufbahn beinahe ein unrühmliches Ende gesetzt hätten. Nur ein paar Tage vor dem großen Abend stürzte ich in der Küche und hätte mir dabei eine fatale Verletzung zuziehen können. Meine Frau hatte den Boden gewischt, mir aber nichts davon gesagt. Als ich ahnungslos in die Küche kam, rutschte ich auf den nassen Fliesen aus, zerrte mir bei dem Unglück die Schulter und schlug mir den Kopf an einem Schrank an. Das noch zusätzlich zu der schon erlittenen Verletzung am Handgelenk. Meine Frau war außer sich, als sie mich vom Boden aufstehen sah. Nur die Gnade Gottes und meine hervorragenden Reflexe hatten einen schwerwiegenderen Unfall verhindert. In ihrer Angst hatte sie vergessen, mir eine wichtige Information zu geben; eine Mahnung, wie viel Schaden Besorgnis anrichten kann. Deshalb lasse ich unnötige Sorgen nicht in meine Gedanken, damit sie mir keine Falle stellen können.

Ohne dass viel Zeit für eine Meditationsphase gewesen wäre, ging es nun weiter zum zweiten Rekordversuch. Ich absolvierte einen letzten Satz Dehnübungen, zog die Trainingshose aus und kletterte wieder auf das Podest, auf dem man mir einen Sitz aus Eisblöcken gebaut hatte, mit einem Handtuch bedeckt, damit mir die Scham nicht taub wurde. Mein Schüler Vijay Four begleitete mich, um mir den alles entscheidenden Schlag zu versetzen (Gopal Dutta war enttäuscht, dass ich mich nicht für ihn entschieden hatte, seines langen Kampfes gegen den wachsenden Tumor wegen, aber er schluckte seinen Stolz hinunter und stand in der ersten Reihe, in seinem üblichen Bandhgala für öffentliche Auftritte).

Wir hatten viele Stunden geprobt, um die richtige Schwungbahn und das richtige Tempo für den perfekten Schlag zu finden, und waren überzeugt, dass die Betonplatten mit einem Schlag zerschmettert werden würden, so wie es die Rekordregularien verlangten.

Ich nahm meinen Platz ein und konzentrierte mich auf ruhiges Atmen, während Vijay Four die drei Betonplatten, je achtzehn Kilo schwer, zwischen meinen Beinen aufschichtete.

Hier könnten Sie sich fragen, warum die Guinness-Leute eine so gefährliche Veranstaltung zuließen, wo sie doch meiner durchaus vergleichbaren Leistung des wiederholten Schamtritts die Anerkennung verweigert hatten. Dabei ist es ganz einfach: Es gab bereits einen Rekord mit zwei Platten, und als ich um ihre Unterstützung für diesen Akt nachkam, bestätigten sie mir gerne, dass die Betonplatten den größten Teil der Energie vom Aufprall des Hammers absorbieren würden, bevor sie meine Scham erreichte, wodurch das Risiko als annehmbar galt.

Das Glück wollte, dass ich mir eine Ladung Platten mit den richtigen Maßen sichern konnte, um meine Technik zu verfeinern. Mein Schüler Mehtab war Vorarbeiter auf dem Bau und versorgte mich mit so vielen gebrauchten Platten, wie mein Herz begehrte. Die einzige erforderliche Ausgabe war der Vorschlaghammer, wobei er mich beim Kauf beriet. Vijay Four stand mir zur Verfügung, wann immer ich ihn brauchte, und nach vielen fröhlichen Abenden im Hof unter meiner Wohnung entdeckten wir die richtige Methode. Die Attraktion erwies sich als so beliebt, dass ich mehrere Angebote von Nachbarn ablehnen musste, die mir gern zur Hand gegangen wären. Daher war ich ganz gelassen, als es daranging, das Geübte in die Praxis umzusetzen. Das Ergebnis war erwartungsgemäß, was nicht extra betont werden muss. Die drei Platten wurden problemlos zerschmettert, Vijay Four holte gleich beim ersten Anlauf vollendet aus. Jubelstürme brachen los, als ich zur Bestätigung meines Erfolges die Trümmer in die Luft hob.

Auf der ganzen Welt war die Freude spürbar. Ich muss es erwähnen, dies war für Guinness ein historischer Moment, denn ich brach beide Rekorde in einem Abstand von zehn Minuten, was nie zuvor gelungen war und seither unerreicht geblieben ist. Die Hauptsache aber war: Ich hatte bewiesen, dass ich schwere Verletzungen überwinden und stärker denn je daraus hervorgehen konnte. Das war alle Bestätigung, die ich brauchte, um meinen Weg mit gefestigter Zuversicht fortzusetzen, über alle Hindernisse, was auch kommen mochte.

Und hier gelangt meine Geschichte an einen seltsamen Wendepunkt. Die Aufmerksamkeit, die mir nach der AXN-Veranstaltung landesweit zuteilwurde, trug viel Aufregung in mein Leben. Man stelle sich vor: An einem Tag bist du freier Journalist in Navi Mumbai, lebst ein einfaches Leben mit Frau und kleinem Kind, tust deine Arbeit, damit zweimal am Tag Essen auf dem Tisch steht und ihr ein Dach über dem Kopf habt. Du trainierst deine Kampfkunst und bringst anderen deine Fertigkeiten bei, für ihr Wohlbefinden und ihren Erfolg. Neben deinen Mühen des Alltags folgst du deinem Pfad des Rekordebrechens, denn diesen Traum hat der Allmächtige dir eingepflanzt. Es ist ein Traum, den du mit dem einfachen Mann teilst, frei von Selbstsucht. Es sind nicht Geld und Ruhm, die du suchst, du willst nur der Welt Mut machen durch deine Disziplin und Leidensbereitschaft. Dein einziger Lohn ist das Bewusstsein, dass du den dir vorherbestimmten Weg von Anfang bis Ende abgeschritten hast.

Aber kein Mann kann sich seines Weges sicher sein, bis

sich ihm die Versuchung entgegenstellt, und meine Versuchungen kamen alle gemeinsam wie eine Horde Affen an meine Tür. Ob ich sie einlasse oder abweise, wird über den Ausgang meiner Reise entscheiden, in Dunkelheit oder Licht.

Danke schön.

13

Als er das Radio repariert hatte, wandte Harshad sich dem tragbaren Fernseher zu, der seit meiner Ankunft stumm auf dem Tresen gestanden hatte. Bevor der Regen kam, sollten alle Kommunikationswege funktionieren. Die Wichtigkeit der Aufgabe gab seinen tollpatschigen Händen die Präzision eines Chirurgen. Er ließ ein Bauteil auf der Leiterplatte einrasten, und der LCD-Schirm leuchtete schwarz auf. Zur Belohnung nahm er, ohne hinzusehen, einen Schluck aus seinem Glas.

»Jetzt läuft der Laden wieder«, schnurrte er. »Einen neuen Wechselrichter, mehr hat es nicht gebraucht.«

Er schraubte das Gehäuse wieder zu und suchte einen Kanal. Mehr über den Flugzeugabsturz in Mangalore. Die Anzüge der Nachrichtensprecher glänzten und waren aus der Mode, und die Produzenten hatten die Aufnahmen vom Absturzort auf Hollywood gebürstet und drückten auf den Zeitlupenknopf, damit die Zuschauer dranblieben. Wimmernde Überlebende rauften sich die Haare und trommelten mit den Fäusten auf den Boden, versuchten, sich zum Erdmittelpunkt vorzugraben, wo ihre Liebsten, die sie verloren hatten, auf sie warteten.

Im Vorbeigehen warf ich einen Blick auf das Wandgemälde. Die Schlange war fertig, und die Harshad-Figur trug Slipper. Schnürsenkel waren zu tüftelig zu malen.

Der alte Mann schlief tief und fest zusammengerollt auf seiner Plane. Sein Götterheer wachte über ihn und lauerte auf die Träume, die ihm aus den vielen Löchern im Kopf sickern mochten. Ich ging um ihn herum und weiter auf den Fleck zu, den er immer mit den Augen suchte, wenn er wach war.

Bibhuti hatte mir einen Tag zum Gesundwerden freigegeben. Er musste Berichte schreiben, und ich musste mich von den Stimmen erholen, die Antworten von mir verlangten. Für die Nichtassimilierten war Indien zu viele Menschen und zu wenig Zeit allein.

Die Hauptstraße von Airoli bestand aus verfallenen kleinen Restaurants und protzigen Tätowierstudios; die einstmals leuchtenden Farben waren in der Sonne verblasst und von dem auf der Straße aufgewirbelten Staub bedeckt. Am Wasserbrunnen an der Ecke standen Männer in Hemdsärmeln Schlange, die sich die Taschentücher anfeuchteten und den Schweiß aus dem Nacken wischten. Ich ging in einen Basar, der Wagenräder verkaufte. Plastikdreiräder hingen von der Decke. Ich kaufte Jolly Boy einen Fußball für Anfänger und hoffte, ihn damit von Netz und Schläger weglocken zu können.

Der Mann im Laden fragte mich, ob ich hier Ferien mache. Nein, sagte ich, ich sei hier, um jemandem zu helfen, einen Weltrekord zu brechen. Ich wolle ihn mit einem Baseballschläger schlagen, bis der zerbrach. Und zwar so lange, bis uns die Schläger ausgingen.

Er wusste über Bibhuti Bescheid und glaubte, dass es unmöglich war. Trotzdem wünschte er uns viel Glück.

Wie ein Frosch hüpfte ich über die Straße, zwischen den knatternden Motorrollern und den Autorikschas hindurch, aus denen Beine, Schalzipfel und grellbunte Rocksäume flatterten. Ich ging zum Bahnhof, um zu schweigen und Zügen bei der Einfahrt zuzugucken. Ich saß auf dem Bahnsteig auf dem Boden, hielt den Fußball an die Brust und suhlte mich in meiner Einsamkeit.

Die Züge hatten keine Dampfloks, wie ich es mir vorgestellt hatte. Trotzdem erzählten sie von einer Zeit, als die Dinge einfach waren und die Normen und Vorschriften weniger streng. Sie fuhren langsam ein, Menschen hingen aus den offenen Türen und sprangen ab, bevor die Waggons mit einem nachlässigen Seufzen anhielten, als wären sie von etwas Großem, Unsichtbarem geschoben worden. Ihr Gott des Tages war ein ungeduldiger Gott, der sie alle im Offenen sehen wollte, wo man sie durchzählen und ihnen ihre neuen Glücksportionen zuteilen konnte. Hinter jedem Zug kam verstohlen eine Horde Landstreicher herangeschlichen, aus Sperrholzverschlägen an den Schienen. Männer meines Alters, manchmal mit ein, zwei kleinen Jungen im Schlepptau, denen von der letzten Reise hierher noch der Staub in den Haaren hing. Allesamt gebückt, mit Beuteln voller fauligem Obst. Als sie nahe herangekommen waren, stoben sie auseinander wie ein Vogelschwarm und schlüpften an Bord des gerade wieder abfahrenden Zuges, in der Hoffnung, ihre Bananen in den müden Zweite-Klasse-Waggons loswerden zu können.

Unter dem Bahnhofsdach war es kühl und dunkel. Ich hätte jeder x-beliebige Mensch sein können und brauchte keinen Grund für meine Anwesenheit. Ich konnte einfach dasitzen und den Zügen zusehen, die kamen und gingen, den Menschen, die sie brachten – braune Gesichter, ganz stolz und glänzend von großen Plänen. Die wartenden Männer liefen großspurig an der Bahnsteigkante auf und ab und spuckten gelassen und elegant auf die Gleise. Ich nickte ein. Die neue Last meiner Verpflichtung zog mich angenehm nach unten, ich spürte, wie ich mich ausbreitete wie ein Brandfleck, und weg war ich.

Ich wachte wieder auf, als mich jemand am Ärmel zupfte. Der Fußball rutschte mir aus den Händen, und ich packte ihn, bevor er wegrollen konnte. Vor meinen Augen hingen die haarlosen Genitalien eines kleinen Jungen, so nah, dass ich die Hand hätte heben und sie wie Glocken hätte bimmeln lassen können. Er verkaufte Tom-und-Jerry-Malbücher. Seine Freundin war auch nackt und hielt mir ihre Hand hin. Darin saß ein Küken, frisch ausgebrütet, das nach seiner Mutter schrie.

Beides konnte ich für einen Dollar haben.

Sie blickten mich an, ohne viel Hoffnung.

»Bitte, Sir«, sagte der Junge. »Nur ein Dollar. Kaufen bitte.«

Ich klemmte mir den Fußball unter den Arm und kratzte in meiner Tasche ein paar Rupien zusammen. Ich gab sie dem Jungen, mit ausgestrecktem Arm, damit er einen Schritt zurücktrat und mich von seinem baumelnden Gehänge befreite. Er reichte mir ein Malbuch. Eine kleine Packung Filzstifte in Regenbogenfarben gab es dazu.

Das Mädchen wedelte mir mit dem Küken vor den Augen herum. Ich sagte ihm ganz sanft, dass ich es ihm nicht abnehmen könne. Ich hätte keinen Platz dafür. Sie sah traurig aus. Ich gab ihr ein wenig Geld.

»Für das Futter«, sagte ich. »Du musst für es sorgen. Wie heißt es?«

Ein leerer Blick. Es verstand nicht. Wie gerne hätte ich ihnen von Neil Armstrong erzählt und wie er Glanz in mein Leben gebracht hatte, als ich noch leicht zu beeindrucken gewesen war. Aber sie hätten nicht gewusst, wer er ist.

»Nennt es Oscar. Das ist ein schöner Name. Ich hatte einmal einen Vogel, der hieß Oscar. Das war ein braver Vogel.«

Das Mädchen drückte das Küken, und es kreischte. Ich warf ihr einen strengen Blick zu, und es ließ wieder locker.

»Also abgemacht. Oscar. Ihr müsst ihm viele Würmer geben.«

Einsichtig wackelten sie mit den Köpfen.

Einer der spuckenden Männer kam und jagte die Kinder davon. Vielleicht wollte er mir einen Gefallen tun. Sie liefen weg, stürzten die Treppe ins Dunkel des Bahnhofs hinunter wie ausgekippte Streichhölzer. Ich wollte den Mann wegen seiner Unfreundlichkeit angehen, aber ich bekam kein Wort heraus. Wenn ich selbst Kinder gehabt hätte, wäre ich vielleicht mutiger gewesen, dachte ich, und meine ganze Rückgratlosigkeit überfiel mich auf einmal wie eine Heimsuchung aus einer Welt jenseits meiner Reichweite. Ich ging zurück ins Hotel, um mich auszuschlafen.

Ellen war vor mir dick geworden, und ich hatte einfach zugesehen. Ich hätte etwas sagen sollen, aber ich wollte nicht, dass sie sich schämte. Federleicht war sie gewesen, nun wurde sie missmutig und schwerfällig. Sie ging nicht mehr tanzen, sondern spielte Bingo, damit sie nicht an ihren Körper denken musste, der sie im Stich gelassen hatte.

So konnte sie sich hinter einem Tisch verstecken und auf die Zahlen konzentrieren. Die Lücke, die die Hysterektomie gelassen hatte, füllte sie mit Nörgelei. Alles wurde zur Qual, zur Farce, im Leben stand zu viel auf dem Spiel, um es mit einem Lachen abzutun, und die einzige Entschädigung waren Kleingewinne und Kurzreisen, vom Sparbuch bezahlt. Ich glaube, sie wollte sich an einem Augenblick des Verlusts festklammern. Dort war sie wohl lieber als bei mir. Die Hoffnung nicht aufzugeben war ihr zu anstrengend, und ich erinnerte sie zu sehr daran, dass sie mir in den Nächten der wilden Wünsche einen Sohn versprochen hatte. Ich versuchte, so wenig wie möglich im Weg zu sein, fing an, länger zu arbeiten und die Landstraßen in weiter Ferne zu erkunden, um zu sehen, wohin sie führten und was auf den Feldern los war, bevor sie von den Schrottplätzen geschluckt wurden und die Pferde verschwanden.

Die Altersschwere war es, die uns blind machte für unser Glück, so wie das Auge blind wird für die Farben und ihre Verwandlung im Lauf des Tages. Es war die Schwere der Jahre ohne jede Überraschung, die uns die Luft abwürgte. Sie verschenkte die Babykleider und fand neue Verwendung für die Wickelkommode, stellte einen Plattenspieler auf, wo das Schaukelpferd hatte stehen sollen, und vergrub sich in Johnny Kidd und Eddie Cochran. Ich versuchte, alles, was fehlte, mit Zärtlichkeit und unverdrossenem Begehren wettzumachen, aber einem Arm aus Stein kann man kein Blut abnehmen. Auch ich wurde dick, weil das Gewicht des Himmels auf mir lastete. Wenn ich damals an Dich geglaubt hätte, ich hätte gesagt, es wäre Deine Hand, die mich niederdrückte. Wenn ich Dir die Schuld hätte geben können, hätte der Trotz mich stark gemacht. Stattdessen nahm ich mein Schicksal an – wir waren Menschen in

Not. Ich sagte Ellen, dass ich glücklich mit ihr sei, wann immer sie es hören wollte, und floh zum Atmen vor die Tür. Ich ging in die Welt hinaus und bewies Verlässlichkeit. Die Tage mussten durchzogen werden, wie Tinte durch Papier dringt, und abends kamen wir zueinander nach Hause. Wir waren Schwäne auf einem See, die anspruchslos und höflich nebeneinanderhertrieben, immer das langsam herannahende Unwetter im Blick.

Einmal sah ich sie in der Stadt. Ich war auf dem Weg zu einem Termin, um Leuten ein Haus zu zeigen, das sie sich nicht leisten konnten, und ihnen zu erklären, wie perfekt es zu ihnen passte. Viel Platz, das Licht und die Extras. Immer auf die Extras eingehen. Den Stuck, die Mischbatterien, die abgezogenen Dielen und die Kacheln, die den Krieg überstanden hatten, und die Gentrifizierung, als die Arbeiterlokale verschwanden und zu Nagelstudios aufgewertet wurden. An einer Ampel musste ich halten, und da stand sie, auf der anderen Straßenseite vor dem Schaufenster eines Spielzeugladens. Ich erkannte sie am gebeugten Rücken, und mich überkam eine Traurigkeit, das Gefühl, dass ich sie nie wirklich gekannt hatte und sie nie wieder würde glücklich machen können. Die Windschutzscheibe und der vorbeirauschende Verkehr trennten uns, und wir waren sehr allein. Ich empfand nur Mitleid mit ihr. Die Welt tat ihr so weh, wenn ich nicht bei ihr war, und ich konnte nichts tun, um sie vor dem Schmerz zu schützen. Wie verloren sie aussah, auf offener Straße, unter Fremden, den Einkaufsbeutel in die Armbeuge gehängt, der Kopf unbewegt und zur Auslage geneigt, in der so viele Aufziehkarussells und Schneekugeln standen, dass die eine aussah wie eine billige Kopie der anderen.

Als die Ampel umsprang, bog ich links ab und hielt am

Straßenrand, damit ich sie beobachten konnte. Jetzt konnte ich ihr Gesicht sehen, und mir blieb das Herz stehen, als ich merkte, dass sie überhaupt nicht traurig war. Sie lächelte still, und ihre Augen leuchteten mädchenhaft. Ihre Bewegungen waren langsam und so leicht wie Wasser, das über glatte Kiesel floss, wie sie sich da zum Schaufenster hin beugte, und ich konnte sehen, dass ihre jetzige Langsamkeit sich von der Langsamkeit unterschied, mit der sie durch das Haus trottete, sie hatte etwas Willentliches, wollte die Zeit einfangen und sich dienstbar machen, damit sie ein altes Staunen nacherleben konnte. Sie hielt inne, zog sich in sich selbst zurück und verharrte. Sie hatte ein Lieblingsstück entdeckt. Ich sah das Staunen in ihrem Gesicht und wusste, dass ich nichts damit zu tun hatte. Ich konnte es nicht mit ihr teilen, es mir nicht als Verdienst anrechnen, und das tat dem Teil von mir sehr weh, der noch immer glaubte, sie wäre mein, etwas, dass ich halten oder verlieren konnte, oder es wäre mein Privileg, ihr etwas aussuchen zu dürfen, woran sie Vergnügen fand.

Ich fuhr weiter, bevor sie mich entdecken konnte, Wut und Sehnsucht rasten mir durch den Kopf. Es fühlte sich an, als hätte ich sie dabei erwischt, wie sie mich betrog. Ich wollte sie fragen, was sie gesehen hatte, das sie lächeln ließ, wo sie doch für mich kein Lächeln mehr übrighatte. Ich wollte wissen, wie ich so unwichtig hatte werden können.

Am Abend waren wir zu Hause genauso zueinander wie immer. Nichts hatte sich verändert. Wo sie gewesen war oder was ich gesehen hatte, davon sprachen wir nicht. Wieder etwas, das ungesagt blieb, ein giftiges Geheimnis auf dem Stapel, der zu unseren Füßen wuchs. Ich fand einen perversen Trost darin, recht zu haben. Ihr Leben und meines waren zwei getrennte Dinge, und ganz vernünftig hatten wir beschlossen, nicht mehr von ihnen zu verlangen.

14

Bibhuti schläft, und Ellen faucht mich an, als sie mich um Hilfe bittet. Ich bringe sie zum Mitarbeiterbadezimmer, damit sie duschen und sich die Haare waschen kann. Vorwurfsvoll klappert ihr Stock die hellen Flure hinunter, und ihre Hand an meinem Arm soll sie nur noch besser gegen die Schwerkraft schützen. Ich darf mit hineinkommen und ihr die Kleider über die Schultern ziehen, ihre Gelenke sind zu steif geworden und gehorchen ihr nicht mehr. Mit höflicher Oberflächlichkeit wische ich ihr den Schweiß vom Rücken. Vor mir ihren Körper zu enthüllen ist ein Akt der Notwendigkeit, der ihr keinen Genuss bereitet. Ihr Körper verhöhnt sie schon, seit die Krankheit ihn schlaff werden und in sich hat zusammensacken lassen, und meine Bemerkungen über seine Restschönheit sind immer auf taube Ohren gestoßen. Sie ist das Ding, das Du für mich geschaffen hast, und nichts würde ich lieber tun, als in ihr zu verschwinden, von ihr umarmt und in sie hineingezogen zu werden, bis ich ganz in ihr aufgehe, aber das Wasser wird kalt, und sie zuckt zusammen und stolpert, und ich brauche meine ganze Kraft, um sie aufrecht zu halten. Ich spüre ihr weiches Fleisch an meinem Bauch und warte auf eine Einladung, die nicht kommt, und ich ziehe mich zurück. Sorry, flüstere ich und wickele sie in das Handtuch ein.

Ich möchte sie fragen, warum wir aufgehört haben, einander beeindrucken zu wollen, aber die Frage kommt mir so kindisch vor. Sie ist so wichtig, und die Antwort würde nichts verändern.

Ich blicke auf ihre Füße hinab, die von dem Diabetes verunstaltet sind. Sie schämen sich, weil sie nur noch Trippelschritte machen können, damit sie nicht stürzt, und ich weiß noch, wie die Welt einst neu für sie war, genau wie ich. Ich wünsche ihr das, was ich in Indien gefunden habe – einen Hauch von etwas, das größer ist als das Leben. Ich wünsche mir, dass sie immer so geblieben wäre, wie sie bei unserer ersten Begegnung war.

Ich knie mich hin und trockne ihr die Füße ab, sie hält sich am Waschbecken fest. Ich bin ganz vorsichtig. Ich blicke nicht auf. Als ich ihre Zehen auseinanderziehe und mit dem Handtuch zwischen ihnen hindurchfahre, hätte es kitzeln müssen, aber ihre Hände und Füße sind taub geworden. Dass sie von ihrer Umwelt so wenig spürt, finde ich plötzlich sehr traurig, aber ihr erzähle ich, die Tränen kämen vom Ammoniak im Fußbodenreiniger.

Eine Schwester bringt uns wieder zum Zimmer, eine Spritze für Bibhuti in der Hand und eine Schale Reispudding für Jolly Boy, die sie aus Nettigkeit vom Lunchbüfett gestohlen hat. Er holt die Pistazien heraus und gibt sie mir. Er weiß, dass ich sie mag. Als die Schwester Bibhutis Medikamente nachfüllt, halten wir alle den Atem an. Grellrotes Blut fließt, als sie den alten Schlauch abnimmt, und das möchten wir alle für ein starkes Lebenszeichen halten. Erst wenn das Blut versiegt, sollten wir uns Sorgen machen.

Bibhuti atmet laut und gleichmäßig und hat im Schlaf keine Schmerzen. Die Schwester stochert in seiner Hand herum, um den neuen Tropf anzuschließen, und kleine Blutfäden bilden sich auf seiner Haut. Ich bin empört. Niemand will etwas sagen, also tue ich es.

»Bitte seien Sie vorsichtig, Sie tun ihm weh.«

Ich höre den Zorn in meiner Stimme, und er überrascht mich nicht. Wer ihm wehtut, muss zur Verantwortung gezogen werden.

Niemand hatte mich auf das Blut aufmerksam gemacht. Den ganzen Tag über bin ich mit den Flecken herumgelaufen, und keiner hatte den Anstand, auch nur ein Wort zu sagen. Im Büro haben sie mürrisch mit ihren Mäusen herumgeklickt, als wäre alles wie immer. Ich hielt an roten Ampeln – niemand hupte oder blendete auf. Ich zeigte einem Pärchen ein Haus, und der Mann ließ seinen Blick über mich schweifen wie über einen Körper, den man irgendwo vergessen und dann in den falschen Schuhen wiedergefunden hatte, und die Frau flüsterte ihm auf dem Weg nach draußen etwas zu, das ich für eine Neckerei hielt, ohne mir den kleinsten Tipp zu geben. Die Vögel zwitscherten weiter wie immer.

Als ich von der Arbeit nach Hause kam, regte Ellen sich maßlos auf. Sie brachte mich zum Spiegel, damit ich es selbst sehen konnte. Mein Hals war voller Blut. Ein dicker, leuchtender Fleck zog sich von meinem Ohr bis an den Kragen.

Ich hatte keine Ahnung, wie es dort hingekommen war. Ich war mich nicht einmal sicher, dass es mein eigenes war, bis ich ihn spürte. Einen kleinen Schnitt. Ich ging jeden meiner Schritte noch einmal durch, dann war ich überzeugt, dass es am Morgen beim Rasieren passiert sein musste, ohne dass ich es bemerkt hatte. Unentdeckt war das Blut ausgesickert und den Tag über verkrustet. So war ich herumgelaufen, entstellt, und niemand hatte etwas gesagt. Niemand hatte gefragt, ob mit mir alles in Ordnung sei, alle waren zu sehr mit sich selbst beschäftigt. Und ich hatte in der letzten Zeit keinen guten Grund gehabt, in den Spiegel zu sehen.

Ellen wusch mich sauber. Ich bekam eine Gänsehaut von ihrer Berührung. Ich drückte sie an mich, als sie die Wunde abtupfte, und zog mich an ihre weiche Körpermitte. Ich spürte ein berauschendes gegenseitiges Mitleid.

»Was hast du da bloß gemacht?«

»Ich weiß«, sagte ich. »Wie dumm von mir.«

Alles war geschlechtslos und hypothetisch. Kinder, die Kriegsverletzung spielten und über abgeschürfte Knie und Wespenstiche Nähe suchten.

Später saß ich vor dem Fernseher und schob ein paar Stück Fleisch auf meinem Teller hin und her. Ich war aufgewühlt und hätte jemanden umbringen können. Ich sah ein Krokodil einen Ochsen fressen, weil der Ochse nicht schnell genug durch den Fluss kam. Er hatte es nicht eilig. Ich ergriff Partei für das Raubtier.

Ich schaltete um, und da war Bibhuti.

Er war nackt bis auf die Unterhose und hatte drei Betonplatten vor sich zwischen den Beinen. Er war aalglatt und furchtlos und zuckte beim Aufprall des Vorschlaghammers nicht mit der Wimper. Ich sah ihm zu, wie er den Schlag wegsteckte. Ich hörte das Geräusch des berstenden Betons und spürte die Erleichterung, als die Stücke wegbröckelten. Jemand hob sie hoch, zum Beweis, dass die Platten zerstört worden waren.

Die Zuschauer im Studio applaudierten dem Film. Er wurde noch einmal gezeigt, in Zeitlupe, und sie applaudierten noch lauter. Es gab auch Gelächter, aber es war das nervöse Gelächter von Menschen, die gerade Zeugen eines Wunders geworden waren und nicht wussten, wie sie darauf reagieren sollten.

»Guck dir den an, der ist genial«, sagte ich zu Ellen, als sie aus der Küche hereinkam. »Guck mal, wie ruhig der bleibt. Dem ist alles egal.«

»Der ist verrückt. Sie lachen ihn aus.«

»Das sind Idioten, die haben nichts begriffen.« Ich ging ganz in meiner Bewunderung auf. Ich konnte nicht ganz genau sagen, was es war, aber er hatte etwas an sich, das in mir die gleichen Synapsen zum Feuern brachte wie der Fußballer George Best, als ich zum ersten Mal sah, wie er eine schwache Verteidigung kurz und klein spielte. Ich war verblüfft und außer Atem. Ein kleiner Anstoß für meine Männlichkeit, dazu noch eine Stimulation meines Sinns für glorreiche Taten. Ellen kam da nicht mit. Sie tunkte einen Keks in ihren Tee und fluchte, als er entzweibrach und versank.

Bibhutis Gesicht war unbewegt, sein Körper ohne Makel. Er hatte den Tod herausgefordert und war Sieger geblieben. Er nahm es ohne Überraschung oder Feierlichkeit zur Kenntnis. Das beeindruckte mich am meisten. Er hatte die ganze Zeit gewusst, dass er der Stärkere war. Sein Glaube daran war so fest gewesen wie der Boden unter seinen Füßen.

Was er hatte, wollte ich auch haben. Er schimmerte und knisterte und machte die Welt seinem Willen untertan.

Sie hoben ihn auf ihre Schultern und boten ihn ihren Göttern dar, aber die Götter fühlten sich für diese Gabe nicht zuständig. Er blickte in die Kamera. Er blickte mich direkt an.

Er forderte mich heraus.

So war das, ganz einfach und unschuldig. Er forderte mich auf, das Blut an meinem Hals zu vergessen und in mir selbst etwas Unantastbares zu entdecken. Ich setzte mich in meinem Sessel auf, eine seltsame elektrische Spannung durchströmte mich, frische Entscheidungen deuteten sich an, die meinem Leben eine ganz andere Richtung verleihen würden. Ich war entschlossen, so viel wie möglich über ihn herauszufinden, ihm seine Geheimnisse zu entlocken und mir daraus eine Rüstung zu schmieden.

15

In grellem Flutlicht unter einem von sündhaftem Lärm erfüllten Himmel wachte ich auf. Jemand hatte eine Vier geschlagen, und ein Triumphjingle donnerte durch das fast leere Stadion. Das kleine Grüppchen eiserner Fans auf der Tribüne unter uns blies in seine Plastiktrompeten und schlug die Trommeln. Die riesigen Schaumgummifinger wurden himmelwärts gereckt. Sie konnten niemanden täuschen. Auf dem Platz waren mehr Menschen als in den Rängen.

»So sollte das nicht sein«, grummelte Bibhuti und strich sich rastlos den Schnurrbart. »Kein Mensch interessiert sich für die Regionalliga. Den Generator für die Stadionbeleuchtung am Laufen zu halten kostet mehr, als die Vereine aus den Ticketeinnahmen bezahlen können. Ohne Sponsoren könnte die ganze Liga dichtmachen.«

»Sind das echte Cheerleader?«, fragte ich.

Die Mädchen am Rand des Platzes waren aufgetakelt wie Weihnachtsbäume. Ich konnte von meinem Platz aus sehen, dass sie sich genauso langweilten wie ich. Ihre Pompons lagen in einem Haufen auf dem Rasen, wie schlafende Emus.

»In der Halbzeit gibt es eine Show, mit Musik und Tanz. Die Liga hat das eingeführt, um Publikum zu ziehen. Die Resonanz ist gemischt.«

Aus dem Pavillon kam ein Mann mit einem Klemmbrett

und versuchte, die Mädchen mit einer kleinen Rede zu motivieren. Die Mädchen rüttelten sich zurecht, bis sie in Formation standen, und probten ihre Choreografie noch einmal. Der schmerbäuchige Kameramann ignorierte ihr entschlossenes Gehüpfe und hielt mit dem Objektiv weiter auf die Spieler.

Bibhuti las den Spielstand von der Großleinwand ab und trug ihn in sein Notizbuch ein.

Hinter uns spielte Jolly Boy »Gefangener der VIP-Loge«. Er verzog in Panik das Gesicht, presste es ans Glas, drückte einen geisterhaften nassen Schmatz darauf. Wie von Zauberhand löste er sich in der klimatisierten Luft wieder auf.

Das Telefon hatte mich aus einem neuen Traum von Oscar geweckt. Diesmal versuchte ich, ihn in unserem alten Haus zu fangen, und jagte ihn von einem Zimmer ins nächste. Er hatte immer so viel Vorsprung, dass ich ihn nicht zu sehen bekam. Als ich ans Telefon gegangen war, hatte ich noch immer seine Flügel flattern sehen können. Bibhuti hatte einen Auftrag, ein Bericht über ein Cricketspiel im neuen Stadion von Navi Mumbai. Er hatte freien Eintritt, weil er dort vor ein paar Jahren einen Rekord gebrochen hatte. Radschlagen auf den Fingerknöcheln einer Hand über eine Distanz von einer Meile. Er wollte mir den Ort seines Triumphes zeigen. Das würde mir Mut machen, glaubte er. Ich hatte nach der noch unangebrochenen Flasche am Bett gegriffen und einen Schluck genommen, um wieder ins Gleichgewicht zu kommen. Und mir dann Pfefferminzbonbons gekauft, um die Schnapsfahne zu überdecken.

Die Spieler spielten lustlos und mechanisch, der Mangel

an Aufmerksamkeit hatte sie lethargisch werden lassen. Ihr klägliches taktisches Geplapper hallte schaurig im Stadionrund wieder. Der Werfer warf den Ball. Der Schläger schlug ihn zu ihm zurück und blieb stehen, wo er war. Alle hatten beschlossen, sich im Schein des reinen weißen Lichts der Selbstverachtung zu ergeben.

Die ganz eisernen Fans trommelten einen Pulsschlag, der langsam abklang. Sie hoben die Schaumgummifinger zum Gruß der Männer, die unten auf dem Spielfeld langsam verreckten.

Ich selbst verreckte langsamer, als ich erwartet hatte. Bibhuti war noch unberührt von meinem Baseballschläger, und mir lief die Zeit davon. Da warst Du noch nicht bei mir, um mich zur Langmut zu animieren und mich mit Erinnerungen an andere Schauspiele zu trösten, deren Zeuge ich geworden war. Ich war mit meinem Schmerz allein.

Es war so weit. Schmerzen, wie ich sie bisher nicht gekannt hatte. Eine Verlangsamung, eine wachsende Last, die ich zu tragen hatte, eine Atmung, die sich jetzt ihrer eigenen Wichtigkeit bewusst war. Die Welt zog sich um mich zusammen. Ich wurde gejagt. Der Zorn juckte mir in den Adern, kratzte mir in den Augen wie die Zweige aller Bäume, die ich nie erklettert hatte. Die Schmerzen nagelten mich an den Plastiksitz, ich kam nicht von ihnen weg. Ich musste sterben, und das nicht in zehn Jahren, sondern so bald, dass es auch jetzt gleich sein könnte. So bald, dass ich mich aufschreien und stürzen sehen konnte.

Etwas Nutzloses musste getan werden, solange ich es noch spüren konnte.

Ich stieg über Bibhuti hinweg auf die Stufen. Der Whisky blubberte in meinem Bauch und machte meine Schritte ungelenk. Die Fans unten auf der Tribüne hießen mich mit offenen Armen willkommen. Als ich ins Straucheln kam, wurde ich von großen, weichen Händen aufgefangen. Ich wurde wieder aufgerichtet und spürte eine Welle der Erwartung, nun an ihrem Tanz teilzunehmen. Ich scheuchte sie fort. Mein Blick war auf das Spielfeld gerichtet, auf die Travestie, die dort gegeben wurde, die Männer, die so faul und zufrieden waren, dass sie nicht mehr vor dem Tod wegliefen.

Aus den Lautsprechern ertönte ein ohrenbetäubendes Donnern. Wieder eine Vier, und der Ball wurde gezählt. Der Spieler kratzte sich und wollte angehimmelt werden.

Ich spürte einen kalten Luftzug im Gesicht, drehte mich um und sah, wie die Tür zur VIP-Lounge wieder zugeschoben wurde. Jolly Boy kam zu mir gelaufen. Mit verschwörerischen Blicken bestätigten wir einander unsere Wildheit und nahmen zwei Stufen auf einmal. Wir glitten die Tribüne hinunter, an den Spielfeldrand. Als ich unten war, zog ich mein Hemd aus.

Die Cheerleader unterbrachen ihren Probelauf und machten uns Platz. Sie waren alle sehr hübsch und warfen mir brav-böse Blicke zu, als ich durch ihr Allerheiligstes trampelte. Der Mann mit dem Klemmbrett hob das Walkie-Talkie an den Mund und wollte die Security rufen.

»Hier können Sie nicht durch«, sagte er.

»Ich bin mit Bibhuti hier«, sagte ich. »Ich werde auch Rekordbrecher.«

Bibhuti kam mit angststarrem Blick zu uns, um mich zur Räson zu bringen. Er versuchte, mir mein Hemd zu geben. Ich nahm es nicht an. In meinem Inneren spielte eine zickige Weise, die sich nicht ausschalten ließ. Ich tänzelte um die Cheerleader herum, immer näher an die Spielfeldbegrenzung. Ich bückte mich und zog Schuhe und Socken aus. Ich krempelte die Hosenbeine hoch. Meine bleichen Schienbeine leuchteten wie Milchflaschen in der Nacht. Der makellos gepflegte Rasen kitzelte mir an den Zehen.

Das Dunkellila von Ellens Nagellack hob sich schön vom Grün ab. Mir fiel wieder ein, dass ich mir am Vorabend in einem Anfall trunkener Seligkeit die Zehennägel lackiert hatte. Es war schwieriger gewesen als gedacht, und ich hatte übergemalt. Das war keine Schande. Der Farbton hieß »Trendspotting«. Heftig überkam mich meine Liebe für Ellen, die Frau, die mich kurz aus meiner Einsamkeit erlöst hatte.

»Ich werde Rekordbrecher«, verkündete ich im Vorbeigehen dem Kameramann.

Er wackelte verständnisvoll mit dem Kopf und widmete sich dann wieder seiner Arbeit.

Mit einem Satz betrat ich das Außenfeld und testete, wie gut der Rasen federte. Meine eigene Waghalsigkeit brauste mir in den Ohren und übertönte Bibhutis Protestieren gegen meinen plötzlichen Wahn.

»Uns läuft die Zeit davon«, versuchte ich ihm zu erklären.

Wie ein Pelz legte sich die Nacht auf meine nackte Haut. Fast nackt im Flutlicht zu stehen, das war wie ein verschämtes Tänzchen mit meinem jüngeren Selbst.

Neben mir tauchte Jolly Boy auf. Er blickte zu mir auf, mit furchtsam fragendem Blick.

»Kommst du mit?«, fragte ich ihn.

Er schüttelte den Kopf.

Krachend fiel ein Wicket um, und die Lautsprecher donnerten. Die Spieler wachten auf, und im allgemeinen Jubel ergriff ich meine Chance und rannte los. Ich hielt auf eine Werbetafel hinter dem Pitch zu. Ich wetzte über das Außenfeld, die heiße Luft war mir auf den Fersen.

Sofort war ich außer Atem, alles tat mir weh, und ich trottete nur noch.

Ich hörte Laufschritte näher kommen, und schon war Jolly Boy neben mir. Ein irres Grinsen zerriss ihm das Gesicht. Hinter uns war Bibhuti am Spielfeldrand stecken geblieben. Das Klemmbrett stolperte über einen Pompon und segelte zu Boden.

Wir liefen am Wicket vorbei und schlängelten uns zwischen den erschrockenen Spielern hindurch. Sie machten uns bereitwillig Platz.

Als Riesen erschienen wir plötzlich auf der großen Leinwand und hielten an, um den Anblick zu genießen. Die Größe des Schauspiels raubte uns den Atem und riss uns aus der Zeit. Über das Bild auf der Leinwand machte ich die Kamera ausfindig und winkte. Ich vollführte ein kleines Tänzchen für die Kabelfernsehenzuschauer. Ich war mutig und unerreichbar, genau wie den Tischtennismönchen war mir die Passage an einen Ort der Gleichmut gelungen. Dort kam nichts und niemand mehr an mich heran.

»Onkel, da drüben!« Jolly Boy zeigte auf das Trio aus Sicherheitsleuten, die auf uns zuliefen. Alles in mir krampfte sich zusammen. Einer der Schlagmänner kam angeschlendert und fragte, was das solle.

»Es ist doch alles Zeitverschwendung«, erklärte ich ihm sanft. »Es guckt doch sowieso keiner zu.«

»Du verschwendest hier unsere Zeit«, sagte er und trat

mir die Beine weg. Ich stürzte zu Boden. Er spuckte neben meinen Füßen auf den Rasen. Er griente über meine lackierten Zehennägel. Mit mörderischem Arm- und Beingeklapper traf die Security ein, und ich rollte mich zu einem Ball zusammen und wartete darauf, dass der Himmel einstürzte.

Ich sah mir die Wiederholung an, während Bibhuti ihnen meine Freiheit abhandelte. Zu Überlebensgröße aufgeblasen, sah ich ziemlich überzeugend aus.

»Wir sehen klasse aus«, sagte Jolly Boy.

»Ja, wirklich. Jetzt bist du berühmt.«

Bibhuti tauschte seinen VIP-Stadionpass gegen mein Leben. Aus der Übergabe machte er ein finsteres Zeremoniell. Mit tief unglücklichem Blick sah er mich an. Reue erfüllte mein Herz.

»Das ist höchst misslich«, schmollte er. »Ich hatte gehofft, hier vielleicht unseren Rekordversuch abzuhalten, aber das ist jetzt unmöglich. Ich bin tief enttäuscht.«

Ich sagte ihm, es tue mir leid. Aber ich hätte bisher noch nicht einmal einen Schläger in die Hand genommen. Er lasse mich nicht tun, wozu ich gekommen sei. Ich hätte nicht ewig Zeit.

»Immer mit der Ruhe. Wir müssen uns gut vorbereiten, um den Erfolg zu sichern.«

Mit einem kraftlosen Jammern ließ ich meiner Frustration freien Lauf. »Du kapierst nicht. Uns läuft die Zeit davon.«

Ich schätzte rasch die Auswirkungen ab, die ein Geständnis auf ihn und unsere Vereinbarung haben könnte. Würde es das Feuer sein, das uns eilig unserem gemeinsamen Schicksal entgegentrieb, oder der Schaum, der unsere Pläne erstickte? Er musste glauben, dass ich stark genug war, ihn kurz und klein zu schlagen. Er musste Mitverantwortung für den Zustand meiner Seele übernehmen, wenn ich sie dem Dunkel zur Inspektion übergab.

Ich erzählte ihm, dass ich Krebs hätte. Das Wort schmeckte in meinem Mund nach Butterkaramell, sämig, nach Kindheit.

Ein, zwei Minuten lang strich Bibhuti sich den Schnurrbart. Dann versprach er, mich zu heilen. Er hatte nicht den leisesten Zweifel, dass er dazu in der Lage war.

16

Ein paar Monate nachdem ich Bibhuti zum ersten Mal im Fernsehen gesehen hatte, setzten die Bauchschmerzen ein. Sie wurden langsam lästig, und sie gingen nicht weg. Ich wurde schwerfälliger und kraftloser. Ich wusste, was es war, bevor man es mir sagte. Seit Jahren hatte ich das Gefühl gehabt, dass etwas zu Ende ging, aber dieses Ende nahte so langsam, dass ich es für Einbildung halten konnte, wenn ich wollte. Die Scans ließen alles wirklich werden. Sie gaben mir einen Grund, mich so zu fühlen, wie ich mich gefühlt hatte, der mehr war als die Klage, dass das Leben nicht hielt, was ich mir davon versprochen hatte. Es war real, eine Krankheit. Es war etwas, das ich mir selbst zuzuschreiben hatte.

Die Ärztin zeigte mir ein Bild des Tumors. Er sah wie ein Alien aus, eine Science-Fiction-Figur. Sie benutzte einen Fachausdruck, an den ich mich nicht mehr erinnern kann. Er erinnerte mich an das Wort, das sie benutzt hatten, als Ellens Blutungen nicht aufhörten: ektopisch. Ich fragte mich, ob es ihr so wehgetan hatte, wie mir dies wehtat, auf dieselbe Art an einem ähnlichen Ort. Wahrscheinlich empfindet jeder Mensch Schmerzen anders, auf ganz eigene Weise. Ellen war nicht bei mir, ich war alleine gegangen. Ich wollte sie nicht schon wieder enttäuschen. Ich hatte ihr nichts erzählt, den Brief mit dem Krankenhausstempel versteckt. Sie hatte genug eigene Sorgen.

Sie wollten mich aufschneiden, einen Teil meines Darms herausnehmen und die beiden frischen Enden zusammennähen.

War es da unten nicht komplizierter? Würde ich dann nicht den Rest meines Lebens komisch laufen?

Sie versprach, dass hinterher alles wäre wie früher. Danach Chemo, um alle Überreste wegzuputzen, und noch mehr Kameras in den Arsch, um sicherzugehen, dass es nicht wiederkam. Fünf Jahre Optimismus unter Beobachtung. Sie gab mir noch zwanzig Jahre.

Ich sah, wie sich beim Sprechen die Fältchen um ihre Augen kräuselten, und fragte mich, ob die vielen schlechten Nachrichten, die sie überbringen musste, ihr den Spaß an Albernheiten nahmen. Ich überlegte, ob ich vom Stuhl rutschen sollte, um ihren Lachreflex zu testen, aber mir fiel keine Methode ein, die nicht geschauspielert aussah.

Zorn flammte auf, zuerst war er auf das Schicksal gerichtet. Dann wandte er sich gegen mich selbst. Ich konnte in meinem Inneren faulige Zellen herumsausen hören. Sie zischten laut und wollten mir ans Leben. Ich konnte sie ja verstehen. Ich hatte alles falsch gemacht, und jetzt musste ich teuer dafür bezahlen. Das viele Fleisch, das ich gegessen hatte, und meine Langsamkeit. Die Tiere rächten sich an mir, und ich bekam die Quittung für meine Lethargie, meinen Mangel an Mumm. Noch zwanzig Jahre, das klang wie ein schlechter Witz. Ich hätte nicht gewusst, was ich damit anfangen sollte. Ich war sehr müde.

Ich fragte die Ärztin, was passieren würde, wenn ich mich nicht operieren ließ. Wie viel Zeit mir dann noch bliebe und wann die Schmerzen einsetzen würden. Sie gab mir ihre Einschätzung.

Nicht, dass ich aufs Sterben aus war. Ich glaubte nur nicht, dass ich den Kampf bestehen könnte. Ich war zu alt, so eine große Sache konnte ich nicht schaffen. Das wäre zu schwer. Ellen müsste sich um mich kümmern, und das wäre nicht fair. Ich sollte mich doch um sie kümmern. Ich dankte der Ärztin für alles und sagte ihr, ich würde es darauf ankommen lassen.

Die Putzfrau hatte mit ihrem Eimer den Flur verstellt. Ich konnte nicht auf sie warten, also nahm ich Anlauf und sprang über ihn hinweg. Die paar Augenblicke, die ich in der Luft war, hoffte ich immer noch auf einen Irrtum. Als ich wieder landete, war die Hoffnung verflogen. In mir wüteten die Söldnerzellen. Es kam mir so vor, als hätten die Jahre meines Lebens sich nur in meinem Kopf abgespielt. Als hätte ich sie nicht wirklich erlebt, sondern nur im Fernsehen gesehen. Jetzt war die Sendung vorbei, und ich konnte mich kaum noch erinnern, worum es gegangen war. Ich sah nur noch Bibhuti, wie er zum Vorschlaghammer griff, entschlossen, nicht zu zerbröseln. Wie er aufstand und schüchtern in die Kameras lächelte. Er wusste, wie man Haltung bewahrte, wenn der Tod auf einen zumarschiert kam. Anders als ich.

Die Vögel sangen für die Tageszeit zu laut. Es war heller geworden, und ich konnte frisch gemähten Rasen riechen. Ich tauchte den Fuß in eine Pfütze und hinterließ meinen Schuhabdruck auf dem Asphalt vor dem Auto, sah zu, wie er verdunstete, und überlegte mir dabei die beste Art zu verschwinden, sodass Ellen mir keine Vorwürfe machen konnte.

Auf dem Heimweg holte ich uns Fish & Chips. Der Junge, der mich bediente, trug einen Totenschädel als Ohrring. Ich riet ihm, sich die Niagarafälle anzusehen, falls er dazu Gelegenheit hätte. Er versprach es mir, aber es klang nicht ganz ehrlich. Nie nahm mich jemand ernst.

Als ich nach Hause kam, war Ellen nicht da, sie war auf dem Markt, einkaufen für mein Abendessen. Ich durchwühlte ihre Schubladen, fand aber nichts Verfängliches. Keine Indizien für eine Affäre, kein Bündel Briefe oder Fotos fremder Männer. Nur das Spitzenhöschen, das sie manchmal trug, zusammengerollt unter den Höschen für den Alltag. Es hatte Laufmaschen im Satin, und die Spitze an den Rändern löste sich ab. Ich tat, als wüsste ich, was es hieß, eine Frau zu sein. Ich fühlte ihre Hoffnungen und ihre Ängste und hatte Ehrfurcht vor ihr, die so lieb gewesen war, sich einen stillen, uneleganten Mann zu greifen, obwohl es da draußen in der Welt besseren Halt als mich gegeben haben musste.

Ihre Fish & Chips waren kalt geworden, aber sie aß sie trotzdem, froh, nicht kochen zu müssen. Abends im Bett, im Schutz der Dunkelheit, brachte ich den Traum zur Sprache, den sie einmal gehabt hatte, denjenigen, den ich versucht hatte, wahr werden zu lassen. Den, der bewies, dass ich so lieb und edel war wie sie.

»Weißt du noch?«, fragte ich. »Den über das Klavier.«

Sie schwieg eine Weile, und die Stille war bedrückend. Ich lag neben ihr im Dunkeln und hätte gern all die Augenblicke ungeschehen gemacht, in denen sie mir fremd gewesen war.

»Ich hatte gehofft, du hast ihn vergessen.«

»Ich werde ihn nie vergessen. Lieber sterbe ich.«
»Sag das nicht.«
Ich hatte es erst gemeint.

Sie hatte geträumt, dass sie Klavier spielen konnte. Er hatte sich ganz real angefühlt, realer als jeder andere ihrer Träume. Beim Aufwachen hatte sie die Musik noch in den Fingern. Sie war überzeugt, dass etwas Magisches geschehen sei, dass ihr im Schlaf irgendwie die Fähigkeit zum Klavierspiel eingehaucht worden war, so stark sei das Gefühl gewesen.

Sie hatte mich angestupst wie ein junger Hund, um mich zu wecken. Sie hatte mir alles erzählt, solange es noch frisch war, mit leuchtenden Augen. Ich lauschte ihr verzaubert. Sie könne Klavier spielen. Sie sei sich ganz sicher. Obwohl sie im Leben noch keine Note gespielt hatte, der Traum hatte das alles verändert. Ein Wunder. Sie stand auf, ging ans Fenster und spielte auf dem Fensterbrett, als hätte es Tasten. Auf dem Küchentisch spielte sie genauso, und sie wusste, dass sie die Finger richtig platzierte, sie konnte die Musik hören, fehlerfrei, im Kopf. Es fühlte sich echt an, ihrer ganzen Erfahrung nach, und sie musste es selbst ganz genau wissen, bevor die Wirkung nachließ. Sie musste mit eigenen Augen sehen, ob Träume wahr werden konnten.

Wir ließen das Frühstück aus und fuhren ins nächste Musikgeschäft, ein vollgestopftes Gewölbe, wo die Ukulelen wie Obst im Fenster hingen. Unterwegs erzählte sie mir, wie sie sich immer gewünscht hatte, spielen zu können, aber Angst gehabt hatte, nie gut genug zu werden – dass ihre Hände den Klang in ihrem Kopf nie würden wiedergeben können. Der Traum sei ein Geschenk, das sie sich selbst gemacht habe, ein Wunder, wie es manchmal nach einem Trauma oder einer Verletzung geschehe oder einfach aus Willenskraft und weil man an der Reihe sei.

»Das klingt albern, ich weiß«, sagte sie.

»Nein, gar nicht«, sagte ich mit Nachdruck. Ich glaubte an ihr Recht, das Unmögliche zu träumen. Das war das Mindeste, was man einem anderen Menschen schuldete, fand ich.

Wie ein kleines Mädchen lief sie zwischen den zerkratzten Klavieren herum, befingerte schartige, nikotinfleckige Tasten, denen andere vor ihr Musik abgerungen hatten, ohne dabei einen Gedanken an ihr persönliches Glück zu verschwenden. Sie fasste alle an, langsam und nachdenklich, und versuchte, den perfekten Gleichklang zwischen ihrer neuen Gabe und dem Instrument zu erspüren, das sie zum Ausdruck bringen würde.

Sie fand das richtige, nahm davor Platz, legte die Finger auf die Tasten.

»Und wenn es nicht wahr ist?«, fragte sie ängstlich.

»Wenn du es nicht ausprobierst, wirst du es nie wissen. Versuch es einfach mal. Was kann schon passieren?«

Ihr Gesichtsausdruck gab mir die Antwort. Was passieren konnte, war, dass jener Teil von ihr starb, der mit geschlossenen Augen tanzte. Ein Verlust, den ich den Rest meines Lebens pflichtschuldig mit ablenkendem Gepolter würde ausgleichen müssen.

Der Verkäufer kam, und ich sagte ihm, dass wir uns nur umschauen wollten. Ich schirmte sie von ihm ab, und sie holte tief Luft und schüttelte sich die Weisheit in die Finger. Sie ordnete sie so an, wie es ihr richtig vorkam. Was ihr über die Lippen kam, könnte ein Gebet gewesen sein.

Schnell atmend wandte sie sich zu mir, jung und voller Hoffnung, verströmte einen süßen Geruch nach Regen und bat mich, ihr viel Glück zu wünschen.

»Viel Glück«, sagte ich.

Mit dem kleinen Finger ihrer linken Hand schlug sie die erste Taste an. Sie erzeugte einen Klang, aus dem leicht Musik werden konnte. Sie drückte den nächsten Finger nieder. Mein Herz schlug so rasend, dass ich fast glaubte, vor Hoffnung zu sterben. Sie schlug eine Taste nach der anderen an. Jeder einzelne Ton für sich klang wahrhaftig. Sie hob die Hände, sortierte die Finger neu und ließ sie in einem letzten Anfall wilden Glaubens niedersinken.

»Was habe ich mir nur dabei gedacht?«, sagte Ellen, und in der Dunkelheit klang ihre Stimme dünn. »Ich muss wie eine Vollidiotin gewirkt haben. Du musst geglaubt haben, dass ich den Verstand verliere.«

»Du warst wunderschön. Du hast an etwas Magisches geglaubt. Vielleicht nur eine Stunde lang, aber du hast daran geglaubt und ich auch. Es hat mir das Herz gebrochen, dass ...«

»Nicht. Ich möchte nicht daran denken.«

Es war nicht die Musik zu hören gewesen, die ihr der Traum verheißen hatte. Sondern einfach Krach. Sie hatte weitergemacht, auf den Augenblick gewartet, an dem alles Gestalt annehmen würde, aber er war nicht gekommen.

Es war nur ein Traum wie jeder andere gewesen. Ohne Bedeutung.

Sie dürfe nicht aufgeben, sagte ich ihr, vielleicht käme der Augenblick noch, vielleicht war das Signal vom Herz in die Hand nur stecken geblieben, aber allmählich grenzte es an Grausamkeit, und ich musste ihr die Finger von den Tasten schälen, so zart ich konnte.

»Scheiße«, sagte sie.

»Ich weiß«, sagte ich.

»Es hat sich so echt angefühlt.«

»Träume sind komisch. Ist nicht deine Schuld.«

Langsam schloss sie den Deckel über den taktlosen Tasten, stand auf und ging hinaus. Sie weinte nicht, weder auf dem Weg zum Auto, als ich den Arm um sie legte, als Sandsack zur Abwehr ihrer Traurigkeit, noch als wir nach Hause in die stille Wohnung kamen. Ich füllte den Kessel mit Wasser, und als ich sie küsste, konnte ich nur spüren, was nicht da war. Ich konnte es nicht wiedergutmachen, also schlingerte ich auf der Suche nach Ungezwungenheit in einen Witz hinein.

»Du kannst noch immer Tamburin spielen«, sagte ich, und sie trotzte mir mit einem Lachen. Es war Samstag, und sie ging wieder ins Bett, als hätte sie die Grippe. Ich spazierte wie ein Fremder durch die Wohnung, durchwühlte Schränke und suchte nach dem besten Platz für ein Schaukelpferd. Nachts konnte ich sie eine Weile leise weinen hören, und dann war es geschafft. Wir sprachen nie wieder davon.

»Warum ist dir diese Geschichte wieder eingefallen?«, fragte Ellen.

Ich konnte es ihr unmöglich erzählen. Ich konnte ihr nicht sagen, dass sie ein Abschiedsgeschenk war, damit sie, wenn ich ging, wenigstens wusste, dass sie verstanden worden war. Ich konnte nicht sagen, dass die Erinnerung ein Brotkrumen war, dem sie folgen konnte, eine Spur, die sie direkt zu einer tröstlichen Erinnerung an unsere gemeinsame Schwäche für Träume führen würde.

Ich schwieg, kletterte aus dem Bett und kochte Tee. Ihre abgetriebene Musik folgte mir nach unten, und hinter meinen Augen tanzte Bibhuti. Ich sah ihn makel- und hemmungslos auf dem Fernsehschirm glänzen und die Schmerzgrenze durchstoßen wie ein vollendeter Pfeil. Ich wusste, dass er eine Botschaft hatte, von einem Ort jenseits einer Vorstellung von Gott, und die Botschaft lautete, dass ich allein sie sehen könnte, wenn ich ihn mit Gewalt aufbräche. Ich wusste, das würde den Anspruch, den der Tod auf mich erhob, nichtig machen und ihn umschreiben, zu einem glanzvollen Ende für ein schlecht gelebtes Leben.

Ich las den Ausdruck des Interviews, in dem er nach Menschen suchte, die Zeugen eines von ihm selbst erdachten Wunders werden wollten. Eines Wunders von großer Schönheit, einer gelebten Tragödie, die jedem, der dabei an seiner Seite war, die Säfte süß werden lassen würde.

Ich brauchte keine Ehefrau, die mich verbissen fütterte und mir die Hand hielt, wenn es kalt wurde. Ich wollte auf beiden Beinen sterben, an einem warmen Ort, wo man meine Vergangenheit nicht kannte.

17

Gopal Dutta war 78 Jahre alt und schwebte bei einem Jumping Roundhouse Kick anderthalb Meter über dem Boden. Er stieg in die Luft wie auf einer Leiter, und die Welt sah ihm stumm und ergriffen dabei zu. Seine Landung war lautlos.

Die anderen Schüler machten um die Meisterleistung kein Aufhebens, sie war nichts Neues mehr für sie und entsprach ihren Erwartungen. Sie beachteten ihn gar nicht, sondern waren ganz und gar auf Bibhuti konzentriert, der in beharrlicher Demut seine Instruktionen gab. Alle sprangen, kickten und landeten sie wie ein Mann – Stare, die sich zu einem Schwarm in Vogelform zusammenfanden. Ich beobachtete Gopal Dutta. Ich suchte nach den Sprungfedern an seinen Fußsohlen. Ich suchte nach den Rissen in den Säumen des Altmännerkostüms, unter denen der Junge zum Vorschein kommen würde.

Ich konnte nichts finden. Ich schlief ein.

Jolly Boy weckte mich mit einem Klaps auf die Schulter. Er sah besorgt aus. Ich beruhigte ihn und sagte ihm, dass ich sehr wahrscheinlich wieder aufwachen würde, wenn ich einschlief. Das würde auch auf absehbare Zeit so bleiben.

Hinter ihm standen sein Vater und Gopal Dutta, der mir unbedingt vorgestellt werden wollte. Die Beine des alten

Mannes ragten unbehaart aus einer lila Turnhose mit Goldkante, und er zeigte zu viel Bein. Ein Mann in knalliger Aufmachung, den man widerwillig bewunderte. Bibhuti hatte mir auf dem Weg zum Unterricht erzählt, wie er Gopal Duttas Krebs geheilt hatte. Ich hatte es als nett gemeintes Märchen abgetan. Aber wenn man vor ihm stand, war sofort klar, dass der Krebs nie eine Chance gehabt hatte. Gopal Dutta war für die Zicken der Krankheiten nicht so anfällig wie andere Männer. Seine winzige, an den Boden gefesselte Gestalt, der nun die Freiheit des Fluges verweigert war, beugte sich unter der Last der Attentatsversuche eines ganzen Jahrhunderts. Ich fragte mich, wie viele Dynastien er gezeugt hatte und ob er wohl je überlegt hatte, ein Fitnessvideo zu drehen.

»Er ist mein ältester Schüler«, sagte Bibhuti. »Im Jahr 2001 wuchs in seiner Leber ein Tumor. Ich heilte ihn mit Yoga und richtiger Ernährung. Die Ärzte erklärten, er habe keine zwei Monate zu leben, aber mit meiner Hilfe verschwand der Tumor, und hier steht er, neun Jahre später.«

»Wahnsinn«, sagte ich.

»Das ist nicht ungewöhnlich. Davor hatte ich einen Schüler mit Tuberkulose. Innerhalb von drei Monaten war er von der Krankheit geheilt, unter meiner Anleitung, durch Atemübungen und positives Denken.«

»Atmen ist alles«, sagte Gopal Dutta und schüttelte mir die Hand. Sein Händedruck war fest, er legte den Kopf schief wie eine Ziege und starrte mir in die Augen, als könnte er dort den Krebs sehen und ihn durch seinen schrecklichen Blick zwingen, sich zu ergeben.

Die schreckliche Kavita stob kreischend an uns vorüber, den Fuß wie einen Speer auf den Kopf ihres glücklosen Sparringpartners gerichtet. Starr und mit Würde nahm er sein Schicksal an.

Gopal Dutta sprach voller Selbstvertrauen. »Wenn Sie befolgen, was er anordnet, werden Sie den Krebs besiegen«, sagte er. »Ich war überzeugt, dass meine Zeit gekommen sei, aber er hat mein Leben verlängert. Das war vor neun Jahren. Er erhält sein Wissen von Gott, auf direktem Weg. Das richtige Atmen ist am wichtigsten. Die Menschen atmen nicht richtig, und deshalb sterben sie. Sie glauben, dass sie die richtige Art kennen, aber so einfach ist es nicht.

Ich war Pilot bei Indian Airlines. Acht Jahre lang habe ich Passagierflugzeuge geflogen. Das Leben der Passagiere war in meiner Hand. Die ganze Zeit über habe ich nicht korrekt geatmet. Ein Wunder, dass ich nicht abgestürzt bin. Der Absturz in Mangalore war schrecklich, in den Nachrichten wurde das Wetter verantwortlich gemacht, aber ich glaube, die Ursache war, dass der Pilot nicht korrekt geatmet hat. Das ist der Ursprung von allem. Jetzt, da ich richtig atme, fühle ich mich um Jahre jünger und kann keine Fehler mehr machen. Ich würde gerne wieder fliegen und habe Air India meine Dienste angeboten. Ich habe noch keine Antwort bekommen. Ich fühle mich sehr jung. Auch Sie werden unter BBs Anleitung verlorene Jahre zurückgewinnen. Ich danke ihm jeden Tag.«

Gopals Augen leuchteten durch den Staub, der in der Luft um uns tanzte. Ich senkte den Blick auf seine großen Zehen, die sich wie kleine Kinder an ihren Nachbarn rieben. Das erzeugte ein seltsames Gefühl der Verbundenheit. Wir waren alle Kinder, wie sehr wir es auch verbergen wollten.

»Ich weiß, dass ich nicht richtig geatmet habe«, gab ich zu. »Inzwischen mache ich es besser. Ich tue mein Bestes.«

»Man darf die Hoffnung nie aufgeben«, sagte Bibhuti.

»Wenn ich einen Menschen heilen konnte, gelingt es mir auch beim nächsten – du und Gopal Dutta, ihr seid nicht so verschieden.«

Ich musste ganz still stehen, und Gopal Dutta demonstrierte mir seine Spannkraft, indem er eine Haaresbreite vor meinem linken Auge in die Luft trat. Ich spürte die Veränderung in der Luft und bekam eine Gänsehaut, und als ich einen Blick nach oben wagte, schwebte er über mir, wie an Drahtseilen aufgehängt. Kann sein, dass er mir zugeblinzelt hat, ich bin mir nicht sicher. Als er wieder auf dem Boden aufkam, war ich überzeugt.

Gopal Dutta wünschte mir viel Glück und watschelte davon, wobei er die Unterseite der linken Hinterbacke aufblitzen ließ. Er machte dort weiter, wo er aufgehört hatte, vollführte nur zum Spaß Roundhouse Kicks im freien Flug und schenkte seinen Zuschauern die Illusion, die Luft wäre eher aus Bernstein denn aus Sauerstoff.

Später ging Bibhuti mit mir einkaufen. Da nun beschlossen war, dass ich überleben würde, brauchte ich meine eigene Trainingskleidung. Bibhuti wollte mir das Einkaufszentrum in Vashi zeigen, wo er seinen letzten Rekord gebrochen hatte. Während der Eröffnungsfeierlichkeiten hatte er sich in einer Minute dreiundzwanzig Mal von einem Fahrrad überfahren lassen. Er war zusammen mit einem Mann aufgetreten, der sein Baby mit Messern bewarf.

»Die Messer waren nicht geschärft«, beschwerte sich Jolly Boy. »Ich habe gesehen, wie es von einem getroffen wurde, aber es hat nicht stark geblutet. Bei echten Messern kommt mehr Blut.«

Sie sangen wieder mit dem Radio mit und unterbrachen sich nur, als Bibhuti einen Schlenker um einen Fußgänger machen musste, der den Verkehr mit reiner Willenskraft bezwingen wollte, an der Kreuzung, an der sich die protzigen Türme des Vashi aus dem Staub erhoben wie die Rippen ausgegrabener Riesen.

Das Geschäftszentrum von Navi Mumbai. Heimat der Flachbauten mit den vielen Callcentern und den Viersternehotels, wo die Spitzen der internationalen Businesswelt im Importkomfort die besten Wege besprechen, Indien das Mark aus den Knochen zu saugen. Eines dieser Hotels befand sich neben dem Einkaufszentrum. Der Sicherheitsdienst durchsuchte ein Auto voller anreisender Gäste. Die Hände schwebten über den Pistolen im Halfter. Der Kofferraum wurde geprüft und ein Spiegel an den Unterboden gehalten, auf der Suche nach Sprengstoff. Als nichts gefunden wurde, rollten sie die Sprengschutzbarriere zur Seite und winkten das Auto durch. Die Insassen fühlten sich offenbar nicht belästigt.

Auf dem gepflegten Rasen vor dem Einkaufszentrum standen zwei heilige Männer in Fässern und beteten; symbolisches Wasser reichte ihnen bis an die Schultern. Sie baten den Himmel, seinen kühlenden Regen zu schicken und die Welt aus ihrer saisonbedingten Trägheit zu erwecken.

Vor dem Kentucky Fried Chicken standen Menschen Schlange für die Leibesvisitation.

Drinnen blieben Bibhuti und Jolly Boy stehen und bestaunten das Atrium, das von den üblichen Geschäften gesäumt war und in dem sehr junge Wachleuten patrouillierten, deren Hauptbeschäftigung darin bestand, mit ihren Schlagstöcken vor jenen Kunden herumzuwedeln, die sich an der Nordseite des Springbrunnens auf dessen Rand ausruhten, bis sie den zarten Wink verstanden und weitergingen. Springbrunnen und Epauletten hatte man aus der Ferne zu bewundern.

»Hier habe ich den Rekord gebrochen«, sagte Bibhuti.

»Hier habe ich gelegen. Von dieser Seite, wo Costa Coffee steht, kamen zwei Fahrräder, und eines kam von der anderen Seite. Im Rotationsverfahren, bis die Minute um war. Sie fuhren über meinen Solarplexus, dort ist meine Kraft am größten. Nur einmal hat mein Schüler Rohan das Ziel verfehlt. Er fuhr mir mitten über das Schlüsselbein. Zum Glück ist er dabei nicht gestürzt. Das Schlüsselbein war gebrochen, aber Guinness hat den Rekord zugelassen. Das Reglement hat keine spezifischen Körperregionen festgelegt, nur dass die Räder mich einzeln und aufrecht passierten.«

»Komm, wir suchen dir schöne Sportbekleidung. Du wirst jetzt Sportler und brauchst dein eigenes Outfit.«

Er suchte mir Sachen aus, die er selbst trug, und hielt den Beutel mit dem Geld, während ich sie anprobierte und vor dem Spiegel den Bauch einzog. So würde ich also in meinen letzten Tagen aussehen, meinen Stil aufgeben und ungehindert durch das Land streichen, in dem Eitelkeit nichts galt. Bei dem Gedanken musste ich lächeln. Vielleicht würde ich die Bequemlichkeit von Jogginghosen zu schätzen lernen. Vielleicht würde Bibhutis Trainingsprogramm mich in Schönheit erblühen lassen, rechtzeitig für die Porträts für den Bestatter.

Wir traten wieder ins Licht der Sonne, das durch Wolken strahlte, die inzwischen aufgequollen waren wie Hungerbäuche. Der Wind nahm zu, und rund um die heiligen Männer in ihren Fässern hatte sich ein kleiner Menschenauflauf gebildet. Ein kleines Mädchen ging auf Zehenspitzen hin und steckte dem älteren eine Blume in den Bart. Ihr Vater machte mit dem Telefon ein Foto. Der heilige Mann widerstand der Versuchung zu lächeln.

Der Monsun sei eben durch Chennai gezogen, sagte Bibhuti. In einer Woche sei er hier.

»Ist der Regen wirklich so heftig? Ich war noch nie im Monsun.«

»Ja, sehr heftig. Jedes Jahr gibt es große Probleme. Erdrutsche und Überschwemmungen und Menschen, die in die Gullys fallen. Jedes Jahr versucht die Stadt panisch, rechtzeitig alle abzudecken. Oft fehlt ein Gullydeckel, oder er gibt nach. Wenn die Straßen unter Wasser stehen, können die Menschen diese Gefahr nicht sehen, sie fallen hinein und werden Opfer des Regens. Ich rate dir, immer aufzupassen, wo du hintrittst.«

Aus dem Nichts kamen die Kinder auf uns zugelaufen. Eine Flutwelle aus brauner Haut, gefleckt mit dem Weiß der vom Lachen entblößten Zähne. Meine Handgelenke wurden von kleinen Greifhändchen bedrängt, kleine Füße stiegen mir auf die Zehen. Ein Ansturm schlenkernder Arme und Beine und hüpfender Weichteile.

»Hello, Sir, hello! Du kaufen, ein Dollar!«

Ich erkannte den Anführer an den halb geschlossenen Augenlidern wieder, das Mädchen am Muttermal an der Hüfte. Die Kinder vom Bahnhof. Ich war extrem erleichtert, dass sie sich seit unserer letzten Begegnung gut durchgeschlagen hatten.

Sie gingen noch immer mit ihren Tom-und-Jerry-Malbüchern hausieren, aber Küken konnte ich nirgends entdecken. Ich fragte den Anführer, was aus Oscar geworden sei.

»Soli gegessen«, sagte das Mädchen. Soli war wohl der Name des Jungen.

»Du hast ihn gegessen?«

Soli legte verlegen den Kopf schief. Er zeigte kein Anzeichen von Reue.

»Aber das war ein Baby«, sagte ich.

»Du kaufen«, sagte er und hielt mir das Malbuch hin. »Ein Dollar.«

»Noch eines brauche ich nicht«, sagte ich.

Er machte ein langes Gesicht. Er fand es schwer zu akzeptieren, dass sich meine Ausmalbedürfnisse so leicht befriedigen ließen. Als klar war, dass ich nichts kaufen würde, drehte er sich auf dem Absatz um und lief weg, das Mädchen setzte ihm nach. Die Fahrer der Autorikschas mussten in die Bremsen steigen, als sie über die Straße flitzten, und der Limettenverkäufer zuckte zusammen, als sie an seinem Wagen vorbeizischten.

Mir graute vor dem nahenden Regen. Ich behielt mein Grauen für mich.

18

Die Tür fliegt auf. Jolly Boy tritt zur Seite, bevor ich ihn aufhalten kann. Ich wappne mich gegen Gewalttätigkeiten. Zwei Polizisten stehen da, hinter ihnen ein Kamerateam, das sich bei dem Versuch überschlägt, eine Nahaufnahme von mir zu bekommen, dem reuigen Sünder. Mich überrascht nur, dass sie nicht schon früher gekommen sind. Seit zwei Tagen warte ich darauf, gelyncht zu werden. Einer der Polizisten schiebt die Kamera weg, der andere versucht, mich zu packen. An seinem Gürtel baumelt ein Lathi, und in seinem Schnurrbart hängen Fenchelsamen von einer hastig heruntergeschlungenen Mahlzeit. Es fällt kein Wort. Ich werde abgeführt. Ellen sieht mir nach. Sie solle sich keine Sorgen machen, sage ich.

Draußen versucht die Menge, mich in die Finger zu bekommen, und wird mit Schlägen im Zaum gehalten. Im Meer der Rachedurstigen suche ich nach Verbündeten. Die vertrauten Gesichter zeigen eine bittere Miene, wer mich früher fasziniert gegrüßt hat, spuckt mir jetzt vor die Füße.

Kavita stürmt auf mich los, aber ihr Vater fängt sie ein, bevor sie mir einen Schlag versetzen kann.

Die Tür schlägt zu, und eine Sirene wird in Gang gesetzt. Wir bahnen uns einen Weg durch fliegendes Obst und den Funkenregen aus einem Scheiterhaufen. Ich sterbe vor Hunger und fürchte um mein Leben. Beinahe muss ich lachen. Ruhm! Ich will ihn nicht mehr.

Das Polizeirevier ist ein eingeschossiger Betonschuppen am Rand eines Wohngebiets, wie ein dräuender Fluch auf der anderen Straßenseite eines aus Wellblech zusammengezimmerten Kiosks, in dem ein fetter Mann und seine Frau einer Laufkundschaft Kokoswasser anbieten, die offenbar ausbleibt. Der Mann köpft die Kokosnüsse mit einer stumpfen Machete und reiht sie auf dem Tisch auf, wo sie vergessen werden. Seine aussichtslose Betätigung muss irgendeine Art von Buße sein, und ich versuche, nicht an die Gräueltaten zu denken, die ihn zu einer so erniedrigenden Tätigkeit verdammt haben.

Die Polizisten bringen mich hinein und führen mich in ein Amtszimmer ohne Fenster oder Kameras. Dort wartet ein weiterer Polizist auf mich, er steht mit verschränkten Armen da. Er hat die düstere selbstsichere Anmutung eines Freizeitpsychopathen. Er will mir Böses. Er schwitzt so ein wildes Verlangen aus. Er stellt sich als Inspektor vor und erzählt mir, es seien Beschwerden eingegangen. Einer der Polizisten schließt die Tür von außen und steht davor Wache.

Ich erzähle dem Inspektor, dass ich einen Pass mit einem gültigen Visum besäße. Beides sei ganz in der Nähe, sicher verwahrt, zu Hause bei meinem Freund. Ich könne sie ihm holen. Ich sei Engländer. Mit mir sei alles in Ordnung.

»Bei dem Freund, den Sie vor zwei Tagen umbringen wollten?«, fragt er.

»So war das nicht. Ich habe ihm geholfen.«

»Das haben einige der Zeugen anders gesehen. Sie haben es ganz anders beschrieben.«

»Dann verstehen sie nicht, was wir vorhatten«, sagte

ich. »Sie wissen nicht, worum es Bibhuti geht. Ich habe ihn glücklich gemacht. Wenn er wieder aufwacht, wird er Ihnen das Gleiche sagen.«

»Falls er wieder aufwacht«, berichtigt mich der Inspektor.

»Ich weiß, es sieht nicht gut aus. Ich habe nur getan, worum er mich gebeten hat. Wir haben dafür trainiert. So arbeitet er. Holen Sie Informationen über ihn ein, Sie werden sehen. Es ist nur noch nie so ausgegangen.«

»Früher hatte er ja auch keinen Assistenten wie Sie. Ich frage mich: Woher kommt Ihr Bedürfnis, diesen Menschen umzubringen? Warum ist es so stark, dass Sie eine so lange Reise unternommen haben, um ihn zu erschlagen? Inder bringen sich alle Tage gegenseitig um. Die Naxaliten bringen uns um. Pakistan bringt uns um. Wir brauchen keine neue Methode, Inder umzubringen. Vielleicht könnten Sie solche Angewohnheiten auf Ihr eigenes Land beschränken. Oder haben Sie geglaubt, hier würde Ihnen nichts passieren? Haben Sie geglaubt, mein Land würde so etwas erlauben? Weil wir alle dumm sind, ja? Dass wir das tolerieren? Haben Sie das geglaubt?«

Ich erinnerte ihn daran, dass ich niemanden umgebracht hatte.

»Das ist nur eine Frage der Zeit«, sagt er. Seine Tagträume hängen in der Luft, prallvoll mit all den Dingen, die er mir antun wird, sobald er Gelegenheit dazu hat.

Ich frage nach Jolly Boy. Er werde für mich eintreten. Jemand muss für mich eintreten, bevor die Lage außer Kontrolle gerät.

Sie lassen mich im Flur warten, bis jemand ihn geholt hat. Niemand hat es besonders eilig, mich aus meinem Elend zu befreien. Eine Stunde geht im Kriechgang ins Land. Die

Klänge der Außenwelt dringen durch die Risse in der Wand. Das Kreischen unsichtbaren Lebens. Vögel, die sich auf den Satellitenschüsseln paaren, und Hunde, die sich wütend selbst verzehren. Von irgendwoher ein Scheppern, Autos, die einander umbringen wollen. Drei Männer werden hereingebracht und in eine Zelle am anderen Ende des Raums gesperrt. Sie sind verschorft und plappern, knochige Gliedmaßen klappern an die Wände. Mit Blicken suchen sie nach meiner Vermittlung. Ich sage ihnen mit meinen Blicken: Tut mir leid, ich kann euch nicht helfen. Wir sitzen im gleichen Boot.

»Sie haben einen Touristen ausgeraubt«, erzählt mir der Inspektor. »Ihn zusammengeschlagen und versucht, ihn anzuzünden. Vielleicht erlaube ich Ihnen, sich dazuzugesellen. Sie haben einander bestimmt viel zu erzählen.«

Die Drohung geht durch mich hindurch wie durch Butter. Mich in ihren Barbarenhänden den Tod finden zu lassen wäre im Augenblick ein Akt der Milde. Die Magenkrämpfe sind wieder da, und ich sitze wie auf Rasierklingen. Ich höre meinen Organen beim Abdrosseln zu, höre das Kreischen von Metall auf Metall, wenn das Bremspedal durchgetreten wird. Ich versuche, mir Mamas Gesicht vorzustellen, aber ich kann mich nicht auf sie konzentrieren. Ich kann mich nicht an mein Lieblingslied erinnern. Ich umfasse mich mit den Armen, versuche, mir die Schmerzen aus dem Leib zu pressen, und warte, dass ich wieder schlafen kann.

Sie bringen Jolly Boy, allein. Er kommt zu mir gelaufen und packt meinen Arm. Die Haare darauf erzittern im Wind, den er macht. Er solle keine Angst haben, sage ich ihm. Sie nehmen ihn mit.

Ich warne sie, sie sollen ihm nicht wehtun. Ich versuche, dabei entschlossen zu klingen.

Als Jolly Boy zurückkommt, hat er rot geweinte Augen und geht aufrechter. Er ist durchs Feuer gegangen und zum Mann geworden. Ich mustere ihn gründlich und suche nach Anzeichen von Übergriffen. Er sei okay, sagt er. Ich lege ihm eine Hand auf die Schulter, aber er entwindet sich mir. Er braucht meine Hand nicht mehr. Ich komme wieder frei, vorläufig.

Wir werden zurück zum Krankenhaus gefahren. Der Polizist auf dem Beifahrersitz verflucht mich im Seitenspiegel, sein Blick brennt mir ein Loch in die Stirn, dort, wo mein drittes Auge säße, wenn ich einer seiner Götter wäre.

Das Gelände ist übersät mit den Brandflecken der gelöschten Fackeln von Bibhutis Unterstützern. Als sie mich sehen, entzünden sie sie wieder und stimmen ein Geheul an. Das Obst regnet auf das Auto nieder. Neben den Limetten und Granatäpfeln fliegen Steine. Einer trifft die Heckscheibe, die Glassplitter fliegen mir um die Ohren. Ich breite mich über Jolly Boy, um ihn zu schützen.

Harshad und Amrita sind an vorderster Front. Sie trommeln mit ihren Fäusten auf das Auto ein, das zentimeterweise vorwärtskommt. Amrita kreischt, mit in den Nacken geworfenem Kopf und weit aufgerissenem Mund. Sie trampelt mit den Füßen, die Erde erzittert. Ihre Ellenbogen sind mit Farbe verschmiert, aber von einem neuen Projekt, dem Schild, das sie ihrem Vater gemacht hat und auf dem steht: »An den Galgen mit dem Mörder von Bibhuti Nayak!« Er trägt es über der Schulter wie ein Kreuz. Zum ersten Mal sieht er nüchtern aus. Ich habe ihm einen Anlass gegeben für reinigenden Zorn.

»Ich bin nicht sein Mörder«, rufe ich ihm zu. »Er lebt.«

Amrita spuckt das Fenster an. Ich sehe der Spucke zu, wie sie an der Scheibe herunterrutscht. Die reine Masse beeindruckt mich.

Die Mönche stehen hinter dem Begrüßungskomitee im Kreis und beten, ihr Pingpongtisch steht verlassen da. Der Junge, der die Schur abgewickelt hat, mit der ich gesegnet wurde, ist bei ihnen. Ich schiebe mein Gesicht von der Spucke weg, damit er mich sehen kann. Unsere Blicke begegnen sich, und er lächelt. Das Lächeln verrät mir, dass alles wieder gut werden wird. Ich werde aufrecht vor meinen Richter treten, und das Urteil wird gerecht sein. Mehr kann ich nicht verlangen. Mein Mönch nimmt einen Schläger und stößt ein neues Spiel an.

Wir erreichen den Eingang, und die beiden Polizisten eskortieren uns im Laufschritt bis an die Tür. In unserer Abwesenheit sind weitere Beamte eingetroffen, die verhindern, dass die Protestierer das Gebäude stürmen. Wir werden zwischen ihnen hindurchgeschoben und in die Rezeption ausgestülpt, wo die Ärzte unsere Rückkehr mit offener Feindseligkeit quittieren. Sie versorgen aufgeregt Stich- und Brandwunden und reiben die Stümpfe grinsender frisch amputierter Patienten mit Butterschmalz ein. Die Störung durch meinen Zirkus können sie nicht gebrauchen. Ich halte auf den Fahrstuhl zu und ziehe Jolly Boy hinter mir her.

Ich frage ihn, was er ihm Verhör gesagt habe.

»Die Wahrheit«, sagt er, als wäre die Antwort ganz klar. »Baba wollte, dass du ihn schlägst, habe ich ihnen gesagt. Du bist sein Freund, und du hilfst ihm.«

»Das ist ja auch die Wahrheit.«

»Ich weiß.«

»Bald wird er aufwachen. Wahrscheinlich ist er schon wach. Er wird nach dir fragen. Er wird einen Spiegel brauchen, um nach seinen Haaren zu sehen. «

Der Junge lächelt ängstlich. Wieder jagt mir der Schmerz durch die Eingeweide, und das ist das Mindeste, was ich ihm schulde.

Vor dem Zimmer sitzt die Reporterin, einen Pappbecher mit Kaffee fest umklammert. Ihre kleinen Knöchel sind weiß, und ihr Kameramann ist nirgends zu sehen. Als wir näher kommen, blitzen ihre Augen, und sie wischt auf ihrem iPhone herum und stellt die Videokamera auf weltexklusiv. Von mir bekommt sie nichts, ich schiebe Jolly Boy ins Zimmer.

Die Frauen stürzen auf ihre individuelle Weise auf uns zu, Jolly Boys Mutter kommt als Erste aus den Startblöcken. Grob packt sie ihn und zieht ihn so weit von mir fort, wie die Möbel es erlauben. Sie sucht ihn nach Tränenspuren und blauen Flecken ab, dann setzt sie sich, zieht ihn an sich und legt ihm den Arm um die Hüfte wie den Galgenstrick für einen Viehdieb.

Ellen humpelt zu mir herüber und stellt mir mit hochgezogener Augenbraue die gleiche Frage. Es gehe uns beiden gut, sage ich, sie hätten uns nicht angerührt.

»Ich war ganz krank vor Sorge«, sagt sie.

»Es war nicht so schlimm. Sie wollten mir Angst machen,

aber sie haben nichts in der Hand. Ich habe nichts getan. Jolly Boy war toll, er hat alles geklärt. Alles wird gut.«

Seine Mutter explodiert. Sie schiebt Jolly Boy beiseite, springt von ihrem Stuhl auf, zieht einen Flip-Flop aus und schlägt ihn mir hart ins Gesicht. Das tut weh.

»Er heißt Shubham«, sagt sie leise. »Ich will nicht mehr, dass du ihn Jolly Boy nennst.«

Sie setzt sich, streift den Flip-Flop wieder über und angelt sich das Kind. Sie zieht ihm das Hemd über den Hüften glatt, blickt ihm in die Augen, als könnte sie dort seinen Vater finden, seine Seele, irgendwie aus dem kaputten Körper im Bett neben ihr transplantiert.

Es klingelt mir in den Ohren, und ich möchte jetzt nach Hause.

19

In meiner ersten Nacht bei Bibhuti habe ich kein Auge zugetan. Ich passte nicht richtig auf sein Sofa, und als ich aufblickte und Bibhutis Silhouette über mir erblickte, dachte ich, er habe es sich anders überlegt und wolle mich erwürgen und mir das Geld stehlen. Es war entweder sehr spät oder sehr früh, und in den langen Stunden der Schlaflosigkeit hatte meine Paranoia sich aufgeplustert. Atemlos lag ich da und wartete auf ein barmherziges Ende.

Er wollte nur auf dem Weg nach draußen kurz nach mir sehen. Bibhuti schlief nachts nicht mehr als zwei Stunden. Er hatte gehabt, was ihm zustand, und nun war es Zeit für die erste Trainingssession des Tages. Ich solle weiterschlafen, sagte er, und schlüpfte an mir vorbei aus der Tür. Ich konnte seine Schritte auf den Betonstufen hören, federnd und selbstsicher im Dunkeln.

Woher hatte ich die Kühnheit genommen, mein Leben in seine Hände zu legen?

Harshad hatte mich nur ungern ziehen lassen. Er glaubte, es liege an etwas, das er gesagt hatte, oder daran, dass er mir nicht genug westlichen Komfort hätte bieten können.

»Möchten Sie ein anderes Zimmer?«, fragte er. »Ich gebe Ihnen die Suite, kein Aufpreis.«

»Ich habe gar nicht gewusst, dass es eine Suite gibt.«

»Nur eine einzige. Für besondere Gäste. Mit einem Ausziehsofa und extraweichen Bettbezügen, da werden Sie sich wohlfühlen.«

Es sei nicht persönlich gemeint, sagte ich ihm. Bibhuti habe darauf bestanden, dass ich bei ihm einzog. Das sei praktischer so. Er wolle mich im Auge behalten, außerdem müsse ich mit meinem Geld haushalten, falls ich länger lebte als gedacht.

Der Fernseher, dem Harshad neues Leben geschenkt hatte, zeigte eine Grafik des vorhergesagten Weges des auf uns zukommenden Monsuns. Wenn er eintraf, würde die Temperatur um ein paar Grad sinken, und die Luft würde zum ersten Mal seit dem Winter frisch schmecken. Der Preis dafür würden bröckelnde Straßen und noch mehr Stromausfälle sein und sinkende Einnahmen, weil die Geschäftsleute aus dem Ausland ihre Tagungen jetzt nach Jaipur und Delhi verlagern würden, in den Norden vertrieben von dem Regen, der sich dann über Mumbai legen würde wie die Arme eines eifersüchtigen Liebhabers und der die Schätze der Stadt vor den gierigen Augen der feindlichen Satelliten verbergen würde.

Harshad rieb sich nachdenklich den Bauch. »Aber Sie kommen mich doch besuchen, oder?«, fragte er. »Ich wohne ja nicht weit.«

Mir wurde klar, dass er angefangen hatte, mich zu mögen, das ausländische Ohr für seinen indischen Kummer. Wenn ich ging, würden mit mir auch meine wohlmeinende Leichtgläubigkeit und meine Anfälligkeit für Legendenbildung gehen. Er fürchtete, dass er ohne sie den filternden Schleier zwischen sich und seinen Geschichten einbüßte.

Ich würde vorbeischauen, wann immer ich könne, sagte ich ihm.

»Sie müssen zur Vollendung meines Gemäldes kommen. Bald ist es so weit.«

Amrita malte das Gras unter den Füßen des Schlangentöters in einem Grün, das mich an den Blick von oben auf die Hügel der South Downs erinnerte, aus dem Flugzeug auf einem innereuropäischen Flug. Auf einer unserer Last-Minute-Städtereisen ins Gewimmel von Prag und den Regen von Budapest. So viel von der Welt noch nicht gesehen! Sie war zu groß für ein mickriges Menschenleben. »Wenn sie endlich mit meinem Bild fertig ist, sollen Sie es als Erster zu sehen bekommen. Sie werden ihm Ihren Segen geben und das nächste Kapitel meines Geschäftslebens aufschlagen. Dann wird Amrita BB und Sie malen, beim Rekordebrechen. Das kommt an die Wand gegenüber und wird noch größer als meines. Von überallher werden die Menschen kommen, um es sich anzusehen. Mein Hotel wird berühmt, weil Sie hier gewohnt haben, als Sie ihm das erste Mal begegnet sind. Ich werde Touren zu BBs wichtigsten Orten organisieren, das werden alle sehen wollen.«

Das Potenzial seiner Idee ließ ihn große Augen machen. Er hatte eine Fantasie entwickelt, die Geld brachte, zum Ausgleich für meine Abreise.

An die er sich nun wieder erinnerte. Er trug mir den Koffer vor die Tür und stellte ihn auf dem Pflaster ab.

»Sie kommen wieder.« Er besiegelte die Feststellung mit einem Kopfnicken. Ich sah ihm nach, als er ächzend wieder an seinen Schreibtisch schritt, zum Glas griff und es leerte.

Der alte Mann lächelte mich durch seinen leuchtenden Bart von unten an. Anders als sonst, mit erschreckender unvorhergesehener Glückseligkeit im Blick, als wäre ihm gerade klar geworden, dass wir gemeinsame Vorfahren hatten oder Fans der gleichen Fußballmannschaft waren. Als seine Stimme erklang, war sie ein Singsang, wie ein Schlaflied aus grauer Vorzeit.

»Du hast New Balance!«, trällerte er.

»Wie bitte?«

»Deine Schuhe. Von New Balance. Hatte ich auch mal. Sehr bequem. Hat man mir gestohlen.«

Ich blickte auf meine neuen Turnschuhe herab. Der Alte hatte recht. Sie waren sehr bequem. Er wackelte mit den Zehen, zum Gedenken an den Luxus, der seinen runzligen braunen Füßen einst zuteilgeworden war.

»Das sind meine«, sagte ich. »Ich brauche sie.«

»Ich will sie nicht haben. Das sind deine. Ich freue mich für dich. Wo ich hingehe, braucht man keine Schuhe. Trotzdem bin ich dankbar für die Zeit, die ich mit ihnen verbracht habe, auch wenn sie sehr kurz war. Ich hoffe, deine Zeit mit ihnen wird länger sein.«

Der alte Mann wandte sich wieder seinem magischen Fleck zu. Unser Augenblick der Verbundenheit war vorüber, und für ihn existierte ich nicht mehr. Er war fort und flog über die Orte hinweg, die er einst gekannt hatte, ein letzter Besuch, bevor der Regen kam und ihn sich schnappte.

An seinem Himmelsflecken türmten sich die Wolken auf. Ich hatte eine halb volle Flasche Officer's Choice in meinem Zimmer zurückgelassen und ein paar mit Ellens Trendspotting befleckte abgeschnittene Zehennägel, für den Fall, dass mich jemand klonen wollte.

In Bibhutis Wohnung brach der Morgen an, und ich lebte noch. Mein Geld war, wo ich es gelassen hatte, unter dem Couchtisch, und die Hunde, die mich die ganze Nacht hindurch mit ihrem Bellen in den Wahnsinn hatten treiben wollen, waren gescheitert. Vielleicht hatte der Hausgott Mitleid mit mir gehabt, als ich mich auf der Suche nach Schlaf herumwälzte. Schlaf hatte er mir nicht gewährt, aber indem er mich mit Schlaflosigkeit reizte, hatte er mir jenen Zorn eingepflanzt, den ich brauchte, um Bibhuti die Seele aus der Verankerung zu reißen. Ich musste nur dieses Gefühl in mir wachrufen, wenn wir gemeinsam vor dem Publikum standen.

Recht schnell wuchs in mir der Verdacht, dass Bibhuti mir das Leben retten könnte, zumindest lange genug, um das Schlägerbrechen hinter uns zu bringen. Das Essen, das er mir gab, und die Atemzüge, die er mich nehmen ließ, dämpften die Schmerzen bis auf ein erträgliches Brummen. Von seinen Anfeuerungen und meinen morgendlichen Übungen fühlte ich mich gestärkt. Mutig begann ich, mein Essen zu kauen. Bibhutis Frau gab mir Salzwasser gegen den Durchfall. Mein Dank prallte an ihr ab wie Hagel an einem Wellblechdach.

Eilig wusch ich mich im engen Bad und umging sorgfältig das heikle Loch im Boden. Wenigstens ließ sich die Tür verriegeln. Wenigstens konnte ich mir die Ellenbogen auf die Ohren drücken und die satirischen Kommentare des Nachbarn zu meiner Sit-up-Technik ausblenden. Wenn mir die Puste ausging, machte ich in ihrem Ehebett ein Nickerchen und kroch unter Flügel, die weit weg schlugen, außerhalb ihrer Reichweite. Ellens Abwesenheit war ein Gewicht auf meiner Brust, das mich mühelos hinunterzog.

Der perfekte Schwung und das Krachen fügsamer Knochen füllten meine Tagträume. Ich hatte noch nicht auf ihn eingeschlagen, und mein Dürsten danach war allgegenwärtig, ein Rausch, der niemals nachließ.

Ich brachte Jolly Boy bei, was Antäuschen im Fußball war, und Bibhuti bekam mich dazu, mir die Haare mit Urad Dhal zu waschen, damit sie so kräftig wurden wie seine.

»Ich suche schon lange nach einem Rekord, den ich mit meinen Haaren brechen kann«, sagte er und zog sich den Kamm durch den schwarzen Schopf. »Ich würde gerne mit den Haaren eine Lokomotive ziehen, aber ich komme mit der Befestigung nicht weiter. Ich habe es mehrmals versucht, ohne Erfolg, jedes Mal reißen die Haare nach den ersten Schritten ab.«

»Wie ärgerlich.«

»Es frustriert mich sehr. Keine Sorge. Jetzt bin ich am Gipfel. Kein anderer Rekord kann mithalten.« Er suchte den Kamm nach Fremdkörpern ab, konnte keine finden und steckte ihn sich wieder in die Tasche. »In die Geschichte gehst du nicht ein, wenn du etwas versuchst, nur wenn du etwas erfolgreich abschließt.«

Ich erzählte Bibhuti von dem Blut an meinem Hals, und am Ende der Geschichte war er in mich verliebt.

»An dem Tag hast du mich gesehen?«, fragte Bibhuti. »Als du dich geschnitten hast?«

»Komisch, oder? Reiner Zufall, da warst du plötzlich!«

»Das ist kein Zufall. Wusstest du da schon von deinem Krebs?«

»Ich hatte keine Ahnung. Das kam ein paar Monate später. Aber es war komisch, kaum war ich hier, dachte ich, in Indien wäre das nicht passiert. Hier sind die Menschen freundlicher, sie würden einen nicht den ganzen Tag lang blutend durch die Gegend laufen lassen und nichts sagen. Vielleicht habe ich danach gesucht, nach

Freundlichkeit. Vielleicht habe ich das die ganze Zeit vermisst.«

Jetzt veränderte sich Bibhutis Aussehen auf vertraute Weise, er begann von innen her zu leuchten. Wie eine Raubkatze sprang er auf und tigerte im Garten auf und ab, sein ganzer Leib zitterte vor Lust, die schlimmsten Übel der Welt zu beseitigen.

»Verstehst du? Dein altes Leben war der Tod für dich, und deshalb wurdest du hierhergebracht. Du bist nicht gekommen, um mir zu helfen, jedenfalls nicht nur. Gott hat dich geschickt, damit du hier geheilt wirst. Und diese Aufgabe hat er mir übertragen. Wir helfen einander gegenseitig. Auf die Liebe in unseren Herzen kommt es an, sie wird uns beiden unsere Bestimmung enthüllen. Ich liebe dich, und du liebst mich. So wird der Schmerz der Vergangenheit ausgelöscht. Das ist Gottes Botschaft an uns.«

Er wurde laut, und der Nachbar amüsierte sich. Als ich in seine Richtung blickte, tat er, als würde er gerade Bananenschalen aufhängen.

»Wir müssen einander lieben«, fuhr Bibhuti fort. »Wir haben beide hart kämpfen müssen. Du kommst über die sieben Meere und berichtest mir von deinem Schmerz. Ich lade dich zu mir nach Hause ein und zeige dir den Weg zur Heilung. Wie wunderbar. Was für eine glückliche Fügung, wer hätte das gedacht? Ich weiß, dass unsere Freundschaft keinen Namen hat. Wie sie entstehen konnte? Ich habe keine Ahnung! Sie wird mit jedem Tag stärker werden.«

Er bat mich, ihn zu treten. Ich sei so weit, sagte er.

Mein Herz raste. Ich kam mir tölpelhaft und kindisch vor, die Beine wurden mir so schwer, dass ich sie kaum rühren konnte. Ich atmete auf die Weise ein, die mich am Leben erhalten sollte.

Er stellte sich breitbeinig auf. Jolly Boy saß oben auf der Treppe, in der Wasserlache vom Abwasch seiner Mutter, und sah uns zu. Er wusste nicht, ob er die Zeit nehmen sollte, und am Ende ließ er die Stoppuhr um seinen Hals hängen.

Ich trat Bibhuti dorthin, wo es weich war.

Ich spürte, wie etwas nachgab. Bibhuti grinste mich an. Sein Sohn grinste mich an. Das Nachmittagslicht umfing uns alle.

»Noch einmal«, sagte Bibhuti. »Fester.«

Ich trat noch einmal zu. Er war mit mir zufrieden, und wir spürten keinen Schmerz.

Mein Ausflug nach Bollywood (2002)

20

Anders als viele meiner Landsleute bin ich kein Bewunderer von Bollywood. Die Mühen des Tages halten mich so in Atem, dass ich die neuesten Filme nicht kenne. Auch sind die Stars der Leinwand für mich keine Vorbilder, wegen ihres unstillbaren Verlangens, im Rampenlicht zu stehen, das oft zu Unbescheidenheit im Betragen führt. Deshalb war ich sehr überrascht, dass ich einen Anruf des großen Bollywoodproduzenten Kailash Karkera erhielt, als in meiner Stadt die Nachricht die Runde machte, dass ich vier Weltrekorde errungen hatte. Meine Leistungen beeindruckten ihn sehr, und er lud mich zu einem Abendessen im renommierten Taj-Hotel ein, um wichtige Pläne für meine Zukunft mit mir zu besprechen.

Ich muss schon sagen, als ich diesen Ort betrat, nur wenige Jahre nachdem ich wie eine angespülte Kokosnuss an den Gestaden des Arabischen Meeres gelandet war, wurden Träume wahr. Dies war vor den traurigen Terroranschlägen des Jahres 2008, und alles war ruhig. Meine Frau war entzückt, als der Portier in seinem roten Turban und seiner roten Schärpe uns die Tür aufhielt, und Shubham zauberte uns ein Lächeln ins Gesicht, als er dessen Verbeugung höchst respektvoll erwiderte. In der Hotelhalle umgaben uns goldene Statuen und feinste Stoffe. Es war, als wären wir in den Palast des Raja geladen worden. Mr Karkera führte uns in die prunkvollen innersten Geheimnisse einer Welt ein, die das Vorstellungsvermögen eines einfachen Mannes vom Lande übersteigt.

Rajesh Battacharjee war die Schlange, die ihm um die Füße glitt, aber damals waren mir seine Absichten glücklicherweise noch nicht klar.

»Ich finde deine Geschichte höchst interessant«, sagte Mr Karkera. »Wie ein Mann aus einfachsten Verhältnissen seinen eigenen Weg nach oben finden kann.«

Ich erlaubte mir höchstens, mich von seinem Lob ein klein wenig geschmeichelt zu fühlen. Bewundert zu werden ist nicht das höchste Ziel des Sportsmannes.

Mr Karkera hatte meinem Erfolg mit den Betonplatten beigewohnt. Er fragte mich, wie ich mit den Schmerzen umgehe. Ich berichtete ihm von meinen Methoden und lud ihn ein, mir in die Scham zu treten. Er stieg sofort darauf ein und versetzte mir einen höflichen Tritt, der das Zielgebiet nur streifte. Dann folgte er meinem Rat, härter zuzutreten, und hinterließ mehrere weitere Eindrücke in meiner Scham. Das Resultat eines Volltreffers war für uns beide höchst angenehm.

Mr Karkera fragte mich, ob ich je erwogen hätte, meine Fähigkeiten vor größerem Publikum zu zeigen. Wie mir ein eigener Platz im Filmgeschäft gefallen würde.

Auf ersten Blick haute die Idee mich fast um. Ich lauschte seinem Vorschlag aufmerksam, während mein Kopf rotierte wie ein Zyklon.

Mr Karkera war natürlich der Produzent vieler erfolgreicher Actionblockbuster mit dem Ruf der spektakulärsten Kampfszenen in der ganzen Branche. Die Stars dieser Actionfilme müssen auf ihrem Feld die Besten sein, mit großem Kampfkunstgeschick und Leinwandcharisma. Die Kampfszenen sind dabei in Wahrheit nur gespielt, es gibt keinen echten Kontakt, aber sie werden sorgfältig so gestaltet, dass die Zuschauer glauben, es seien echte Kämpfe, die da von der Leinwand kommen. Für Mr Karkera war ich für diese Rolle die erste Wahl. Meine Meisterleistungen, sagte er, seien ein Segen, wenn man dem einfachen Mann helfen wolle, der Schufterei seines schweren Lebens kurz zu entfliehen.

Ich stellte abschließende Überlegungen an. Ich dachte an den einfachen Mann und sein dringendes Bedürfnis nach Unterhaltung und Vorbildern in einer finsteren und schmutzigen Welt. Wenn die Figuren, die ich auf der Leinwand zum Leben erwecken würde, zu diesen guten Vorbildern verhelfen konnten, dann war dies vielleicht Gottes Weg, mir zu sagen, dass ich die Menschen in größerem Maßstab inspirieren konnte, als ich mir bisher hatte vorstellen können.

Ich würde eine große neue Wohnung in Lokhandwala Complex bekommen, Heimat vieler Bollywoodprofis. Meine schauspielerische Tätigkeit auf der Leinwand würde meine Prinzipien von Wahrhaftigkeit und Genauigkeit im Umgang mit den Fähigkeiten und der Philosophie meines Handwerks direkt widerspiegeln. Und ich würde fünfmal mehr Geld verdienen, als ich je in Händen gehabt hätte. Traumbilder stiegen vor mir auf.

»Für dich und deine Familie ist das ein neues Leben«, sagte Mr Karkera. »Ihr lebt nicht mehr von der Hand in den Mund, habt alle Bequemlichkeiten, die ihr euch wünschen könnt, und Millionen eurer Landsleute können deine Arbeit sehen. Wie kann man so ein Angebot ausschlagen?«

Meine Frau warf mir ein Lächeln zu, das ihre Überzeugung, ich solle das Angebot des Gentlemans subito annehmen, rückhaltlos vermittelte. Ich aber ging weiter in mich. In jedem Reiskorn, auf dem ich kaute, fand ich einen Grund, den Bonzenlifestyle abzulehnen oder mich auf diese Gelegenheit einzulassen, und ich konnte sie mit der Zunge nicht voneinander trennen.

»Ich glaube, schon BBs Geschichte allein würde einen tollen Film abgeben«, erklärte Rajesh Battacharjee. »Vielleicht lassen sich die richtigen Leute finden, mit denen man seine Biografie zum Leben erwecken kann.«

»Genau das ist mein Metier«, sagte Mr Karkera. »Vielleicht müssen wir auch fiktionale Elemente einführen, für den kommerziellen Erfolg, wenn es dich nicht kränkt.«

»Das wäre in Ordnung«, sagte ich. »Sie sind der Experte.«

Und als Vertrauensbeweis bot ich Mr Karkera meine Hand.

Ganz angstfrei war ich nicht, als ich den ersten Schritt auf das Set setzte, zum Drehbeginn von *Rache um Mitternacht*, dem jüngsten Actionfilm aus Mr Karkeras Stall, in dem ich eine kleine Rolle spielen durfte. Film City war für mich eine sehr merkwürdige Umgebung, anders als alles, was ich bisher gesehen hatte. Meine Seele war auf eine so rätselhafte Welt nicht vorbereitet.

Der erste Blick fiel auf ein riesiges Gelände mit See, Universität, Straße, Bibliothek, Gefängnis, Tempel und wunderschönen Gärten, alles in Lebensgröße. Es war, als hätte der Allmächtige alles nur Denkbare an einem Ort abgeworfen. Alles ganz nah beieinander, ohne lange Wege. Dazu viele große Schuppen dicht an dicht, dort waren die Sets für die Innenaufnahmen aufgebaut, und man konnte jeden nur vorstellbaren Raum replizieren. Ashok, mein Führer in der Orientierungsphase, öffnete die Tür eines Schuppens, in dem sich ein kompletter Gerichtssaal befand, mit allen Details wie Stühlen, Tisch, Richter in voller Montur und unterjochtem Angeklagten mit ernsten, pflichtbewussten Polizisten an der Seite. Nur die Scheinwerfer, die von der Decke hingen, verrieten, dass sich all dies nicht in echt abspielte. Auch wurde der Richter von einem Maskenbildner geschminkt, und als ich eine prüfende Hand an die Holzwand legte, entdeckte ich, dass sie aus Plastik bestand, mit aufgemalter Maserung.

Dann erreichten wir unseren Drehort, außen vor einem Gefängnis. Hohe Holztore und dicke Steinmauern, wie in der Wirklichkeit. Der Regisseur hieß mich willkommen, und wir plauderten sehr nett über unsere Herkunft, während den anderen Schauspielern Schutzkleidung angelegt wurde. Schaumstoff bedeckte die Scham und wichtige Gelenke, um die Schläge einer großen Kampfszene abzufedern. Die Schauspieler, die aufständische Insassen spielten, sollten auf die Gefängniswärter losgehen und würden im Kampf bis auf den Tod zurückgeschlagen werden. Jeder Schlag und Tritt müsse echt aussehen, und das Publikum müsse glauben, dass jeden Augenblick Gefahr drohe. So erklärte der Regisseur es mir. Die Polsterung sei eine reine Vorsichtsmaßnahme. Es werde nicht zu echtem Körperkontakt kommen.

Ich durchlebte einen Augenblick tiefer Traurigkeit. Viele Wochen waren vergangen, seit Mr Karkera und ich unseren Bund mit einem Handschlag besiegelt hatten. An jenem

Abend hatten wir das Taj als eine Familie im Aufbruch zu einer spannenden Reise in die oberen Ränge menschlicher Errungenschaften verlassen. In einer aufmunternden Umarmung hatte Bollywood uns den Arm um die Schultern gelegt, und all unsere Träume vom Erfolg wollten nun schlüpfen. Aber kein Wort hatten wir seither von Mr Karkera gehört, was den mir versprochenen Umzug nach Lokhandwala Complex anging, und abgesehen von einem Termin zur Vertragsunterzeichnung und der Zahlung eines kleinen Vorschusses (der für ein neues Sofa aus echtem Kirschholz mit Zebrabezug aus dem Monsoon Madness Sale bei Classic Solutions reichte), hatte ich bis zu jenem Morgen keine weiteren Anweisungen erhalten. Meine Frau hatte wie auf glühenden Kohlen auf das Startsignal zum Packen ihrer Sachen gewartet, und ich hatte die Vorbereitungen für den nächsten Rekord fürs Erste auf Eis gelegt. Ohne klare Zeichen meines neuen Arbeitgebers stand die Zeit still.

Dann aus heiterem Himmel der Anruf: Das Auto, das mich nach Film City bringen sollte, sei unterwegs. Keine Einweisung, keine Trainingszeit, mit der Pistole auf der Brust bekam ich meine erste Rolle als oberster Gefängniswärter. Ich hatte mit der Hauptfigur des Films in einem Duell bis auf den Tod zu kämpfen und mich im letzten Augenblick als Verlierer zu erweisen. Ich gab meiner Enttäuschung in schärfster Form Ausdruck. Warum sollte ich der Bösewicht sein?

Der Regisseur sagte, alles sei bereits entschieden. Die Hauptfigur werde von einem damals beliebten Star gespielt und müsse immer gewinnen. Es war egal, dass mir von Geschick und Einstellung her die Heldenrolle zustand. Der andere hatte zu triumphieren, und seine Fans würden eine Verkehrung der Rollen nicht akzeptieren. Im ganzen Land würde es sonst in den Kinos zu Tumulten kommen.

Ich schluckte die bittere Pille meiner Traurigkeit und sagte mir: »BB, dein Arbeitgeber erwartet dies von dir. Es ist deine Pflicht, auf ihn zu hören. Denke an die Möglichkeit, die dir hier gegeben wird, einen wunderschönen Leinwandmoment zur Unterhaltung der Menschen zu erschaffen. Spiele den Bösewicht, so gut du kannst, dann wird beim nächsten Mal die Heldenrolle dein sein.« Und danach handelte ich.

Für mich war es ein einsamer Tag. All meine Vorschläge zur Verbesserung der Szene verhallten ungehört. Obwohl ihm auf meinem Gebiet alle Sachkenntnis fehlte, beharrte der Regisseur hartnäckig auf seiner eigenen Vorgehensweise. Für die zusätzliche Eleganz und den höheren Schwierigkeitsgrad, die ich hatte einflechten wollen, fehlte die Zeit. Die Sonne ging unter, als der Regisseur dem Fortgang des Geschehens Einhalt gebot. Als ich an jenem Abend wieder nach Hause kam, schlief Shubham schon. Meine Frau begrüßte mich in großer Aufregung, und wir besprachen unser neues Leben in Lokhandwala Complex nach dem sehnlichst erwarteten Umzug in allen Einzelheiten. Die besten Schulen für Shubham. Die Parkanlagen, in denen wir abends wandeln und Badminton spielen konnten. Die Eiscafés mit allen Geschmacksrichtungen (meine Frau und mein Sohn lieben sie, trotz des Schadens, den sie am inneren Gleichgewicht anrichten). Wir sahen wie mit einem Augenpaar die Zukunft unserer letzten Jahre im Schoße von Komfort und Erfolg.

Diese Zeit hatte Gott gewählt, um mich daran zu erinnern, dass der Familienvater der glücklichste Mensch der Welt ist. Seine Botschaft lautete, dass mein Weg des Rekordebrechens an sein Ende gekommen war und ich einen neuen Weg einschlagen musste. Nachdem ich meditiert hatte, um sicherzustellen, dass die Botschaft authentisch war, nahm ich seine Entscheidung gelassen an.

Am Tag darauf fanden die Dreharbeiten nicht im Schutz von Film City statt, sondern im Gewühl des Cobala Causeway, wo neugierige Touristen und lästige Trommelverkäufer uns beständig Schwierigkeiten machten. Die Kameras wurden vor dem berühmten Café Mondegar aufgebaut, um eine lange Verfolgungsjagd einzufangen: der Held auf der Flucht nach seinem waghalsigen Ausbruch aus dem Gefängnis vor den Schergen des Mafiabosses, die ihm ans Leder wollen, bevor er seine Unschuld beweisen kann. Der Held würde zwischen den Buchverkaufsständen in die Ecke gedrängt werden und sich durch die Menge der Schufte den Weg freikämpfen. Ich würde den Oberschuft spielen. Nur andere Kleidung und eine Perücke zeigten, dass ich eine andere Rolle spielte als am Tag zuvor. Sie wollten mir eine neue Frisur verpassen, aber diesen Vorschlag fand ich unannehmbar.

Diesmal war Mr Karkera anwesend und half, während wichtiger Aufnahmen die Menge zu zerstreuen. Zu diesem Zweck setzte er mehrere Polizisten ein, die sehr brutal vorgingen. Ihr freizügiger Umgang mit den Lathi-Schlagstöcken schockierte mich sehr, aber meine Bedenken wurden beiseitegewischt. Mr Karkera erklärte, dass Außenaufnahmen auf echten Straßen eine gefährliche Unternehmung seien, überall gebe es Diebe und Taschendiebe, die teure Ausrüstung stehlen oder Stars kidnappen wollten, um Lösegeld zu erpressen. Die Polizisten seien notwendig, um die Sicherheit der Crew zu gewährleisten.

Die Kameras liefen. Der Trubel am Drehort war so groß, dass der Kameramann keine Einstellung hinbekam, die nicht irgendwie von einem unerwünschten Körper verdeckt wurde. Die Polizisten taten ihr Bestes, die Störenfriede auf Distanz zu halten, aber es genügte nicht, wir mussten fortwährend unterbrechen und wieder auf Anfang gehen. Das war anstrengend für die armen Schauspieler, die ungezählte Male die Straße auf und ab laufen mussten, in der grellen Sonne, und bereitete dem Regisseur und Mr Karkera große Kopfschmerzen. Beide begannen zu brüllen und sich die Haare zu raufen. Als Mr Karkera kurz davor war, völlig die Fassung zu verlieren, bat er mich, einzugreifen und auf die Menge Einfluss zu nehmen.

»Sieh dir diesen Knaben hier an«, sagte Mr Karkera und zeigte auf einen kleinen Jungen, der seit unserer Ankunft mit seinen Freunden an uns klebte, sich erbot, Ausrüstung für uns zu tragen und Wasser aus dem nahen Café zu holen, um uns von unserem Durst zu erlösen. »Er wartet nur darauf, dass ich ihm den Rücken zukehre, damit seine Kumpel und er mich der Früchte meiner langjährigen Arbeit berauben können. Ein gut gezielter Tritt, und er hat keine Flausen mehr im Kopf.«

»Ich glaube nicht, dass sie uns bestehlen wollen«, protestierte ich. »Das sind einfach Straßenkinder, sie wollen uns nichts Böses.«

»Du bist zu vertrauensselig, BB«, sagte Mr Karkera. »Du lebst nicht auf dem Festland, an deinem Ufer des Flusses gibt es so eine Rattenplage nicht. Hier müssen wir ihnen überall ausweichen. Jetzt ist die Zeit, eine zu zertreten. Du hast auf eine Gelegenheit gewartet, dein Geschick mit vollem Körperkontakt zu beweisen. Du kannst damit anfangen, indem du jetzt für mich diese Ratte trittst.«

Den Ekel, den dieses Ansinnen in mir auslöste, muss ich nicht erst beschreiben. Er verlangte, dass ich auf ein unschuldiges und unbewaffnetes Kind losging. Ich machte ihm meine Haltung klar. Das könne ich nicht tun, sagte ich.

Mr Karkera wirkte verwirrt. »Komm schon, BB, das ist bloß eine Ratte. Wem bist du verpflichtet, der Produktion oder ihr? Wir müssen zusammenarbeiten, nur so erzielen wir auf der Leinwand die besten Resultate. Ich war sehr großzügig zu dir, oder nicht?«

Der Junge bat mit großen Augen um Gnade. Die Polizisten lauerten wie Kobras darauf, mit ihren Lathis zuzuschlagen, sollte ich Mr Karkeras Argumentation nicht folgen.

»Sie waren sehr großzügig, Sir«, sagte ich zu Mr Karkera. »Aber ich kann den Jungen nicht schlagen. Das geht gegen meine Überzeugungen als Kampfkunstsportler und gottesfürchtiger Bürger.«

»Diese Überzeugungen sind dein Unglück«, erklärte Mr Karkera. »Sie stehen dir im Weg, und ich fürchte, du wirst deine Ziele nicht erreichen.« Dann gab er den Polizisten grünes Licht, und einer von ihnen schlug den Jungen hart auf den Rücken. Der Junge kreischte und lief weg, seine Freunde hinterher. Die Ungerechtigkeit, die ich eben mit angesehen hatte, brachte mein Blut zum Sieden.

Da wusste ich, dass mein Bund mit Mr Karkera ein Ende finden musste. Mir wurde klar, dass die Interessen des einfachen Mannes ihm keine Herzensangelegenheit waren. Sein Geld annehmen hieß, das Blut aller Kinder meines Landes an meinen Händen zu haben. Ich distanzierte mich von diesem Unternehmen, bevor ich mir die Hände schmutzig machte.

»Du machst einen großen Fehler«, sagte Mr Karkera. »Du kannst mich nicht mitten in den Dreharbeiten einfach stehen lassen, ich muss einen Film abschließen.«

»Dann müssen Sie ihn ohne mich abschließen. Ich stehe nicht mehr in Ihren Diensten.«

»Denk gut nach, BB. Wenn du gehst, wirst du nie wieder in Bollywood arbeiten können. Das Tor zu Ruhm und Reichtum wird dir für immer verschlossen sein. Das ist meine Prophezeiung, und ich kann sie wahr werden lassen.«

»Ich höre nicht auf die Prophezeiungen der Menschen«, ließ ich ihn wissen. »Nur die Prophezeiungen des Allmächtigen kann ich hören, und er hat mir ein Haus gebaut, in dem weder Lügen noch Gefahren wohnen.«

Und damit trat ich von der Bühne ab, hocherhobenen Hauptes und mit einem Herz, das wieder wie früher für das einfache Leben schlug.

Natürlich war meine Frau über die Nachricht von meinem plötzlichen Abgang aus dem Leben von Bollywood entsetzt. Zuerst verstand sie das Gewicht meiner Gründe nicht. Es folgte eine weitere Phase der Angespanntheit im Haus, während sie die Nachricht verarbeitete. Eine Woche lang weigerte sie sich, mit mir zu sprechen, und bellte mich an wie ein Hund, wenn ich ihr in den Weg kam. Die Kochkunst wurde vernachlässigt, Zimmer wurden hastig verlassen, wenn ich sie betrat. Ich schlief auf dem Zebrasofa, weil sie alle viere von sich streckte, um mich aus unserem Bett auszusperren.

Mein Sohn war in dieser Zeit mein einziger Trost. Ich musste ihm nur in die Augen sehen, dann wusste ich, dass meine Entscheidung richtig gewesen war. Dort sah ich seine Zukunft und stellte erfreut fest, dass er ein Mann mit festen Überzeugungen werden würde.

Nach sieben Tagen brach meine Frau ihr Schweigen. »Aber was soll aus unserer Zukunft werden?«, fragte sie.

Ich hörte das typische Rasseln der Klimaanlage, die sich ausschaltete, dann ging das Licht aus. Ich ging im Dunkeln ins Schlafzimmer, wo unser Sicherungskasten hing. Ich legte den Schalter um, und das Licht ging wieder an. Es zeigte mir das Zimmer, als sähe ich es zum ersten Mal. Ein gemütlicher Raum, komplett ausgestattet. Licht. Ein Ort zum Sitzen. Ein Fenster, das ein Stück Außenwelt einließ. Der Himmel hatte ein wunderschönes Dunkelblau, und der Klagen meiner Frau zum Trotz wirkte der Raum groß genug, die Träume eines ganzen Lebens aufzunehmen.

»Hier haben wir alles, was wir brauchen«, sagte ich zu ihr. »Hier ist unser Sohn. Hier findet uns Gottes Liebe Tag für Tag, wir müssen nicht anderswo nach ihr suchen. Das Geld wäre eine Kette an meiner Seele, und die Anforderungen der Arbeit würden mich von meinem festen Plan abhalten, dem Rekordebrechen. Ein Mann muss wissen, wo er hingehört, und mein Ort war mir vorherbestimmt. Das ist meine Entscheidung. Ich habe sie zu unserem Schutz getroffen, und es gibt kein Zurück.«

Ich sah, wie meine Frau feuchte Augen bekam, und wusste, dass meine Worte ihr wirkungsvoll zu Herzen gegangen waren. Das kam später am Abend zum Ausdruck, als sie mich in unser Bett ließ. Ich war wieder in den Armen meiner Liebsten, und alles kehrte zum normalen Rhythmus zurück. Vor dem Einschlafen dankte ich Gott für alles, womit er mich gesegnet hatte. Ich hatte eine klare Vision der Zukunft empfangen und gesehen, dass das Pech das Glück verschlingen würde, dass ein Schatten auf das Erbe fallen würde, das in trockenem Boden Wurzeln schlagen zu lassen ich mich so bemüht hatte, wenn ich dieses Leben gewählt hätte. Ich hatte die göttliche Warnung verstanden und rasch reagiert, um diese schrecklichen Folgen abzuwenden.

Bis heute werde ich von Zeit zu Zeit gefragt, ob ich diese Entscheidung bereue. Viele meiner jüngeren Schüler lieben Actionfilme und malen sich oft aus, wie es wäre, mich auf der Leinwand spielen zu sehen. Wenn sie mein Weltbild infrage stellen, antworte ich immer: Wenn ein Esel an deine Tür kommt, dann lass dich nicht von den Geschenken trügen, die er auf dem Rücken trägt. Wenn du ihn am Schwanz ziehst, wird er dir trotzdem auf die Füße kacken. An diesen Satz habe ich mich durch dick und dünn gehalten, und deshalb kann ich allen Herausforderungen mit hocherhobenem Kinn entgegentreten.

Danke schön.

21

Als hinter den Pylonen des Vashi die Sonne unterging, kletterte ich in ein Fass und fing an zu stampfen. Die Trauben zwischen meinen Zehen fühlten sich schleimig an. Ich merkte, dass ich schon ewige Zeiten vermisst hatte, von etwas Organischem berührt zu werden.

Die SkyBar auf dem Dach veranstaltete eine Werbeaktion für Weine aus der Neuen Welt. Ich war hierhergekommen, um mich gehen zu lassen. Die Highflyer aus dem Big Business warfen sich in Pose und hampelten herum, für eine Gratisflasche Merlot aus Chile, während sich unten auf der Straße Waisenkinder schreiend um die Innereien ausgeweideter Radiowecker balgten.

Ich stand im dritten Fass. Das Mädchen neben mir war, glaube ich, Koreanerin. Ein rabiates kleines Ding in Grobleinen, niemand stampfte schneller. Sie wollte gewinnen. Die Kellner verteilten Gratisflaschen wie die letzten Restposten Mangelware. Man musste den Hotelgästen etwas bieten. Einen Preis dafür, dass wir jetzt zum Jetset gehörten.

Keinem von ihnen war klar, dass sie Tanzbären waren. Ich war der traurigste Bär von allen, aber das war mir damals egal. Ich war stark und lebendig und hatte einen Freund, der für mich sterben würde.

Um uns bildete sich ein Kreis. Die anderen tollen Typen, die noch Schuhe trugen, klatschten und feuerten uns an. Heute Abend standen sie in Flammen. Weit weg von zu Hause und betrunken, wie sie waren, schrieben sie sich ihre Lebensgeschichte um. Einer zeigte auf mich und lachte. Er trug ein rosa Hemd, und mit seinem Sonnenbrand sah sein Kopf aus wie ein Feuermelder.

Ich ließ den Blick über die Hausdächer zum Bahnhof und zum InfoTech-Park schweifen, dessen Kästen Modelleisenbahnantennen und -schüsseln auf den Dächern trugen. Ich beschloss, dass es sich heute Abend gar nicht um ein Callcenter handelte, sondern um ein Trainingszentrum für verwaiste Akrobaten. Dort hatte man früher einmal die Kinder mit den dreckverschmierten Gesichtern von den Rattenpfaden unter mir gefangen gehalten, nachdem sie von ihren Eltern als Sklaven an das Showbiz verkauft worden waren. Sie waren in ihre dunklere Freiheit entkommen und hielten deren Mühsal gerne aus, wenn sie nur nicht mehr zum Peitschenknall eines bösen Zirkusdirektors Rad schlagen mussten.

Ich stampfte mich in eine traurige Berühmtheit hinein und gewann meine Flasche. Ich hob sie in die Luft wie eine Trophäe. Sie jubelten mir zu. Ich flüchtete an den Rand des Daches, um Ratschlag mit den Sternen hinter den Wolken zu halten, doch ihre Klänge konnten den Smog nicht durchdringen. Also lauschte ich dem Gebrüll und Geplapper der Überflieger und hielt mich für etwas Besseres als sie, weil ich etwas hatte, vor dem es sich lohnte wegzulaufen.

Der Tritt war ein Durchbruch gewesen. Als mein Fuß zwischen Bibhutis Beinen landete, hörte ich meine eigenen Knochen knirschen und sich so neu formieren, dass meine Größe einen Auslass finden konnte – wie Lichtstrahlen durch ein Loch in einer Decke. Ich war gestärkt. Bibhutis nächtliche Störungen waren nichts als Lokalkolorit, und die Hunde, die mir so unermüdlich ihr Lied sangen, würden eines Tages als Knochenmehl in einer Orchideenzucht enden.

Nach ein paar Wochen war der Reiz des Neuen verflogen. Ständig stolperte ich auf dem Weg zur Toilette über Bibhuti, der im Dunkeln meditierte. Ich bekam seinen Anblick satt, wie er sich in Unterwäsche über mich beugte, wenn ich schlafen wollte. Ich brauchte als Belohnung für meine Mühen eine Ration Bequemlichkeit, Leintücher auf einem Doppelbett, eine Pause von seiner ständigen Beobachtung. Ein paar ausgesuchte Vergnügungen, auf die ich einen Teil meines Geldes verschwenden konnte, bevor alles aufgefressen wurde vom Rekordversuch und dem, was an Leben danach noch kam. Ich buchte mich für eine Nacht in dem Hotel neben dem Einkaufszentrum ein, das Bibhuti mir gezeigt hatte. In Urlaubsstimmung verließ ich die Wohnung und versprach, brav zu sein.

Die Idee gefiel Bibhuti überhaupt nicht. »Was, wenn dir dort etwas zustößt? Eine Bombe, ein Feuer oder vielleicht zu viel Versuchung, und dann fällst du in alte Gewohnheiten zurück?«

Das liege alles hinter mir, sagte ich. Die Ruhe werde mir ein Labsal sein, und ich werde gestärkt zurückkehren.

In der Hotelhalle schmeckte die Luft nach Zukunft aus der Marktforschung, und in einem Glas an der Rezeption gab es Gratisbonbons. Ich nahm mir einen Vorrat mit.

Ich schwamm ein paar Bahnen im Pool der Wellnessanlage, in einer unverschämt teuren Badehose aus der hauseigenen Boutique, auf Kollisionskurs mit fetten Europäern auf Entschlackungskur. Im Restaurant aß ich einen Fusion-Lunch, der unten grellorange wieder herauskam, trank in der Tippler's Lounge ein paar kühle Bierchen und sah zu, wie auf der anderen Straßenseite ein Bürohaus hochgezogen wurde. Das Baugerüst war aus Bambus, die Arbeiter waren nicht angeseilt und kletterten darauf herum wie die Affen. Ich schrieb ihren Wagemut einem althergebrachten Glauben an Falken zu, die herbeifliegen und sie aus der Luft pflücken würden, wenn sie den Halt verloren.

Wo ich auch war, ich konnte Ellens Blick auf mir spüren. Ich konnte das, was ich ihr angetan hatte, nicht unter dem Deckel halten. Ich konnte mit der vielen Freiheit nicht umgehen und wollte nur schlafen und in einer Welt nach dem Untergang der Menschheit wieder aufwachen, in der über all unsere Rivalitäten Gras gewachsen war und die Straße wieder den Tieren gehörte.

Ich spürte etwas neben mir. Ich blickte hinab und sah eine braune Hand, die neben meiner das Geländer umfasste. Ich sah einer Frau ins Gesicht. Sie war jung und schlank. Ihr natürlicher dunkler Teint wirkte deplatziert so ganz ohne das Weiß der Kellnerinnenschürzchen. In ihrem smaragdgrünen Kleid könnte sie reinstes Bollywood sein. Sie lächelte schüchtern. Über uns hing das Flüstern der Hitze und wühlte etwas auf. Ich ließ sie ihr Angebot machen. Ich äußerte meine Änderungswünsche, von ihr kam ein Preisvorschlag. Ich nahm ihn an. Schweigend bestiegen wir den Fahrstuhl.

Unsere Musikbegleitung war eine Instrumentalversion von »Bridge over troubled water«, gespielt von Robotern im Smoking. Das Mädchen konnte allerhöchstens fünfundzwanzig Jahre alt gewesen sein. Komplizenhafte Augen mit Geld im Blick, das Haar zum Pferdeschwanz gebunden. Als sie sich von mir abwandte, um die Fahrstuhlknöpfe zu bewachen und an Tröstendem in sich wachzurufen, was immer sie brauchte, um durch die nächsten Stunden zu kommen, hatte ich freien Blick auf ihren Nacken. Ich wünschte mir, dass wir beide Tiere wären, gedankenlose Dinger, nicht vom Tod verfolgt, die taten, was das Leben zu tun ihnen auferlegte.

Sie untersuchte mein Geld mit einer UV-Lampe, die sie in der Handtasche hatte. Die Rupien hielten ihrer Prüfung stand, und sie ging zum Ausziehen ins Bad. Die Tasche nahm sie mit. Ich suchte das Zimmer mit den Augen nach Dingen ab, mit denen ich mich verteidigen konnte, falls sie mit einer Pistole zurückkehrte. Ich stellte ein Glas auf den Nachttisch, eine halbe Armlänge von meiner Seite des Betts entfernt. Ich stieg in Schuhen auf die feinen Laken und suchte im Rauchmelder nach einer versteckten Kamera. Ich setzte mich auf das Bett und lauschte meinem rasenden Puls.

Draußen war ein einziges Hämmern und Hupen. Die Stadt erbaute sich neu, zum Nutzen jener, die nach mir kamen. Zum Schutz vor den Gefahren der nahenden Unwetter wurden die Gullydeckel festgeschraubt.

Die junge Frau tauchte in roter Unterwäsche wieder auf. Sie stellte sich an das Fußende des Bettes und erlaubte mir, sie zu betrachten. Ihr flacher Bauch und ihre weichen Glieder ließen mich aufstöhnen, was laut klang im Zimmer. Sie strich mit den Händen über ihre Haut, als wolle sie sie von statischer Aufladung oder von der Scham befreien. Sie kniete sich hin und band mir die Schuhe auf, zog sie ab und ließ sie auf den Teppich fallen. Dabei blickte sie mir die ganze Zeit in die Augen, mit vorfabriziertem Verständnis für das, was ich brauchte, um meinen Schmerz zu vergessen. Ich wollte mich ganz zart an sie schmiegen und ihre Wärme spüren, den kräftigen Herzschlag, der ihren Hals erzittern ließ und reines Blut durch ihren Körper schickte, und ihre Träume, die von meinesgleichen beschmutzt und befördert wurden.

Sie entkorkte die Weinflasche, die ich gewonnen hatte, schenkte zwei Gläser ein und stellte auf jede Seite des Bettes eines. Sie kam aufs Bett, auf allen vieren.

»Ich kann jetzt anfangen?«, fragte sie.

Sie zögerte, bereit, sich umzudrehen und zu setzen, unsicher.

»Ich sterbe bald«, sagte ich als Anreiz. »Ich habe so etwas noch nie gemacht.«

»Du stirbst wirklich bald?«

»Keine Angst, es ist nichts Ansteckendes. Ich will sonst nichts, versprochen.«

Das Mädchen zog mitfühlend die Augenbrauen zusammen und setzte sich neben mich. Ich schüttelte die Kissen auf, damit sie es bequemer hatte. Beinahe berührten wir uns. Mir wurde der Mund trocken. Ich trank einen Schluck Wein. Er war klebrig, und ich spürte, wie er mir die Zähne verfärbte.

»Du kannst unter die Decke kommen, wenn du willst«, sagte ich.

»Willst du mich nicht sehen?«

»Wie du magst. Nur wenn es dir nichts ausmacht.«

»Ich bleibe hier«, sagte sie.

»Kennst du Tom und Jerry?«

»Ja.«

»Weißt du, wie man das macht?«

»Natürlich.«

Ich gab ihr das Malbuch. Sie schlug es auf und blätterte es langsam durch, machte sich mit den Bildern vertraut. Sie verzog die Lippen zu einem abfälligen Lächeln, das mich trotzdem erregte.

Das Hämmern legte sich für die Nacht. In der darauffolgenden Stille wuchs ich und wurde zum Ungeheuer.

Ich öffnete die Filzstiftpackung und legte ihr die erste Auswahl hin, wie ein Junge, der geklaute Zigaretten teilte. Sie rückte näher an mich heran und wählte Braun. Sie fing mit Jerry an und legte sich das Buch in den Schoß. Sie hielt den Stift locker in der Hand. Ihr Gesicht sah zauberhaft konzentriert aus. Ich entschied mich für Blau und nahm mir damit Tom vor, der gerade zur Verfolgung ansetzte. Sie klappte das Buch weiter für mich auf.

Ellen war eine halbe Welt weit weg und trauerte inzwischen wahrscheinlich nicht mehr um mich. Ich würde nie aufhören, um sie zu trauern. Mich befiel wieder das Gefühl, alleine neben ihr in einem Bett zu liegen, das zu schmal war, um um mich zu treten. Ihr Leib: nicht zu bewegen, unwillig, bespielt zu werden, wie ein Klavier mit zugenageltem Deckel. Manchmal fasste ich sie bewusst an und spürte, wie sie vor meiner Berührung zurückschreckte. Manchmal verging eine Ewigkeit, ohne dass ich sie berührte. Ich hörte, wie ihr furchtsamer Atem die Luft zwischen uns aufschnappte, und staunte über ihre Geduld und über meine. Beide warteten wir darauf, dass etwas brach oder dass die Dunkelheit sich weit genug ausbreitete, dass wir lange genug darin verschwinden konnten, um vergessen zu werden. Unsere Jugend war tot und begraben in einer mit Sorgfalt ausgehobenen und mit Wolle ausgepolsterten Grube.

Das Mädchen fragte, ob es alles richtig mache, und ich sagte Ja. Ich redete mir ein, dass ich ihm einen Gefallen tat, weil ich ihm eine Pause von all dem gönnte, was es sonst tun musste. Ihre Haut an meiner, dort, wo unsere Schenkel sich berührten, war weicher als die Luft, die uns umgab. Schweigen senkte sich auf mich herab und setzte sich dort ab, wo Papierschnitte jahrelang offen geschwärt hatten. Während ich zusah, wie ihre Hände über die Seite fuhren, wurde ich wieder zu einem kleinen Jungen, der in einem Marmeladenglas Bienen fing.

Sie war noch an meiner Seite, als es Morgen wurde. Auf dem Laken, noch immer in Unterwäsche. Sie beobachtete mich genau, dachte über das Altern nach und darüber, ob es ihr antun würde, was es mir angetan hatte.

Sie fragte, ob sie mich mit der Hand befriedigen solle, und ich lehnte so sanft wie möglich ab. Stattdessen ging sie mit mir ins Bad und wusch mir den Traubenschorf von den Füßen. Sie musste schrubben, um die Flecken wegzuputzen, und entschuldigte sich dafür, dass sie mir wehtat. Das sei in Ordnung, sagte ich zu ihr. Ich bot ihr an, sie zum Frühstück einzuladen, aber sie sagte, sie frühstücke nicht. Hämmern und Hupen. Sie zog den Verdunklungsvorhang einen Spalt weit auf, und ein Lichtstrahl fiel auf mein ordinäres Fleisch. Ich verschränkte die Arme. Sie sah in den Tag hinaus. Sie hatte Neid im Blick. Die Welt war noch nicht so, wie sie befohlen hatte. Noch immer besaßen wenige alles und andere nichts. Sie hatte ihre Prüfung noch vor sich.

Zwischen zwei Hammerschlägen hörte man Trommeln aus

weiter Ferne. Das Mädchen nahm den Tag in sich auf und machte Zukunftspläne.

Ich sah auf die Uhr. Es war nach zwölf. Ich fühlte mich, als hätte ich tagelang geschlafen.

»Du hättest gehen können«, sagte ich zu dem Mädchen. »Es ist spät.«

»Ich bleibe. So war es vereinbart. Du kannst spät auschecken, hast du gesagt? Ich gehe, wenn du auch gehst.«

Sie schob sich eine Hand ins Höschen und kratzte sich genüsslich. Das Malbuch lag aufgeschlagen auf dem Bett. Ich blätterte es durch. Die Farben, die wir hineingemalt hatten, hatten die Seiten zum Leben erweckt. Die Katze jagte der Maus hinterher. Die Katze spielte Klavier. Der Hund schnappte nach der Katze, und die Maus krümmte sich unter einem Stück Käse, das so groß war wie ein Haus.

Das Trommeln wurde lauter. Ich glaubte, jetzt auch Trompetenklänge hören zu können. Das Mädchen winkte mich ans Fenster. Seine Stirn lag in tiefen Denkerfalten. Ich stand hinter ihm und lugte durch den Spalt, den es im Vorhang offen hielt. »Hörst du das?«, fragte sie.

»Musik?«

»Eine Hochzeit.«

Ich blickte hinunter auf die Straße. Ich konnte den Ursprung der Musik nicht entdecken. Sie wurde immer lauter, die Trompetenklänge verdichteten sich, die Trommeln schlugen einen festlichen Rhythmus. Vor dem Hotel liefen Menschen zusammen und blickten in Richtung der Musik. Bettelnde Kinder standen wie Erdmännchen in Habachtstellung und zupften aufgeregt an ihren Weichteilen. Die Straßenköter verbellten wütend diesen Lärmrivalen.

Die Kapelle kam um die Ecke, und die Kinder rannten zur Begrüßung los. Sie liefen ihr bis zu einer Stelle vor dem Hotel nach, wo die Musiker haltmachten und ein neues Stück anstimmten. Eine tanzende Festgesellschaft fiel mit ein, bunt gekleidet und strahlend. Sie umgab das glückliche Paar, das jung und verängstigt war und mit Gold nur so übergossen. Es wurde auf die Schultern der Menge gehoben und hüpfte im Rhythmus der Musik auf und ab. Aus den Händen der Älteren flogen bunt eingewickelte Süßigkeiten in die Luft, um die sich die Straßenkinder mit ergreifender Verbissenheit balgten.

Das Mädchen sah dem Treiben zu und wischte sich eine Träne von der Wange.

»Die Braut ist sehr schön«, murmelte es.

Ich stand neben ihn auf dem Teppich, und das Zittern des Hochzeitsfests kitzelte mich unter den Fußsohlen. Ich hatte fast Angst, es anzublicken, falls meine Aufmerksamkeit bleibende Narben hinterließe. Es war eine Insel aus unentdeckter Musik in einem Meer aus Lärm.

»Gleich kommen sie ins Hotel«, sagte es. »Sie werden einen Bankettsaal haben, voller Blumen und mit noch mehr Musik. Es wird Essen geben und Tanz, und sie werden fotografiert. Es gibt hier viele Hochzeiten.«

Die Hörner klangen heiser, der Eifer der Trompeter ließ nach, und die Luft wurde dick vom eitlen Affentanz des Geldes.

»Sollen wir die Party crashen?«

Das Mädchen kannte den Ausdruck nicht. Ich erklärte es ihr. »Wir sind Hotelgäste, wir müssten da reinkommen. Wir betrinken uns.«

»Wir können nicht auf die Party gehen, das ist verboten.«

»Dann gehen wir runter, solange sie noch draußen sind. Komm.«

Ich ging vom Fenster weg und zog mich rasch an, dankbar

für den Vorwand, ihr mein Begehren außer Sicht zu schaffen. Ich sah in meiner Hosentasche nach den Süßigkeiten, die ich hatte mitgehen lassen. Wir würden mehr brauchen. Das Mädchen merkte, dass ich es ernst meinte, zog sich auch an und holte die Handtasche aus dem Bad. Ich steckte ihr das Malbuch hinein. Sie suchte keine Bedeutung in dieser Geste.

Im Fahrstuhl hüpften wir auf und ab, damit er schneller fuhr. Ich schaufelte eine Handvoll Süßigkeiten aus der Schale an der Rezeption und gab sie dem Mädchen. Die Sicherheitsleute hielten uns die Tür auf, und wir stoben hinaus ins Sonnenlicht, wie es ihr zustand.

Das Hochzeitsfest war größer geworden, gratulierende Passanten hatten sich angeschlossen. Am Rand standen Hotelgäste und sahen zu, angelockt wie wir von den Trompeten, und filmten mit ihren Smartphones ein paar Ausschnitte des Festumzugs, um zu Hause damit die Bürokollegen zu erfreuen. Hier draußen traf das Trommeln mich in den Magen. Es fühlte sich an, als käme es aus meinem Inneren. Der Schweiß der Tänzer hing in der Luft wie ein Fliegenschwarm, und mit ihren Farben schlossen sie einen Feuerkreis um die beiden einander versprochenen Menschen, einen Schutzwall gegen den Schmutz und die Missgunst der Außenwelt.

Das Mädchen stand da und sah mit offenem Mund zu.

»Ich mag die Farben«, sagte ich.

»Die Farben hätte ich auch genommen. Aber ihr Schmuck gefällt mir nicht, sehr altmodisches Design. Ich glaube, ich würde mir etwas Moderneres aussuchen.«

Die Braut war nicht so schön, wie das Mädchen gesagt hatte. Sie war dick geschminkt und eingeölt und verängstigt. Genau wie der Bräutigam. Im toten Auge des Sturms warteten sie auf Anweisungen, öffneten die gezuckerten Lippen, um ihr Glück zu empfangen, ihre mit Kajal umrandeten Augen suchten nervös nach Gründen, dem Blick des anderen zu entkommen. Ich machte mir plötzlich große Sorgen um sie. Ich warf einem Jungen, der abseits der Menge stand, einen Bonbon zu; er war untenherum nackt, die rituellen Würfe der Älteren gingen an ihm vorbei. Er merkte es nicht rechtzeitig, und der Bonbon traf ihn an der Schläfe. Klaglos bückte er sich danach.

Andere Kinder kamen gelaufen, und ich warf ihnen meine restlichen Süßigkeiten zu, ließ meine Mildtätigkeit auf sie herabregnen. Das Mädchen tat es mir nach, warf aber gezielter, immer nur einen Bonbon auf einmal für die kleinen Mädchen, die sie an Zeiten der Unschuld erinnerten.

Als die Süßigkeiten alle waren, ging es, verließ durch das Tor zum Hotel das Gelände, ungerührt von den anzüglichen Blicken der Sicherheitsleute. Draußen auf dem Gehsteig suchte es sich einen Platz, von dem aus es die letzten Tuschs und Drehungen besser sehen konnte, bevor die Trompeter aufgaben. Ich blieb, wo ich war, passte auf es auf, für den Fall, dass es ins Gewühl geriet und gerettet werden musste.

Ein streunender Hund knurrte die Beine der Zuschauer an, und hinten stürzte deshalb jemand. Dadurch ließ ein Tourist sein Handy fallen und fluchte. Ein x-beiniges Kleinkind schob den Hund, die Schnauze voran, aus der Feuerlinie und hob den Bonbon auf, der in dessen Schatten verborgen gewesen war.

Die Musik verklang, und die Menge teilte sich, um dem Umzug den Weg durch das Tor frei zu machen. Das Liebespaar wurde langsam wieder zu Boden gelassen. Die Portiers öffneten der nahenden Festgesellschaft weit die Türen. Der Bodyscanner wurde ausgeschaltet, ein vorher verabredetes Zugeständnis, um die Würde des Anlasses zu wahren.

Ich trat beiseite, um mich von den Glücklichen abzugrenzen, die jetzt in die Halle strömten. Ich hielt nach dem Mädchen Ausschau. Es stand auf der Straße und sah zu, wie die Braut von ihrer neuen Familie verschluckt wurde, mit steifer Miene, Begehrlichkeit im Blick, während das Tor wieder zugeschoben wurde. Unsere Blicke trafen sich, und ich warf ihm ein kleines Lächeln zu. Es erwiderte es nicht. Das hatte es nicht nötig. Mein Geld war jetzt seines, und es konnte damit tun, was es wollte.

»Ich weiß, wo es Schmetterlinge gibt«, sagte ich. »Ich kann sie dir zeigen.«

»Ich muss los«, sagte es.

»Okay. Danke.«

»Hoffentlich musst du nicht sterben.«

»Danke. Ich hoffe das Gleiche für dich.«

Es drehte sich um, überquerte die Straße und ging weiter. Ich wartete, bis es nur noch ein kleiner Fleck war, dann ging ich auf mein Zimmer, um meine Sachen zu holen. Beim Hereinkommen konnte ich es sofort riechen. Kurz beweinte ich meinen Verlust.

Ich nahm den Zug zurück nach Airoli, sog den Staub ein, der durch die offene Tür wehte, und dachte an den nahenden Regen. Wie schwer er sein würde, wie rasch er mich anfüllen könnte, wenn ich mich ganz ruhig mit zum Himmel erhobenem Kopf und offenem Mund hinstellte. Einem Kind, dem die Augen vom Analphabetismus und vom Rauch schwelender Müllberge trübe geworden waren, kaufte ich einen Bund schwarz angelaufener Bananen ab. Als ich nach Hause kam, schenkte ich sie Bibhutis Nachbarn, damit er damit seine Sucht nach Schönheit befriedigen konnte.

Bibhuti war wie auf glühenden Kohlen. Ich berichtete ihm, dass ich brav gewesen war, und er schloss mich wie einen verloren geglaubten Freund in die Arme. Er war nicht überzeugt gewesen, dass ich wiederkam.

»Warum denn nicht?«, fragte ich.

»Ich dachte, du fährst nach Hause, lässt mich hier zurück und nimmst mir alle Hoffnung. Du hast es hier schwer gehabt.«

»Das würde ich nie tun. Ich habe dir ein Versprechen gegeben, und das werde ich halten.«

Das Ausmaß seiner Erleichterung war bestürzend, und ich musste mich setzen. Es war ein schönes Gefühl, vermisst zu werden.

22

Als der erste Monsunregen niederging, prügelte ich Bibhuti gerade mit einem Baseballschläger windelweich. Jolly Boy nahm mit der Stoppuhr die Zeit.

»Schneller, Onkel, schneller! Fester zuschlagen!«

»Das geht aber in die Arme.«

Ich schwitzte wie verrückt. Mir war übel, aber ich hatte es schon zu weit gebracht, um jetzt aufzugeben.

Bibhuti stand breitbeinig da, um die Balance nicht zu verlieren, sein Körper krampfte sich zusammen, als würde er einen hohen Ton halten. Seine Miene war ganz heilige Kuh, als ich auf ihn eindrosch und den Schläger an seinen Schultern abprallen ließ, an seinen Schienbeinen und Schenkeln, an seinem Rücken, auf dem die Krokodilbisse glänzten. Er machte sich zum Baum, hielt stand und gab einen zufriedenen Seufzer von sich, wenn ich richtig traf.

Die schwarzen Wolken ließen die ersten Tropfen herabregnen. Dicke Tropfen. Groß wie Vogelscheiße und heiß. Einer landete auf meinem Kopf. Es juckte. Dann noch einer. Alles wurde dunkel. Der Hof sackte ab und summte unter dem ganzen Gewicht in der wütenden Luft. Ich fand keinen richtigen Halt mehr, mir rutschten die Füße weg. Alles tat mir weh, und die Regentropfen brannten auf der Haut.

»Weitermachen«, sagte Bibhuti mit ruhiger fester Stimme.

Er lutschte sich einen fetten Regentropfen aus dem Schnurrbart. »Vierundzwanzig Sekunden!«, rief Jolly Boy und hüpfte in dem Chaos auf und ab. »Du kriegst ihn kaputt! Immer drauf!«

Ich hob den Schläger höher, packte ihn fester. Ich meinte, einen Haarriss erkennen zu können, aber es reichte nicht, er war noch zu stabil. Die Angst steckte mir wie ein Brikett im Hals. Ich warf einen Blick auf die rote Beule an Bibhutis Schienbein. Ich hätte nie geglaubt, dass es so schwer war, einen Mann kaputt zu kriegen.

»Los«, sagte Bibhuti und winkte mich heran. »Du bist fast am Ziel. Nur noch ein Schlag, das spüre ich. Los.«

Seine Stimme hatte etwas Tröstliches. Wie die von Mama, wenn sie mir Galmei-Salbe auf den Wespenstich strich, damals in Mumbles, als ich ein Kind gewesen war. Jetzt war ich wieder ein hilfloses Kind. Ein Gefangener des Augenblicks und dessen Hüter, schwach und vom Wagemut besoffen. Ich durfte ihn nicht enttäuschen. Ich ging in Position, zielte auf seine Schulter, schloss die Augen, schlug zu.

Ein großer Schrei, als würde das Dunkel von einer Abrisskugel gespalten, dann stürzte ich vorwärts ins Leere.

Einen Augenblick lang war da nichts, und ich hätte jeder sein können, überall. Das war wunderschön und machte alle Lügen wett, die ich je erzählt hatte.

»Klasse Treffer!«, rief Jolly Boy, und ich schlug die Augen auf. Der Schläger war in zwei Stücke gerissen worden, der Griff in meiner Hand zersplittert. In irrem Staunen grinste Jolly Boy mich an. Bibhuti rieb sich die Stelle, an der ich ihn erwischt hatte; auf seiner Haut breiteten sich die blauen

Flecken aus wie ein rasender Virus. Er betrachtete sich selbst in finsterer Verehrung und schüttelte langsam den Kopf, verarbeitete irgendeine offensichtliche und verbindliche Wahrheit über seinen neuen Platz in der universellen Ordnung der Dinge. Dann kam das Lächeln, und er umarmte mich ungestüm, packte mich und hob mich in die Luft, rief Jolly Boy zwischen uns. Ich wurde an Bibhutis harten, unkaputtbaren Körper gedrückt und an den weichen, jugendlichen seines Sohnes. Ich war schwerelos. Alle drei tanzten wir und drehten uns im Regen, lachten einander an, windschiefe Überlebende eines Krieges, von dem nie berichtet werden würde.

»Chapeau! Was habe ich dir gesagt, ich wusste, du schaffst das!« Bibhuti riss sich los, nahm mir den kaputten Schläger aus der Hand und brach die letzten Splitter ab. Klatschnass und hyperaktiv, hatte er die Anmutung einer irrwitzigen Erscheinung, eines achtarmigen Engels mit Elefantenkopf, der sich von aller irdischen Scham befreit hatte, und wohin er auch immer ging, ich wollte ihm folgen. Ich wollte den Ort sehen, an dem der Schmerz in Strömen abfloss.

»Was habe ich dir gesagt?«, wiederholte er. »Wenn du einen Schläger kaputt bekommst, dann bekommst du auch fünfzig Schläger kaputt. Die Methode ist die gleiche, nur die Zahl ist anders. Aber du musst schneller werden, dreißig Sekunden für einen Schläger ist zu viel. Du musst dich entspannen.«

»Aber ich möchte dir nicht wehtun.«

»Du kannst mir nicht wehtun, das ist unmöglich. Du musst dir diesen Müll aus dem Kopf räumen und sauber denken. Keine Sorge, das wird ein rauschender Erfolg. Gott will es so, wir dürfen nicht mit ihm rechten.«

Jolly Boy wischte sich die Stoppuhr am Hosenbein trocken. Mir entrang sich wieder ein Lachen, und es schmeckte nach einer eigenen Religion. Der Regen fiel jetzt in Sturzbächen. Der Lärm erfüllte mich inwendig. Er scheuerte die Farbe von den Häusern und machte, dass an Sureshs Dosa-Stand und in der Ayurvedaklinik gegenüber die Rollläden herunterrasselten. Straßenköter suchten unter geparkten Marutis und Hyundais Schutz oder trotteten unter bebende Palmen. Die Welt fühlte sich wütend und befreit an, und wir standen da und sahen zu, Jolly Boy und ich provozierten einander, den Kopf herauszustrecken, mit den Füßen zu stampfen und uns im Regen die Gesichter zu waschen. Der Junge lief ins Offene hinaus. Ich drückte mir selbst die Daumen und folgte ihm in den strömenden Regen.

Ich spürte die fallenden Tropfen und ließ mich von ihnen durchweichen. Mir fiel wieder ein, wie fern der Heimat ich war. Aber ich hatte keine Angst, nicht so, wie ich gedacht hätte. Ich spürte nichts als Erleichterung.

»Kommt. Wir machen Pause und trinken etwas, dann üben wir weiter.« Bibhuti legte mir die beiden Hälften des zerstörten Schlägers in die Arme und humpelte zur Treppe. Als er die Hand auf das Geländer legte, verzog er das Gesicht, sein Schnurrbart hing an den Enden herab. Jolly Boy blickte ihn ängstlich an.

»Baba, du hast dir das Bein gebrochen.«

»Ich habe mir gar nichts gebrochen. Dein Baba kann nicht kaputtgehen, hast du das vergessen?«

Der Junge nahm den Vater beim Wort. Sie ließen mich mit meinen Gedanken allein im Regen stehen. Die Nachbarn hatte es auf die Straße gezogen. Sie tanzten im Kreis um mich herum, die Gesichter zum Himmel erhoben, in freudvoller Kommunion. Die Trockenzeit war lang gewesen, und die Ankunft des Regens hatte etwas in ihnen freigesetzt. Geister erhoben sich aus dem Boden und flogen davon.

Ich konnte noch immer nicht begreifen, wie ich hier gelandet war, ob ich es aktiv betrieben oder geschehen lassen hatte. Ich sprach Indien einen stummen Dank dafür aus, dass es mir den Atem zurückgegeben hatte. Das muss mein erster Augenblick des Glücks gewesen sein, seit ich gestorben war.

23

Ellen hatte es bestimmt nicht kommen sehen. Damals hielt ich das für eine Gnade. Ich war überzeugt, dass ich ihr einen Gefallen tat. In den Wochen zwischen meinem Entschluss und der Abreise tat ich mein Bestes, um meine Aufregung vor ihr zu verbergen. Wir schliefen jeder auf unserer Seite des Bettes. Sie machte mir weiter meinen Lunch, und ich nahm ihn weiter mit, wenn ich morgens wegging, obwohl ich meinen Job längst aufgegeben hatte. Anstatt zu arbeiten, fuhr ich eine Autobahnausfahrt weiter, setzte mich in die Raststätte und arbeitete an meinem Fluchtplan. Dort ließ ich mir meinen Panzer wachsen, betrachtete die Regentropfen, die am Fenster herabliefen, und redete mir den Starrsinn ein, den ich brauchen würde, um ohne sie ins Flugzeug zu steigen.

Ich pilgerte zur Visastelle und leerte mein Bankkonto. Ich kaufte Vitaminkautabletten und übte Hungern.

Wenn es Zeit zum Nachhausekommen war, band ich den Schlips wieder um und drehte den Schlüssel so langsam im Schloss, als käme ich in das Haus von Fremden.

Abends, wenn Ellen nach oben ging, betrachtete ich im Garten die Gebeine aller dort begrabenen Tiere mit der Röntgenbrille. Die Haustiere der Kinder, die vor uns im Haus gewohnt hatten, den verwaisten Igel, den wir vor den

Katzen gerettet hatten. Meinen Fasan. Ich hoffte, die Tiere, die mir begegnet waren, hatten mich gemocht. Ich lauschte der Musik der Sterne, während Ellen über mir träumte, sie wäre Musikerin, setzte im Geiste die winzigen Skelette wieder zusammen und ummantelte sie mit neuem Fleisch. Ich hauchte ihnen durch die Nasenlöcher neues Leben ein, und sie dankten es mir, wieselten wieder in den Wald und berichteten ihren Eltern, die die Hoffnung auf ihre Wiederkehr längst aufgegeben hatten, dass in den Herzen der selbstsüchtigen Menschen doch noch Zauberkräfte wohnten. Ich redete mir ein, dass ich Ellen schlimmere Qualen ersparte, wenn ich mich davonmachte, solange es noch ging.

Wenn ich fort war, konnte sie wieder leicht werden. Ich würde mein Gewicht und meine Pläne mitnehmen, und sie würde sich stattdessen einen Tanzboden einrichten, auf dem sie ungesehen herumwirbeln konnte, ohne sich sorgen zu müssen, jemandem im Weg zu sein.

Ich buchte alles und packte heimlich. Im Haus kühlte es sich durch meine Hinterlist ab, und all meine Bewegungen darin wurden falsch, Kopf hoch und Schultern zurück für die Kameras. Ich versteckte den herzförmigen Kiesel, den ich in Brighton am Strand für sie gefunden hatte, damit sie überraschend etwas entdecken konnte, das ihr die Tränen in die Augen trieb, wenn ich fort war. Ich stahl ihren liebsten Nagellack, den Pflaumenton, den sie immer trug, um etwas von ihr bei mir zu haben, das zugleich beliebig und bedeutungsschwanger anmutete.

In der Nacht vor meiner Abreise bat ich sie, Spülung in ihr Haar tun zu dürfen, und als ich spürte, wie es weich wurde, verliebte ich mich wieder in sie. Ich wischte ihr den Schaum ab, der ihr in die Falten am Ohr gekrochen war, und küsste sie, so zart ich konnte. Sie sah mich aufmerksam an, aus blaueren Augen als gedacht. Ich sah mich in ihnen, wie ich einmal gewesen war und wie sehr sie dieses frühere Selbst vermisste. Der Mann, der sie verließ, war nicht der, auf den sie einst ihre Hoffnungen gesetzt hatte, und er verdiente ihr Mitleid nicht.

Am Morgen, als sie noch schlief, fuhr ich in ein Travelodge-Hotel an der Außengrenze der bekannten Welt. Während ich einsam Kilometer fraß, lauschte ich den Anrufern bei einer Verbraucherschutzsendung. Jemand hatte ein Problem mit einer Wintergartentür, die Wasser durchließ. Jemand anderes bekam den Hersteller einer kaputten Mikrowelle nicht dazu, seine Garantieansprüche anzuerkennen. Der Moderator äußerte Mitgefühl und versprach Abhilfe. Er sprach mit den Anrufern wie Eltern, die ihr Kind nach einem Albtraum beruhigen.

Ich hielt an, mit Warnblinker auf dem Seitenstreifen, und pflückte am Autobahnrand ein paar Brombeeren. Sie waren schrumpelig und schmeckten bitter. Ich musste sie wieder ausspucken. Sonst hatte sich nicht viel verändert. Die schlafenden Roboter wachten auf und beugten sich herab, damit sie sehen konnten, was ich trieb. Ich glaubte, sie würden mich mit ihren Klauen aufheben und in den Himmel schleudern. Die Vorahnung kribbelte mir im Nacken. Ich hatte große Angst. Ich war schon immer sehr ängstlich gewesen. Sie ließen mich in Ruhe. Bevor ich weiterfuhr, winkte ich ihnen zum Abschied zu.

Als ich aufwachte, sangen die Vögel rückwärts, und ich spürte das Gewicht von Mama, die mir von irgendwo da oben zusah, und die Panik, etwas vergessen zu haben. Ich überlegte kurz, ob ich umkehren, über die Autobahn zurückfahren und mich wieder ins Haus schleichen sollte, bevor Ellen auffallen konnte, dass ich fort gewesen war. Aber es war zu spät.

Sie sollte glauben, dass ich tot war. Als Schutz für sie. Damit sie mir nicht hinterherreiste.

Ich machte mir eine Tasse Tee, mit zwei der kleinen Teebeutel, die sie einem geben, und zählte die Haare auf meinem Ringfinger, bis er kalt wurde. Im Zimmer war alles hart und eckig, und ich sehnte mich nach etwas Weichem unter meinen Füßen. Sand oder Gras. Eine Stimme hing im Raum, ein Brummen. Ich hörte es aus der Heizung kommen, aus dem Kessel, als das Wasser kochte. Es war unter der Bettdecke, als ich sie aufschlug, um nach den rautenförmigen kleinen Flecken aus Bettwanzenkot zu suchen. Ich hielt das Brummen für die angesammelten Geräusche aller Menschen, die vor mir in diesem Zimmer gewesen waren. Für ein Echo all ihrer Hoffnungen und Urlaubsstreits in schlaflosen Nächten. Ich fragte mich, wie viele von ihnen hergekommen waren, um ihr Ende vorzutäuschen oder einen echten Tod zu inszenieren. Ihre Stimmen trösteten mich. Sie überzeugten mich davon, dass ich etwas Vernachlässigenswertes hinter mir ließ und an dem Ort, auf den Bibhuti mich vorbereitet hatte, etwas Wundervolles finden würde.

Draußen biss mich der Wind, und die Kälte verlieh mir ein Gefühl der Wichtigkeit. Das Wetter wusste, dass dies ein großer Tag für mich war, und entbot mir seinen Abschiedsgruß.

Das warst Du, nicht wahr? Du warst das Wetter. Damals

wusste ich es nicht, aber heute ist es mir ziemlich klar. Deine Hände, die mir durch die Taschen gingen, Deine Zähne, die an meinem Nacken nagten. Du wolltest mir sagen, dass ich am Leben war und zum Untergang verurteilt, wie jeder andere auch. Du wolltest mich auffordern, langsamer zu machen, zu lauschen, alles aufzunehmen. Dies war meine letzte Gelegenheit, mich verlassen zu fühlen, und Du wolltest, dass ich sie auskoste. Und das tat ich auch.

Um Spuren zu legen, plauderte ich mit einem alten Biker, der auf dem Hotelparkplatz seinen Bock aufwärmte. Er nannte sich Großer Bär. Er erzählte mir, im Alter von dreiundsiebzig Jahren laute das beste Wort, das er je gelernt habe, »ja«. Ein Wort, das Türen öffne und mit dem man Menschen für sich gewinnen könne. Ich nahm seine Intervention zum Zeichen, dass meine Mission ehrenwert war.

»Ich habe nie vor etwas Angst gehabt«, sagte er. »Wenn man Angst hat, kann man sich gleich eine Kugel in den Kopf jagen. Ich fahre weiter, bis meine Frau mir sagt, dass ich aufhören muss. Und das wird nie geschehen, nicht wahr, Kleiner Bär?«

Die alte Dame auf dem Motorrad neben ihm warf dem Großen Bär ein Lächeln zu, zeigte ihre plastikgelben Zähne und drehte am Gasgriff. Der Rest der Schwadron, ein Dutzend Außenseiter in Leder auf ihren Triumphs und Harleys, tat es ihr nach. Der Krach aufheulender Motoren durchdrang den Wind, mit zwei arthritischen Fingern grüßte man das Travelоge-Hotel und den unfruchtbaren Boden, auf dem es stand.

Mit neunzehn habe ich eine Lambretta besessen, erzählte ich ihnen. Ich hatte sie verkauft, damit ich mir eine Gitarre und einen Verstärker leisten konnte. Ich wollte in einer Band spielen. Wir wollten uns The Navigators nennen. Es habe nicht funktioniert.

»Du solltest dir wieder eine holen«, sagte der Große Bär. »Oder ein richtiges Motorrad.« Er tätschelte sein Teil.

»Nein, damit würde ich mich umbringen. Das ist zu lange her, ich wäre völlig aufgeschmissen.«

»Sei nicht albern«, sagte Kleiner Bär. »Das verlernt man nicht. So wie Radfahren.« Sie lachte, und die beiden rollten an die Spitze der Rotte. Wieder heulten die Motoren auf, und ich ging aus dem Weg, um sie alle durchzulassen. Ich winkte dem Großen und dem Kleinen Bären zu, und sie winkten zurück.

»Wir sehen uns drüben«, rief Kleiner Bär mir über den Lärm hinweg zu.

»Ich will nicht über die Brücke«, sagte ich, aber sie konnten mich nicht hören. Sie krochen in präziser Formation vom Parkplatz, auf der Auffahrt drehten sie dann auf. Der Wind trug den Duft ihrer Abgase heran, und ich war wieder einsam.

Ich ging über den Rasen zur Raststätte und aß bei Burger King ein paar Minipancakes. Ich bekam nicht genug Ahornsirup. Als ich den Jungen um mehr bat, sagte er, ich müsse mit dem auskommen, was ich hätte. Die Menge sei vom Computer vorgegeben, und es habe sich noch nie jemand beschwert.

Die Brücke war niedriger, als ich sie vom letzten Mal in Erinnerung hatte. Der Severn war schmaler und schien weniger entschlossen zu fließen, als wären die angesammelten Ferienerinnerungen, die aus den Autos auf der Brücke hinuntergeworfen worden waren, zu einem Schlick geworden, der die Strömung auf ihrem heiligen Weg zum Meer aufhielt. Wespenstiche und kaputte Fahrräder, Niederlagen beim Beachball, Ausflüge in der Vorsaison, in letzter Sekunde abgesagt wegen Wetterwechsels – Mama und ich hatten immer auf halbem Weg zwischen Wales und England alles zu einem Ball zusammengeknüllt und aus dem Fenster geworfen. Ein Pakt, den wir geschlossen hatten, damit wir zu Hause neu anfangen konnten. Wenn wir die schlechten Erinnerungen jedes Mal bei der Flussüberquerung hinter uns ließen, dann würde es beim nächsten Mal vielleicht anders werden, vielleicht würde die Sonne scheinen, und die Sandburgen würden die Woche überdauern.

Asche. Mehr war sie jetzt nicht mehr.

Ich stand auf dem Gras, im selben Wind, der Mama mit sich genommen hatte, suchte zwischen den Regentropfen nach etwas von ihr. Ich fragte mich, ob sie das Glück verspürte, in alle Winde zerstreut zu sein.

Ich sagte ihr laut, dass ich sie liebte. Ich sagte ihr, es tue mir leid, dass mir nie ein beeindruckendes Leben gelungen sei, solange sie noch da gewesen war und es miterleben konnte. Der Wind wehte meine Worte davon. Dann kehrte ich der Brücke den Rücken zu und ging zurück zum Auto, das vor dem Hotel stand. Auf ein Post-it, das ich an das Lenkrad klebte, schrieb ich: »Bin auf die Brücke gegangen.«

Im Handschuhfach lagen ein paar Sachen von Ellen, ihr Behindertenparkausweis und ein paar Bingokulis. Ich legte meinen Ehering dazu. Verpasste Anrufe, unbeantwortete SMS: Sie wollte wissen, wo ich steckte. Sie machte sich Sorgen um mich. Ich nahm die SIM-Karte aus dem Handy und ließ das tote Telefon auf dem Beifahrersitz liegen. Ich überließ das Auto seinem Schicksal und der Witterung.

Ich schloss gerade das Auto ab, wobei ich genüsslich

saftige Fingerabdrücke hinterließ, die meine Anwesenheit endgültig belegen würden, als das Taxi vorfuhr. Der Fahrer stellte keine Fragen. Keine Kamera zeichnete meinen Abtransport auf. Zwischen den roten Ampeln auf dem Weg zum Flughafen schlief ich immer wieder anfallsweise ein. Wenn ich wegnickte, erschien mir Bibhuti. Er trug seinen weißen Karatedress und machte sich aus gutem Grund kaputt. Es war völlig einleuchtend, dass man ein Loch in die Welt schlagen wollte, bevor man sie verließ. Dass man so groß wie möglich werden wollte, solange man noch die Kraft dazu hatte. Ich spürte, dass ich von ihm gebannt war. Es war wie ein Rausch. Ich konnte es kaum erwarten, ihn vor mir zu sehen und seine Geschichte zu meiner eigenen zu machen.

Weltrekord Nummer 5: 31 Wassermelonen, fallen gelassen auf meinen Bauch, in 1 Minute aus einer Höhe von 10 m (2002)

24

Nachdem ich mir an der Bollywoodsaga die Finger verbrannt hatte, war ich überzeugt, dass ich meinen nächsten Rekord im Geist höchster Einfachheit angehen sollte. Ich hatte mich vom rechten Weg abbringen lassen, und zur Strafe musste ich mich noch weiter erniedrigen. Fast hätte ich mich vom einfachen Mann abgewandt, als er mich als Vorbild am dringendsten brauchte, also konnte ich sein Vertrauen nur wiedergewinnen, indem ich an die Ursprünge zurückkehrte. Ich musste meine Botschaft direkt in die Herzen der jüngsten Sprösslinge pflanzen, aus denen die Bäume der Zukunft meines Landes erwachsen würden.

Ich beschloss, meinen nächsten Rekord in der DAV Public School in Airoli zu erringen, in der Nähe meines Wohnsitzes. Dabei war von Bedeutung, dass mein Sohn diese Schule später einmal besuchen würde und ich dort der gesamten Schülerschaft bereits ein Jahr lang Unterricht in Kampfkunst und Gymnastik erteilt hatte. Der Schuldirektor hatte ein paar meiner vergangenen Rekorde miterlebt, was ihn motiviert hatte, mein Angebot zum allgemeinen Kindeswohl anzunehmen, damit ich seine Kids inspirierte, sich dem Sport und der Fitnesskultur zu öffnen.

Die Vorbereitungen für den Tag verliefen störungsfrei,

und dass so viele Kinder aus meiner Örtlichkeit darauf warteten, nun die goldenen Regeln der Weltanschauung eines passionierten Sportsmanns zu lernen, gab mir die reine Kraft der Motivation zurück. Um die Kinder stärker einzubinden, schrieb Mr Kota, der Direktor, einen Aufsatzwettbewerb aus, und der erste Preis war die Ehre, bei dem Rekordversuch assistieren zu dürfen. Der glückliche Gewinner war nach nur kurzer Einweisung durch mich so weit. Er konnte seine Begeisterung nicht verbergen. Es war eine große Ehre für ihn, als erster Nichtprofi und erstes Kind bei einem meiner Rekorde zu assistieren, und er beäugte die Melonen so, wie eine hungrige Schlange die Antilope beäugt, bevor sie sie verschlingt. In der Turnhalle wurden Leitern für die gesamte teilnehmende Schülerschaft aufgestellt. Es gab schon einen Rekord, daher war die Anerkennung garantiert.

Der Junge kletterte nach oben auf eine der Leitern, und ich lag darunter in Position. Mr Kota persönlich reichte ihm die Melonen von der Nebenplattform aus an. Die Melonen waren geprüft und für echt befunden worden, keine Tricksereien oder Hohlräume, alle schön und reif für den ultimativen Abwurf.

Ich war vorher selbst mit dem Starschüler oben gewesen, um ihm zu zeigen, wo er die Melonen fallen lassen musste. Gopal Dutta doubelte mich auf dem Boden, und ich half dem Jungen, auf Gopal Duttas Solarplexus zu zielen. Gopal Dutta hatte sich nach mehreren Monaten unter meiner strengen Aufsicht inzwischen von seinem Krebs erholt und wollte bei dem Rekordversuch unbedingt eine Rolle spielen, um zu beweisen, dass er wieder völlig fit war. Der Junge ließ nur einen Fußball fallen, um die Flugbahn zu markieren, damit Gopal Dutta nicht verletzt wurde. Er erzielte einen Volltreffer an der vorgesehenen Stelle. Er freute sich sehr über seinen Erfolg. Ich wies ihn an, diese Bewegung genau nachzuahmen, wenn der echte Versuch begann.

Als ich unter den Leitern lag, überkam mich ein überwältigendes Gefühl der Seligkeit. Ich kehrte an den Ursprung meines reinen Handelns zurück, und jede Erinnerung an die jüngsten Versuchungen sank ins Dunkel hinab. Bald würde meine Scham verflogen sein. Mein neuester Erfolg unter dem Ruhmesbanner der liebevollen Unterstützung der Kinder würde sie auslöschen.

Mr Kota reichte dem Jungen die erste Melone an, und er ließ sie mit nur leichtem Zögern fallen. Sie ging mitten ins Ziel wie geprobt. Die nächste ebenso. Ich zog mich ganz in mich selbst zurück, um jeden Aufprall einzeln abzufangen. Dort herrschten Ruhe und Frieden, weil ich wusste, dass mein Tanz mit dem Teufel vorüber war. Ich hatte den Teufel weit hinter mir gelassen, und er machte sich keine Illusionen, dass ich ihn je wieder willkommen heißen könnte. Als Gopal Dutta »aus« rief und ich aus meiner Trance erwachte, war ich wieder ein ganzer Mann. Ich konnte einen weiteren Weltrekord verbuchen, und der Stolz meiner Gemeinde war wiederhergestellt.

Nach den Glückwünschen und Fotos mit der Schülerschaft rief man mich auf, zu den Schülern zu sprechen. Nur zu gern vermittelte ich ihnen meine Ratschläge für den besten Weg zur Kraft in Leib und Seele. Dies war in den Jahren vor der Handy- und Computerexplosion, als das allgemeine Stubenhockertum noch kein so großes Problem war und es in meiner Ortschaft noch keine Einkaufszentren gab, die sexuelle Belästigung beförderten und die Faulheit durch den späteren Fast-Food-Boom. Meine Pflicht, zu guten

Angewohnheiten zu erziehen, ließ sich leichter erfüllen. In der Folge dieses Besuches konnte ich sogar viele Kinder für meine Karateschule gewinnen, und einige von ihnen haben weitergemacht und als Erwachsene den schwarzen Gürtel errungen. Meine ersten Erfolge als Rekordtrainer stammten aus dieser Gruppe. Sechs meiner Schüler gelangen Limca-Rekorde in verschiedenen Disziplinen wie Stepaerobic, Hampelmann, Radschlagen, Daumenliegestütze, Handdrehen und Purzelbaum (Überschlag). Allesamt Junioren der Altersklasse sechs bis vierzehn. Über die Jahre habe ich ihnen geholfen, sich zu jungen Menschen höchster Ordnung zu entwickeln, dank elastischer junger Glieder und Furchtlosigkeit. Lehren lässt sich das nur, wenn der Schüler willig ist, und meine Rolle bei ihrem Erfolg gibt mir große Befriedigung.

Ich freue mich, dass ich die jungen Menschen motivieren konnte, sich dem Wettbewerb zu stellen. Das Leben ist wirklich schöner geworden, seit ich mich in die Rekordbücher eingeschrieben habe als kleine Berühmtheit, ganz anders als die Filmstars und Cricketspieler. Es ist ein tolles Gefühl, ein Mensch zu sein, der Außerordentliches leistet, Dinge, von denen seine Nachbarn träumen. Freunde und Bekannte zollen dir viel Respekt für dein Format. Es reicht vielleicht nicht, um dir und deiner Familie die Bäuche zu füllen. Aber meine Leidenschaft hat mich in größtmöglicher Würde am Leben erhalten. Klubs, Institute und Vereine laden dich wegen deiner Meisterleistungen als Ehrengast und Motivationsredner ein. Diese Anerkennung koste ich in vollen Zügen aus, weil es für mich als einfachen Mann ein großes Vergnügen bedeutet, so etwas wie ein Prominenter zu sein. Jeden zweiten Tag feiere ich mich selbst dafür, ein Mensch mit ungewöhnlichen Eigenschaften zu sein. Jeden Tag stellt das Leben mir wieder die Herausforderung, mich durchzuschlagen und gute Werke zu tun, um den Erwartungen meiner Bewunderer gerecht zu werden.

Es war einmal meine aufrichtige Hoffnung, dass mein Sohn Shubham mir und den jungen Menschen, die ich trainiert habe, in das Handwerk des Rekordebrechens nachfolgen möge. Er war sechs Jahre alt, als meine Kurse von Kindern überlaufen wurden, und natürlich brannte er darauf, Zeit mit seinem Vater beim Training zu verbringen. Schon früher hatte er mich nachgeahmt, wenn ich zu Hause meine Übungen machte. Ich kaufte ihm einen Karatedress wie meinen, nur in kleiner Größe und mit einem weißen Gürtel, der den Anfänger ausweist. Shubham trug ihn Tag und Nacht und legte ihn nie ab, bis er einschlief und seine Mutter ihn vorsichtig ausziehen und waschen konnte. Er war wie eine Miniaturausgabe seines Vaters. Die Tritte und Schläge, die er seinen Vater vollführen sah, vollzog er mit schönem Eifer nach, wenn auch nicht in der gleichen Qualität. Ich fragte ihn, ob er in meinen Kurs kommen wolle, und er sagte subito Ja. Die ersten Wochen und Monate waren eine herrliche Zeit, mein Sohn wich mir während der Übungsstunden in der »Navi Mumbai Sports Association« nie von der Seite. Viele Kinderstimmen tönten im Geist der Hingabe durch die Luft, aber Shubhams war die lauteste, weil er mir am nächsten stand und seinen Vater aus vollem Herzen beeindrucken wollte, wie alle Jungen in seinem Alter. Was für ein schönes Gefühl zu wissen, dass er meine Passion zu seiner eigenen machen wollte.

Ich sah eine ideale Chance, auf dem Feld des Extremsports eine feste Rolle für ihn zu schaffen und so sicherzustellen, dass die Herzen von Vater und Sohn auf alle

Zeit untrennbar miteinander verbunden blieben. Sein bester Freund im Kurs war ein Junge namens Dilip, der eben einen Ausdauerrekord im Purzelbaumschlagen über sechs Kilometer errungen hatte, dank meiner Trainingsanstrengungen und seiner eigenen unstillbaren Leistungsbereitschaft. Shubham war von Dilips Errungenschaft genauso beeindruckt wie alle anderen auch. Da fragte ich Shubham, ob er gerne in die Rekordbrecherfußstapfen seines Vaters und seines jungen Freundes treten würde. Ich würde ihm bei der Auswahl eines passenden Rekordes helfen und dafür sorgen, dass er über alle Mittel verfügte, ihn zu zerschmettern. Das würde Shubham nicht nur vom Gefühl der Überlegenheit kosten lassen, das ich jedes Mal genossen hatte, wenn ein Rekord gebrochen war, sondern ihn auch lebenslang an die Gewohnheiten des sauberen Lebens und der Opferbereitschaft binden, die es dem Sportsmann erlauben, sich allen Wettern furchtlos zu stellen. Ich sagte ihm, dass mich dies sehr glücklich machen würde und ihn ebenso. Ich trug ihm auf, sich einen Rekord auszudenken, den er glaubte, meistern zu können. Wir wollten mit den Vorbereitungen beginnen, sobald er sich entschieden habe.

Daraufhin war Shubham ein paar Tage lang still. Sein winziges Gesicht war hinter Wolken der Konzentration verborgen, als er der zahllosen Glücksmomente gedachte, die sich ihm auftun könnten, wenn er seine Wahl getroffen hatte. Es war Gott, der in dieser Zeit zu ihm sprach, und ich mischte mich nicht ein. Sie führten ein privates Gespräch, und ich hatte keine Rolle darin.

Für meine Frau war es eine Zeit des Nägelkauens. Sie verstand nicht, warum unser Sohn plötzlich so ernst dreinblickte, wo er doch vor ein paar Tagen noch lachend durch die Wohnung getobt war. Als sie ihm über die Haare streichen wollte, ließ er sie nicht, wandte den Kopf ab und setzte sich allein in eine Ecke, um klareres Denken zu befördern. Mehrmals brach meine Frau in Tränen aus.

»Keine Sorge«, sagte ich zu ihr. »Der Junge entscheidet über seine Zukunft. Von diesen Augenblicken hängt es ab, was als Mann aus ihm wird. Alle Jungen müssen das tun. Ich habe selbst einen ähnlichen Prozess durchgemacht. Wenn er sich entschieden hat, kehrt er zu dir zurück. Alles wird gut.«

Mir brummte der Kopf vor lauter Ideen, welchen Rekord er sich wohl aussuchen würde und welche Rolle ich bei seinem glorreichen Triumph würde spielen können. Dem ersten von vielen, so Gott wollte.

Dann kam für Shubham der Schicksalsmoment, seine Entscheidung zu verkünden. Ich will gern zugeben, dass mir das Herz bis an den Hals schlug, als ich darauf wartete, seine Zukunft zu erfahren. Als es ausgesprochen war, warf mich der Schock der Enttäuschung fast um.

Er wolle kein Rekordbrecher werden, sagte er. Er habe entschieden, dass dies nicht sein Weg sei. Er habe kein Interesse daran, seinem Vater nachzufolgen. Er wolle lieber Cricket spielen oder Autodesigner werden. Ihm war kein Rekord eingefallen, und in seinem Herzen brannte nicht der Wunsch nach dem Leben, das sein Vater führte.

Ich fragte ihn, ob er sich ganz sicher sei. Habe er Gottes Wort zu dieser Angelegenheit auch klar verstanden? Ja, das habe er, erwiderte er. Es habe sich warm in seinen Ohren angefühlt, wie ein Wind. Da wusste ich, dass er die Wahrheit sagte.

Ich zog mich ins Schlafzimmer zurück, um das folgenschwere Ereignis zu überdenken. Es gab ein paar Tränen, aber nur aus Überraschung. Dies war nicht die Nachricht gewesen, die ich erwartet hatte. Ich sah die Zukunft, die ich geplant hatte, wegrutschen und sah eine andere ihre Stelle einnehmen. Dies dauerte mehrere Minuten, und ich wartete geduldig, bis die neue Welt sich so aufgebaut hatte, wie der Allmächtige es befahl. Dann ging ich wieder in das Zimmer, in dem mein Sohn wartete, und hielt ihn eine kostbare Zeit lang in meinen Armen. Ich sagte ihm, dass ich sehr stolz auf ihn sei. Er habe auf sein Herz gehört und sei dessen Rat gefolgt wie ein Mann, furchtlos und ohne zu zögern. Er habe das Herz eines Löwen.

Meine Frau freute das Ergebnis sehr; wir feierten mit einem der seltenen Ausflüge zum Dosa-Stand gegenüber und bestellten Muttai Dosa.

Sie werden sich fragen, wie ich eine so enttäuschende Nachricht mit einer so positiven Haltung aufnehmen konnte. Die Antwort ist einfach. Mein Sohn ist ein eigener Mensch. Er unterscheidet sich so sehr von mir, wie zwei Orangen vom gleichen Baum sich unterscheiden. Der Baum mag beiden die gleiche Nahrung gegeben haben, aber die beiden Früchte sind voneinander getrennt und müssen daher ihren jeweils eigenen Platz finden. Außerdem ist Shubham mein bester Freund, und ich liebe ihn. Das bedeutet, dass ich ihm erlauben muss, seinen eigenen Weg zu gehen. Er muss nicht sein wie ich. Ich werde die Unterschiede zwischen uns genauso genießen wie das, was uns verbindet. Gott hat für jeden von uns seinen eigenen Plan. Wenn du jemanden liebst, darfst du nicht über ihm hängen wie die Blätter, um ihn von der sengenden Sonne zu schützen. Du musst einen Schritt zurücktreten, damit er freien Blick in den Himmel hat. Dann kann er zu seiner vollen Größe heranwachsen. Du kannst es dir bequem machen, seiner Reise zusehen und dich an den Formen erfreuen, die sie annimmt.

Danke schön.

25

Der Regen donnerte herab. Er brüllte, trat um sich und nahm mir die Luft. Eine Zeit ohne Regen konnte ich mir schon nicht mehr vorstellen. Die Welt kühlte sich ab und füllte sich auf; was leer gewesen war, schwoll nun gefährlich an. Schuhe und die Stille soffen ab. Die Sonnenbrillenverkäufer verließen die Straßenkreuzungen, widmeten sich ihren Zweitjobs in höheren Lagen und woben Tischsets aus den Haaren, die ihre Frauen in der Hochsaison arglosen Touristen ausgezupft hatten.

Alle Vögel und Schmetterlinge verschwanden. Die Straße tanzte, und das Leben spielte sich drinnen ab.

Bibhuti gipste sich das Bein ein. Der Bruch war einfach, und er war in Reparaturarbeiten geübt. In zwei Wochen sei es geheilt, sagte er. Ich müsse mir keine Sorgen machen. Er habe sich bei der Ausübung seines Sports schon jeden Knochen im Leib gebrochen und sich immer wieder völlig zufriedenstellend selbst geheilt. Der Knochenbruch sei ein gutes Zeichen, er bedeute, dass ich über meine Angst hinweggekommen sei, ihm wehzutun.

»Du bist jetzt so weit«, sagte er.

»Es kommt mir aber nicht so vor.«

»Das wird schon. Ich bin gerade sehr stolz auf dich. Ich wusste doch, dass du der Richtige für den Job bist.«

Seine Frau bereitete ihm gegen die Schmerzen Kurkumaauszüge in Milch. Jolly Boy brachte ihm einen Sack Reis, auf dem er den Fuß ablegen konnte. In dieser Zeit der Tatenlosigkeit tröstete er sich mit Fernsehen. Er legte die Videos aus seiner Rekordbrechervergangenheit ein und versetzte sich in eine Verzückung, aus der aller zukünftiger Zauber erwachsen würde. Der sichtbare Beweis für seine Superkräfte stärkte ihn, und er setzte sich ans Telefon, forderte Gefälligkeiten ein und erzählte überall von seinem Rekordversuch, bis die Neuigkeit wie eine prahlerische Smogwolke durch die Stadt zog. Er legte das Datum fest, in vier Wochen, damit er sich vorher erholen konnte. Auf den Sport- und Lokalseiten würde es Vorankündigungen geben, von seiner eigenen Zeitung wurde Bibhuti ein Interview versprochen.

Nach angespannten Verhandlungen konnte der Veranstaltungsort bestätigt werden, der Tempel, in dem seine Frau betete. Sie hatte darauf gedrängt, weil seine Unversehrtheit nur so garantiert werden könne. Als alles unter Dach und Fach war, war sie in den Regen hinausgestürmt, um sich persönlich bei den Priestern zu bedanken. Mit karamellfarbenem Schlamm bespritzt, kam sie zurück, am Lenker ihres Motorrollers hingen Tüten voller Lebensmittel. Sie kochte ein festliches Thali aus Dhal und Gobi und etwas mit Cashewkernen.

Das neue Schuljahr begann, aber Jolly Boy blieb zu Hause. Zwischen zwei Tänzchen im Hof gestand er, dass man ihn wegen einer Klopperei hinausgeworfen hatte. Ein anderer Junge hatte die geistige Gesundheit seines Vaters infrage gestellt. Das Privileg, Bibhutis Sohn zu sein, musste ständig gegen die lesefaulen Idioten in der Klasse verteidigt werden. Bis eine neue Schule gefunden war, diente er mir als Stütze. Sein Lachen war meine Medizin, wann immer mir der Bauch wehtat oder mir unter dem Druck der Erwartungen seines Vaters die Knie weich wurden.

Bibhuti humpelte weiter durch den Hof und leitete mein tägliches Übungspensum an, hockte auf der Motorhaube seines Autos und schlug mir motivierende Sprüche um die Ohren, während ich einen Mann aus Reissäcken verprügelte, meinen Schwung vervollkommnete und noch mehr Blut leckte. Der Regen zwang uns dicht an die Mauer, und ein Sprühnebel bedeckte Jolly Boys Stoppuhr, wenn er sie ablesen wollte. Er brachte immer wieder die Flammen auf Gopal Duttas Beerdigung zum Erlöschen. Der Geruch seines brutzelnden Fleisches machte mich hungrig. Er klebte noch tagelang an mir.

Sein Tod war ein Schock gewesen. Der Krebs, den Bibhuti ihm vor vielen Jahren ausgetrieben hatte, war wohl wiedergekommen. Ich erwartete nun auch einen Rückfall. Bibhuti sprach von natürlichen Todesursachen, sein Alter habe ihn einfach eingeholt. Seine Reaktion auf das Unausweichliche war, sich einen Tag lang matt im Schlafzimmer einzuschließen. Als er auftauchte, war er wieder ganz er selbst.

Er nahm einen Übungsschläger mit zur Einäscherung, als Krücke. Als er am Scheiterhaufen stand und für seinen ältesten Schüler ein paar Abschiedsworte murmelte, hielt der Schläger ihn aufrecht. Außerdem sollte der die Trauergemeinde daran erinnern, dass Gopal Dutta ein Unterstützer unseres großen Plans gewesen war. Das Leben würde ohne ihn weitergehen, große Taten waren zu erwarten.

Als Nächstes hatte Gopal Dutta eine Frau werden wollen,

erzählte mir seine Tochter. Ihm gefiel der Gedanke, Kinder auszutragen, die im Schlaf seine Sünden auffraßen.

Die tägliche Aussetzung der Ungläubigkeit. Eine unerschrockene Verteidigungslinie wider das Dauergeplapper von Göttern und Reinkarnation. Alle hatten eine direkte Schaltung zu Dir, nur ich hatte Dich noch nicht geschaut und spürte nichts von Deinem Nahen. Ich blickte in den Regen und blickte in die toten Augen Gopal Duttas. Ich blickte auf die Narben, die ein Jahrzehnt der Selbstgeißelung auf seinem Rücken hinterlassen hatten. Ich konnte dort nichts entdecken, was Dich mir gewogen machte. Auf mich wartete unweigerlich das Dunkel, und es wurde zu meiner Hauptbeschäftigung, mich gegen die Angst davor zu wappnen.

Die Klimaanlage flatterte von aus auf an wie ein rastloses Vögelchen, und ich war der seltsame Vogel, von dem im Haus so unüblich viel Aufhebens gemacht wurde. Immer wieder blickte Bibhuti von seinem Laptop auf, von den Geheimnotizen, die er mir nicht zeigen wollte, und fragte mich, ob es mir gut gehe und ich alles hätte, was ich brauchte. Er konferierte mit seiner Frau, die sich in die Küche zurückzog und mit noch einem Teller Mango oder noch einem Glas Wasser zurückkehrte.

Bibhuti nahm sich einen Baseballschläger mit ins Haus und ging dazu über, ihn sich zerstreut an die Schulter oder das Bein ohne Gips zu schlagen, wenn er zwischen zwei Arbeitsphasen an der Tastatur und in den Ruhepausen nach den Mahlzeiten dasaß und nachdachte. Alle im Raum knirschten mit den Zähnen, nur er nicht. Er war in diesen Augenblicken selig, dachte sich Körperstellen aus, auf die ich zielen könnte, und malte sich die Freuden aus, die meine Treffer ihm bereiten würden. Er schlug einen Guillotinenrhythmus, vor dem seine Frau in die Küche flüchtete, um dort laut hörbar Töpfe zu schrubben.

Und dann wurden wir wieder von einer Welle des Schweigens überspült, und alles schien so, wie es sein sollte. Ich war überzeugt, dass sein Vertrauen nichts anderes war als willentliches Vergessen. Er musste vergessen, dass sein Tod im Falle seines Scheiterns das Leben anderer beflecken würde. So hielt er seine Angst in Schach, bis sie nur noch ein Wispern im Dunkeln war, das sonst niemand hören konnte.

Vijay Five kam und interviewte Bibhuti für die Zeitung. Er stellte ihm keine Fragen, die über Ort und Zeit unseres Versuchs hinausgingen. Er kannte Bibhutis Geschichte schon und hatte seinen Frieden damit gemacht.

Bibhuti wollte auf die Seite eins. Das wäre die Krönung seiner Laufbahn, und er wollte, dass alle erfuhren, was man mit der richtigen Einstellung erreichen konnte.

Vijay Five sagte, er werde es versuchen, die Entscheidung liege aber nicht bei ihm.

Ich ließ mich gerade mit Bibhuti fotografieren, als der Turbanator kam, gebeugt und gebeutelt von seiner Reise über die neuen Flüsse, die der Dauerregen in der Stadt entspringen lassen hatte. Ich war eine Story für die Seite eins, und die Stadt hieß mich willkommen. Ich war ein Hoffnungsschimmer während einer Belagerung.

In den Nachrichten hörte man nach dem Flugzeugabsturz nun vom weniger überraschenden Blutzoll des Monsuns.

Für dessen Tote gab es keine Zeitlupe und keine Streichermusik. Schon hatten die Menschen begonnen, in offene Gullys und von bröckelnden Brücken zu stürzen. Vor allem auf dem Festland, wo alles älter und die Natur nicht eingefriedet war. Die Natur kannte kein Mitleid mit den Mühseligen und Beladenen, da waren wir uns einig.

Vijay Five fragte Bibhuti, ob ich in seinem Buch vorkommen werde.

»Du schreibst ein Buch?«, fragte ich.

Bibhuti war verlegen. »Nur zum Zeitvertreib. Vielleicht veröffentliche ich es gar nicht. Es handelt von meinem Leben und meinen Weltrekorden. Ich habe vor ein paar Monaten damit angefangen, als es so aussah, als hätte ich meinen letzten Rekord aufgestellt. Das war eine traurige Zeit, und ich wollte meinen Weg aufzeichnen, damit er nicht von der Geschichte vergessen wird. Dann kamst du, und kurz darauf war alles gerettet. Ich führe das Projekt fort, damit ich in Zukunft zurückblicken und mich mit allen Details und Gefühlen an diese wichtige Zeit erinnern kann. Wir können uns gemeinsam erinnern.«

»Stehe ich schon drin? Komme ich gut weg?«

»Du wirst bald auftreten. Ich werde alles so beschreiben, wie es wirklich geschehen ist. Das Ergebnis wird dir gefallen. « Das würde ich hoffen, sagte ich.

Das Spektakel des Regens fesselte uns ans Haus. Je länger es regnete, ob wir wollten oder nicht, desto sicherer wurden wir uns, dass wir dem Regen etwas verdankten. Er erinnerte uns an Maßstäbe und schärfte die Sinne. Während wir zusahen, wie das Wasser herabstürzte und stieg, hielten wir uns selbst für wichtige Teile eines größeren Ganzen, für zwei der dicken Rebschösslinge, die das Nest zusammenhielten. Wir schuldeten dem Regen etwas für das befreiende Gefühl der Winzigkeit, das er uns schenkte. Wenn man in einem Unwetter klein war und dabei furchtlos seinen eigenen Plan verfolgte, war man ihm ein Dorn im Auge.

Nach einer Woche Hochwasser und Genesung zerrte Bibhuti an seinem Gips, wollte ihn dringend loswerden, damit er wieder frei und unbeschwert war und sich nicht mehr zurückhalten musste. Als wir eines Nachmittags auf der Treppe gestrandet waren, sahen wir, wie sich ein Maruti Swift über die geflutete Straße quälte und auf das Schlagloch zuhielt, das sich vor dem Dosa-Kiosk aufgetan hatte. Das Auto rutschte an den Rand des Schlaglochs, senkte unterwürfig die Schnauze und sackte weg.

Bibhuti strich sich den Schnurrbart und watschelte treppab, um einen Rettungsversuch zu unternehmen. Ich ging ihm nach.

Der Fahrer kletterte mühsam aus dem Fenster, Ellbogen und Knie voran, und sprang ins Wasser. Es reichte ihm bis an die Hüfte. Er watete vornherum auf die Beifahrerseite. Er lockte und zerrte seine Frau mit dem Steiß voran aus dem Fenster, ihr Hintern blieb an der Tür hängen und kam dann mit einem unzüchtigen Hüftschwung frei. Ihr Sari trieb im schlammigen Wasser hoch, und sie fand festen Boden unter den Füßen. Der Gatte zog sie zum Autoheck am Rand des Kraters. Er öffnete die Heckklappe und fing an, die Ladung zu retten, reichte seiner Frau, die höher stand als er, Kartons an.

Auf dem Rücksitz saß ihre kleine Tochter. Aus ihren Augen leuchtete die Angst. Sie versuchte, die Tür aufzubekommen, und wurde von ihrer Mutter angeschnauzt, sich nicht zu rühren. Das Auto neigte sich auf eine Seite, und das Wasser stand dort bis ans Fenster. Das Mädchen krabbelte auf die sicherere Seite und wartete auf Rettung.

Waten war für Bibhuti mit seinem Gipsbein schwer. Jolly Boy sprang voran und führte uns zum Auto. Wir hielten uns an den Händen und bildeten eine Kette. Ich stand bis an die Knöchel im Wasser, und meine Schuhe liefen voll. Ich redete mir ein, dass ich gegen ekelhafte Wasserviecher immun sei.

Bibhuti glitt auf die Seite des Mannes, packte die Stoßstange und versuchte, das Auto aus dem Krater zu hieven. Die Frau schaffte die Kartons vom Straßenrand auf die Stufen der Ayurvedaklinik, wo das Wasser nicht an sie herankam. Sie waren alle gleich groß und mit Klebeband verschlossen.

Das kleine Mädchen trommelte mit den Fäusten an die Scheibe und fing an zu kreischen.

Ihr Vater arbeitete sich um den mit beiden Armen wuchtenden Bibhuti herum und lud hinten weiter Kartons aus. Seine Frau nahm sie in Empfang und brachte sie in Sicherheit. Sie waren so sehr darauf konzentriert, ihre Schätze zu bergen, dass sie die Todesangst ihres Kindes gar nicht bemerkten; der prasselnde Regen trug die Schreie des Mädchens davon.

Ich watete zu dem Mädchen hin und sagte ihm, es solle das Fenster öffnen. Es verstand nicht. Jolly Boy wiederholte die Anweisung in ihrer Sprache. Das Mädchen rüttelte an der Kurbel, aber das Fenster rührte sich nicht. Ich öffnete die Tür mit Gewalt und packte es. Wasser floss in das Auto. Der Mann jammerte laut, weil ich ihm die Sitzpolster ruinierte.

Ich hob das Mädchen auf das Autodach und befahl Jolly

Boy, bei ihm zu bleiben. Er griff nach seinem Fußknöchel und beruhigte es, murmelte tröstliche Worte. Es hörte auf zu weinen, plötzlich zum Schweigen gebracht durch den Schock, dem Wüten des Himmels ausgesetzt zu sein.

Ihr Vater ließ bei einer hastigen Übergabe einen Karton fallen, und ich konnte darin etwas splittern hören. Er fluchte. Das Mädchen schluchzte und drohte wieder in Tränen auszubrechen. Um es zu beruhigen, reichte die Mutter ihr einen anderen Karton nach oben, auf den es aufpassen sollte. Er war offen. Ich lugte hinein und sah, dass er halb voller Schneekugeln war. Das Mädchen hielt den Karton ganz fest in den Armen, sein junges Gesicht verzerrte sich zu etwas Uraltem, von der Mühsal des Lebens Erschöpftem. Es ließ die Beine baumeln, seine Haare waren klatschnass, mit letzter Kraft klammerte es sich an den Karton. Mit seinem ganzen Feuer wollte es ein rettendes Paar Hände sein.

Als ich Bibhuti beim Heben half, entdeckte ich noch mehr Schneekugeln. Ein paar der Kartons im Auto waren offen, und alle waren voll davon. In jeder Schneekugel sah man das Miniaturmodell eines Kraftwerks, in groben Umrissen aus Plastik nachgebildet. Die Kühltürme sahen in der kindischen Plastikhülle so deplatziert aus, dass ich zu träumen glaubte. Ich nahm eine und schüttelte sie, um zu sehen, ob sie echt war.

Der Schnee war ein bisschen knapp bemessen. Die Glittermenge war enttäuschend.

»Ich habe die Lieferung eben angenommen«, jammerte der Mann, packte einen Karton und ließ ihn in die Arme seiner Frau fallen. »Das ist in meinem Heimatort. Mein Vater hat in dem Kraftwerk gearbeitet und meine Onkel und zwei meiner Brüder auch. Ich habe auch dort gearbeitet, bevor ich mein eigenes Geschäft aufgemacht habe und weggezogen bin. Die Schneekugeln habe ich zur Erinnerung an sie machen lassen, Sonderanfertigung aus China. Ich verkaufe in meinem Laden alle möglichen Neuheiten, immer höchste Qualität und Bestpreisgarantie. Die werden gut laufen, viele Menschen werden den Männern ihre Ehre erweisen wollen, die unser Land zu einer neuen Weltmacht gemacht haben. Dieses Kraftwerk ist ein Symbol für unsere Zukunft. Sie dürfen nicht verloren gehen.«

»Ein bisschen mehr Schnee wäre besser gewesen«, sagte ich. »Schauen Sie mal, wenn ich sie schüttele. Das ist nicht genug. Sie hätten mehr Glitter nehmen müssen.«

Der Mann hielt inne und sah mir zu, wie ich erneut die Schneekugel schüttelte. Er blieb ungerührt. »Nein, genau richtig. Mit zu viel Schnee sieht man das Kraftwerk nicht mehr gut genug.«

Ich ärgerte mich. Ich wollte ihm helfen, aber er hörte nicht auf mich. »Nein, die Menschen wollen ganz viel Schnee sehen, wenn sie sie schütteln. Sonst funktioniert es nicht. Das Kraftwerk können sie sich ansehen, wenn der Schnee sich gesetzt hat, dann sieht man es ja immer. Aber wenn es schneit, muss es richtig schneien, was soll das sonst?«

Der Mann nahm eine Schneekugel und schüttelte sie. Er sah zu, wie der Glitter sich spärlich auf die Kühltürme legte.

»Siehst du, das ist nicht genug! Das überzeugt nicht.«

Bibhuti hob das Autoheck von der Straße. Das Auto neigte sich von ihm weg, und ich hörte einen Schrei.

Ich drehte mich um und sah, wie das Mädchen vom Dach rutschte. Als das Auto einen Ruck machte, war Jolly Boy zurückgeschreckt und hatte seinen Griff gelöst. Das Mädchen ließ seine Last los, und die Schneekugeln, die es festgehalten hatte, fielen herunter, ein paar zerbrachen, ein paar tanzten auf den kleinen Wellen die Straße hinunter.

Die Mutter raffte ihren Sari zusammen und setzte ihnen nach.

Ich bekam das Mädchen gerade noch zu fassen, bevor es auf dem Wasser aufklatschte. Ich richtete mich so gerade auf, wie ich konnte, und hielt es fest. Seine kleine nasse Hand klammerte sich an meinen Nacken, und ich spürte, wie die Berührung mir die Haut prickeln ließ. Ich trug es zu den Stufen und zeigte ihm, dass wir jetzt vor dem Wasser in Sicherheit waren. Es brüllte aus vollem Hals.

Ich hasste mich dafür, dass mir die Worte fehlten, es in Sicherheit zu wiegen. Ich liebte mich dafür, dass ich es gerettet hatte. Ich war ein guter Mensch. Das konnten alle sehen. Das Mädchen war der Beweis, hier, in meinen Armen.

Es wand sich, und ihr Vater nahm es mir ab. Er krächzte ein Dankeschön und trottete seiner Frau und ihren verstreuten Waren hinterher. Wenn er sich bückte, um eine versprengte Schneekugel aufzuheben, hüpfte das Mädchen auf seiner Schulter auf und ab.

Als ich aufblickte, stand Ellen am Rinnstein, wackelig und lebensecht, im Regen. Harshad, der auf seinem Motorroller saß, reichte ihr den Gehstock und wartete, während sie sich in Positur brachte. Ellen blickte mich an. Sie öffnete den Mund und wollte etwas sagen, aber ihr fehlten die Worte. Ich lehnte mich an das Auto, um das Zittern in meinen Beinen zu beruhigen.

Bibhutis Frau kam heraus und legte Ellen einen Schal über den Kopf. Die Frauen drehten sich um und gingen hinein. Harshad, der dreiste Mitverschwörer, fuhr durch die

Wasserfluten davon. Ich ergab mich dem Regen. Sein Zwicken auf der Haut fühlte sich gut an. Ich atmete nach meiner Spezialtechnik und machte mich darauf gefasst, etwas erklären zu müssen.

26

Ellen warf mit ihrem Ehering nach mir, zielte aber schlecht, und er kullerte traurig über die Fliesen. Ich hob ihn auf und steckte ihn in die Tasche meiner Trainingshose. Die Hose klebte mir am Leib, und ich wusste nicht, welches Datum es war. Ich hatte aufgehört, die Unterschiede zwischen den Tagen wahrzunehmen. Solange sie nicht da gewesen war, hatte sich das befreiend angefühlt. Jetzt fühlte es sich kläglich an, ein trauriges Zeichen dafür, wie weit ich mich von dem Alltag entfernt hatte, der mir einst Gestalt gegeben hatte. Die Mahlzeiten, die Ellen für mich gekocht hatte, die kleinen Rituale, die wir entwickelt hatten, um uns wie ein Teil des anderen zu fühlen, obwohl wir uns so weit voneinander entfremdet hatten. Kinoabend, Bingo und der wöchentliche Einkauf. Sonntagabends Medikamente einteilen, mittwochs zum Chinesen.

Ich spürte ganz deutlich, dass wir Kinder hätten machen sollen, solange es noch möglich gewesen war. Ich hätte uns andere Dinge geben sollen, die wir lieben konnten und die nicht mit der Zeit einrosten würden so wie wir.

Ellen hatte die Regenwolken mit ins Haus gebracht. Sie hingen im Wohnzimmer über unseren Köpfen, während wir alle klatschnass und steif dasaßen und die Haut von dem Tee bliesen, den Bibhutis Frau gekocht hatte. Ellens Gehstock stand zwischen ihren Beinen. Ihre orthopädischen Schuhe waren durchgeweicht, darunter bildeten sich Pfützen.

»Ich habe das nicht getan, um dir wehzutun«, sagte ich.

»Was, das Abhauen oder das So-tun, als wenn du tot wärst?«

Ihre schmalen Lippen zitterten beim Sprechen und schnitten Wunden mit einer Schärfe, an der sie wochen- und jahrelang mit unausgesprochenem Groll gefeilt hatte. Ihr Tonfall war ein Schock. Trümmer aus Hass schwammen im Blau ihrer Augen. Ihre Geduld mit mir war erstorben, und wir fühlten uns beide genötigt, ihr Dahinscheiden mit Verve und ungewohnter Aufrichtigkeit zu betrauern.

»Beides.«

Ich sähe scheiße aus, sagte sie. Ich widersprach ihr nicht. Seit ich sie das letzte Mal gesehen hatte, war kaum Zeit vergangen, aber wir waren einander jetzt Fremde und würden wohl auch als Fremde sterben.

»Gab es eine Beerdigung?«, fragte ich.

»Nein. Du bist noch nicht tot. Nicht offiziell. Die Polizei konnte dich nicht finden. Wahrscheinlich ins Meer gespült, haben sie gesagt.«

»Wie hat du es herausbekommen?«

»Deine Kontoauszüge. Der Flug, das Hotel, alles da. Du hast dir keine große Mühe gegeben. Ich habe mich im gleichen Hotel eingebucht. Der Mann sagte mir, dass du hier seist.«

»Ich hätte bar zahlen sollen. Das war unüberlegt.«

»Offensichtlich.«

Sie hätte nicht kommen sollen, sagte ich ihr. Nicht bei diesem Wetter. Was, wenn das Flugzeug bei der Landung ins Rutschen gekommen wäre? Wie konnte sie sich auf eine so lange Reise machen, allein, ohne dass ich mich um sie kümmern konnte?

Sie wurde rot, presste die Beine fester an den Stock. Sie sei nicht behindert. Sie habe genauso sehr ein Recht, hier zu sein, wie ich.

Ich blickte in die Runde, in die Gesichter der Familie, und konnte sehen, wie tief meine Lüge alle getroffen hatte. Bibhuti strich sich mechanisch den Schnurrbart und versuchte, sich zu erinnern, wann er zum letzten Mal so sorglos betrogen worden war. Jolly Boy saß zu den Füßen seines Vaters auf dem Boden und blätterte eine Autozeitschrift durch, die ich ihm am Zeitungskiosk gegenüber gekauft hatte. Er flüsterte sich selbst ein paar Respektlosigkeiten zu, die nach einer Einschätzung meines Charakters klangen.

Bibhutis Frau blieb ungerührt. In dem Augenblick, als ich beschlossen hatte, mit dem Baseballschläger auf ihren Mann loszugehen, hatte ich sie unwiderruflich beleidigt, und Versöhnung hatte nie zur Debatte gestanden.

Wir lauschten dem Wind und dem Regen, der an die Fenster trommelte. Als Ellen schließlich sprach, fragte sie mich, wann ich nach Hause kommen würde.

Das sei unmöglich, sagte ich.

Alles sei anders geworden, sagte ich, und mein Platz sei jetzt hier. Ich hätte versprochen, etwas zu tun, und könne nicht weg, bevor es getan sei. Es sei etwas, das sie vielleicht nicht gutheißen oder verstehen würde, aber es sei mir wichtig und Bibhuti auch, und wenn ich jetzt davon abließe, würde ich als Lügner sterben.

Ich erzählte ihr von unserem Plan und wartete auf eine Reaktion. Sie schwieg.

Jolly Boy las laut etwas über den AMG-Mercedes und

dessen Flügeltüren vor. Seine Mutter ging in der Küche mit den Töpfen klappern.

»Es klingt unmöglich, ich weiß, aber wir werden es schaffen«, sagte Bibhuti.

»Er hat eine besondere Gabe, er fühlt keinen Schmerz.«

»Ich kann den Schmerz in Schach halten«, korrigierte Bibhuti. »Ich habe ihn besiegt. Außerdem bin ich sehr stark.«

»Es ist Schicksal«, sagte ich

Ellen hustete und musste würgen.

»Ich heile ihn«, sagte Bibhuti, der mir unbedingt beistehen wollte. »Es ist mir schon bei anderen gelungen, und auch bei ihm ist es möglich. Es gibt keinen Grund zur Sorge. Ich werde ihn retten. Aber er muss bis zum Ende seiner Behandlung hierbleiben.«

Ellen blickte mich erschrocken an. Ich erzählte ihr vom Krebs. Ich ließ nichts aus, berichtete, wie es mir gegangen war, worauf es hinauslief, wie ich hinter ihrem Rücken den Arzttermin gemacht hatte und die Hand des Arztes gespürt hatte, als er da unten nach Beweismaterial wühlte. Dann Überweisung, Untersuchungen und Diagnose. Der mutige Entschluss, den ich gefasst hatte, wegzulaufen, bevor die Diagnose sich ausbreiten und sie anstecken konnte.

»Warum hast du mir nichts davon gesagt?«, fragte sie.

»Weil ich nicht wollte, dass du zusehen musst, wie ich sterbe. Das konnte ich dir nicht antun. Du hattest deine eigenen Probleme. Ich musste einfach weg. Es tut mir leid.«

Sie wuchtete sich von ihrem Platz, schlug meine Hilfe aus und humpelte in die Küche, um ein mitfühlendes Ohr für ihre Frauensorgen zu finden. In der Tür hielt sie inne und blickte mir ins Gesicht. »Den solltest du wegmachen«, sagte sie. »Du siehst aus wie ein Kinderschänder.«

Ich betastete meine Oberlippe, den Flaum, der dort wuchs. Irgendwann hatte ich aus einer Laune heraus aufgehört, mich zu rasieren, als ungeschickte Hommage an Bibhuti und zum Beweis meiner wiederkehrenden Männlichkeit. Ich hatte es bereut, als es anfing zu jucken, aber weitergemacht, um mein Gesicht zu wahren.

»Warum hast du mir nicht gesagt, dass es nicht gut aussieht?«, fragte ich Bibhuti.

»Manche Dinge sollen nicht sein«, sagte er. »Du musst sie selbst entdecken, wenn Gott sie dir zeigt, ich kann nicht zwischen euch vermitteln.«

»Mir hat er gefallen«, sagte Jolly Boy, dessen Zorn verraucht war und der sich wieder mit mir anfreundete. Er ging mit mir ins Bad und sah mir beim Rasieren zu. Für ihn war das ein faszinierender Vorgang, wie ein Vorgeschmack auf einen Stierkampf. Ich war der Stier. Ich rasierte das Ding ab und kam erleichtert zurück.

Als der Regen aufhörte, brachte ich Ellen wieder ins Hotel. Sie tastete sich durch die zähe indische Dunkelheit, unser Weg war voller Kostbarkeiten aus der übergelaufenen Kanalisation: benutzte Hygieneartikel, verlorener Modeschmuck und Scheiße jeder Art. Ellen war wie ein Fliegenfänger, an dem meine Lügen kleben blieben, und ich schämte mich, als ich sie an ihr hängen sah. Am Arm steuerte ich sie dorthin, wo der alte Mann früher mit seinen Göttern gehandelt hatte. Sein Fehlen war wie ein Tritt in den Magen. Er war fort, genau wie er gesagt hatte. Er hätte jeder der Regentropfen sein können, die mich in den letzten paar Tagen getroffen hatten. Vielleicht war er inzwischen selbst ein Gott.

Auch das Wandgemälde war verschwunden. Harshad hatte Tünche an den Händen, und an der Wand sah man Stahlwollekratzer. Die heldische Gestalt und die besiegte Schlange waren begraben. Ein Hauch Risiko hing in der Luft, der Terpentinduft beerdigter Träume.

Harshad war hinter dem Tresen mit Papierkram beschäftigt, beugte sich über die Bücher. Er konnte seinem Vandalismus nicht ins Auge sehen. Das Whiskyglas neben ihm war randvoll, eine Mutprobe.

Ich fragte ihn, was geschehen sei.

»Es war ein Fehler, das ist mir jetzt klar. Ich will nicht daran erinnert werden. Meine Frau ist fort. Mein Freund ist fort. Der Regen hat ihn mitgenommen. Ich kenne ihn seit zwölf Jahren. Ich habe ihn jeden Tag gesehen. Jetzt werde ich ihn nie wiedersehen. Ich möchte mich an niemanden mehr erinnern. Ich möchte mich an nichts mehr erinnern. Ich hatte keine Ahnung, wohin er jede Nacht verschwunden ist. Er ist jetzt glücklich, wo immer er ist, aber ich fühle großen Schmerz. Tausend Jahre lang könnte ich mir jeden Tag dieses Bild ansehen, aber es wird mir nie wiederbringen, was ich verloren habe. Ich möchte es einfach vergessen.«

Amrita kam aus dem Hinterzimmer, in jeder Hand eine Whiskyflasche. Sie hielt dem Vater ihren beschämenden Fang hin. »Das wird dir nicht vergessen helfen. Das wird nur das Andenken an sie beschmutzen.« Sie ließ die Flaschen los. Sie zersplitterten auf dem Boden.

Harshad zuckte zusammen. Er suchte einen Fluchtweg, steckte aber in unerbittlicher Hellsicht fest.

»Du bist ein Narr«, erklärte Amrita.

»Einsam bin ich«, sagte er. »Ich bin alt und müde, und heute früh sind mir die Träume ausgegangen. Sie nützen mir nichts mehr. Geh jetzt. Ich putze das weg. Geh.«

Amrita wollte störrisch eine Flaschenscherbe aufsammeln, aber ihr Vater scheuchte sie weg. Sie stürmte davon, und als sie fort war, erlaubte Harshad sich zu weinen, ein kurzer erschreckender Ausbruch der Schmerzen aus seinem Innersten, die an der Luft zerbrachen wie kleine Knochen. Als er aufblickte, war es vorbei. Er holte den Wischmopp von hinten und fing an, zwischen den Glassplittern herumzutupfen. Meine Hilfsangebote wurden abgelehnt. Ich machte Platz.

Endlich war ich entschlossen, mein Nüchternheitsgelübde zu halten. Nie wieder würde ich Alkohol anrühren.

»Es war schön«, sagte ich. »Das Gemälde, ich mochte es.«

»Dummer Mann«, murmelte Harshad. Er fuhrwerkte mit dem Mopp herum, bis dieser vor Glassplittern glitzerte.

Als ich versuchte, Ellen einen Kuss auf die Wange zu geben, drehte sie den Kopf weg und ging schwankend an mir vorüber ins Zimmer. Es glich meinem alten Zimmer bis ins letzte Detail. Wie Staub klebte die gleiche Art Einsamkeit an allen Oberflächen. Die Einsamkeit des Alleinreisens, von Kleidern, die bessere Tage gesehen hatten. Ellen gehörte nicht hierher. Sie gehörte an Orte mit mehr Komfort und gemäßigterem Klima. Hitze hatte sie nie gut vertragen. Ihr Gesicht war rot angelaufen, und sie atmete flach und schnell. Sie ließ sich aufs Bett fallen. Ich fragte sie nach ihren Füßen und ihrem Blutdruck.

Beidem hatte ich nicht gutgetan.

Ich durfte es nicht laut sagen, aber ich war stolz darauf, wie weit sie gereist war, um mir Sand ins Getriebe zu streuen.

Es war bestimmt nicht einfach gewesen, das Reisen. Wenn sie gestürzt wäre, das mochte ich mir gar nicht ausmalen. Das wäre zu schrecklich gewesen.

Ich spürte, wie meine bösen Zellen in mir herumjagten, und ich wusste, dass ich nicht wieder gesund werden würde. Bibhutis Methoden wirkten nicht. Die Schmerzen waren noch da. Du hast mir nicht abgekauft, dass ich Gnade verdiene. Ellen tat es auch nicht. Meine Lebensgier war ein Verrat an ihr. Sie war zu langsam, und ich konnte sie nicht mitnehmen. »Wenn du willst, kannst du auf mich warten. Wenn es vorbei ist, komme ich mit dir nach Hause.«

Sie schüttelte über mich den Kopf. Sie sagte mir, dass ich das alles wiedergutmachen müsse, dass ich alles wieder einrenken müsse.

Ich versuchte, sie nicht anzufassen, während sie schlief. Wenn sie sich rührte, stellten sich mir die Haare an den Unterarmen auf. Als sie anfing zu schnarchen, weinte ich vor Erleichterung. Im Dunkeln war sie mir ein Schiff, auf dem ich fortsegeln konnte, ein fester Anker war sie mir. Ihr Nachthemd war ausgeblichen vom zu häufigen Waschen, und ich hatte nie eine andere Frau geliebt als sie.

Der Gips kam ab, und ich schlug Bibhuti wieder. Ich schlug ihn, bis mir die Arme müde wurden und ich aufhören musste. Das verletzte Bein ließ ich aus, mischte die Ziele so, dass es nicht zu weiteren Knochenbrüchen kam. Ich ließ seinen Rücken rot leuchten. Jolly Boy nahm die Zeit und legte die Hand auf die Spuren, die ich hinterlassen hatte.

»Zweiundzwanzig Sekunden!«, rief er.

Wieder lag ein zerbrochener Schläger zu meinen Füßen.

Mir zitterten die Hände von etwas Urtümlichem, und um uns fiel der Regen.

Ich schlug ihn. Ich reckte mich, holte aus, und immer wenn ein Schläger zerbrach, war ich stolz. Ob draußen im stechenden Regen oder unter dem Betondach, ich schlug ihn, schlug ihn und schlug ihn. Die Nachbarn versammelten sich zum Zusehen, drängten sich unter ihren Vordächern und brüllten uns über die Straße Neuigkeiten von den jüngsten Erdrutschen und Stromausfällen zu. Jubel ertönte, wenn wieder ein Schläger entzweibrach. Kinder tanzten auf dem Wasser, die Straßen waren Flüsse, und wir saßen auf einer Insel aus Splittern fest. Mit jedem Schlag verdrehte sich die Welt unter unseren Füßen, und wir stellten uns breitbeiniger auf, um das Gleichgewicht nicht zu verlieren. Wir machten weiter, bis mich alle Kampfeslust verlassen hatte.

Ich schlug ihn. Ich brachte es auf zwei Schläge bis zum Brechen, auf den Rücken. Sein Glück war grenzenlos, eine Kraft, die aus einem verborgenen Ort heranbrandete und unsere Differenzen unter sich begrub. Er stellte sich allem, was ich ihm hinknallte. Er war echt und lebendig, und er genoss es.

Ich begann langsam, an etwas zu glauben, ich spürte, wie der Glaube an den Stellen wuchs, wo mich früher meine alten Beschwerden gequält hatten. Die Natur. Oder Bibhuti. Oder mein Körper und was er noch zustande brachte in seinem Schwanengesang. Mein Feuer als Mensch. Ich weiß es nicht. Aber mit dem Regen fiel noch etwas anderes in jenen versunkenen Hof, was mich den Tieren der Erde überlegen machte. Ich schob den Himmel beiseite und mit ihm auch Dich.

27

Die Schwester füllt Bibhutis Tropf auf, und er windet sich, als das Morphium ihn packt. Seine Lippen öffnen sich, und er keucht erschrocken. Alle zucken zusammen. Seine Frau fasst nach seiner Schulter, da, wo ein Riss im Gips Haut freilegt, und versucht, ihn wach zu rütteln. Bibhuti wirft sich in seiner Verschalung herum, und Jolly Boy schreit auf. Die Schwester will seine Frau fortlocken, aber die winkt ab. Sie schiebt Bibhuti mit dem Daumen die Augenlider auf. Die Augen darunter sind blind.

Sie plappert etwas in ihrer Sprache und schüttelt ihn wieder. Sie schiebt ihm eine Hand unter den Rücken und versucht, ihn aufzusetzen. Der Gips knirscht, mehr Risse entstehen. Die Schwester geht dazwischen und löst die Hände der Ehefrau, Bibhuti fällt zurück auf das Bett und liegt still.

Er schläft unbarmherzig weiter.

Seine Frau setzt sich wieder an seine Seite, das Gesicht schweißglänzend von der Anstrengung, ihn wiederhaben zu wollen.

»Bald ist er wieder da, das kann ich sehen«, sagt Ellen zu ihr. »Es dauert nicht mehr lange.«

»Das ist wie ein Kaltstart bei einem Motor«, erkläre ich Jolly Boy, »er muss es einfach ein paarmal versuchen, das ist alles. Das kriegt er schon hin.«

Jolly Boy steht erstarrt am Fenster. Nicht Manns genug, sich mit dem Gewicht in den Tag zu werfen, das nötig ist, um ihn herumzureißen, steht er jungenhaft da, sieht zu und hofft und wartet auf Zehenspitzen darauf, dass die Wände seiner Welt nachgeben. Im Zimmer riecht es nach dem Ende seiner Kindheit, den Fettblumen, die auf vergessener Schokolade sprießen.

Sein Vater am Schmerzmitteltropf gibt mir einen Vorgeschmack auf das, was mich erwartet. Schläuche, an denen ich hänge und die mich gerade noch so weit am Leben erhalten, dass ich dem Zimmer die Luft absaugen und sie allen verderben kann, die noch Pläne haben und weiterwollen. Zu wenig bei Bewusstsein, um zu spüren, wie das Leben mich verlässt, während alle anderen sehen können, wie es aus mir herausrinnt. Jedenfalls wenn die Schmerzmittel wirken. Und wenn sie es nicht tun und ich jedes kleine Zwicken spüre? Und wenn die Erinnerungen wehtun, während sie mich verlassen? Das wäre sehr viel Weh.

Ich erzähle Ellen nicht, wie schlecht es mir geht. Bibhutis Frau erzähle ich es auch nicht. Wir reden nicht mehr miteinander. Wenn ich glauben würde, dass es ihr ein Trost wäre, dass ich doch sterbe, würde ich es ihr sagen. Aber sie ist zu gut darin, menschlich zu sein, um daran Freude zu haben. Sie will nicht, dass Jolly Boy mir nachläuft, als ich hinausgehe, aber der Junge möchte die Zombieshow seines Vaters wirklich so weit hinter sich lassen, wie ihn seine Füße tragen. Im Aufenthaltsraum der Krankenträger finden wir Zubin; er spielt mit den Nachtschichtwallahs vom Leichenschauhaus Paplu. Wir warten, bis alle Karten ausgespielt sind. Seine Nemesis ist ein Mann mit Mondgesicht, der Shivas Dreizack in Tinte auf dem Handgelenk trägt. Jedes Mal, bevor er eine Karte zieht, berührt er seinen

Glücksbringer. Meistens hilft es. Das Mondgesicht ruft Rommé und knallt die Karten auf das große Gheefass, das ihnen als Tisch dient. Die anderen Spieler verfluchen ihn. Zubin schüttelt sich das Rätsel aus den Haaren und fragt mich, was er für mich tun könne.

Hierher hat Zubin mich geführt, als ich mich zum ersten Mal an einer Bestechung versuchte. Ich brauchte Unterwäsche, einen Rasierer und ein stilles Örtchen zum Waschen, solange das Tosen der Belagerung andauerte. Als Zubin an mir vorbeikam, vertraute ich ihm meine Bedürfnisse an. Um ihm die Sache zu versüßen, klingelte ich mit meinem Geldbeutel. Er brachte mich in sein Versteck und notierte sich alles, was mir nur einfiel. Eine Stunde später war alles da, als hätte er es aus einem Spalt in den Wänden gezaubert. Der Rasierer hatte vier Klingen für die Gleitfähigkeit und guten Andruck. Das Channa schmeckt gut, wenn man es sich hinter verschlossenen Türen hineinschaufelt, und bei meinen Ausflügen in den Keller konnte ich mich von der Monotonie der Wache am Krankenbett erholen.

All meine Bestechungsversuche scheiterten kläglich. Nie verlangte Zubin Geld, und meine Angebote entsetzten ihn. Gegen Tricks und Schmeicheleien ist er immun. Er möchte einfach helfen, aus Respekt vor seinen Ahnen.

»Ich wollte den Schlüssel holen«, sage ich.

»Natürlich, Sir«, sagt Zubin, zieht den Schlüssel zur Mitarbeitertoilette von der Kette an seinem Gürtel und reicht ihn mir.

Jolly Boy und ich wechseln uns im Bad ab, der eine hält an der Tür Wache, während der andere sich unter der anämischen Dusche müht, das Beste aus der Spiegelscherbe macht und sich den Schmutz aus den müdegeweinten Augen reibt. Ich kann ihn drinnen schluchzen hören. Ich halte die

Luft an und höre zu, wie er sich verausgabt. Als er an die Tür klopft, lasse ich ihn heraus. Er hat sich nicht gewaschen. Er ist knochentrocken. Er muffelt kriegsmüde, sein Blick ist irre von den schrecklichen Dingen, die er Männer hat tun sehen. Er hat seinem Vater gelobt, im Kummer zu marinieren, solange dessen Schlaf es verlangt. Ich sage ihm nicht, dass er stinkt.

Als es Schlafenszeit ist, bringe ich Ellen in das Zimmer nebenan, angemietet mithilfe einer Unterschrift auf einem Formular, mit großen Rupienscheinen wedelnd. Ich nicke immer wieder kurz ein, Ellen an meiner Seite, lausche mit einem Ohr auf die Menge draußen und fürchte, was sie durchs Fenster werfen könnte, bevor Regen und Dunkelheit sie mürbe macht. Die Protestschilder werden zu Regenschirmen, die giftigen Sprechchöre werden müde und steigen auf wie Rauch, der mich in den Schlaf wiegt.

Der alte Mann ist wieder da. Verloren und ohne seine Götter steht er auf dem Parkplatz, sein orangefarbener Bart leuchtet. Er hat seine Gießkanne in der Hand. Der Regen hat aufgehört, und die Sonne brennt die Welt weiß. Der Haltung nach, souverän und erschöpft, sieht es so aus, als wäre er am Ende einer langen, beschwerlichen Reise angekommen. Einsam und allein, mit seinen Enttäuschungen als einziger Begleitung. Er ist gescheitert: Wider Erwarten hat er sich nicht in Regen verwandelt. Trotzig reckt er dem trügerischen Schicksal seinen Kopf entgegen. Die Protestierer verbeugen sich ehrerbietig und bilden einen Kreis um ihn.

Er hebt seinen Arm und kippt die Kanne über seinem Kopf aus. Er übergießt sich, schüttelt noch den letzten Tropfen aus der Kanne, dann stellt er sie ab. Eine Frage an die Menge, und ein Mönch in safrangelber Kutte tritt vor und berät sich mit dem alten Mann. Man kommt zu einer Übereinkunft, und der Mönch eilt an den Rand des Lagers, wo ein Feuer brennt. Er entzündet eine Fackel. Er kommt zurück und reicht sie dem alten Mann. Der alte Mann hält sie vor sich wie eine Reliquie für ein Zeremoniell. Der Mönch tritt in den Kreis zurück, und der Kreis weitet sich, bis der alte Mann wieder eine Insel ist.

Ein Gesang hebt an, lüstern und drängend. Der alte Mann gibt eine letzte kurze Erklärung ab, gerichtet an den Gott, der ihn verlassen hat, dann hebt er die Fackel an den Kopf und steckt sich in Brand. Sofort steht er lichterloh in Flammen, und die Menge macht einen Satz zurück; der Gesang bleibt ihr in der Kehle stecken. Ich weiche auch zurück. Ich möchte schreien, aber es kommt kein Laut. Der alte Mann torkelt, in Flammen gehüllt, herum wie eine B-Film-Mumie. In hauchdünnen Fetzen fallen Haut und Gedächtnis von ihm ab. Durch das offene Fenster erfüllen seine Funken die Luft mit dem süßlichen Geruch von Grillfleisch. Niemand versucht, ihn zu löschen. Er stürzt und rollt über den Boden. Die Demonstranten machen ihm den Weg frei.

Ich merkte, dass Jolly Boy neben mir steht, und lotse ihn vom Fenster weg. Zu spät, er hat alles gesehen. Der Schock hat ihn altern lassen und ihm die Tränen gestohlen.

Der alte Mann rollt und rollt, dann bleibt er still liegen. Sein Tanz mit den Naturgewalten ist vorbei. Endlich hat er seinen Frieden gefunden. Sie lassen seinen Leib weiterbrennen. Sie heben wieder ihren Gesang an, singen sich für das Opfer, das er gebracht hat, die Seele aus dem Leib. Kinder spielen in der Asche des alten Mannes. Sein Fleisch bleibt an ihren Füßen kleben. Ich kann meine Bettlerkinder sehen, denen die Ware ausgegangen ist. Lachend spielen sie im Schlick des alten Mannes Fangen und verschwinden. Als die Krankenträger mit einer Decke auftauchen, die verkohlte Leiche einsammeln und dabei den Flocken ausweichen, die von ihr abfallen wie schwarze Federn, werden die Demonstranten lauter. Im Laufschritt werden die Überreste nach drinnen geschafft. Der Sperrgürtel der Polizei schließt sich hinter ihnen wieder, und dann entdecken sie mich. Es sind die Kinder, die mich sehen. Sie deuten auf mein Fenster, und die Menge folgt ihrem Fingerzeig. Ich ducke mich und ziehe Jolly Boy mit nach unten. Ich höre, wie der Zorn der Menge aufbrandet und überläuft. Ich habe gesehen, wie eine Machete geschwungen wurde, die meinen Namen trug. Sie hat stumpf ausgesehen, und der Schrecken steckt mir in den Gliedern.

»Du musst etwas unternehmen«, sagt Ellen.

Ich laufe vom Fenster weg, vorbei am schlafenden Bibhuti. Ich drücke die Tür auf. Die Fernsehreporterin hängt auf ihrem Stuhl und spielt mit ihrem iPhone, Vijay Five geht lethargisch auf und ab und versucht mit jedem Schritt, ein Erdbeben auszulösen, das seinen Freund wach rüttelt. Ich bitte sie mitzukommen.

»Sie bringen dich um«, sagt Vijay Five. »Gerade hat sich deinetwegen ein Mann verbrannt.«

»Ich kannte ihn«, antworte ich, und die Schrecken seines Todes glühen noch immer vor meinen Augen. »Ich habe es mit angesehen. Ich weiß nicht, ob das etwas mit mir zu tun hatte, er hatte seine eigene Agenda. Ich habe das alles nicht gewollt.«

Die Polizisten geben mir einen Stuhl, auf dem ich stehen kann, damit ich die Mauer überrage, die sie zu meinem Schutz gebildet haben. Die Radikalen in der Menge wollen auf mich los und werden zurückgeschlagen. Ich halte nach der Machete Ausschau und sehe, wie sie dem Besitzer entwunden wird. Ein Polizist läuft damit davon und wird verfolgt. Er stolpert, und die Menge stürzt sich auf ihn. Als er wiederauftaucht, hält er die Machete noch immer in der Hand, und seine Kollegen eilen herbei, schützen ihn und bringen ihn zurück hinter den Sperrgürtel.

Die Fernsehreporterin stellt mich für die Kamera vor. Bösartiges Gejohle. Schrifttafeln werden in den Himmel gereckt: Ich soll an den Galgen! Alle Gesichter in der Menge sind hassverzerrt. Ich spreche ins Mikrofon. Ich sage der Reporterin und ihren Zuschauern, dass ich ein ehrlicher Mensch sei.

»Bibhuti lebt. Ich bin sein Freund und wollte ihm nicht wehtun. Ich habe bei der Polizei eine Aussage gemacht, und sie haben mich gehen lassen. Ich habe nichts Böses getan. Das muss alles nicht sein. Ihr solltet nach Hause gehen, euren Alltag wieder aufnehmen. Ich möchte nicht, dass jemand verletzt wird.«

Vor lauter Zwischenrufen kann ich mein eigenes Wort nicht verstehen. Die Polizei rückt enger um mich zusammen und schlägt nach den Mutigsten, damit sie nicht übermütig werden. Kinder schlängeln sich durch das Getümmel und spielen, mitten in dieser Welt, die in den Krieg gezogen ist. Alle Fackeln brennen. Das wogende Menschenmeer hat den Platz der Selbstverbrennung des alten Mannes überflutet. Männer steigen gemeinsam zu einer Welle auf, richten Knüppel und Zorn gegen mich, während die Frauen an den Rändern mit den Zungen schnalzen und weinen. All das um meinetwillen. Ich bin ein Gott des Chaos.

Ich habe das Gefühl, für alles Abbitte leisten zu müssen, was je ein weißer Mann aus Ehrgeiz angerichtet hat.

Wieder sage ich ihnen, dass ich Bibhutis Freund bin. Dass ich ihn liebe und ihm nie etwas Böses wollen würde. Dass ich nur getan habe, worum er mich gebeten hat. Ich habe ihn glücklich gemacht. Ich lasse den Blick über die Menge schweifen. Ich weiß nicht, welches Gesicht ich aufsetzen soll, um ihnen zu beweisen, dass ich es ehrlich meine. Ich hoffe einfach, dass sie es mir ansehen können.

»Wenn er sterben sollte, könnt ihr mich haben. Dann könnt ihr mit mir machen, was ihr wollt, versprochen. Ich liebe euer Land. Bitte lasst uns jetzt erst einmal in Frieden. Danke schön.«

Die Reporterin moderiert ab und schaltet zurück ins Studio. Ein Polizist hilft mir vom Stuhl. Eine Flasche aus der Menge pfeift an meinem Kopf vorbei. Ich höre nicht, wie sie zersplittert. Als ich mich umdrehe, sehe ich, dass eine Krankenschwester getroffen wurde. Aus einer Schnittwunde über ihrem Auge rinnt Blut. Sie schreit, und es schert sie nicht, wer sie dabei sieht.

28

Bibhuti weinte so, wie er lachte, mit dem ganzen Körper. Er schüttelte sich und bibberte und stieß erschütternde unmenschliche Laute aus. Sie zerfetzten die Luft und traumatisieren jeden im Raum. Der Guinness-Funktionär legte die Hand auf die Essensschale auf seinem Schreibtisch und hielt sie fest, bis Bibhuti fertig war.

»Das können Sie mir nicht antun, Sir!«, sagte Bibhuti. Ihm zitterten die Lippen, und Tränen rannen ihm die Wangen hinunter.

Zum ersten Mal dachte ich ihn mir als schwaches Wesen, den gleichen Enttäuschungen ausgesetzt wie jedermann.

»Ich bin ein hoch angesehener Sportsmann, jeder weiß, was ich geleistet habe. Sie irren sich, wenn Sie glauben, ich wäre dieser Aufgabe nicht gewachsen, nichts übersteigt meine Fähigkeiten. Bitte, Sir, hören Sie auf Ihr Gewissen. Das dürfen Sie mir nicht verweigern.«

Der Guinness-Mann nahm sich mit vom Kurkuma gelben Fingern ein wenig Essen. Er sagte Bibhuti, es liege nicht in seiner Macht, sich für ihn zu verwenden. Die Firma Guinness nehme die Sicherheit der Antragsteller sehr ernst. Unser Rekord sei für eine Ratifizierung zu gefährlich. »Ich habe schon früher sehr gefährliche Herausforderungen bestanden, ohne schlimme Folgen«, argumentierte Bibhuti.

»Das wird dieses Mal nicht anders, das kann ich Ihnen versichern.«

»Wir sind nicht überzeugt, dass dieser Rekord ohne schwere gesundheitliche Schäden aufgestellt werden kann. Wir würden Sie nur ungern einen misslichen Unfall erleiden sehen.«

»Mein Baba kann sich nicht wehtun!«, rief Jolly Boy mit Tränen in den Augen. »Ihr seid so dumm!«

Er lief hinaus und riss im Vorbeilaufen ein Buch vom Regal. Ein drei Jahre altes *Guinness-Buch der Rekorde*. Es landete mit einem Knall auf dem Boden, den Rücken nach oben, aufgespreizt wie eine Bananenschale.

»Vielleicht sollten Sie es bei Limca versuchen?«, schlug der Guinness-Mann vor. »Bei denen könnten Sie mehr Glück haben.«

Bibhuti strich sich den Schnurrbart glatt und riss sich zusammen. Seine Stimme nahm einen ruhigen belehrenden Tonfall an, den eines Erwachsenen, der einem begriffsstutzigen Kind ein Naturgesetz erklärt.

»Dies wird mein letzter Rekord. Danach kann ich der Welt nichts mehr geben. Das weiß ich tief in meinem Innersten, Gott hat es mir gesagt, wenn ich nachts darauf warte, dass der Schlaf kommt. Limca ist nicht die richtige Stelle für mich, Sir. Ohne den Namen von Guinness ist mein letzter Rekord nichts wert. Seit langer Zeit bin ich als unerschütterlicher Verfechter des Guinness-Gedankens bekannt. Tausend Tropfen Blut habe ich vergossen und mir viele Knochen gebrochen, um Ihre Botschaft so weit wie möglich zu verbreiten. Ohne Ihren Segen geht es nicht.«

Er führte die Hände zu einem feierlichen Namaste zusammen.

»Sagen Sie mir, was ich tun kann, damit Sie mir glauben,

Sir. Ich werde alles tun, Sie müssen es nur sagen. Bitte, Sir. Ich flehe Sie an.«

Der Guinness-Mann war nicht überzeugt. Ich ging zum Auto und holte einen Schläger aus dem Kofferraum.

Als ich zurückkam, hatte Bibhuti sich nicht vom Fleck gerührt. Auch Jolly Boy war wieder da und zupfte gedankenverloren an dem Gebetsarmband am Handgelenk seines Vaters. Beide standen sie trotzig auf, als sie merkten, was ich vorhatte.

Der Guinness-Mann warf sich auf seinem Stuhl zurück und wich einem eingebildeten Schlag aus.

»Ich zeige Ihnen mal, aus welchem Holz er geschnitzt ist«, sagte ich. »Sehen Sie sich das genau an. Und dann sagen Sie mir, welche Chancen Sie ihm geben.«

Bibhuti brachte sich in Position, breitbeinig vor dem Tisch. Ich verschaffte mir ein wenig Platz und schlug Bibhuti quer über die Schulter, ein kurzer Aufschwung, nur zu Demonstrationszwecken.

Der Guinness-Mann zuckte beim Aufprall zusammen.

»Alles okay«, sagte ich, »das tut ihm nicht weh. Er hat sich vor drei Wochen das Bein gebrochen, jetzt ist es wieder gut. Man merkt es nicht einmal mehr. Sehen Sie.«

Ich schlug ihm auf das Bein. Nichts brach. Bibhuti ließ ein Akrobatengrinsen aufblitzen, und ich hatte eine Vision von uns als Varietéduo in uralter Zeit, wie wir uns abrackerten, um ein paar Banausen im Halbschlaf zu amüsieren.

»Sehen Sie?«, kreischte Jolly Boy. »Meinem Baba kann nichts wehtun! Er ist stark! Er wird siegen!«

»Sie können mich schlagen, wenn Sie wollen«, sagte Bibhuti.

Der Guinness-Mann winkte ab.

Ich versetzte Bibhuti noch ein paar Schläge, zum Beweis.

Der Guinness-Mann verschränkte die Finger zu einem Dach für seine Gedanken. Man räusperte sich, und der Regen warf sich an die Glasscheiben. Der Deckenventilator zerhäckselte die harzige Luft. Ich sagte etwas, von dem ich glaubte, dass es unter diesen Umständen entscheidend war.

»Den Kopf lasse ich aus.«

»So haben wir es geübt«, bestätigte Bibhuti.

Der Guinness-Mann seufzte erschöpft. Bibhuti wankte, und ich packte ihn am Arm, damit er nicht umkippte.

»Außerdem ist dies der letzte Wunsch eines Sterbenden«, fügte Bibhuti hinzu und erklärte, dass ich Krebs hätte. Der Guinness-Mann hob die Augenbrauen.

»Das stimmt«, sagte ich

Bibhuti erklärte, wie ich den ganzen Weg aus England gekommen sei, um ihm zu helfen. Dass mir die Zeit davonlaufe. Jolly Boy hob das Buch auf, das er umgestoßen hatte, und stellte es sorgfältig wieder ins Regal.

»Ich kann Ihnen nicht garantieren, dass Sie einen positiven Bescheid bekommen«, sagte der Guinness-Mann.

»Fragen Sie einfach für uns nach«, sagte ich. »Probieren kann nicht schaden. Dies ist unser Schicksal. Und ich habe Geld.«

»Das wird nicht nötig sein«, sagte der Guinness-Mann. Er griff zum Telefon und wählte mit einem dicken Mittelfinger.

Bibhuti sang den ganzen Weg nach Hause über. Die Autos kamen im Dunkel nur in Trippelschritten voran. Ihre Rücklichter verschmierten die Straße mit Blut. Die Hupen klangen quengelig, das Trommeln des Regens dämpfte ihren frechen Übermut zu einem Winseln.

Ein gigantischer Ganesha glitt an uns vorbei, auf die Ladefläche eines Pick-ups geschnallt. Der Ganesha auf Bibhutis Armaturenbrett wandte den Blick ab, als würde er sich schämen, dass sein Bruder in Gefangenschaft geraten war.

Unvermittelt hörte der Regen auf, als hätte jemand einen Wasserhahn zugedreht.

Die Frauen warteten im Hof auf die Urteilsverkündung. Nachdem Bibhuti den Anruf erhalten hatte, dass Guinness dem Rekordversuch seine Unterstützung entziehe, waren sie von Anspannung ganz verschiedener Art befallen gewesen. Ellen hatte ganz offen gehofft, ein bürokratischer Eingriff würde unserem Wahnsinn ein Ende bereiten. Die Beschwerlichkeiten ihrer Reise, die sie verschwieg, hatten sie unserer Narretei gegenüber ungeduldig gemacht, und sie lag mir mit Erinnerungen an das Leben in den Ohren, das ich hinter mir gelassen hatte, und mahnte mich, dass ich dringend zurückkehren und alles in Ordnung bringen müsse.

Bibhutis Frau hatte Distanz gehalten, in den fernsten Ecken der Räume, die Bibhuti bewohnte, und den Blick abgewandt, wann immer er bei ihr nach Verständnis suchte. Manchmal hörte ich sie einen leisen süßlichen Klagegesang um ihre tiefen Qualen früherer Jahre summen. Sie färbte sich die Haare, und ihr Mann schloss sich im Schlafzimmer ein und sann über seine Möglichkeiten nach. Während er verzweifelt nach Gottes Führung suchte, warf sie sich in die Arme der Frau, die sie früher einmal gewesen war, bevor seine Sportmanie sie hatte sauer werden lassen. Eine eilige Wiedervereinigung, die in ihr die Hoffnung aufblühen ließ, Bibhuti könnte als ein vom Ehrgeiz weniger vernagelter Mann zu ihr zurückkehren.

Sie nahm die Neuigkeit kommentarlos auf. Noch bevor

Bibhuti ganz aus dem Auto gestiegen war, hatte sie die Treppe erklommen und die Tür hinter sich zugeknallt.

Ellen war in das Fütterungsritual der Nachbarn eingewiesen worden. Ein Gestreifter Tiger saß ihr auf der Hand, und sie sah zu, wie er an einem Stück Banane saugte. Dann hatte er das Fressen satt, flatterte davon und setzte sich auf eine schwarze Schale, die an der Wäscheleine hing. Die Nachbarsfrau tröstete sie damit, dass ihre Schmetterlinge treu seien. Sie würden zu Besuch kommen, solange es Fressen und eine freundliche Hand als Hochsitz gab.

»Dann bleibst du also«, sagte Ellen.

»Gegen das Schicksal kann man nicht ankämpfen«, sagte Bibhuti.

»Wahrscheinlich nicht.« Sie schlurfte davon, ihre orthopädischen Schuhe quietschten auf dem feuchten Beton. Langsam schleppte sie sich treppauf. Ein Schmetterling ritt auf ihrem Rücken. Er spreizte die Flügel und pries sich selbst und die Sonne, die ihm das Blut wärmte. Sie wusste nicht, dass er dort war, und ich verriet ihn nicht. Ich wollte, dass sie etwas war, dem die Schönheit sich anverwandt fühlte.

29

Die Statuen imperialer Schutzherren am Kreisverkehr stachen in den Nachthimmel, ihre väterlichen Ermahnungen wurden vom Autolärm niedergebrüllt. Wir fuhren an den Vergessenen vorüber, die im Park vor dem Victoria Terminus schliefen wie Heringe in der Büchse; Straßenhändler machten ein Nickerchen, bevor sie wieder versuchten, den Büromenschen Zigaretten zu verkaufen. Bibhuti hielt das Auto an, und wir stiegen aus, um frische Luft zu schnappen und den Prachtbau zu begaffen, in dessen Hallen noch immer geisterhaft die Schüsse der Terroristen widerhallten.

Bibhutis Frau blieb im Auto und sang Jolly Boy geheimnisvolle Schlaflieder.

Bibhuti hatte darauf bestanden, uns die Sehenswürdigkeiten des alten Bombay zu zeigen, zum Willkommen für Ellen und als letzte alltägliche Vergnügung für uns, bevor wir uns in die Wildnis begaben. Der Anstand verlangte nach einem Familienausflug, und Bibhutis Frau hatte ihren Verdruss für einen Abend begraben. Dennoch war er mitgekommen, ein verstummter Vogel, der uns mit seinem Schweigen beschämte.

»Es ist wunderschön«, soufflierte Bibhuti, und Ellen stimmte zu.

»Meine Stadt hat sich von den Schäden noch nicht wieder erholt. Die Menschen fürchten noch immer einen neuen Angriff ohne Vorwarnung. Die Angst schadet ihnen genauso sehr wie Bomben und Kugeln. Ich möchte ihnen gerne zeigen, dass man zur Angst Nein sagen kann. Dass man sie wegblasen kann wie ein Samenkorn in den Wind. Wenn sie das sehen, wird die Freude wieder zu ihnen zurückkehren.«

»Hast du keine Angst vor dem Tod?«, fragte Ellen.

»Ich kenne keine Angst. Ich bin in Gottes Hand. Er behütet mich wie ein Vögelchen. Dort bin ich immer in Sicherheit. Wenn er mich loslässt, fliege ich direkt zu meinem Wohnsitz im Himmel auf. Dort gibt es keinen Schmerz. Alles ist gut.«

Das Pfeifen der Gespensterkugeln verklang, und ich fand ein ruhiges Plätzchen im Park, an dem ich mich übergeben konnte. Zurück im Auto auf dem Weg zur nächsten Sehenswürdigkeit, durfte Ellen auf den Beifahrersitz, und ich saß zu meiner Schande hinten neben Bibhutis Frau, still wie ein Gewässer, das die Toten der Nation birgt.

Der Gott des Regens hatte heute Sprechstunde, Bibhutis Frau wollte mit ihm ein Ende der Zerstörung aushandeln. Am Tempel würde sie seiner Statue die Füße küssen und ein Gebet sprechen, das die Unwetterwolken in die Flucht jagen würde. Alles, was die Fluten an Abscheulichkeiten angeschwemmt hätten, würde für gute Zwecke versteigert werden, und dann würde wieder Frieden herrschen im Land.

»Man küsst die Statue nicht«, berichtigte sie. »Man legt nur Blumen ab.«

Bibhuti sagte verächtlich: »Die Leute beten zu dem einen Gott, damit der Monsun kommt, und zu einem anderen, dass er ihm Einhalt gebieten soll, wenn es zu nass wird. Sie können sich einfach nicht entscheiden.«

Wir steckten hinter einer Buskolonne fest, die Pilger ausspuckte, auf eine Straße voller Essensstände und Frauen, die Girlanden für die Nachzügler webten. Wir parkten am Straßenrand und streckten zwischen sterbenden Hunden und scheißenden Kühen die Beine aus. Die Schlange vor dem Tempel reichte eine halbe Meile die Straße hinunter, und an jeder Ecke gab es Maschinengewehrnester. Hinter Sandsackwällen lauschten Soldaten auf jede Art von Unruhe oder Donnerhall, der Ärger bedeuten könnte.

So viele Menschen, und alle warteten geduldig darauf, vor einem Vermittler aus Gips um ihr Leben zu betteln. Alle waren sorgfältig bemüht, im Geschiebe zum Tempel hin niemandem auf die Füße zu treten, klammerten sich an die Schultern der anderen und hielten ihre Blumen und Kinder fest. Ein Meer aus Pfeffer, kein Körnchen war allein, und keines glich dem anderen. Bibhutis Frau kaufte ihre Blumen für die Opfergabe und stellte sich in die Schlange. Jolly Boy und Ellen übten sich in müder Komplizenschaft. Bibhuti brachte mich auf einen kleinen Platz um die Ecke. Dort würden wir auf sie warten, ohne uns von ihrer Gläubigkeit stören zu lassen.

»Ich muss nicht einer Statue Blumen zu Füßen legen, um mich dem Allmächtigen nahe zu fühlen«, sagte Bibhuti. »Der Allmächtige ist überall, er ist immer um uns.«

Er blickte auf dem ganzen Platz herum, wie um seinen Standpunkt zu unterstreichen. Ich tat es ihm nach. Ich sah die Ananasmuster in der Rinde einer Palme, hörte das leise Gurren weltlicher Liebespaare, die vorbeispazierten, ganz förmlich, ohne Händchenhalten.

»Ich habe noch nie an etwas geglaubt«, sagte ich. Zum

ersten Mal gestand ich meine innere Leere laut ein. Eine Welle der Einsamkeit ging damit einher, aus vergangenen Tagen und Augenblicken, so stark, dass ich mich hinsetzen musste, bevor sie mir die Beine wegriss.

Bibhuti wurden vor Mitleid die Augen feucht. Er setzte sich neben mich und strich mit der Hand das feuchte Gras zwischen uns glatt.

»Glaubst du an mich?«, fragte er. »Glaubst du an das, was wir tun?«

»Wenn man darüber nachdenkt, ist es verrückt.«

»Nichts ist verrückt. Das Geheimnis wartet hinter jeder Tür der Welt. Nur wenige öffnen diese Türen, weil sie Angst vor der Wahrheit haben. Ich habe keine Angst. Du auch nicht, sonst wärst du nicht hergekommen. Gemeinsam werden wir der ganzen Welt eine neue Wahrheit zeigen. Die Menschen werden unserem Beispiel folgen und ihre Träume verwirklichen. So wird sich das Glück auf dem Erdenrund ausbreiten. Ich bin sehr froh, dass ich hier bin. Ich werde dir bis ans Ende meiner Tage dankbar sein.«

Ich lauschte dem Verkehr, der den Park umtoste. Laut ertönten die Hupen, um zu zeigen, dass sie den Insekten überlegen waren.

Bibhutis Frau kehrte von ihren Respektsbekundungen zurück, noch immer in das Schweigen des Tempels gehüllt. Ellen hatte die glasigen Augen eines Menschen, der eben mit angesehen hatte, wie Kinder mit Heiligenscheinen aus Alufolie ein Wunder vollbringen. Mit gesenkten Köpfen gingen wir zum Auto zurück, unsere Nähe ließ die Luft, die wir atmeten, so schwer und süß werden wie fauliges Obst.

Bibhuti fuhr uns in Richtung Meer. Ich konnte es spüren, als wir näher kamen, den leisen Sog der Weltgeschichte. Als wir die Küste erreicht hatten, blickte ich hinaus, und hinter mir breitete sich der Hafen aus, eine orangefarben leuchtende Perlenschnur unter dem schwarzen Himmel, die sich bis zu einem fernen Ankerplatz erstreckte, der der Geburtsort des einundzwanzigsten Jahrhunderts gewesen sein muss.

Auf dem Marine Drive glitzerten die Touristenpferde und beugten die Köpfe unter festlichem Federschmuck. Neongesprenkelte Kutschen trugen erwartungsfrohe Liebespaare durch eine Nacht gut aufbereiteter Geheimnisse. Vorsichtig umschifften wir die Hufe und parkten vor dem Gateway of India, das vor dem Schwarz der Bucht golden leuchtete.

Bibhuti stellte Ellen und mich zwischen den Beinen des Tores auf und schoss unser Bild. Ich gab Jolly Boy Ellens Gehstock und umfasste ihre Schultern. In ihrer Steifheit lag ein Vorwurf.

»Lächeln«, sagte ich.

Bibhuti zielte mit seinem Telefon auf uns, und ich hielt meine Pose und lauschte dem Meer, das hinter mir flüsterte. Bibhuti überredete seine Frau und Jolly Boy, uns für ein paar Gruppenfotos einzurahmen. Dann gab er das Telefon seiner Frau und trat selbst ins Bild. Er drückte mich mit mehr Gefühl als Ellen. Er hatte das Glück, mein wahres Selbst nicht zu kennen.

Als ich die Fotos sah, die wir gemacht hatten, flatterte mir das schöne Gefühl der Zugehörigkeit in der Brust, als hätte ich einen Singvogel verschluckt.

Ich tätschelte dem Pferd, das Ellen ausgesucht hatte, die Nüstern, eine graue Stute mit dickem Bauch und eiförmigen, von Trauer verschatteten Augen. Ich flüsterte ihr beruhigende Laute ins Ohr und sagte ihr, wie ich heiße. Schweigend fuhren wir los. Beim ersten Schlagloch fiel Ellen fast von ihrem Sitz, und ich nahm ihre Hand, um ihr Halt zu geben. Sie zog sie nicht weg. Ich sah zu, wie Mumbai über sie hinwegflutete, ohne sichtbare Spuren zu hinterlassen.

Ich sagte ihr, ich hätte gewollt, dass sie mir hinterherkommt. Ich könnte den Gedanken nicht ertragen, ohne sie an meiner Seite zu sterben.

»Ich weiß«, sagte sie. »Deshalb hast du das mit dem Abhauen ja auch so versemmelt.«

»Findest du das schlimm?«

»Du hättest mir einfach die Wahrheit sagen können. Du hättest mir sagen können, dass du Angst hattest und Zeit für dich brauchtest oder so. Das hätte ich vielleicht verstanden. Ich habe auch Angst. Du hättest nicht so tun müssen, als wärst du schon tot, das ist ja wie aufgeben. Als ob du lieber tot wärst. Da komme ich mir nicht sehr wichtig vor, verstehst du?«

»Ich weiß. Das war dumm. Vielleicht wollte ich wissen, wie sehr du dich aufregst.«

»Hast du deine Antwort bekommen?«

»Es tut mir leid.«

Das schien ihr egal zu sein. Sie hatte nur Augen für das Pferd und die Peitsche, die es durch die Nacht trieb.

Ich wusste nicht, wie viel von mir noch übrig war und wie rasch es vorbei sein konnte. Ich wusste noch nichts von Dir. Vielleicht konnte ich nur als ich selbst sterben, wenn ich Ellens Liebe zurückgewann. Sobald ich Bibhuti wunschgemäß kaputt geschlagen hatte, musste ich wieder ganz sanft werden. Vielleicht würde es einfacher sein, wenn ich mir das gegeben hatte. Seinen Tod zu überlisten würde mich vielleicht gegen den eigenen wappnen, und mit dieser Kraft würde ich anderen ein Trost sein können. Ich legte meine Hand auf Ellens Hand. Ich trug den Ehering wieder, und er saß locker. Ich stürzte mich mit ihr in die indische Nacht und ließ mich dabei vom Schlag der Hufe tragen.

Weltrekord Nummer 6: 27 Ein-Arm-Klimmzüge
in 42 Sekunden (2003)

30

Es tut immer weh, wenn ein Freund, dem man einmal sein Leben anvertraut hat, einem in den Rücken fällt. Mir ist dies nur zweimal passiert. Das erste Mal als kleiner Junge in meinem Heimatort, als mein bester Freund Adil versuchte, mich umzubringen. Und dann noch einmal viele Jahre später, als Rajesh Battacharjee das Gleiche versuchte.

Das erste Mal tat viel mehr weh als das zweite. Als kleiner Junge in Cuttack war ich ein großer Turner, mit der Kraft eines ausgewachsenen Mannes und der großen Gelenkigkeit der jungen Jahre. Das lag an der Feldarbeit mit meinem Vater. Sie war sehr anstrengend, und ich verrichtete sie gern, weil ich so meiner Familie von Nutzen sein konnte. Nach der Arbeit vollführte ich zum eigenen Vergnügen Kunststücke und machte im ganzen Dorf Klimmzüge. Das war einfach, weil es so viele Gelegenheiten dazu gab: niedrig hängende Äste, das Bambusdach eines Orangenverkäufers oder die Eisenbahnbrücke über den Mahanadi. An vielen der Arme der Statue der Göttin Durga ließ sich gut trainieren, bevor sie für das Durga Puja gebraucht wurde, für das Cuttack im ganzen Land berühmt ist.

Die anderen Kinder konnten mir nur bewundernd zusehen. Jeden Tag stellten sie mir eine neue Aufgabe, erhöhten den Einsatz, und ich bestand immer. Nur Adil, mein bester Freund, neidete mir die Aufmerksamkeit. Er wurde missmutig und machte den Schulweg nicht mehr mit mir gemeinsam. Wenn die anderen Kinder sich versammelten, um mir eine Aufgabe zu stellen, stand er alleine hinten auf dem Platz. Der letzte Tiefpunkt war der Augenblick, als Adil mir nach Wochen ohne Kontakt eine Überraschungsaufgabe stellte. Er schlug einen Wettbewerb vor: Wer würde die meisten Klimmzüge an der Eisenbahnbrücke schaffen? Er hatte heimlich trainiert und wollte beweisen, dass er inzwischen stärker war als ich.

Zuerst nahm ich die Aufgabe nicht an, weil ich mich um seine Sicherheit sorgte. Er fühlte sich in großen Höhen nicht so wohl wie ich. Aber Adil ließ nicht locker, bis ich eingeschlagen hatte. Als sein Freund musste ich anerkennen, dass sein Wunsch aufrichtig war und es ihm um seine Ehre ging. Die Erwachsenen sollten nichts erfahren. Am festgesetzten Tag würden wir zur Brücke gehen und ein für alle Mal wissen, wer der Stärkere war. Unsere Freunde würden unsere Zeugen sein, und danach würde aller Streit hinter uns liegen.

Der Tag kam, und alle gemeinsam wanderten wir zur Brücke hinaus. Schwere Schuldgefühle lasteten auf uns, gleichzeitig waren wir sehr aufgeregt. Als wir an der Brücke eintrafen und unter ihr den Fluss warten sahen, bot ich Adil eine letzte Gelegenheit, seine Idee aufzugeben. Aber er weigerte sich.

»Ich bin stärker als du«, sagte er. »Alle werden es sehen, und dann laufen sie nicht mehr dir hinterher, sondern mir.«

»Mir ist egal, wem sie hinterherlaufen. Ich will nur, dass wir wieder Freunde sind.«

»Wir werden nie wieder Freunde sein. Ich werde dich besiegen, und danach reden wir nicht mehr miteinander. So habe ich es beschlossen, und du kannst nichts daran ändern. Los jetzt.«

Als ich seine grausamen Worte hörte, war mir zum Weinen, aber es kamen keine Tränen. Vielleicht hatte es mir das Herz gebrochen, aber ich war zu traurig, es krachen zu hören. Also gingen wir zusammen auf die Brücke, dorthin, wo sie gerade begann, sich über den Fluss zu spannen. Wir kletterten an die Stelle hinunter, an der man am besten hängen konnte. Die Freunde blieben am Ufer und sahen beklommen zu. Gemeinsam ließen wir uns vom Geländer herab. Adil konnte nicht schwimmen, also kam eine Stelle über dem Wasser nicht infrage. Der Sand fünfzehn Meter unter uns würde uns eine harte Landung bereiten, sollten wir abstürzen. Als wir beide hingen, blickten wir uns an, dann begannen wir beide sofort gleichzeitig mit den Klimmzügen.

Alles lief gut, und wir hielten einen guten Rhythmus, ohne müde zu werden. Adil hatte wirklich hart trainiert, ich konnte deutlich sehen, dass stetige Bewegung bei jedem Zug ihn stärker gemacht hatte. Es war eigentlich ein herrliches Gefühl, mitten in der Natur an der Seite meines Freundes meine gottgegebene Energie wirken zu lassen, im Licht der Sonne, das auf dem Wasser glitzerte, in einer leichten Brise, die mir die Füße kitzelte. Ich musste lachen. Aber Adil teilte meine Freude nicht. Er war sehr ernst und ganz darauf konzentriert, mich zu besiegen.

In diesem Augenblick wurde mir klar, dass ich unsere Freundschaft nur retten konnte, indem ich den Wettkampf gewann. Wenn Adil siegte, würde er sein Versprechen halten und mich ignorieren. Wenn ich meinen Platz in seinem Herzen zurückerobern wollte, musste ich ihm eine wichtige

Lektion erteilen und ihm seine Grenzen aufzeigen, damit er in der Rolle Frieden fand, die der Allmächtige ihm vorherbestimmt hatte. Und so preschte ich noch zielbewusster vor und strengte mich noch mehr an. Er blickte zu mir hinüber und sah, dass ich ihn mit Leichtigkeit überflügelte. Ich hoffte, das würde ihn entmutigen und er würde seine dumme Verfolgungsjagd aufgeben.

Stattdessen wurde er sehr wütend und erhöhte sein Tempo. Das war zu viel für ihn. Die Kräfte verließen ihn, und er fing an zu strampeln. Er konnte sich nicht mehr glatt hochziehen. Seine Arme zitterten, und er musste langsamer machen. Er hing noch immer da, konnte sich aber nicht mehr wirklich halten. Er blickte nach unten auf den Sand, und die Panik stand ihm ins Gesicht geschrieben. Aber er weigerte sich hochzuklettern, weil er dann seine Niederlage hätte eingestehen müssen. Er hing wie ein baumelndes Seil da und wehrte all meine Versuche ab, ihm zu helfen.

Es drohte ein Sturz fünfzehn Meter in die Tiefe, und ich verlor die Zuversicht. Ich musste die Klimmzüge abbrechen und brauchte meine ganze Kraft, um mich halten zu können. Ich musste nach oben klettern, um mich zu retten. Sobald ich in Sicherheit war, drehte ich mich um und wollte Adil hinaufziehen: Er war nicht mehr da. Wo er gewesen war, hing nur noch ein Schrei.

Mir würde übel, und ich blickte hinunter, mit bösen Vorahnungen. Dort lag Adil im Sand, bewegungslos, wie hingemalt. Unsere Freunde eilten die Uferböschung hinab, ihm zu Hilfe. Die Zeit schrumpelte zusammen wie ein Pfirsichkern. Starr vor Schreck, machte ich mich auf den Weg an den Fluss, wo das Leben Adil schon verlassen hatte. Nichts konnte ihn wiederbeleben, es war zu spät.

Meinen Freund tot im Sand liegen zu sehen löste einen

Sturm der Gefühle aus. Zorn, weil er nicht auf mich gehört hatte. Trauer, dass der Tod seinen Griff auf uns ausdehnte, ohne dass wir uns darauf vorbereiten konnten. Überwältigend aber war mein Wunsch, mich dem Allmächtigen ganz hinzugeben. Ich kniete neben Adil und gelobte, seinen Tod zu rächen, indem ich mein Leben auf die rechte Weise lebte und alle Gelegenheiten nutzte, die sich mir boten.

Nach meiner schmerzlichen Erfahrung mit Bollywood war ich ganz darauf aus, wieder der Alte zu werden, weshalb ich all meine Kraft darauf richtete, kurz hintereinander zwei Rekorde zu brechen. Den ersten der beiden habe ich im vorigen Kapitel detailliert beschrieben. In der Ruhephase zwischen den beiden Versuchen unternahm ich eine Reise in das Tadoba-Tiger-Reservat von Nagpur, dass Shubham schon lange hatte besuchen wollen. Um ihm zu beweisen, dass sein Vater ihn noch immer liebte, obwohl er lieber sein altes Leben weiterlebte, anstatt sich die Bollywoodreichtümer zu schnappen. Der Anblick majestätischer Raubkatzen gab mir ein neues Gefühl für meine Möglichkeiten und hob das Gefühl der Liebe in der Familie wieder auf das alte Niveau. Shubham verursachte einen Schreckmoment, als er versuchte, einen Tiger zu streicheln, der hinter uns den Weg unseres Geländewagens kreuzte. Zum Glück war der Tiger zu weit weg, und ich zog seinen Arm wieder ins Auto, bevor er Schaden nehmen konnte.

Shubham war froh, dass er seinen Vater wiederhatte, und die gemeinsame Zeit erlaubte mir auch die Versöhnung mit meiner Frau. Durch diese Bemühungen kehrte bei uns zu Hause wieder Frieden ein, und meine Entscheidung, die nächsten Rekordversuche schlicht zu halten, wurde allgemein begrüßt. Kein besonderes Training war erforderlich, und ich setzte mich keinen Risiken aus. Es gab keine komplizierten Vorkehrungen oder Vorbereitungen. Der Rekordversuch wurde im Victoria Terminus abgehalten, das allen Zuschauern als berühmtes Baudenkmal bekannt war (das schöne Ereignis fand einige Jahre vor den beklagenswerten Vorgängen am gleichen Ort statt, die in der ganzen Welt düsteren Widerhall fanden), und live auf New Delhi Television und Star TV übertragen. Bis heute kann ich an dem herrlichen Bau nicht vorübergehen, ohne mich an diese Zeit zu erinnern und die großen Glücksgefühle nachzuerleben, die den Tag begleiteten.

Siebenundzwanzig einarmige Klimmzüge in zweiundvierzig Sekunden.

Ich hörte die Worte aus Gopal Duttas Mund und ihr Echo, das sie hoch droben bei Adil fanden. Dieser Rekord ist für mich besonders wichtig, weil ich mit ihm das Andenken an meinen besten Freund Adil ehre. Er kam ums Leben bei einem Versuch, mich umzubringen, aber er gab mir auch Kraft und Inspiration, meine Lebensspanne entschlossen und mit positiver Grundeinstellung abzuschreiten.

Wo das Auge auch hinblickt, die Welt ist voller versteckter Fallstricke. Man muss aufpassen und immer sprungbereit sein, wenn man den Fuß auf unvertrauten Boden setzt. Als Adil auf einen seltsamen Zweig stieß, wollte er ihn genauer untersuchen. Er sprang darauf, weil er wissen wollte, was darunter war, und darunter war nichts. Nichts als ein tiefes schwarzes Loch, in das er stürzte. Auf dem Platz, in den er geboren worden war, war er nicht zufrieden. Er wollte meinen Platz einnehmen. Das Ergebnis war katastrophal.

Einer vergleichbaren Katastrophe wäre ich beinahe selbst zum Opfer gefallen, als Rajesh Battacharjee mich besuchte. Ich hatte ihn nach dem Bollywoodskandal lange gemieden. Die Menschen, mit denen er sich umgab, gefielen mir nicht, und als ich die Filmarbeiten abbrach, hatte er vor dem Produzenten sein Gesicht verloren. Es gab einen Graben zwischen uns. Trotzdem hieß ich ihn in meinem Heim willkommen, denn er war in schlechter Verfassung. Einem Menschen in Not konnte ich mich nicht verschließen.

Ungläubig hörte ich zu, als Rajesh Battacharjee erzählte, wie er in finanzielle Schwierigkeiten geraten sei und verschiedene Projekte im Anfangsstadium gescheitert seien. Er sei nun bei Mr Karkera verschuldet, dem Bollywoodproduzenten, der mir bei unserer letzten Begegnung so viel Kummer gemacht hatte. Um die Schulden zurückzahlen zu können und ein böses Ende zu verhindern, habe er einen Plan, für den er meine Hilfe brauche.

»Mr Karkera ist ein sehr einflussreicher Mann«, sagte Rajesh Battacharjee. »Du hältst ihn bloß für einen Bollywoodplayboy, aber da gibt es viel, das du nicht weißt. Du kannst dich glücklich schätzen, BB, du besitzt seltene Gaben, die du zu Gold machen kannst. Ich habe diese Gaben nicht, ich habe nichts als meine Nase. Ich muss ihr folgen, wohin sie mich auch immer führt, und die besten Gelegenheiten ausschnüffeln. Jetzt müssen wir beide für diese Verluste aufkommen. Zum Glück für uns hat meine Nase eine Alternativlösung erschnüffelt.«

Er erzählte mir ganz offen, dass er durch seine Verwicklung in das politische Leben von Mumbai auf die schiefe Bahn geraten sei. In seiner Rolle als gewähltes Gemeindemitglied habe er viele Gelegenheiten gehabt, der Gemeinde von Nutzen zu sein und die Lebensbedingungen des einfachen Mannes zu verbessern, aber dann habe seine Habgier die Oberhand gewonnen. Er habe seine Stellung dazu ausgenutzt, sich zu bereichern. Er gestand mir in allen schmierigen Einzelheiten sein Treiben im Bauamt, wo er Bestechungsgelder angenommen habe, um verschiedene Bauprojekte in der ganzen Stadt am Laufen zu halten, im Luxuswohnungsbau und für den Einzelhandel. Gegen diese Zahlungen habe er Aufträge erteilt und Papiere gefälscht, damit die Arbeiten ohne die gesetzlichen Überprüfungen und Auflagen beginnen konnten. Deshalb wurden viele dieser Projekte auf halbem Weg wegen Geldmangels gestoppt, während andere schwerer Qualitäts- und Sicherheitsmängel zum Trotz fertiggestellt werden durften. Deshalb steht meine Stadt vor einem Dschungel aus Beton mit lauter abgebrochenen Zweigen, stehen halb fertige Bürotürme leer, stürzen aus minderwertigem Beton gebaute Wohnblöcke ohne Vorwarnung ein, werden viele Unglückliche unter den Trümmern begraben. Profitieren tun davon nur die Bauunternehmer und Rajesh Battacharjee mit seinen Komplizen in der Baubehörde der Gemeinde.

Viele Jahre war das so gegangen, und der Gedanke, dass mein ehemaliger Arbeitgeber, der mich einst in schweren Zeiten auf seine Schultern gehoben hatte, um mich zu unterstützen, darin verwickelt war und sich an diesem bösen Treiben fröhlich bereichert hatte, trieb mir die Tränen in die Augen.

»Warum hast du das getan?«, fragte ich.

»So läuft das eben«, sagte Rajesh Battacharjee. »Ich habe Familie, genau wie du. Ich tue alles, um meine Lieben zu beschützen und sie glücklich zu machen. Ich komme von ganz unten. Es ist keine Sünde, in Armut geboren zu sein, aber in Armut sterben ist dumm. Diesen Fehler werde ich nicht machen.«

»Auch ich komme von ganz unten. Aber die Gier bestimmt nicht mein Herz. Das ist ein einsamer Weg, der nur im Ruin enden kann.«

»Nicht von ganz unten, BB. Ich habe dir Arbeit gegeben, als du hier angekommen bist. Und als du gehungert hast, habe ich dir zu essen gegeben. Alles, was du geworden bist, verdankst du mir. Deshalb darfst du dich jetzt nicht von mir abwenden.«

Ich schwieg. Rajesh Battacharjee erklärte mir seinen Plan, der ihm Aufschwung und Glück bringen und ihn aus Mr Karkeras Klauen befreien sollte. Er wollte über seine Kontakte im Baugewerbe einen riesigen neuen Wohnkomplex auf dem Festland ankündigen, auf unerschlossenem Bauland in Andheri. Topausstattung, modernster Standard, mit erstklassigen Sportanlagen, die perfekte Unterkunft für die Elite von Mumbai. Die Sporthalle würde meinen Namen tragen, und er würde für die PR gerne mein Bild verwenden und sich die Bekanntheit zunutze machen, die ich mir durch meine Extremsportlerlaufbahn erarbeitet hatte. Er sagte, das würde auf jeden Fall das Interesse ankurbeln, in die Wohnungen zu investieren. Wenn mein Name daraufstand, würden sie Schlange stehen und sofort jede verfügbare Einheit zeichnen. Ich würde nichts weiter tun müssen, nur meinen Namen und mein Bild zur Verfügung stellen und vielleicht auf der Webseite auftauchen und den Nutzwert der Fitnesseinrichtungen im Angebot beglaubigen. Dafür hätte ich dann die Genugtuung zu wissen, dass ich ihn aus den Klauen böser Menschen befreit hatte, und vielleicht bekäme ich auch etwas Bargeld, wenn alle Einheiten verkauft waren.

Gar kein so schlimmer Deal, könnte man jetzt meinen. Dem würde ich von ganzem Herzen zustimmen, wäre da nicht die Tatsache, dass es diesen Wohnkomplex in Wirklichkeit nie geben würde. Rajesh Battacharjee wollte die Anzahlungen der Menschen einstecken und dann verkünden, dass sich der Bau aufgrund unvorhergesehener Schwierigkeiten verzögere. Die Menschen würden ihr Geld nie wiedersehen, weil es dafür keinen gesetzlichen Schutz gab. Vielleicht würde er die Ankündigung von einem Strohmann machen lassen, der dann flüchten würde, wenn die Gegenreaktion kam. So würde von dem öffentlichen Aufschrei nichts an ihm hängen bleiben, und er behielte seinen guten Ruf.

Außerdem bat er mich um Leibwächterdienste zum Schutz vor Mr Karkera und seinen Schergen für die Zeit, bis sein Plan erfolgreich verwirklicht worden war. Dafür gebe es vielleicht ein Gehalt.

Ich war natürlich entsetzt. Ich sagte Rajesh Battacharjee sofort, dass ich nichts damit zu tun haben wolle. Schweren Herzens entschloss ich mich, seinen Namen für alle Zeit aus meiner Geschichte zu löschen.

»Das ist unredlich«, sagte ich ihm dann ganz einfach. »Das kannst du nicht machen.«

»Ich habe keine Wahl. Er bringt mich um.«

»Das kann ich nicht glauben. Seine Macht ist nicht so groß, dass er über dein Schicksal richten könnte. Das kann Gott allein. Ihn werde ich bitten, dich von diesem Weg zu nehmen und wieder auf die richtige Bahn zu setzen. Wenn er dies getan hat, wird dir nichts mehr geschehen können. Nun musst du gehen.«

Rajesh Battacharjee ging und schwor, ohne meine Hilfe weiterzumachen. In den folgenden Tagen sprach ich ständig mit ihm und versuchte, ihm sein Vorhaben auszureden. Ohne Erfolg. Deshalb hatte ich keine andere Wahl, ich musste ihn entlarven. Ich konnte nichts anderes tun, und sei es nur, um die Würde des einfachen Mannes zu schützen, dem er die Taschen leeren wollte.

Selbst wenn ich gewusst hätte, dass später Mörder vor meiner Tür stehen würden, ich hätte die Story trotzdem losgetreten. So groß war meine Enttäuschung über Rajesh Battacharjee und die Ehrlosigkeit der Menschen im Allgemeinen. Sofort begann ich mit meiner Recherche und widmete mich mit Haut und Haar der guten Sache. Ausgehend von dem, was Rajesh Battacharjee mir gestanden hatte, und von meinem Wissen über die Geschäfte des Mr Karkera aus meiner Zeit auf dem Set von *Rache um Mitternacht,* zeichnete ich ein reißerisches Bild von Korruption und brachialem Rechtsbruch im Herzen der Regierung meiner Stadt. Manch Kollege in meiner Redaktion riet mir, nicht in dieser Wunde herumzustochern, aus Furcht vor Vergeltung der Mächtigen, aber ich war eisern davon überzeugt, dass ein aufrichtiger Mann immer obsiegen würde. Mein Redakteur war sich zunächst unsicher, ob er meine Rechercheergebnisse veröffentlichen sollte, aber am Ende überzeugte ich ihn mit einem leidenschaftlichen Appell.

Kurz darauf fand sich die Story knallig auf der Seite eins: Angehöriger der Gemeindeverwaltung von Navi Mumbai in Immobilienbetrug verwickelt, bestiehlt den einfachen Mann, Bollywoodproduzent mit Mafiaverbindungen verwickelt. Viele Tage lang war die Story bei uns Stadtgespräch. Ich wartete auf den Anruf des Polizeichefs, der sich bei mir für meine Enthüllung dieser finsteren Machenschaften bedanken würde, und das Bild der Verdächtigen, die endlich in Handschellen der gerechten Strafe zugeführt werden würden.

Der Anruf kam nie. Stattdessen explodierte in der Redaktion meiner Zeitung eine kleine Bombe, die Sachschaden anrichtete. Mein Redakteur floh nach Dubai, um weiteren Schwierigkeiten aus dem Weg zu gehen. Dann folgte der Anschlag auf mein Leben. Als ich eines Tages aus der Redaktion kam, wo ich meinen neuesten Artikel abgeliefert hatte, wurde ich von einem Dutzend Verbrechern bedrängt, auf Motorrädern und zu Fuß, die Schlagstöcke, Ketten, Macheten usw. schwangen. Ich wusste, dass Rajesh Battacharjee sie geschickt hatte, um mich zum Schweigen zu bringen. Aber er kam zu spät. Ich hatte seine Taten der Welt schon enthüllt, das konnte er nicht mehr ungeschehen machen. Ich entledigte mich der zwölf Herren ohne große Probleme, und es tat mir leid, dass ich zu Gewalt greifen musste, um meine körperliche Unversehrtheit zu schützen. Es ist immer traurig, wenn man einen Mitmenschen niederschlagen muss, aber ich hatte keine andere Wahl. Anhören zu müssen, wie einem Mann durch meine Hand die Knochen brachen, setzte mir schwer zu, aber so bin ich ausgebildet, um in einer gefährlichen Welt bestehen zu können.

»Sagt Rajesh Battacharjee, dass man Bibhuti Nayak nicht zum Schweigen bringen kann«, rief ich den Männern zu, die geschlagen zu meinen Füßen lagen. »Und sagt es auch Mr Karkera. Es ist Gott, der aus mir spricht, und sein Mund ist größer als die sieben Meere, ihr könnt ihn nicht stopfen.«

Einer der Männer versprach, die Nachricht zu überbringen, und ich half ihm wieder auf sein Motorrad, nachdem eine rasche Untersuchung ergeben hatte, dass keine Knochenbrüche vorlagen, außer am Kiefer, was seine Fahrsicherheit nicht beeinträchtigen würde.

Ich freue mich, sagen zu können, dass die Nachricht erfolgreich übermittelt wurde, denn weitere Anschläge auf mein Leben gab es nicht, bis die Polizei schließlich Interesse an meiner Story zeigte. Rajesh Battacharjee wurde nach langem Prozess, der im ganzen Land Schlagzeilen machte, zu einer langen Gefängnisstrafe verurteilt. Leider konnte Mr Karkera sich einem ähnlichen Schicksal entziehen, wegen seiner mithilfe einer endlos dicken Brieftasche erworbenen Immunität. Der Allmächtige aber ließ ihm Gerechtigkeit einer anderen Art widerfahren, und wenige Wochen später fand er im Kugelhagel eines rivalisierenden Mafiabosses sein verdientes Ende.

Ich berichtete für meine Zeitung über den Prozess und war dabei, als Rajesh Battacharjees Schicksal besiegelt wurde. Bei der Urteilsverkündung drohte er mir leichtfertig mit dem Tod, aber aus seiner Zelle würde er kaum Gelegenheit haben, die Drohung wahr zu machen.

An diesem ereignisreichen Abschnitt meines Lebens kann man ablesen, wie beschwerlich der Pfad des Rechtgläubigen ist. Es sind vor allem die bösen Menschen, die ihm Steine in seinen Weg an die Gestade des Schicksals legen. Diese Menschen sind nur neidisch, dass ihre eigene Reise nicht von der leitenden Hand Gottes gesegnet ist oder mit den Gaben, die er seinen Auserwählten schenkt. Mir nichts, dir nichts werden Freunde zu Feinden, darauf muss der Rechtgläubige allzeit vorbereitet sein.

Nun ist ein neuer Freund zu mir gekommen, über die sieben Meere. Sein Name ist John Lock. Ich habe nicht mit seiner Ankunft gerechnet. Er war ein Überraschungsgeschenk des Allmächtigen, der ihn mir sandte, als ich seiner Unterstützung am dringendsten bedurfte. Seine Hingabe lässt mich allen früheren Verrat vergessen. Er ist der erste Engländer, dem ich begegnet bin, und der erste Mann, der mir seelenverwandt ist. Seit seiner Ankunft waren Krankheit und das ungewohnte indische Klima für ihn schwere Prüfungen, doch er hat sie alle mit nur wenigen Komplikationen bestanden. Bald werden wir uns gemeinsam unserer größten Prüfung stellen, und ich tue es ruhigen Herzens, denn ich weiß, dass er mich am Ende beschützen wird. Wenn wir unser gemeinsames Ziel erreicht haben, ist unsere Liebe besiegelt, und ich werde ihn persönlich von meinem Blut reinwaschen. Dann werden wir bis ans Ende unserer Tage als engste Freunde leben, bei Regen und bei Sonnenschein, und alles teilen, was die Natur an Nahrung bietet. Dies ist unser Schicksal, und keine Macht des Schicksals kann uns voneinander trennen. Manchmal wird mein Staunen so groß, dass die Erde ganz klein wird.

Danke schön.

31

In den vergangenen Tagen fand der Protest der Frauen gegen uns seinen Ausdruck in Schweigen und Kochen. Sie rührten und hackten und flüsterten und zeterten wie siamesische Zwillinge, zu einer Schutzgemeinschaft gegen die böse Außenwelt miteinander verwachsen. Sie unternahmen lange gemeinsame Morgenspaziergänge und fuhren auf den Markt. Ellen saß schwankend hinten auf dem Roller und schleppte Tüten voller frischer Zutaten nach Hause, die gekonnt zubereitet wurden, während wir Männer unter ihnen im Hof schnauften und keuchten. Die Kerben, die sie im Schneidbrett hinterließen, verrieten ihre eigenen finsteren Wünsche. Sie hätten sich Puppen genäht und Nadeln hineingesteckt, wenn sie Wolle und Füllstoff gehabt hätten.

Ich schlief wieder bei Bibhuti auf dem Sofa. Nur einmal hatte Ellen mich ihr Bett teilen lassen, ein Gnadenakt zur Feier unseres Wiedersehens. Sie konnte es nicht mehr ertragen, dass ich neben ihr schlief. Wenn sie für einen neuen Tag ihres Martyriums in der Wohnung eintraf, erkundigte sie sich kurz nach meinen Schmerzen und schimpfte mich dann, dass ich die Socken auf dem Boden herumliegen ließ.

Wir hatten unseren eigenen Bund geschlossen, wir Männer des Hauses. Mit einer rastlosen Kampagne hatte

Jolly Boy seinen Vater überzeugt, uns zum Dreieck zu erweitern, mit ihm als vollwertigem dritten Eckpunkt, und durfte mir den frischen Schläger anreichen, wenn einer zerbrochen war. Jetzt war all seine Ängstlichkeit verflogen. Aus Dankbarkeit zeigte er den Frauen die kalte Schulter. Mit seiner Mutter sprach er nur, wenn die Höflichkeit es verlangte, und wenn er seine Berufung früher darin gesehen hatte, sie zum Lachen zu bringen, fand er sie nun in der Stoppuhr und den Eisbeuteln, die er seinem Vater auf die vielen Blutergüsse legte. Als ich zum ersten Mal einen Schläger mit dem ersten Schlag zerbrach, war Jolly Boy zur Stelle und zog die Splitter heraus. Er spürte, dass sie wichtig waren, und bot sie mir als Souvenir an. Wir legten sie in eine Tasse und stellten sie in eine sichere Ecke des Hofs, vor dem Regen geschützt, aber nah genug, um dessen Feuchtigkeit zu schnuppern. Vielleicht würden Blumen daraus wachsen, sagte ich. Das gefiel ihm.

Bibhuti war nach jeder Runde mehr Bluterguss als Mensch, aber bis zum Abend waren die blauen Flecken immer wieder verschwunden. Langsam hatte ich den Verdacht, dass er sich wieder in Form malte, wenn er sich in seinem Zimmer einschloss. In der Stille seiner Meditationen lauschte ich auf das Geräusch der Pinselstriche.

Nach all den Jahren in kühler Witterung wollte Ellen nichts anderes als die Sonne genießen. Plötzlich schien die Hitze, die sie früher gelähmt hatte, ihr eine Vitalität zu entlocken, die ich längst verloren geglaubt hatte. Ich beobachtete, wie das indische Klima ihr einen Glanz verlieh, den ich ein halbes Leben nicht mehr gesehen hatte, satt, jugendlich und aufreizend. Ich sah sie reifen, ihre Behinderung vergessen und rot wie einen Apfel werden.

Manchmal sah ich sie sehnsüchtige Blicke auf Jolly Boy werfen. Sobald er ihr zu nahe kam, strich sie ihm verstohlen über den Kopf. Ich spürte wieder, wie sehr uns Kinder fehlten. Ein kleiner Kopf mit dichtem Haar, durch das ich mit den Fingern fahren konnte, und eine unverdorbene Seele, offen für alles, was ich gelernt hatte. Kluge Worte über die Freundschaft oder den Fisch in der Tiefsee, der seine eigene Laterne trägt, um in der Dunkelheit den Weg zu finden.

Wenn der Tag zur Neige ging, fanden wir alle zusammen, begruben das Kriegsbeil und aßen. Wir unterhielten uns sehr sparsam über das Wetter und das Essen und die wichtigsten kulturellen Unterschiede zwischen uns, wobei ich mich leider keiner der beiden Kulturen zugehörig fühlte. Bibhuti und ich hatten uns von allen Nationalgebräuchen gelöst. Wir waren Bürger des Nirgendwo, und uns schwindelte von der außergewöhnlichen und erschreckenden Freiheit der Staatenlosigkeit.

Die Frauen deckten den Tisch ab und spülten das Geschirr, und wir bildeten einen Kreis und arbeiteten an unserem Mythos, malten uns Bibhutis Triumph aus und ließen ihn uns in allen Einzelheiten im Kopf herumwirbeln, während es vor dem Fenster finster wurde und der Donner krachte. Jolly Boy sah all seine Freunde seinem Vater zu Füßen sitzen und stellte sich einen Nationalfeiertag zu dessen Ehren vor. Bibhuti fand das durchaus denkbar. Ich sah einfach vor mir, dass wir noch immer auf beiden Beinen stehen würden, wenn es vorbei war, nur größer und selbstsicherer als zuvor. Falls ich beim Zuschlagen selbst Lust empfand, wäre das reiner Zufall. Es würde sich nicht ändern lassen. Ich würde nicht so tun, als merkte ich es nicht.

Ich ging barfuß ins Haus, und Ellen entdeckte ihren Nagellack an meinen Zehen.

Ich rechtfertigte mich. Das hätte ich einmal getan, als ich betrunken war, und nüchtern sei es mir dann falsch vorgekommen, wieder aufzuhören. Das wäre ihr gegenüber respektlos gewesen.

»Es ist sehr entspannend, oder?«

»Du bist völlig verrückt geworden«, sagte sie.

Ich sei weniger stabil als sie. Sie war ganz meiner Meinung. Das war ein Unterschied zwischen uns, und daran ließ sich nun nichts mehr ändern.

Ich gönnte mir meine Dosis Kardamom und Atmen, schlug im Wohnzimmer die Beine unter, schloss die Augen und spielte Meditieren. Bibhuti massierte mich, seine Ayurvedafinger zogen meinen Schmerz kurz an die Oberfläche, wo er sich untersuchen und als im Schwinden befindlich begreifen ließ. Ellen sah zu und tat, als wäre ihr nicht unbehaglich beim Anblick eines dunkelhäutigen Mannes, unter dessen Händen ich mich selig krümmte und der mich aus Eigennutz am Leben erhalten wollte.

Mehr als einmal kam sie auf die moderne Medizin zu sprechen, und Bibhuti musste ihren Angriff abwehren. Chemotherapie bedeute, Gift in den Körper zu pumpen, und Chirurgie heiße, den Körper mit Messern und Sägen aufzuschlitzen. Beides sei gewalttätig und obszön. Nur Liebe und uralte Weisheit würden mir Heilung bringen können. Nur seine liebevolle Pflege und die Fürsorge Gottes, der seine Werke durch ihn verrichtete, würden meine Doshas befrieden. Ellen biss sich auf die Zunge, und ich sagte Ja, wenn Bibhuti fragte, ob es mir besser gehe, und sich das Sesamöl von den Fingern wischte. Ihm jetzt eine Schwäche einzugestehen würde ihn nur verunsichern, und er musste furchtlos sein.

Abends brachte ich Ellen durch das nächtliche Gewühl zurück ins Hotel und suchte unseren Weg mit den Augen nach Gefahren für sie ab. Harshad reckte dann seinen glänzenden Kopf hinter seinem neuesten Projekt hervor, einer Überwachungskamera, die er in einem Anfall wilder Spekulation im Handyladen nebenan gekauft hatte und nun verkabelte. Dass er für eine Zukunft plante, in der man solche Dinge brauchen könnte, war ein gutes Zeichen. Aber wenn er sich nach meinem Wohlbefinden erkundigte, interessierte die Antwort ihn nicht. Seine Augen waren kleine Knöpfe, und im Ofen seines Herzens verglühte das letzte Stück Holz zu Asche. Es leuchtete so fahl, dass es nur noch erhellte, was unmittelbar vor ihm war, also musste er sich dicht über den Tresen beugen, um die Innereien der Kamera sehen und die Scherben daneben aufsammeln zu können.

Kurz legte sich Wange an Wange, dann zog Ellen die Tür zu. Ich hörte die Bettfedern knarren, wenn sie sich setzte, um sich der Autopsie der heutigen Fehlschläge zu widmen.

Auf dem Nachhauseweg lief mir im Dunkeln ein Hund nach. Ich setzte mich mit ihm auf den Bordstein vor Bibhutis Wohnung und streichelte ihm den Kopf, bis er einschlief, mit dem Kinn im schmutzigen Grundwasser.

Wir kamen gerade von unserem Besuch bei dem Affenmädchen zurück, als beinahe alles zusammengebrochen wäre. Das Affenmädchen hieß Rebati und war Bibhutis letzter journalistischer Auftrag vor seiner Auszeit für das Baseballschlägerbrechen. Es wohnte in einem Slum auf dem Festland, in einer Hütte aus alten Plakatwänden und Paketklebeband. Die Hütte machte Werbung für Bru-Kaffee und roch nach Scheiße. Das Mädchen hatte einen dichten schimmernden Haarpelz und fühlte sich sehr wohl damit. Es wollte Lehrerin werden, damit die Kinder etwas über Toleranz und die vielen verschiedenen Wunder der Natur erfuhren.

Rebatis Vater litt am gleichen Syndrom. Er lud uns zu sich nach Hause ein, mit einem Lächeln, das kaum durch das Fell in seinem Gesicht hindurchschien. Während Bibhuti seine Tochter interviewte, töpferte er an einer pedalbetriebenen Scheibe in einer Zimmerecke. All seine Tontöpfe wurden glatt und makellos. Schönheiten, dazu bestimmt, auf den Terrassen von Kettenrestaurants daheim Zigarettenkippen zu schlucken.

Rebati nahm ihren Pelz als einen Segen Gottes an und unterwarf sich nur der Behandlung, um die ihr Vater gekämpft hatte, damit er sich nicht mehr so schuldig fühlte, dass er ihn ihr vererbt hatte. Das Los seiner Tochter machte ihn unendlich traurig, dabei war Rebati ein Mädchen ohne Angst. Sie ging zur Schule und schritt erhobenen Hauptes durch ihr Viertel. Während unseres Besuchs hielt eine Gruppe kleinerer Kinder vor der Tür Wache, zum Schutz vor dem zudringlichen Objektiv des Turbanators, bis sie sich ganz von selbst mit Aufnahmen einverstanden erklärte.

Ich wollte ihr die Arme kämmen. Ihr Fell hatte einen gesunden, gepflegten Glanz, und ihre überwucherten Lippen wölbten sich affenartig vor und reduzierten ihre Stimme auf ein Flüstern, das alle Zuhörer in einen meditativen Zustand versetzte. Sie war ein Wesen, dem Fremde Geld zuwarfen, weil sie sich die Gunst Gottes erhofften, und ich war froh, in einer Welt leben zu dürfen, die sie hervorgebracht hatte.

Bibhuti erzählte mir, wie die Ärzte in ihrem Heimatort versucht hatten, ihr Blut zu stehlen.

»Sie wollten es an Forschungsinstitute im Ausland verkaufen. Sie glauben, dass sie Gene des Missing Links trägt, die für die Wissenschaft sehr wichtig sein könnten. Andere ehrenwerte Ärzte sagen, es habe nichts mit Genen zu tun, es sei eine Krankheit, die man mit Chirurgie heilen könne. Sie haben eine experimentelle Behandlung vorgeschlagen, und nach fünf Jahren Überzeugungsarbeit hat ein Spezialist in Mumbai sie als Patientin angenommen. Die erste Operation wird das ungewöhnliche Wachstum von Lippen und Dentalbereich korrigieren. Danach wird der unerwünschte Haarwuchs mit einem Laser beseitigt. Sie hofft, dass die Behandlung erfolglos bleibt, damit sie weiterleben kann wie bisher.«

»Sie ist wirklich glücklich, wie sie ist?«, fragte ich.

»Gott hatte seinen Grund, sie so zu erschaffen. Sie glaubt, dass sie der Welt eine wichtige Lektion erteilen solle. Das kann ich gut verstehen. Gott hat uns beide aus der Masse auserwählt. Sie hat einen besonderen Auftrag, genau wie ich. Sie möchte wissen, ob du sie gerne anfassen würdest.«

Rebati nahm meine Hand, öffnete sie beharrlich und strich sich damit über den Unterarm. Sie fühlte sich an wie ein Hund. Nicht so ölig, wie ich erwartet hatte. Sie forderte mich auf, ihr Gesicht zu berühren, und ich tat es, ganz zart, mit den Fingerspitzen. Ich rieb ihre Haare zwischen den Fingern, spielte mit dem Spliss. Ich streichelte sie entschlossener mit der Handfläche. Sie lächelte mich feierlich an. Ihre Augen wirkten in dem dichten Haarwuchs sehr klein. Eine weltverändernde Freundlichkeit leuchtete daraus.

Als ich mich nicht mehr auf den Beinen halten konnte, ließ der Turbanator mich auf seiner Hero Honda sitzen. Ich lud Rebati ein, ein paarmal mit mir im Kreis zu fahren, aber sie lehnte lachend ab. Ihr machten einfachere Dinge Spaß, sie klemmte sich eine Hello-Kitty-Spange ins Haar auf den

Wangen, bellte komisch und jagte den kleineren Kindern schöne Angst ein.

Sie wollte sich fotografieren lassen, damit sie eine Erinnerung an das Mädchen hatte, als das sie geboren worden war, für den Fall, dass die Behandlung anschlug und ihr den Segen nahm. Sie würde sich die Zeitung kaufen und sich den Artikel über ihr Bett hängen. Wenn sie heiratete – falls der Haarverlust sie denn zu einer Heiratskandidatin machen würde –, wollte sie das Bild vor ihrem wachsamen Gatten verstecken und heimlich bei sich tragen. Dann würde sie sich davonstehlen, wann immer sie Gelegenheit dazu fand, ihr altes Selbst betrachten und sich daran erinnern, dass sie einmal ein Schweifstern im Schwarz der indischen Nacht gewesen war.

Als wir wieder nach Hause kamen, klang Rebatis Bellen mir noch in den Ohren, und es fing wieder an zu regnen. Bibhuti parkte den Wagen und ging noch einmal auf die Straße, um seinen Fans etwas zu bieten, er schlug für die Nachbarskinder, denen das Abenteuer der dauernden Unwetter langweilig geworden war, einhändig Rad. Die Kleineren versuchten, auf ihn aufzuspringen, als er an ihnen vorbeikam.

Jolly Boy lief zum Badmintonnetz und griff zum Schläger, um mich wieder einmal fertigzumachen. Meine Versuche, ihn zum Fußball zu bekehren, waren kläglich gescheitert. Ellen saß auf dem Plastikstuhl der Nachbarn an der Wand und schnitt für den nächsten Besuch der Schmetterlinge Bananenschalen auf. Sie freute sich auf meinen Kollaps beim Sport. Ich ging in Rückschlägerhaltung.

Ich sah, wie Bibhutis Frau auf ihren Motorroller stieg und

mit ihm an die Straße stakste. Auf dem Weg zum Markt, wie ich vermutete. Ellen fragte sie, ob sie Gesellschaft wolle. Sie antwortete nicht. Die Gesichter beider Frauen waren hart geworden von der Anstrengung, ihren Groll frisch zu halten.

Zuerst war er nur ein Mann, der am Kiosk gegenüber Dosa aß. Er suchte Schutz vor dem Regen und sah zum Spaß Bibhuti zu. Er aß langsam und hatte nichts Besonderes vor. Seine weichen Gesichtszüge ließen ihn wie ein unbefangenes Kind aussehen, nur der Schnurrbart störte.

Bibhuti sprang kreuz und quer über die Straße. Seine Frau setzte den Roller zurück, damit sie leichter um ihn herumkam.

Ich beugte mich vor, um ein Ass von Jolly Boy abzufangen. Ich reckte mich für den Aufschlag und sah, wie der Mann am Rand des Schlaglochs vom Bordstein trat. Er trippelte darum herum und ging auf die Straße. Im strömenden Regen stand er da, als wisse er nicht genau, was er tun sollte. Er kratzte sich am Kopf, wo ihn der Regen juckte.

Bibhuti hielt inne und wurde zum Baum. Die Kinder hingen an ihm. Mit einem verspielten Brüllen reckte er sich himmelwärts, und die Kinder fielen von ihm ab und liefen lachend weg. Er zeigte auf den Roller und sagte ihnen, sie sollten die Straße frei machen.

Bibhutis Frau trat aufs Gas. Ein schwächliches Schnurren ertönte. Sie machte einen Satz vorwärts und hielt wieder an. Sie setzte zurück, viel weiter als nötig. Eine Vorsichtsmaßnahme wegen der Nässe. Ihre Hände rutschten an den glatten Lenkergriffen ab. Sie packte fester zu.

Der Mann griff an seinen Hosenbund und holte etwas heraus. Einen Kugelschreiber, dachte ich. Er fing an zu laufen, die Hand fest an der Seite. Weil er so dick war, rutschte er immer wieder weg und sah kläglich aus.

Bibhutis Frau gab wieder Gas, und der Roller setzte sich in Bewegung. Sie fuhr auf die Stelle los, an der Bibhuti am Straßenrand stand. Sie wäre gut an ihm vorbeigekommen, aber sie hielt stur auf ihn zu. Ihr Gesicht war unbewegt. Bibhuti stand von ihr abgewandt und genoss den Regen. Noch eine Drehung am Gashebel, dann würde sie mit ihm zusammenstoßen.

Bibhuti sah den Mann auf sich zukommen, und seine Schultern sackten herab, als hätte jemand die Fäden abgeschnitten, die ihn aufrecht hielten. Eine Trauer trat in sein Gesicht und zog ihn nach unten. Er hielt dem Mann bittend eine Handfläche entgegen. Der Mann lief auf ihn zu, den Arm zum Zustoßen ausgestreckt.

Bibhutis Frau machte eine Kurve, fuhr an Bibhuti vorbei und frontal in den Mann hinein. Er flog rückwärts und rutschte über die Straße. Bibhutis Frau bremste und ging in den Leerlauf. Sie sah, wie der Mann zuckte und sich wand. Sie war ernst und nicht überrascht.

Der Mann stöhnte leise. Er hatte noch immer das Messer in der Hand.

»Wer ist das?«, fragte ich. Die Frage kam unwillkürlich heraus und war an niemanden gerichtet.

»Das ist Onkel Rajesh«, sagte Jolly Boy schrill und erstaunt. »Warum will er Baba umbringen?«

»Das weiß ich auch nicht«, sagte ich.

Jolly Boy lief zu seinem Vater. Bibhuti beugte sich über den Mann und stand mit einem Fuß auf dessen Handgelenk, damit er das Messer losließ. Er prüfte ihn auf Knochenbrüche und einen Funken Menschlichkeit, der es wert wäre, gerettet zu werden.

Bibhutis Frau merkte, dass der Motor noch lief, und stellte ihn ab. Eine Distanziertheit kam über sie, sie enthob sich der wirklichen Welt, in der wir anderen verwurzelt waren. Sie saß auf dem Roller und blickte den zuckenden Mann an. Ellen humpelte zu ihr und legte eine Hand auf ihre, die noch auf dem Gashebel ruhte. Sie blieb ungerührt.

Der verletzte Mann warf sich herum wie ein Baby im Fieber und zappelte auf der nassen Straße mit den Beinen. Er schlug ein Auge auf, und Empfindsamkeit strömte hinein. Er stöhnte wieder und leckte sich das Blut ab, das ihm aus dem Mundwinkel rann. Mich überkam der brennende Wunsch, ihn tot zu sehen. Ich konnte mich nicht ganz dazu überwinden zuzutreten.

Ich fragte Bibhuti, ob er in Ordnung sei.

»Keine Sorge«, murmelte Bibhuti. »Ich kenne den Mann. Ich hätte das voraussehen müssen.«

»Wer ist das?«

»Rajesh Battacharjee. Wir waren Freunde. Er war im Gefängnis. Ich hatte aus gutem Grund dafür gesorgt. Jetzt ist er in Freiheit und will den alten Streit wieder ausgraben.«

»Er wollte dich erstechen.«

»Keine Sorge. Meine Frau war die Rettung. «

Er drehte sich um und fragte seine Frau, wie es ihr gehe. Er sprach sanft in seiner Sprache mit ihr. Sie antwortete und legte müde den Kopf schief. Er war zufrieden.

Die Kinder schlichen sich wieder an und drängten sich, um einen Blick auf einen Sterbenden zu erhaschen. Die Nachbarn schritten ein und brachten sie auf respektvolle Distanz. Der Mann zog sein Handy vom Gürtel und rief die Polizei.

Bibhuti setzte sich auf den Bordstein und plauderte mit Rajesh Battacharjee, während wir auf die Polizei warteten. Er sprach gelassen und ohne jeden Zorn. Er wischte Rajesh Battacharjee das Blut vom Mund und legte ihm sanft den

Arm auf die Brust, um den Knochen zu stützen, der bei dem Aufprall auf die Straße gesplittert war. Die beiden Männer sprachen ganz ruhig miteinander, Rajesh beantwortete alle Fragen mit einer Geduld, die vielleicht vom Schock herrührte oder einer von den Schmerzen verursachten Erleuchtung. Durch sechs Gefängnisjahre und alle mit ihnen verbundenen Entwürdigungen hatte sein Rachedurst ihn getragen. Nach dessen Scheitern war er demütig und ohne Hoffnung, der Hass hatte ihn verlassen. Nun war er nur noch ein verwundetes Tier, das um Gnade bat und Gnade verdiente.

Rajesh Battacharjee setzte sich auf und blickte sich um, als wäre die Tatsache, dass er seine Umgebung weiterhin erkannte, der Beweis dafür, dass er noch lebte. Er streckte den gesunden Arm nach Bibhuti aus, der nahm ihn und half ihm auf den Bordstein. Er saß neben Bibhuti, die Beine an die Brust gezogen, den Kopf zwischen die Knie gesenkt. Er bebte, als würde er weinen. Die Kinder zerstreuten sich, strömten nach Hause, auf der Suche nach anderen Ablenkungen von der Auswaschung des Sommers.

Die Polizisten kamen und verhafteten ihn geradezu beleidigt; sie hatten offenbar wirklich gehofft, heute nicht über ein Verbrechen zu stolpern, als sie am Morgen zur Arbeit gegangen waren. Bibhuti identifizierte deren Gefangenen und berichtete von ihrer Geschichte. Während er seine Aussage machte, presste seine Frau Orangensaft aus.

Rajesh Battacharjee saß brütend auf der Rückbank des Polizeiwagens, seitlich, mit heraushängenden Beinen, hielt sich den gebrochenen Arm und tupfte sich mit der Zunge das Blut ab, das in der Nachmittagshitze auf seinen Lippen gerann.

Bibhutis Frau wandte den Blick nicht von Rajesh Battacharjee. »Du hast Glück, dass ich dazwischengekommen bin, Bhabbi«, sagte er zu ihr. »Eine Sekunde später, dann würdest du jetzt die Handschellen tragen.«

Sie verschüttete den Orangensaft, den sie aus dem Krug einschenkte. Der Beamte zog die Hand weg, das Glas fiel herunter und zersplitterte auf der Straße.

»Tut mir sehr leid«, murmelte sie.

Der Beamte schlug Rajesh Battacharjee mit dem Schlagstock auf die Knie. Er winselte wie ein geprügelter Hund.

Ellen blickte mich an, und ich wusste, was sie dachte. Wir hatten beide gesehen, wie Bibhutis Frau direkt auf ihn zugefahren war, bevor Rajesh Battacharjee dazwischenkam. Ich schüttelte den Kopf. Es war ein Unfall gewesen. Ihren Mann tot sehen zu wollen, das traute ich ihr nicht zu. Sie hatte nur eine finstere Lust ausagiert, ihn auf den Boden der Realität zurückzuholen, und wäre rechtzeitig ausgewichen.

Nachdem sie sein Geständnis aufgenommen hatten, mussten die Polizisten Rajesh Battacharjee nur noch zurück ins Gefängnis bringen. Mit Tränen in den Augen wünschte er uns viel Glück für den morgigen Tag. Er wünschte Bibhuti, dass er alles erreichte, was er sich erhofft hatte, als er in seiner Traumstadt angekommen war. Dass er fliegen würde.

»Ich werde es nicht sehen können«, sagte er, »aber ich bin mir sicher, dass ich davon hören werde. Gott wird über dich wachen, und ich werde es auch tun.«

Ich nahm es als Ankündigung seines Selbstmordes. Ich überlegte, ob ich die Beamten warnen sollte, damit sie ihm vorsichtshalber Gürtel und Schnürsenkel abnahmen. Aber ich beschloss, dass sein Leben in der Hand des Schicksals lag, wie das aller anderen Menschen auch. Die beiden Männer versuchten eine letzte scheue Umarmung, dann wurde Rajesh Battacharjee davongefahren.

Mitten in der Nacht wachte ich panisch auf, weil ich im Raum ein Flattern hörte. Was immer mein guter Vogel Oscar mir auch hatte sagen wollen, ich war zu stolz, auf ihn zu hören. Ich stand auf und ging ihn suchen, kam mir lächerlich vor und hörte wieder auf. Danach konnte ich nicht wieder einschlafen.

32

Draußen war es noch dunkel, als Bibhuti mit seinen Vorbereitungen anfing, sich an mir vorbei vor die Tür schlich, um in der Stille, bevor die Hunde aufwachten, seine Tierposen zu üben. Seine Frau war mit ihm aufgestanden, wartete in der Küche und hielt Abstand zu mir. Es regnete nicht, und in der Stille zwickte uns die Wohnung, zupfte an unseren Ärmeln und verlangte Erklärungen. Aber für Erklärungen war keine Zeit mehr.

Als Bibhuti zurückkehrte, führten sie ein zaghaftes Gespräch, und sie folgte ihm ins Bad und schloss die Tür. Sie hatte eine Schere in der Hand. Ich dachte, vielleicht hatte sie von Samsons Schwäche gehört und wollte ihren letzten Sabotageversuch nach Art der Delilah unternehmen. Ich fragte mich, ob ich die Tür eintreten und ihn vor einer solchen Farce bewahren sollte. Aber hinter dem Holz drangen keine Kampfgeräusche hervor, und bald kam Bibhuti mit frisch gestutztem Schnurrbart wieder ins Zimmer geschlendert, eine feierliche Stimmung über die Schultern gebreitet wie das Cape eines eitlen Superhelden. Die Körperpflege war eine Art Zugeständnis gewesen. Er glaubte, nun ihre Einwilligung zu haben, der letzte Zweifel war aus seinem Blick gewichen.

Dann ging die Sonne mit einem Farbenspiel auf, das mir fast das Herz brach.

Ihre Strahlen brachen durch die Fenstergitter, fielen auf uns, wo wir gerade standen, und erwärmten uns das Blut auf Kampftemperatur. Ich hörte, wie eine göttergleiche Stimme mich zu edlen Taten rief. Irgendwo jenseits dieses Zimmers regte Ellen sich, wachte auf, kämpfte mit ihren üblichen Schmerzen und der Kurzatmigkeit. Wenn sie ihre Tabletten nahm, würden die elektrischen Schocks nachlassen, aber bis dahin würde sie in dem Schmerz baden müssen, der sie auszeichnete. All ihre Tage fingen so an. Meine Schmerzen waren nicht mehr von Belang, sie würden so oder so enden. Ihre würden ewig währen. Dies sollte für mich der Tag werden, an dem ich allen Schmerzen ein Ende machte. Indem wir die Baseballschläger überlebten, würden wir die ganze Welt vom Schmerz befreien, und Ellen würde nie wieder gepeinigt und verzweifelt aufwachen. Ich würde es um ihretwillen tun.

Ich blickte Bibhuti an und suchte an ihm nach einem Echo meiner Entschlossenheit. Er legte den Kopf schief, gefangen in der kalten Großspurigkeit des Fighters.

Jolly Boy kam verschlafen herein und kletterte seinem Vater auf den Rücken. Er küsste ihn müde in den Nacken und stellte ihm leise eine Frage.

Bibhuti antwortete ihm heiser und monoton, er fühle sich wie der King.

Das Frühstück wurde langsam eingenommen, demonstrative Gelassenheit vor den Dämonen, die uns bespitzelten, während jeder Muskel in unseren Körpern Richtung Tür strebte. Ich hockte über dem Loch im Boden, bis mir die Knie steif wurden. Das Brennen ließ an einen Mann in Flammen denken, in Trauergewänder eingeschlagen, von dem der Ehrgeiz im Feuer abfiel wie trockene Blütenblätter. Ich fragte mich, ob Gopal Dutta in seiner neuen Verkörperung erscheinen und uns anfeuern würde. Ich würde nach einer Frau mit kriegerischen Ziegenaugen Ausschau halten, die dem Boden unter ihren Füßen nicht traute. Sie würde ein paar Zentimeter darüber schweben, die Zehen abwärtsgerichtet wie der Schnabel eines Vogels auf Nahrungssuche, damit es wie Stehen aussah. Ich wusste nicht, wie Reinkarnation funktionierte.

Wir luden die Baseballschläger in den Wagen wie Priester, die Reliquien transportierten, langsam und ehrerbietig, als hätten wir das Blut eines Heiligen in Händen, trockene Flocken in uralten Phiolen. Während wir so schweigend schufteten, kam Ellen. Aus Respekt vor unseren heiligen Handlungen senkte sie unwillkürlich den Kopf. Sie wirkte müde und ungeduldig. Ich wusste, dass sie kaum geschlafen haben konnte. Mitten in der Nacht musste der Gedanke an meinen Verrat sie geweckt haben. An meinen Verrat an ihr und dem Menschengesetz, welches das methodische Schlagen eines Mannes empörend zu finden befahl. Ich verriet ihr nicht, dass ich es nur noch für sie tat. Das sollte sie selbst erfahren.

Als sie an Jolly Boy vorüberkam, zauste sie ihm die Haare, eine übereifrige Geste der Zuneigung. Ich lenkte ihn mit einer Bitte um Hilfe ab, bevor ihm die Konsequenzen klar werden konnten. Er lief in den Hinterhof und kehrte mit einem einzelnen Schläger zurück, den er vor sich hertrug wie eine Urne, mit einer Ehrfurcht, die er sich von uns abgeschaut hatte. Ein Schmetterling flog auf ihn zu, und er hielt inne, um ihn passieren zu lassen. Er legte den Schläger in den Kofferraum, auf die Decke, die das Holz gegen Kratzer schützen sollte.

Der Schmetterling inspizierte rasch die Wäscheleine der Nachbarn, die leer war; sein Hunger auf Bananenschalen war zu früh erwacht. Er flog Richtung Hügel davon.

»Fühlst du dich heute stark?«, fragte ich Jolly Boy.

Er krempelte einen Ärmel hoch und ließ den Bizeps spielen. Eine Spatzenkniescheibe. Er ließ den Arm sinken, holte noch einen Schläger und stolzierte dabei wie sein Vater.

Als wir bei fünfzig Schlägern waren, war es Zeit für die Abfahrt. Der Kofferraum war voll, und der Überlauf lag auf dem Rücksitz. Jolly Boy war ein Boot auf Wellen aus Holz. Er legte die Füße auf die wackelnden Schläger und hielt den letzten im Schoß. Er streichelte ihn wie eine Katze. Der Schläger schnurrte ihm zu. Ein Tiger, von seiner reinen Willenskraft zahm und gefügig gemacht.

Bibhutis Frau stieg vorsichtig auf ihren Motorroller; sie dachte daran, wie schändlich sie ihn benutzt hatte. Sie drehte am Gasgriff, während Ellen sich hinter ihr zurechtsetzte, den Gehstock an die Seite geklemmt, eine Hand am Soziusgriff. Die Lippen staunend geschürzt, von sich selbst überrascht in ihrer Entschlossenheit, Zeugin all der Schrecken zu werden, die der Tag noch bringen mochte.

Die Sonne hatte die letzten Reste der Nacht weggebrannt, und auf der Straße regte sich das Leben. Unsichtbare Hunde verkündeten laut und trotzig, dass sie heute viel vorhatten, und die Vögel spreizten die Flügel und machten sich den heranreifenden Himmel zur Spielwiese. Die Menschen strömten aus den Häusern und folgten, getrieben von uralten Instinkten, dem Duft der Hitze und des Geldes. Die Älteren badeten nach einer Nacht der Gefangenschaft im Wetter, die Jüngeren bildeten in ihren austauschbaren geschäftsmäßigen Anzügen eine Kolonne in Richtung Bahnhof, zu Bürojobs, die auf Kommission bezahlt wurden, unter den stolzen Blicken der nach einem Leben des Handels unter freiem Himmel zu trockenen Teeblättern verwelkten Väter.

Einige winkten uns zu und wünschten uns alles Gute. Amüsiertes Grinsen und Namastes, und hinter jedem Gruß lauerte die Angst, abgehängt zu werden. Bibhutis Passion war eine Mahnung, dass wir alle eines Tages sterben mussten und man das Eisen schmieden muss, solange es heiß ist.

Die Nachbarn kamen mit ihren Bananen heraus, fertig zum Aufschneiden für die Wäscheleine. Der Mann hob den Daumen für uns. Er fragte Bibhuti, wann der Rekordversuch losgehe und ob es okay sei, ihn dabei für seinen Freund in Dubai zu filmen. Er habe ihm alles über Bibhuti erzählt, und er sende seine Salams. Noch ein Gott, der über uns wachte, noch ein Kontinent, auf dem wir unsere Story verkaufen konnten.

Wir fuhren langsam in nüchterner Prozession zwischen den Schlaglöchern hindurch.

»Klimaanlage! Klimaanlage!«, forderte Jolly Boy, aber heute war nicht der Tag für Komfort aus Maschinen. Bibhuti musste gut aufgewärmt sein, nichts durfte dem Zufall überlassen werden. Die Klimaanlage blieb ausgeschaltet und das Radio auch. Bibhuti verpackte seine Lieder in schlafende Blumen, die wieder blühen würden, wenn das Unwetter abgezogen war. Bis dahin würde der Trommelschlag reinen Verlangens seine einzige Musik sein, irgendwo aus der Tiefe, aus dem Ursprung des Menschen.

Ich behielt Ellen im Auge, die immer wieder im Seitenspiegel auftauchte und sich an den Motorroller klammerte. Ich freute mich, dass sie merken würde, wie gefährlich ich sein konnte.

Die Priester mit den Fässern hatten auf dem Weg zum Tempel haltgemacht, um für das Ende des nationalen Martyriums zu beten, solange die Regenpause es erlaubte. Der eine rasierte sich den Kopf, während der andere das Gesicht himmelwärts hob und sich sonnte. Ich dachte mir, dass hinter seinen Augenlidern schöne Erinnerungen an Cricketspiele seiner Jugend hingen. Ein einbeiniger Mann war ihnen mit einem Handtuch zu Diensten. Sein Eifer würde ihm im nächsten Leben Vorteile verschaffen. Seine Prothese glich aufs Haar jener, die ich bei Bibhuti auf der Treppe gesehen hatte. Ihr Fuß war zu klein für ihn, er hatte Babyzehen, wie Knospen, die zur richtigen Größe heranwachsen würden, wenn man sie regelmäßig goss.

Der Tempel war Ganesha geweiht, dem elefantenköpfigen Zerstörer aller Hindernisse. Wir betraten seine Kammer entschlossen und mit angehaltenem Atem. Der Schmerz überfiel mich, das Blut verließ mich, ich fiel zu Füßen der Statue zu Boden. Mit Ohrfeigen wurde ich wieder geweckt.

Der Boden war kühl. Bibhuti stand über mir, die Augen vor Sorge geweitet. Ich versuchte, ihm zu sagen, alles sei gut, aber ich bekam kein Wort heraus. Überall war Tod. Ich konnte ihn im Rauch der Räucherstäbchen riechen, der sich am Leib der Statue emporkräuselte.

Bibhuti packte mich an den Handgelenken und zog mich hoch. Meine Handgelenke fühlten sich unter seinem Griff so feingliedrig an wie die eines Kindes, und die Ratte zu Ganeshas Füßen betrachtete mich voller Mitleid. Wieder lief mir die Zeit davon.

Der Priester warf einen Blick auf den frischen Nagellack an meinen Zehen und lächelte still; er wusste etwas über mich, das ich selbst nicht verstand. Er tauchte einen Finger in die Schale, die er trug, und malte mir einen Kurkumastrich zwischen die Augen. Er murmelte ein Gebet, und ich war gesalbt. Bibhuti hatte seinen Strich schon bekommen. Selbstbewusst trug er die Zeichen des göttlichen Schutzes. Er dankte dem Priester in meinem Namen und brachte mich in eine kleinere Kammer, wo die tröstliche Stimme seines Gottes deutlicher zu hören war.

Er setzte sich auf den Steinboden und schlug die Beine unter. Er ließ mich auch so sitzen. Er trug mir auf, die Augen zu schließen und zu atmen. Ich wartete, bis seine Augen geschlossen waren und er meditierte. Und noch immer konnte ich Dich nicht hören. Ich hörte nichts als Bibhutis Atem und das leise Brummen einer Freundschaft, die sich aus der reinen Verpflichtung zu etwas Wilderem entwickelt hatte. Ich wollte nur, dass er glücklich war.

Bibhuti wachte auf, rieb sich die Augen und grinste mich an.

»Jetzt bin ich bereit«, sagte er.

Im Hof waren alle Objektive auf uns gerichtet. Eine Steadycam des Sportsenders und mehrere Pressekameras kämpften um den besten Platz, dort, wo das erste Blut hinspritzen würde. Der Turbanator winkte uns jungenhaft zu. Die Zuschauer hoben ihre Smartphones und hielten unseren Gang in die Mitte der Arena fest, wo die Baseballschläger auf uns warteten, ordentlich aufgereiht für optimalen Zugriff. Auf der anderen Seite war Platz zum Wegwerfen der zerbrochenen Schläger, in der Mauernische unter dem Banyanbaum. Kinder saßen auf seinen Ästen und blickten auf uns herab, rieben sich, ganz mit sich selbst beschäftigt, die Schienbeine, als müssten sie die Aufregung knetend in ihren Körpern verteilen, die den Nervenkitzel des Versteckspielens nicht gewohnt waren.

Alle jubelten uns zu. Ein Knistern lag in der Luft, und ich bekam eine Gänsehaut. Jemand verkaufte Mangostücke aus einem Plastikeimer, und ein Hausmeister stand mit einem Wischmopp bereit, um den heiligen Boden zu reinigen, sobald wir fertig waren.

Niemand trug eine Schutzbrille. Daran hatte niemand gedacht. Ich machte mir um Holzsplitter Sorgen, die in Augäpfeln landeten. Dagegen ließ sich jetzt nichts mehr unternehmen.

Ellen, Jolly Boy und seine Mutter durften nicht mit uns in den Tempel kommen und probten stattdessen ihre Rollen an der dicker werdenden Luft. Die Frauen in der Menge stellten graziöse Posen und erhoben ruhig die Hände, um die Eier aus den Nestern aufzufangen, die umkippen würden, wenn uns der Himmel auf den Kopf fiel.

Jolly Boy prüfte mit viel Pomp ein letztes Mal die Schläger, rollte jeden einzelnen sorgsam hin und her, bis sie richtig lagen. B Pattnis Schande war mit Gafferband abgedeckt worden. Der Eingriff ließ die Schläger noch finsterer aussehen. B Pattni selbst stand in der Menge, trat von einem Fuß auf den anderen, seine massige Gestalt erbebte vor Vorfreude auf einen Wendepunkt in der Geschichte der Gewalt.

Die jüngeren Priester mussten den Eingang sichern und wiesen untergehakt die Zuspätgekommenen ab. Die kletterten einander auf die Schultern, auf die Mauern, wo sie hockten wie Krähen in der Hoffnung auf ein paar weggeworfene Knochen.

Der AXN-Reporter machte eine Ansage. Er erklärte allen, wer Bibhuti war und was er schon geleistet hatte. Er erklärte ihnen, was er heute versuchen würde. Er stellte mich als seinen Helfer vor. Ich musste ihn daran erinnern, wie ich hieß.

Ich brachte ihn dazu, auch Jolly Boy namentlich zu erwähnen. Voreilig nahm Jolly Boy den ersten Schläger vom Haufen. Leise bat ich ihn, ihn wieder hinzulegen. Seine Ungeduld war kaum auszuhalten. Die Stoppuhr am Baumstamm zeigte 0:00. Ein Vertreter von AXN stand bereit für den Knopfdruck, ein bisschen olympisches Gehabe für die Menge, die Glamour wollte.

Bibhuti zog sein T-Shirt aus. Dunkellila leuchteten die Narben auf seinem Rücken und die blauen Flecken, die ich ihm geschlagen hatte. Bibhutis Frau wandte sich ab. Ellen stützte sie.

Als der Ansager den Einsatz gab, wurde die Menge still.

Bibhuti und ich teilten eine Erkenntnis, einen Blick, aufgeladen mit rauschhafter Trauer. Wir wussten beide, dass die Menschen, die wir einmal gewesen waren, mit Beginn des Zerstörungswerkes auf immer dahin sein würden. Uns beide reute die Zeit, die wir in unserem früheren Leben als Ausgestoßene verbracht hatten. Nun würden wir heimkehren.

»Wenn doch nur Gopal Dutta hier wäre«, gestand Bibhuti mir. »Dies wird mein erster Rekord ohne ihn sein. Ein seltsames Gefühl.«

»Er wird uns zusehen«, sagte ich. Ich suchte die Menge ab, konnte aber nirgends eine schwebende Ziegenfrau entdecken.

Ich fragte Jolly Boy, ob bei ihm alles in Ordnung sei. Er legte den Kopf schief und hielt mir wieder einen Schläger hin. Diesmal nahm ich ihn. Ich wog ihn ab. Ich betastete den Griff und spürte die Hitze; er hatte in der Sonne gelegen. Ich packte ihn fester, um die Muskeln aufzublasen, die ihn zur Mordwaffe werden lassen würden.

Kein Lüftchen regte sich. Bibhuti sammelte sich, sortierte sich körperlich und schüttelte die letzten Zweifel ab. »Nicht vergessen, nur unter dem Hals«, sagte er und blickte für eine letzte Genehmigung in den Himmel. Die Menge hielt den Atem an. Alle machten sich darauf gefasst, der Geburt eines Gottes beizuwohnen.

Mich überkam anfallsartig, so als hätte mich jemand vom Dach gestoßen, die Gewissheit, dass ich nicht das Zeug dazu hatte.

»Ich kann das nicht.« Ich sprach es ganz leise aus, damit die Menge mich nicht hören konnte. »Ich will dich nicht umbringen.

Bibhutis Schnurrbart wurde schlaff.

Ich spürte brennende Tränen aufsteigen. Ich spürte Dich. Mit großer Dringlichkeit wurde mir die Kostbarkeit des Lebens aufgezeigt, und der Schock dieser Erkenntnis nahm mir alle Lust.

»Es tut mir leid.«

»Du musst«, sagte Bibhuti. Seine braunen Brustwarzen waren klein und haarlos und wurden in der Brise steif. Er war einmal ein Baby gewesen. »Bitte«, flehte er mich an.

»Los, Onkel, die Uhr läuft«, rief Jolly Boy. »Hau ihn!«

Ich blickte zur Uhr hinüber. Die Zeit lief mir schon davon.

Ungeduldig winkte Bibhuti mich zu sich. »Los, wir müssen jetzt anfangen. Wir haben keine Zeit mehr.« Er stellte sich breitbeinig auf und spannte die Muskeln an, die Arme bittend ausgestreckt.

Da spürte ich Dich zum ersten Mal und erhob die Hand gegen Dich.

Der Ansager rief laut die Sekunden aus, um mich zur Eile anzutreiben. Auch die Menge fing an zu zählen.

»Los!«, schrie Jolly Boy wütend, nahm einen Schläger und wollte selbst auf seinen Vater losgehen.

Ich stieß ihn beiseite und hob den Schläger. Ein Schleier legte sich über Bibhutis Augen, als er die seltsamen Kräfte heraufbeschwor, die den Schmerz abwehren würden.

»Danke«, murmelte er, dann war er schon weit weg.

Ich bat Dich um Vergebung. Ich schwang den Schläger mit all meiner Kraft.

33

Bibhuti schläft. Sein Zimmer ist jetzt so klein, dass man keine Luft bekommt. Die Reporterin wurde auf eine andere Story abgestellt, und Ellen und ich sitzen auf ihrem Platz. Er ist noch warm von ihr. Das Flurlicht brennt mir in den Augen und will, dass ich Geständnisse ablege. Der Tee in Ellens Plastiktasse dampft. Sie hält sie ganz fest, die Fingerknöchel sind faltig wie Walnüsse, und der Ring, den ich ihr geschenkt habe, könnte mal nachpoliert werden. Sie lässt mich gestehen, während die Ärzte um uns herumrasen. Von irgendwo hinter den dünnen Vorhängen erklingt ein Schmerzensschrei. Sie lässt mich gestehen, weil sie weiß, dass die Zeit gekommen ist, die Ernte meiner Güte von früher einzufahren. Sie einzubringen und abzuwiegen und sie mir dann in letzter Sekunde zu verrechnen. Ich werde sie alle brauchen, um für mich einzutreten.

Ich sage ihr, dass ich Dein Rufen nie gehört habe. Dass ich durch mein ganzes Leben zurückgehe und alle Lücken mit Dir fülle. Als Ellen und ich einander begegnet sind, durch Zufall beim Tanzen, unter all den anderen Leibern. Du warst es, der mich festgenagelt hat, erzähle ich ihr, an der richtigen Stelle, damit sie mich entdecken konnte.

Du warst es, der mir einen eisernen Willen gab, als ihr alter Herr mich gewogen und für zu leicht befunden hat,

Deine Stimme war es, die ihm einsagte, dass wir unsere Wahl getroffen hatten und dazu standen. Du warst es, der mir die Worte in den Mund gelegt hat, als ich sie bat, mich zum Mann zu nehmen, obwohl ich vor nichts auf der Welt mehr Angst hatte als davor, jemandem etwas zu versprechen und es dann halten zu müssen.

Wenn sie Güte brauchte, hast Du mir gezeigt, wie ich sie ihr geben konnte. Wie ich sie bei Zahnschmerzen trösten konnte, wo ich die Hand auflegen musste, um Mitleid auszudrücken oder Charakterstärke. Du warst es, der mir den Glauben an ihren Traum vom Klavierspielen gab.

»Ich habe dich hingebracht, oder?«, sage ich. »Ins Musikgeschäft. Ich wollte dich spielen hören. Ich war gut zu dir, wenn du es gebraucht hast, oder?«

»Natürlich warst du das«, und ihre Mildtätigkeit bleibt mir in der Kehle stecken.

»Du musst mir vergeben. Bevor es zu spät ist. Ich habe Angst, und du musst mir sagen, dass ich ein guter Mensch war. Sag mir, dass du mir vergibst.«

»Noch nicht.«

»Wann denn?«

»Wenn er aufwacht.«

Zubin schiebt ein Bett an uns vorbei. Eine mit einem Tuch bedeckte Leiche liegt darauf. Der Geruch nach verbranntem Fleisch hängt in der Luft. Unter dem Tuch zeichnet sich das Gesicht des alten Mannes ab. Ich schaue ganz genau hin, um zu sehen, ob das Tuch sich plötzlich unter dem Sog eines wiederbelebten Atems bewegt. Aber es rührt sich nicht, und dann ist das Bett aus der Tür.

»Ich kann mich nicht einmal mehr daran erinnern, wie oft ich zugeschlagen habe. Wie viele Schläger haben wir kaputt gekriegt?«

»Genug.« Die Erinnerung an das, was sie mich hat tun sehen, lässt Ellen schaudern. Es muss schlimm gewesen sein. Ich kann mich nur noch an den ersten Schlag erinnern. Das Geräusch, das Zittern, das mir durch den Arm schoss, als der Schläger auf den Widerstand von Bibhutis Körper stieß. Das plötzliche Nachgeben, als er entzweibrach. Die Leichtigkeit. Den Blick nach unten auf den zerstörten Schläger in meiner Hand, die in die Luft ragenden Splitter. Ekel und Hochgefühl. Wie ich ihn fallen ließ wie eine heiße Kartoffel. Der Ansager, der Eins ausrief.

Das Zwitschern der Vögel und der silberne Drache auf Jolly Boys Hemd. Die feuchten Augen seines Vaters und ihre kuhartige Geduld. Mit der sie einfach auf den nächsten Schlag warteten.

Herr, ich konnte Deine Augen auf mir spüren. Als Bibhuti der Tod auf der Schulter hockte, da warst Du zum ersten Mal bei mir. Da hing ein Scharren in der Luft, neue Fragen klopften an. Jetzt spüre ich es wieder. Du willst, dass ich um Deine Vergebung bitte. Ich glaube, Ellen verdient die Bitte mehr als Du. Zuerst muss sie mir vergeben. Bibhuti muss aufwachen.

»Ich bin völlig fertig«, sage ich.

»Dann schlaf ein wenig.«

Ganz langsam lasse ich mich auf ihren Schoß sinken. Sie lässt es zu. Das Licht ist grell, aber es war ein langer Tag. Alle Tage sind jetzt lang. Ich spüre ihre Hand auf meinem Gesicht, aber sie streichelt mich nicht. Es liegen einfach nur ihre Finger auf mir, und sie träumen nicht mehr von Musik.

Bevor die Schwester sie aufhalten kann, haben die heiligen Männer sich hereingedrängelt. Als sie Bibhuti dort liegen sehen, brechen sie in Walgesänge aus. Ihre Gebete füllen das Zimmer mit der ätzenden Bigotterie einer Rauchbombe. Sie müssen der richtigen Konfession angehören, denn Bibhutis Frau fällt in den Gesang mit ein, als würde sie ihn kennen, und formt mit den Lippen lautlos die Worte nach. Sie gleitet vom Fenster zu ihnen hinüber und badet sich in ihrem Glanz. Ihre Schultern heben sich, als würde sie einen schweren Mantel abwerfen. Die Gottesfurcht schüttelt ihr die Steifheit aus den Knochen. Der heilige Mann, der ihr am nächsten steht, bittet sie mit in den Kreis, den sie gebildet haben. Gemeinsam blicken sie auf den schlafenden Bibhuti hinab und blasen ihren Zauber auf ihn hinunter.

Von dort, wo ich sitze, sieht es wie ein Gewaltakt aus. Wie Geier hängen sie schmierig über seinem Leib und suchen sich die Filetstücke aus. Die Walgesänge werden lauter. Rosenwasser wird herausgeholt und unachtsam über ihm versprenkelt. Es platscht ihm ins Gesicht. Die Schwester sieht zu, in der erhobenen Hand noch immer die Spritze, mit der sie den Morphiumtropf auffüllen wollte.

»Heißt das, dass er gestorben ist?«, fragt mich Ellen. »Sind das so etwas wie die Sterbesakramente?«

»Das weiß ich nicht«, sage ich. »Nein, unmöglich.«

Ich blicke mich um und suche nach einer Erklärung, aber alle sind in dem Ritual befangen. Selbst Jolly Boy, der neben seinem Vater auf dem Bett sitzt und gespannt die Priester anblickt, ein zusammengekauertes Tier, das sich zum Zuschlagen bereitmacht.

Bibhuti schläft. Die Gesänge hören auf, und die heiligen Männer drehen sich nach mir um. Das war's dann, denke ich. Jetzt ziehen sie die Dolche aus den Gewändern und stechen mich ab, das ist meine gerechte Strafe.

Ich klammere mich an das Fensterbrett, um eine Stütze zu haben, wenn sie auf mich losgehen. Ich spüre die Hitze von den Feuern unten. Eine vereinzelte Stimme schimpft mich Hurensohn. Das finde ich überflüssig.

Der Erste ist an mir dran, packt meine Schulter und stößt mir einen Finger zwischen die Augen. Das vertraute Jucken von Kurkuma auf meiner Haut. Das Beten fängt wieder an. Auch ich werde mit Rosenwasser bespritzt. Ich blinzele es mir aus den Augen. Niemand kommt zu meiner Rettung. Sie haben mich in die Enge getrieben. Einem von ihnen klebt Spucke im Bart, so heftig hat er mit Gott gerungen. Seine Lippen sind feucht vom Wunsch, Geschenke zu machen. Er möchte mir vergeben und mich reinigen. Er hat nicht die leiseste Ahnung von mir, aber er will meine Seele retten.

Zum ersten Mal in meinem Leben habe ich das Gefühl, dass meine Seele ein körperliches Ding ist. Sie klammert sich in meiner Brust fest. Sie wiegt so viel wie ein Vorurteil. Sie fühlt sich an wie Verdauungsstörungen.

»Sie segnen dich«, sagt Bibhutis Frau. »Ich habe sie darum gebeten.

Ich frage sie, warum. Ich sei schon gesegnet worden, sage ich ihr.

»Sie haben meinen Mann zum Guru erhoben. Das ist eine sehr große Ehre. Er ist für die Welt ein großer Lehrer, das wollen sie damit sagen. Ich kann keinen Zorn auf dich mehr empfinden, das ist nicht gut für mich. Ich habe sie gebeten, dich noch einmal für den Rest deines Lebens zu segnen. Jetzt bist du ein guter Mensch. Mehr verlange ich nicht.«

Ich bedanke mich bei ihr. Mein Leben lang bin ich anderen zu Dank verpflichtet gewesen. Es sind die Verpflichtungen, die machen, dass sich der Mensch ans Leben klammert, das weiß ich jetzt. Ich fühle, wie das Gewicht meiner Seele nach unten sackt. In einem Anfall von Panik schlucke ich es herunter, wie einen Obstkern. Die Erleichterung kommt später.

Jolly Boy klettert auf seinen Vater und wehrt alle weiteren Eingriffe ab. Die heiligen Männer legen ihr Obst und ihre Blumen zu Bibhutis Füßen auf dem Bett aus. Jolly Boy tritt danach, und eine Orange rollt über den Boden davon. Wenn die heiligen Männer zu nahe kommen, tritt er auch nach ihnen. Er fiebert und kämpft um sein Leben.

»Das ist kein Gott«, schreit er. »Das ist mein Baba! Lasst ihn in Ruhe!«

»Sie sagen ja auch nicht, dass er ein Gott ist«, will seine Mutter ihn trösten. »Sie sagen, dass er ein Guru ist. Das ist etwas anderes. Dein Baba bleibt er trotzdem.«

»Sie dürfen ihn nicht mitnehmen. Sag ihnen, sie sollen weggehen.«

»Sie wollen ihn nicht mitnehmen.«

Einer der heiligen Männer hebt versöhnlich die Hände. Jolly Boy tritt ihn. Er weicht zurück.

Bibhutis Körper wird von Jolly Boys Umsichschlagen hin- und hergeworfen. Die Schwester will ihre Spritze setzen, aber die heiligen Männer drängen sie schimpfend ab. Sie gehen und nehmen die Schwester mit. In der Luft hinter ihnen hängt etwas Entsetzliches, die anmaßende Vorstellung, seine neue Berufung werde Bibhuti erwecken, ihn kastrieren und erheben.

Seine Augen sind wieder feucht. Er träumt von einer Welt ohne Sprache, in der es für den Tod noch kein Wort gibt.

Ich nehme mein Geld und sage Jolly Boy, dass wir jetzt abhauen. »Du musst mal was anderes sehen, du bist schon zu lange hier. Wir kommen wieder. Niemand nimmt ihn dir weg. Mal sehen, ob wir irgendwo ein bisschen Unfug anstellen können.«

Der Hauch eines Lächelns, dann zögert er, eine Hand auf Bibhutis Herzen.

»Dein Vater will nur in Ruhe seinen Traum zu Ende träumen. Lassen wir ihm die Zeit, wenn wir wiederkommen, erzählt er ihn uns.«

Er löst sich langsam von seinem Vater und kommt mit.

Jolly Boy hält sich in meiner Nähe. Ich gehe mit ihm unter den brummenden Lampen und den stumpf häckselnden Ventilatoren entlang. Die amputierten Gespenster sehen uns nicht, als wir durch sie hindurchgehen. Niemand hält uns auf. Niemand empfindet, was wir empfinden.

Wir gehen in den Keller. Die Trommeln von draußen verklingen, und die Luft wird dick. Wir kommen zum Zimmer der Krankenträger. Zubin blickt von seinem Kartenspiel auf und fragt mich, was ich bräuchte. Ich brauche einen Weg nach draußen. Er bringt uns zum Notausgang.

Ich drücke die Tür auf, und Licht strömt herein. Das Trommeln und Kreischen ist wieder da, aber aus der Ferne. Ich werfe einen Blick hinaus. Vor uns erstreckt sich Brachland mit Bäumen dahinter. Keine Feuer. Der Himmel ist rauchfarben und hat die Konsistenz von Sirup, wenn ich hineinlange. Nach Tagen des Stillsitzens verlange ich viel von meinen Beinen.

Wir sprinten auf die Bäume zu, mit laut dröhnendem Atem. Als wir in Deckung sind, lachen wir einander an, ein geheimes Band von Herz zu Herz. Im Dunkel der Bäume streiche ich Jolly Boy die nassen Haare aus dem Gesicht. Ich kann ihm nicht sagen, wie leid es mir tut, ohne ihm noch tiefere Wunden zu reißen.

Weiter hinten an der Straße gebe es einen Laden, wo wir Eis essen können, sagt er, hinter den Bäumen und dann noch ein Stück. Vielleicht haben sie seine Lieblingssorte, Schokolade. Er geht voran. Ich halte mich hinter ihm, trete in seine Fußstapfen im Boden, der noch weich vom letzten Regen ist. Der Schlamm ruiniert mir die Schuhe, und ich ziehe sie aus und nehme sie in die Hand. Der Anblick, wie ich mich barfuß mit dem Schmutz anfreunde, macht Jolly Boy Spaß, und er tut es mir nach. Niemand ist hinter uns her. Wir gehen langsamer, lassen uns Zeit unter dem Blätterdach.

Jolly Boy bekommt sein Schokoladeneis, und für mich gibt es Vanille. Plastikdreiräder hängen von der Decke des Ladens. Es scheint sie in jedem dieser Läden zu geben. Ich habe nie ein Kind darauf fahren sehen, sie hängen immer nur von der Decke. Als wir auf dem Bordstein sitzen und essen, drehen sie sich über uns im Wind. Eine Stille weht heran, und wir ergeben uns ihr, schlecken langsam und mit raffinierter Beharrlichkeit unser Eis, wie Kinder, die wissen, dass die Welt sich um sie dreht. Unsere schlammigen Füße trocknen in der Sonne, und das Schweigen breitet sich aus. Wir versuchen, das Gold aus ihm auszuwaschen.

Jolly Boy hat goldene Strähnen im Haar, und wenn ich ihn anblicke, sehe ich den Mann, der ohne seinen Vater aus ihm werden wird. Einen Mann aus verschlossenen Türen und übertünchten Fenstern. Ein staubiges Zimmer voller abgestandener Luft wird er sein, wie ich es war. Vielleicht wird ihn später einmal die Liebe finden und mit dem Brecheisen aufstemmen, vielleicht wird er aus dem Fernsehen Barmherzigkeit lernen. Vielleicht wird er aus Trotz anderen Träumen nachleben als denen seines Vaters und es sich zur Lebensaufgabe machen, ihnen nicht zu genügen.

Vielleicht erwartet ihn aber auch ein schnelles Ende durch die Nadel, ein gnadenreiches Luftablassen, nachdem der Gram ihn aufgeblasen hat. Seine Mutter, als Bergsteigerin auf der Müllhalde, wehrt die Möwen ab, die ihm an die Augäpfel wollen.

Er will noch ein Eis. Ich sehe ihm bei der Arbeit an der Süßigkeit zu, die ihn an mich erinnern soll.

Die Wolken bäumen sich auf. Jolly Boys Schultern hängen herab, und er altert. Das Eis fällt ihm aus der Hand. Er weint.

»Ich war zu langsam. Ich hätte dir den nächsten Schläger schneller anreichen müssen. Es waren zu viele. Es war meine Schuld.«

»Sag das nicht, es war nicht deine Schuld. Du hast nichts getan. Wir hätten dich nicht in die Nähe der Schläger lassen dürfen. Du darfst nie glauben, dass es deine Schuld war. Du bist ein guter Junge.«

Er will sich mit Blicken im Himmel festkrallen, in dem Frieden, den man im Unwetter finden kann, das sich zusammenbraut.

»Du könntest eine Dusche vertragen«, sage ich ihm. »Du muffelst ein bisschen. Wenn wir zurück sind, bringe ich dich hin. Und was Neues zum Anziehen besorge ich dir auch.«

»Okay«, schnieft er.

»Ich muffele noch schlimmer«, sage ich zur Beruhigung. Ich halte mir die Nase zu und wedele mit der Hand vor dem Gesicht herum. »Iih, was für ein Gestank! Ich rieche scheiße.«

Er lacht stoßweise. Er ahmt mich nach, hält sich die Nase zu und hält übertrieben die Luft an, bläst sich die tränenüberstömten Wangen zu Hamsterbacken auf.

Die ersten Regentropfen fallen auf das Pflaster. Ich reiche ihm die Schuhe, und wir gehen zurück zu den Bäumen.

Wir gehen zurück an den Notausgang und hämmern an die Tür, bis jemand öffnet. Zubin verspricht uns Klamotten zum Wechseln in Jolly Boys Größe. Er bringt uns zum Bad und schließt uns ein.

Jolly Boy lässt mich hinter der Duschwand warten und wirft mir seine Kleider herüber, als er sich ausgezogen hat. Ich wasche sie im Waschbecken, und er spült sich fünf Tage Hoffnung ab, schrubbt, bis das Wasser schwarz ist.

Ich erhasche einen Blick auf mein Spiegelbild und überlege, ob ich mir wieder einen Schnurrbart wachsen lassen soll.

Zubin kommt mit frischen Kleidern zurück, die alle von kleinen Leichen stammen. Jolly Boy ekelt der Gedanke, die Schuhe eines toten Jungen anzuziehen. Zubin versichert ihm, dass alles sauber sei. Und der Tod sei nicht ansteckend. Ich drehe mich um, als er sich anzieht. Zubin sammelt Jolly Boys nasse Kleider auf und geht sie irgendwo aufhängen. Jolly Boy mag sich nicht von seinem Drachen trennen. Ich sage ihm, dass Drachen immer wieder nach Hause finden.

Als wir ins Zimmer zurückkommen, ist Bibhuti hellwach und zieht sich den Schlauch des Tropfs aus dem Arm. Die Nadel rutscht aus der Vene, blutglänzend. Seine Frau lässt es brav geschehen und legt sie auf das Laken. Die letzten paar schändlichen Tropfen fließen auf den Stoff, dann liegt sie still. Bibhuti sieht mich, und man sieht ihm an den Augen an, dass er mich wiedererkennt.

»Keine Schmerzmittel mehr«, sagt Bibhuti, gurgelnd und heiser. »Umbringen wollen sie mich mit diesem Gift. Ich rede gerade mit dem Feuerschlucker, wir können es noch schaffen«, sagt er. »Komm, wir müssen nach Hause gehen und üben. Elf Schläger, das ist schwach, morgen machen wir das besser.«

Jolly Boy steht wie angewurzelt da, die Haare noch nass vom Duschen, und weiß nicht, ob er ein Gespenst sieht oder einen Menschen. Seine Mutter fragt ihn nach seinen Kleidern, und ich erzähle ihr die Geschichte. Sie akzeptiert meine Erklärungen, ohne wirklich zuzuhören, sie ist mit ihrer Aufmerksamkeit wieder ganz bei Bibhuti und dem schrecklichen Durst, mit dem er aufgewacht ist. Sie hält ihm eine Wasserflasche an den Mund. Er versucht, sich aufzusetzen, aber die Anstrengung ist zu viel für ihn, und er lässt sich wieder zurückfallen. Der Anblick seiner Hilflosigkeit macht mich schlagartig hellwach, und ich bin mit einem Satz an seiner Seite. Er bäumt sich auf und zuckt, so dringend will er seine wiedererwachenden Kräfte messen. Ich halte ihn so höflich wie möglich unten, bis der Arzt kommt. Seine Haut ist heiß und voller Leben, und sein Schnurrbart kratzt mir am Ohr.

»Danke«, sagt er tonlos. Nur ich kann es hören.

34

Bibhuti will wissen, wie es mir geht. Ich sähe krank aus, sagt er. Er ist ganz ruhig, erholt. Wo auch immer er war während seiner Bewusstlosigkeit, mit wem er auch immer gesprochen hat, seine Reisen haben ihm jede Erinnerung daran genommen, dass die Medikamente ihn überlistet hatten. Jetzt gilt seine einzige Sorge mir. Ob ich mich an meine Diät gehalten hätte? Ob ich trainiert hätte?

Ich habe hier gesessen und darauf gewartet, dass er wieder aufwacht, sage ich. Ich habe mich erinnert und versucht, mich nicht zu erinnern. Ich habe mir sein Blut unter den Fingernägeln weggekratzt und mir gesagt, es sei nur geschichtsloser Grind, wie er sich immer ansammelt, wenn man in der Fremde ist.

Gut, sage ich ihm. Alles sei gut. Was er nicht weiß, kann ihm nicht wehtun.

Der Arzt hat ihn untersucht, ihm in die Augen geleuchtet und einen Finger um die Nasenspitze kreisen lassen, ihn nach dem Jahr und seinem Geburtsdatum gefragt. Er wusste, wer der »Little Master« war und gegen wen er bei seinem letzten großen Sieg gespielt hatte.

»Immer nur Cricket«, hatte Bibhuti sich beschwert. »Stellen Sie mir doch mal ein paar Bodenturnen- oder Karatefragen. Fragen Sie mich nach meinem neunten Weltrekord, dann kann ich Ihnen sagen, dass ich am 14. Oktober 2006 erfolgreich einhundertvierzehn Liegestütze auf den Fingerspitzen absolviert habe. Es gibt mehr als Cricket im Leben.«

Der Arzt hatte geduldig gelächelt und eine Blutprobe genommen. Bibhuti war beim Einstich zusammengezuckt.

Seine Frau und Jolly Boy hingen an ihm, klebten mit den Fingern an seiner warmen Haut. Jetzt, da sie ihn wiederhaben, wollen sie ihn nicht mehr loslassen. Sie wollen ihn auf ihrem Rücken nach Hause tragen.

Ich frage ihn, woran er sich von dem Tag noch erinnert.

An alles, sagt er, bis zu seinem Blackout. Elf kaputte Schläger. Er habe sich ihnen gestellt, und sie hätten nach seiner Pfeife getanzt. Völlig schmerzfrei. Alles nach Plan. Ich habe ihm Ehre gemacht, genau wie Shubham.

Jolly Boy windet sich fester um seinen Vater, seine Erleichterung ist greifbar, ein Ding, das ihn an Bibhutis Herz zieht.

»Wir haben Größe gefunden«, sagt mir Bibhuti, die Augen vom wiederaufflammenden Schmerz verschleiert. »Ich wusste, wir schaffen es.«

»Du bist nicht enttäuscht, dass wir nicht auf fünfzig gekommen sind?«

»Ich habe den Rekord, das ist das Wichtige. Niemand wird daran herankommen. Du hast Guinness informiert, die Ratifikation ist da?«

»Ich wusste nicht, wie. Ich habe gewartet, dass du aufwachst.«

»Ich hatte nie einen Zweifel.«

Seine Frau hebt ihren Kopf aus ihren persönlichen Dankgebeten und raunzt ihn an. »Ich schon. Jede Minute habe ich Angst um dein Leben. Shubham hat Angst, er verliert seinen Vater. Fünf Tage lang. Sieh doch, wie du dich zugerichtet hast. Los, sieh hin!«

Bibhuti blickt an sich herunter. Er nimmt bewusst den Gips wahr, der ihn zusammenhält, und die Blutergüsse auf der nackten Haut. Angst durchzittert ihn. Dann schleicht sich Reue ein und lässt seine Augen stumpf wie Asche werden.

»Ich werde es nicht wieder tun«, sagt er, und seine Lippen zittern beim Sprechen.

»Das hast du schon oft versprochen«, erwidert seine Frau.

»Es tut mir wirklich leid. Ab jetzt werde ich meine Versprechen halten.«

Die Offenbarung aus den Momenten nach dem ersten Aufwachen hat er vergessen. Sein Gespräch mit dem Feuerschlucker ist ein Traum, der ihm jetzt verschlossen ist. Er hat kein Morphium mehr im Blut und kennt nur noch Schmerz. Der Schmerz bringt Klarheit.

»Ich bin am Ende. Ich kann nicht noch mehr von mir verlangen. Ich habe alles gegeben. Ich werde Gott bitten, mich aus diesem Frondienst zu entlassen und mir einen anderen Weg zu zeigen.« Mit abfälligem Zungenschnalzen tastet er den Gips an seinem Arm ab. »Das ist ein sehr schlampig gemachter Gips, viel zu rau. Zu Hause mache ich mir einen neuen. Kommt, wir müssen los. Hier kann ich nicht bleiben, das Krankenhaus ist für mich der falsche Ort. Hier komme ich um, diese Ärzte haben keine Ahnung.«

Er löst die Finger seiner Frau von seinem Hals und will sich bewegen, wird aber von einem Schmerzanfall ans Bett genagelt.

Es tröstet mich, dass er wie ich Schmerz fühlt. Ich möchte, dass er wieder Mensch ist, ein Sterblicher. Seine Zeit als Gott hat seinen Liebsten nichts als Kummer gebracht. Wer ihn jetzt liebt, wird ihn davon überzeugen, dass all seine Superheldenkräfte erschöpft sind. Ihn zu retten heißt, ihn daran zu erinnern, dass er ist wie ich.

Die Schwester missbilligt Bibhutis Entscheidung, die Schmerzen ohne Medikamente auszuhalten. Er lässt sich nicht überzeugen. Er lebt wieder und will das Leben spüren, jeden Krampf und jedes Feuerwerk. Das ist der Preis, den er für seine Arroganz von früher zahlen muss. Der Preis dafür, dass er dem Tod den Stinkefinger gezeigt hat, ist, dass er nun für den Rest seines Lebens respektvoll vor ihm fliehen muss, so wie alle anderen. Zu Hause warten Milch und Kurkuma auf ihn.

Die Schwester öffnet die Tür und will mit ihrem überflüssigen Tablett voller Schmerzmittel wieder abziehen. Ellen greift zu und schnappt sich eine Handvoll Morphiumampullen, schnell und seelenruhig. Bis die Schwester fort ist, versteckt sie sie in der Hand, dann verschwinden sie in ihrer Handtasche.

»Für alle Fälle«, sagt sie, als ich ihr einen Blick zuwerfe. Ihr Wagemut erfüllt mich mit Bewunderung. Ich könnte mich glatt wieder in sie verlieben.

Vor der Tür wartet Vijay Five. Hinter ihm reckt die Fernsehreporterin den Hals und versucht, einen Blick ins Zimmer zu erhaschen. Sie hat die Aufregung um Bibhutis Auferstehung mitbekommen und will ihn in goldenes Licht getaucht sehen und für die Abendnachrichten ewige Weisheiten verkünden hören. Sie hebt ihr iPhone, um seinen Bericht aus dem Jenseits aufzunehmen.

Vijay Five schlägt ihr die Tür vor der Nase zu, sobald er drinnen ist. Als er sieht, dass Bibhuti aufrecht sitzt und redet, legt sich ihm ein kindliches Grinsen ins Gesicht, und die langen Nachtwachen sind vergessen. Er nimmt Bibhutis

Hand, und die beiden Männer lachen. Frühlingshafte Leichtigkeit lädt dic Luft auf. Erst als Ellen den Fehler macht, ein Fenster zu öffnen, dringt wieder Schwere in den Raum. Als Bibhuti den Lärm von draußen hört, legt er den Kopf schief und begreift in Sekundenschnelle, was für eine Delle seine Handlungsweise im Untergrund seiner Stadt hinterlassen hat.

Die Menge hat von seinem Comeback gehört und bezeugt mit schrillen Stimmen dieses Wunder.

»Sind sie meinetwegen da?«, fragt Bibhuti.

»Sie haben auf dich gewartet«, sagt Vijay Five. »Alle waren sie hier. Du bist die große Schlagzeile.«

Bibhuti kann seine Aufregung nicht verbergen. »Wer hat berichtet?«

»Alle. Lokal und national. Jai, Zee 24, TV9, ESPN, BBC, CNN, Live India, alle waren sie hier. Alle Zeitungen. Für die *Times* habe ich berichtet, ich bin immer die Quelle. Die ganze Stadt ist voll von dir, BB, alle wollen wissen, ob du es schaffst. Wenn es dir besser geht, mache ich ein Interview mit dir, alle werden hören wollen, was du zu sagen hast.«

»Du kannst das Interview gleich machen, warum warten?«

»Du musst dich ausruhen, BB, wir machen es später. Ich halte den Rest der Presse von dir fern, sie werden dich nicht stören. Der Turbanator ist unten, er passt auf, dass keiner reinkommt. Die Frau draußen will nicht gehen, aber im richtigen Augenblick nehme ich ihr das Telefon weg und lösche alles, was sie aufgenommen hat. Du bist ein Mann der *Times*, und wir kümmern uns um dich.«

Ich verstecke mich hinter dem Vorhang und blicke nach unten. Der Andrang ist nicht mehr so groß wie auf seinem Höhepunkt. Es sieht aus wie nach einem Flugzeugabsturz.

Verstreute Feuer haben den Boden gezeichnet, dichter Qualm hängt in der Luft. Als Bibhutis Leben auf dem Spiel stand, war die Welt plötzlich untergegangen, und nun, da er wieder wach ist, muss sie sich wieder in Ordnung bringen. Die eingefleischten Jünger sind geblieben und helfen beim Aufräumen. Die Priester und Aufwiegler haben nichts Besseres vor. Der Geruch nach Krieg und Wiederaufbau gibt ihrem Leben Würze. Wenn sich der Mutterboden wieder klumpig über die Erdschale breitet, werden sie mit einem Tropfen meines Blutes den Neuanfang feiern. Ich habe die Schläger wider Bibhuti erhoben, dafür muss ich bezahlen. Indien wollte ich abschlachten, und seine Söhne werden ihre Rache an mir nehmen, zur Warnung für alle, die nach mir kommen.

Ich sehe einen rosa Kopf auf und ab hüpfen, der Turbanator kämpft am Krankenhauseingang mit einem Eindringling. Er hat den Reporter von der Konkurrenz in den Schwitzkasten genommen. Sein Gefangener flattert hinter sich mit den Armen und gräbt die Hacken in den Schlamm. Im Licht der Müllfeuer tanzen sie einen hirnlosen Walzer. Bibhuti bringt in den Menschen eine Ergebenheit zum Vorschein, die sie in fröhliche Irre verwandelt, und ich schäme mich nicht dafür, dass ich selbst einer bin.

Die Polizisten treiben mich mit Stößen ihrer Schlagstöcke in den Rücken treppab. Ihr Inspektor schubst mich kraftlos, weil er auch mitmachen will. Ellen nimmt an den Misshandlungen Anstoß. Der Inspektor will ihr die letzte Treppe hinunterhelfen, und sie schlägt mit ihrem Gehstock nach ihm aus und trifft ihn am Schienbein. Er flucht und schubst mich kräftiger.

Wir werden vorne hinausgeführt, damit ich mich meinem Publikum zeigen kann. Der Hohn schlägt mir heiß ins Gesicht, blitzschnell werden Protestschilder über triefnasse Köpfe erhoben. Der Regen hat sie kleingekriegt.

Die Kung-Fu-Kämpfer erstarren mitten in der Luft und knurren mich an. Ein Kontingent aus Bibhutis Karatekurs, ein paar der Jüngeren erkenne ich wieder. Nach einer Woche ohne Trainingsprogramm im Dojo sind sie rastlos. Sie haben ihre zuckenden Glieder auf das Krankenhausgelände getragen, um der ganzen Welt ihre Ängste vorzuführen.

Ich halte nach Kavita Ausschau, aber sie ist nicht dabei. Ich kann nur raten, was sie mir angetan hätte, um ihren Sensei zu rächen, und frage mich, ob ihre Pflichten als Erwachsene ihren Zorn einmal zügeln oder ihn nur noch stärker und zerstörerischer zum Ausbruch bringen werden. Ich glaube, dass sie eine Nagelbombe wird. Ich wünschte nur, ich könnte noch miterleben, was für ein Loch sie in die Welt sprengt.

Die Freizeitdemonstranten sind in die relative Gemütlichkeit von Beton mit WLAN zurückgekehrt oder müssen sich den Schrecken dessen stellen, was die Unwetter in ihrer Abwesenheit mit ihren Liebsten angerichtet haben. Der Polizeischutz an der Tür ist nicht mehr so stark, weil die Bedrohung abgenommen hat. Die Hartnäckigsten, die geblieben sind, lassen sich mit drohenden Blicken abwehren. Die Nachricht, dass Bibhuti aus dem Koma aufgewacht ist, ist wie Milch durch die Reihen der Verlassenen gesickert, nun brennt es in ihnen nicht mehr, es juckt nur noch, und das Jucken lässt sich mit Schimpfkanonaden und schwachem Fäusteschütteln besänftigen.

Die Polizisten legen die Hände an die Schlagstöcke, eine Kampfansage an alle, denen es einfallen könnte, auf mich loszugehen.

Bibhuti hat meinen guten Ruf schon wiederhergestellt.

Im Verhör durch den Inspektor hat er ungerührt darauf beharrt, dass es kein Verbrechen gebe, für dass ich mich verantworten müsste. Wir hätten uns gemeinsam ins Land der Unvernunft begeben, Hand in Hand. Die Schläger gegen ihn zu erheben sei ein Akt der Barmherzigkeit gewesen. Der Inspektor hatte das nicht gern gehört. Er hatte ihn aufgefordert, sich selbst anzusehen, wie er sich verletzt und erniedrigt unter Schmerzen wand.

»Wenn ich Sie durchschüttele, klappern Sie wie eine Rassel.«

»Dann schütteln Sie ihn lieber nicht«, hatte seine Frau gesagt.

Der Inspektor hatte eine Zusammenfassung des Rekordversuchs und seiner Durchführungsbestimmungen verlesen. Diese Details hatten Bibhuti nur vor Aufregung erröten lassen, ihn mit packenden Bildern versorgt, die ihn die Schmerzen vergessen ließen. Der Inspektor hatte geschmollt. Mit einer schnellen Anklage oder gesetzeskonformer Prügel war nicht zu rechnen.

Er bringt mich zum Streifenwagen, eine Zelle wartet auf mich. Er ist noch nicht mit mir fertig.

»BB hat nach dir gefragt«, sage ich dem Turbanator, als er uns vorbeilässt. Sein Arm bildet noch immer einen Donut mit dem Loch da, wo der Kopf seines Konkurrenten gewesen war. Der hockt auf der Eingangstreppe, raucht und meditiert über seine eigene Schwächlichkeit. »Geh hin, er wird dir alles erzählen. Ich fahre bald nach Hause. Es war schön, dich kennenzulernen.«

»Wirklich?«, fragt Ellen. Sie klingt ungläubig.

»Das, wofür ich hergekommen bin, habe ich erledigt. Es gibt nichts mehr zu tun. Ich habe Schmerzen. Ich möchte in meinem eigenen Bett liegen. Vergibst du mir?«

»Ja.«

»Danke.«

»Es ist noch nicht zu spät. Sie können dich immer noch heilen.«

»Es ist zu spät.«

»Woher weißt du das?«

»Ich weiß es einfach.«

»Kannst du gar nicht wissen. Was soll ich denn alleine machen? Du darfst nicht aufgeben. Das lasse ich nicht zu.«

Etwas Ätzendes sträubt sich in mir, etwas wie Pflicht. Es ist lange her, seit ich mich selbst als ein Wesen erlebt habe, das so einem Wort unterworfen ist. Alle Opfer, die sie mir gebracht hat, sind ihr mit Falschgeld vergolten worden. Ich werde wieder sanft und aufrichtig sein. Ich werde an alles glauben, was sie mir wiederbringt.

Sie schweigt. Ich kann sie auf der Rückbank furzen hören, und ich entschuldige mich, bevor man den Geruch auf sie zurückführen kann. Scharfes Essen hat sie noch nie gemocht.

Sie nehmen sie mit, ich kann nichts dagegen tun. Die Vergeltung des Inspektors für die Platzwunde am Schienbein. Sie stecken sie in eine Frauenzelle, die bestimmt nicht anders aussieht als meine. Jetzt muss ich mich sorgen, was aus ihr wird, während ich warte, dass die Zeiger der Uhr auf den Augenblick zukriechen, in dem der Inspektor beschließt, dass seine Ehre wiederhergestellt ist.

Er nimmt mein Geld in sichere Verwahrung, schließt mich ein und setzt sich an einen Schreibtisch ganz hinten in Sichtweite. Er nimmt die Zeitung und fängt an zu lesen. Er spricht die Worte lautlos mit. Er will mir zeigen, wie unwichtig ich bin.

Ich teile mir die Zelle mit einem fertigen Typen in einem

T-Shirt, auf dem »*Welcome to Fabulous Las Vegas*« steht. Er kommt von irgendetwas runter, das sein Leben verändert hat, und die Tragödie seiner Rückkehr in die wirkliche Welt steht ihm ins Gesicht geschrieben wie ein müdes Gebet. Sein Blick ist leer und flackert. Er weiß, dass ich ganz knapp davor war, einen Menschen umzubringen. Das strahle ich aus, und es macht ihn nervös.

Ich sage dem Inspektor, dass ich noch wohin muss.

»Wohin denn?«

»Ich muss nach Hause. Ich muss sterben. Ich habe nicht mehr viel Zeit. Sie wissen, dass ich unschuldig bin. Lassen Sie uns raus, wir wollen einfach nach Hause.«

Der Inspektor flucht leise und schmutzig und blättert die Zeitung um.

»Du musst sterben?«, fragt mein Zellengenosse.

»Stimmt genau.«

Als er das hört, kommt er ran und ist ganz Ohr. Ich kann seinen Klamotten den Kampf anriechen. Irgendwie weiß ich, dass für ihn jeder Tag ein Kampf ist, den er nicht gewinnen kann. Sein Atem ist heiß und süßlich, und ich brauche einen Drink.

»Ich muss auch sterben«, sagt er. Ganz jung sieht er aus, als er das sagt. Er hat etwas Verschwörerisches in der Stimme, das finde ich ein bisschen eklig.

Er hält die Arme aneinander, als würde er Handschellen tragen. Die Innenseiten seiner Unterarme sind zerstochen und böse zugerichtet. Ohne jede Scham erzählt er mir, dass er Heroin drückt. Es bringe ihn um, sagt er, aber er könne nicht damit aufhören.

Ich möchte ihm eine Hand auf die Schulter legen, aber dann ziehe ich sie schnell wieder zurück, weil ich nicht aufdringlich wirken will.

Warum mir so wichtig ist, dass er mich für einen guten Menschen hält, mit einem Gespür für die Bedürfnisse seiner Mitmenschen, weiß ich selbst nicht.

Ich sage ihm, dass Gott ihn nicht vergessen habe. Und bin überrascht, dass ich es sogar glaube. Aber eigentlich dürfte es mich nicht überraschen, nach allem, was geschehen ist. Ich glaube zwanglos an Dich, wie an ein Kochrezept, das man geerbt hat. Du bist nun mein Brot.

Ich war im ganzen Leben noch nicht so hungrig.

Dann ist es Zeit, meine Strafe zu zahlen, bevor ich entlassen werde. Entschädigung für die Störung der öffentlichen Ordnung in der überschwemmten Stadt. Der Inspektor langt in meinen Beutel und zieht eine Handvoll Banknoten heraus. Viele sind nicht mehr übrig, und der Nennwert auf den meisten ist hoch. Er zählt ein hübsches Sümmchen für sich selber ab und legt es auf den Schreibtisch. Er zieht ein Logbuch aus einer Schublade und füllt einen Laufzettel aus. Ich wusste, dass ich abgezockt werden würde, und bin ohne Groll.

»Lassen Sie mir nur genug für die Heimreise«, sage ich.

»Darüber habe ich nicht zu befinden«, erwidert er. »Die Strafen sind festgesetzt.« Er sagt es mit rechtschaffener Überzeugung. Er tut mir leid, der Berufsstand, in den er hineingezogen wurde, hat ihn korrumpiert.

Ellen wird gebracht, sie ist benommen und dehydriert. Ich verlange, dass man ihr Wasser bringt. Ungeduldig sieht der Inspektor zu, wie sie ihre Medikamente nimmt. Sie hat kein Gefühl in den Fingern, mit denen sie versucht, das Pillendöschen mit der Klimt-Reproduktion zu öffnen, das ich ihr für unterwegs gekauft habe. Ich habe mir noch nie etwas aus Kunst gemacht, aber ihr gefielen die Farben.

Der Junge hat sich auf dem Zellenboden zusammengerollt, schweißnass. Er schläft fest. Er zuckt und wimmert, ein Hund, der träumt.

35

Beinahe lasse ich Bibhuti fallen, als ich ihn aus dem Rollstuhl hebe. Meine Schwäche ist ein Schock für mich, und ich kann nur zusehen, wie Vijay Five ihn aufrichtet, ihn in den Schlamm setzt und dessen Füße auf unsere stellt, wie bei einem Kind, das mit seiner Mutter tanzt. Im Krebsgang bringen wir ihn zum Auto, der Regen übertönt die Warnungen der Ärzte.

Der Turbanator hat Bibhutis Wagen nach hinten gefahren, und Bibhuti unter einer Decke zu verstecken, um die Gaffer abzuhängen, war seine Idee. Aufrecht sitzt er auf dem Rücksitz, regungslos und mit Staub bedeckt, unsere Schmuggelware. Jolly Boy hat seinem Vater den Arm umgelegt und wird ihn auspacken, sobald sie das Krankenhausgelände verlassen haben.

»Ich komme mir blöd vor«, hört man Bibhutis Stimme dumpf.

»So siehst du auch aus«, sagt seine Frau, die sich auf den Sitz neben ihnen gleiten lässt. »So ist das, wenn man einen Baseballschläger auf sich zerbrechen lässt, das hätte ich dir gleich sagen können.«

»Elf«, sagt Bibhuti, aber ganz ohne Trotz. Seine Korrektur ist ein Murmeln, das unser aller Stimmung wiedergibt, bei unseren ersten Schritten zurück in die Welt nach dem Unwetter, das alles niedergerissen hat. Eine einfachere Welt würde das sein, wo die knalligen Männerambitionen ungetragen auf der Leine hängen und einem niemand in die Augen sieht.

Ich werde zu Vijay Fives Auto gebracht. Es gehört sich nicht für mich, im selben Wagen wie die Familie zu fahren. Ellen zeigt Solidarität und fährt bei mir mit. Wir sitzen beide hinten, Ellen legt ihren Stock zu meinen Füßen ab. Das Auto riecht nach Junggeselle. Als ich im Rückspiegel einen Blick von Vijay erhasche und die Einsamkeit darin sehe, tut er mir leid. Ich drücke Ellen das Knie. Ich weiß, wie glücklich ich mich schätzen kann, Teil von etwas Größerem zu sein.

Wir schlängeln uns vorsichtig durch die Proteste, die sich auflösen, und hinaus auf die Straße. Als wir die Demonstration sicher hinter uns haben, rast der Turbanator davon, und Vijay gibt Gas, um nicht abgehängt zu werden. Ein einsamer Junge läuft hinter uns her, seine Geschlechtsteile schlagen ihm fröhlich an die Schenkel. Er streckt uns eine Hand hin mit einem leuchtend gelben pelzigen Ball darin. Es gibt frische Küken, und sein Lächeln sagt uns, dass es wieder aufwärtsgeht. Wir lassen ihn in einer Staubwolke mit seinem Glück allein.

Seit unseren letzten Tagen in Freiheit ist Navi Mumbai abgesoffen. Seine Wasserleiche wurde wieder aus den Fluten gezogen und am Ufer abgelegt, in Seegras verstrickt. An jedem Haus sieht man die Gezeitenmarke. Die Bäume haben ihr Obst abgeworfen. Als wir die Hitze der Feuer, die unseretwegen brannten, nicht mehr spüren, fahren wir langsamer. Alle Hunde sind aus den Straßen verschwunden, und ich vermisse ihre fragenden Gesichter.

Bibhutis Nachbarn sind vorgewarnt und haben dem Guru ein Willkommen bereitet. Blumen markieren den Grundstücksrand, und über der Tür prangt eine frische Swastika; zu Ehren seiner Beförderung zum spirituellen Mittelsmann ebenso wie zur Anrufung besseren Wetters. Allen Oberflächen ist der Belagerungszustand eingeschrieben, der Grind hat sich in die Mauern gebrannt und verleiht der Luft einen Geruch nach Ton, Seetang und Sperma. Er sitzt in den müden Ästen und schlaffen Oberleitungen, den gefurchten Achsen und auf dem Fußball, der im Gully hängen blieb, als die Flut sich hereinstahl und den Schlamm in die Straßen trug.

Nebenan hängen die Bananenschalen an der Wäscheleine. Die Nachbarsfrau trägt Magentarot und Gold und ahmt die Flügel der fortgezogenen Schmetterlinge nach. Ihr Gatte kann nicht länger für Schönheit sorgen und hat damit allen Halt verloren. Ziellos steht er auf der Straße und beobachtet unsere Ankunft, einen Fuß am Rand des Schlaglochs, als könnte er seinen gespielten Frohsinn jederzeit aufgeben und hineinspringen, bis auf den Grund sinken, wo ihm seltsame Landfische ein Schlaflied singen.

Er winkt uns zu, aber Schlamm und Belagerung haben ihm das Lächeln genommen.

Bibhuti sieht den Schaden als Erster. Er hat so viele Monsunzeiten erlebt, dass er ein Sensorium für ihre feinsten Gräueltaten entwickelt hat. Traurig blickt er zum Dach empor, während das Auto hält.

»Kaputt«, gluckst er, als ich bei ihm bin. »Sieh dir das an. Das muss repariert werden.«

Ich blicke nach oben und sehe die Satellitenschüssel schlaff herunterhängen, vom Sturm aus ihrer Halterung gerissen.

»Baba, das musst du reparieren«, ruft Jolly Boy und zwängt sich aus dem Auto, um den Schaden selbst zu begutachten. Der Anblick verstört ihn, und er versucht, Bibhuti vom Sitz zu zerren, damit er sich gleich an die Arbeit macht. Bibhuti keucht vor Schmerz, und Jolly Boy lässt los.

»Das machen wir schon«, sagt Bibhuti. »Keine Angst. Sobald ich wieder auf den Beinen bin, mache ich mich daran.«

»Das wird aber dauern«, klagt Jolly Boy.

»So lange auch wieder nicht.«

Irgendwie ahne ich, dass ich an diesem Dach baumeln werde, und wende mich von Ellen ab, damit sie nicht merkt, wie aufgeregt ich bin.

Die Luft in der Wohnung ist dick wie Gummi und voll mit dem Klatsch der Gespenster, die hier in Bibhutis Abwesenheit eingezogen sind. Ertrunkene Kinder, die in den vergangenen Tagen darum gestritten haben, wer cooler gestorben ist und wie man ins Jenseits kommt. Als sie den Schlüssel im Schloss hören, verschwinden sie in den Mauerritzen. Wir bringen Bibhuti hinein; der Marsch treppauf treibt uns den Schweiß auf die Stirn. Eine Angst geht uns voraus, die Furcht vor einem Fluch, der sich auf uns legen könnte, falls Bibhuti sein Heim seiner Schätze beraubt fände. Misstrauisch lässt er den Blick durch das Zimmer schweifen. An der Anrichte bleibt er hängen und macht Inventur. Seine Pokale und Anerkennungsschreiben beruhigen ihn einen Augenblick lang. Die Gespenster lösen sich in Luft auf.

Er schaltet den Fernseher ein, sieht dem Schneetreiben auf der Mattscheibe zu, bis die Schmerzen zu stark werden, und erlaubt uns, ihn auf dem Sofa mit Zebramuster abzusetzen.

»Wieder zu Hause, das muss schön sein«, sagt Ellen.

Seine Antwort ist ein schiefes Lächeln. Der Regen trommelt ans Fenster und schenkt Bibhuti eine Uhr, an der er seinen Verfall messen kann. Die Verzweiflung hat ihn schon gepackt. Der lange Heilungsprozess, der vor ihm liegt, und die Abkehr von seinen Überzeugungen von früher haben ihm den Lebensmut genommen. Er kann sich nicht überwinden, uns anzusprechen oder anzublicken.

Jolly Boy läuft ins Schlafzimmer und schaltet die Klimaanlage ein, und während wir warten, dass das Gerät seinen Schleim abhustet und wieder zu Atem kommt, wächst die Anspannung. Kühle Luft strömt herein, und Bibhutis Frau geht in die Küche, um in Ruhe nachdenken zu können. Eine bittere Heimkehr, alles in der Wohnung angeschlagen oder verrückt vom Bewusstsein der gemeinsam abgewetterten Katastrophen. Nichts hat Bestand gehabt. Der Nachbar, der uns nach oben gefolgt ist, bietet uns Essen an, bis wir Zeit gehabt haben, die Vorräte aufzustocken. Mildtätigkeit wird der Faden sein, der uns wieder miteinander vernäht.

Wir bauen uns dort auf, wo Bibhuti uns sehen kann, die Männer im Wettstreit um seinen Blick und die paar Brocken Weisheit, die er uns zuwerfen möchte. Alle wollen, dass er weiß, wie wichtig uns sein Wohlergehen in seinem neuen Leben fern des Rampenlichts ist. Dass wir uns mit diesem Leben so gut auskennen, wird uns dabei helfen. Zum Thema »Im Dunkeln wandeln« werden wir ihm einiges beibringen können.

Wir verlangen vom Tiger, dass er sich dem Streichholzmodellbau widmet.

Bald werde er wieder schreiben, versichert ihm Vijay Five. Die Zeitung werde ihn immer brauchen, und über die Stadt werde es immer Geschichten zu erzählen geben. Und dann seien da noch die Memoiren, die neue Kapitel bräuchten. Mit angehaltenem Atem warte die Welt auf seinen Bericht.

Und die Schmetterlinge würden vom Winde verweht, sagt der Nachbar. Er könne Hilfe beim Bau der Schutzstation gebrauchen, die er plane. Er habe da ein Auge auf eine Waldparzelle geworfen und glaube, er könne sie zu einem guten Preis bekommen. Als Schmetterlingsmann habe man seine Ruhe und Zeit zum Nachdenken. Man habe die Natur zum Freund und sei von Schönheit umgeben. Ein herrliches Leben sei das.

Bibhuti dankt ihnen für ihre Hilfe und bittet sie zu gehen. Er sei müde und brauche Ruhe.

Als sie fort sind, reißt Bibhuti sich den Gips ab, wie ein Kind, das Weihnachtsgeschenke auspackt. Er will endlich das ganze Ausmaß des Schadens sehen, den die Dilettanten im Krankenhaus angerichtet haben.

»Ganz schlechte Arbeit, wirklich«, murmelt er, während er den Gips brockenweise abwirft und sein übel zugerichtetes Fleisch freilegt, blass und zerknittert von der Quarantäne. »Kein Wunder, dass die Schmerzen nicht nachlassen.«

Seine Frau hilft ihm aus den Gipsärmeln, vorsichtig bemüht, ihn nicht zu berühren. Immer wenn er andeutet, dass er die Schmerzen nicht mehr so beherrschen kann wie früher, zuckt sie mitleidsvoll zurück. Wir anderen sehen zu, und uns durchfährt ein Schaudern aus zweiter Hand. Noch nachträglich von seinem Scherz berührt zu sein heißt, mich selbst an seine Stelle zu wünschen.

Alles, was ich mir seit meiner Ankunft erhofft habe, ist eingetroffen. Wenn ich es nur wieder rückgängig machen könnte. Meine Selbstsucht macht mich krank. Dass ich sie so klar sehe, verschafft mir weder Genuss noch Erleichterung. Ich betrachte die Familie, die mich aufgenommen hat, und sehe nichts als Bäume, auf die ich unbedingt klettern musste. Jetzt sind sie kaputt. Ich habe meinen Namen hineingeritzt und ihnen dann das ganze Obst abgepflückt. Mit den Hacken habe ich ihnen tiefe Furchen in die Rinde geschlagen, und wenn ich weg bin, können dort andere Parasiten eindringen.

Das letzte Stück Schale ist ab. Bibhuti taxiert seine Wunden, bewegt ganz langsam die Glieder, damit ihm die Knochen nicht verrutschen. Er schämt sich, und sein Schnurrbart wird schlaff. Der Anblick ist nicht mehr komisch.

»So solltest du mich eigentlich nicht sehen«, sagt er zu mir, nackt bis auf die Unterhose und den Tränen nahe.

»Ich habe noch nie einen Guru in Unterhosen gesehen. Eine große Ehre.«

Bibhutis Frau nutzt seine Verwirrung und erzählt ihm von seinem neuen Rang. Die Neuigkeit bekümmert ihn.

»Warum hast du das zugelassen?«, will er wissen und versteift sich. Seine müden Schultermuskeln ziehen sich zusammen, er schlägt mit den Beinen aus, und seine Schienbeine klappern an den Couchtisch. Das Zimmer erzittert. Er unterdrückt ein Jaulen.

»Ich will das nicht«, sagt er, immer zorniger. »Ich habe nicht um deine Priester gebeten. Ich habe das alles für die Liebe eines einzigen Gottes getan und für die Liebe des Volkes. Ich bin kein Mann mit Bart im gelben Gewand, ich kann anderen Menschen nicht beibringen, wie man lebt. Sieh mich an. Was sollte das für eine Lektion sein? Seit zwölf Jahren breche ich mir die Knochen, und die Welt ist noch immer nicht von ihren Schmerzen geheilt. Flugzeuge fallen vom Himmel, und meine Freunde sterben. Meinem englischen Freund geht es nicht gut, und ich konnte ihn nicht heilen. Seine Frau muss am Stock gehen. Wir haben kein Fernsehen. Was soll ich da lehren? Hol deine Priester sofort hierher, und dann sollen sie alles rückgängig machen.«

Ernüchtert stiehlt seine Frau sich wieder in die Küche davon. Sie kehrt mit einem Plastikeimer, einem Krug Wasser und einem Päckchen mit weißem Pulver zurück. Den Zutaten für den neuen Gipsverband, den Bibhuti sich schnell anlegen will, bevor seine Knochen unter der Last der vorzeitigen Freiheit zerbröseln. Das Innere des Eimers ist mit den Überresten vergangener Mischungen verkrustet, jede neue Schicht erzählt von einem anderen selbst verschuldeten Zusammenbruch. Unter Bibhutis geübten Augen kippt sie das Wasser aus dem Krug in den Eimer. Nach seinen Anweisungen gibt sie Pulver hinzu, nach und nach. Eine kratzige Staubwolke steigt uns in die Augen und wird dann von der Klimaanlage verweht.

»Luftblasen«, warnt Bibhuti, und sie klopft von außen mit dem Löffel an den Eimer, damit das Pulver sich besser auflöst und die Mischung glatter wird. Als Bibhuti mit der Konsistenz zufrieden ist, rührt sie um, und das Wasser wird zur Paste.

Ich finde, dass eigentlich ich das tun sollte, aber sie hat es zu ihrer Aufgabe erklärt, und außerdem schmerzt mich noch immer Bibhutis Bemerkung von eben. Dass meine Zerbrechlichkeit für ihn so auf der Hand liegt, wo er es doch war, der eben dem Tod von der Schippe gesprungen ist! Was sind wir doch für ein trauriges Paar.

Jolly Boy trottet in die Küche und holt das restliche Material. Er kommt mit einem Arm voll verpackter Mullverbände und einem dicken Ballen Watte zurück. Er legt die

Verbände weg, entrollt die Watte und schneidet sie für den ersten Gipsverband zurecht. Vorsichtig hält er Bibhuti den Ellenbogen, während seine Mutter ihm die Watte als Polsterung um den Arm legt. Sie taucht den ersten Mullverband in die Gipspaste und wickelt sie um die Manschette aus Watte; dabei bittet sie Bibhuti immer wieder mit schnellen Blicken um Anleitung. Mit großer Sorgfalt wiederholt sie den Vorgang, bis sein Arm von einem dreilagigen Verband umgeben ist; bevor sie eine neue Lage auflegt, wischt sie jedes Mal den Gips mit der Hand glatt, damit alles schön aussieht. Ihr Ernst lässt auf langjährige Erfahrung in peniblen Fürsorgetätigkeiten wie dieser schließen, im Blutabtupfen, im Glattkämmen verfilzter Haare, im Verbinden gebrochener Finger und kraftvollen Wiedereinrenken ausgekugelter Gelenke.

Bibhuti hält sich wach und sieht zu, unterdrückt mit zusammengebissenen Zähnen den Schmerz und beschwert sich leise bei ihr über ihre pingelige Art. Sie wird nervös und versucht, alles zu seiner Zufriedenheit hinzubekommen, während der einschläfernde Rhythmus gedämpfter Geschäftigkeit das Zimmer erfüllt. Ich kann zusehen, wie er vor meinen Augen repariert und wieder vor meinem aufregungsgeilen Schläger geschützt wird. Ich werde ihn nie wieder schlagen. Trauer überfällt mich. Aber ich werde sterben, ohne je einen Menschen getötet zu haben. Die Tröstlichkeit dieses Gedankens fühlt sich an wie der kühlende Luftzug aus der Klimaanlage in meinem Nacken. Deine Gnade, das war es. Wenn ich mich von etwas erlöst fühle, sei es nun die Hölle oder ein Grauen, dem man nicht entkommt, dann muss es jemanden oder etwas geben, der, die oder das mich erlöst hat. Das sind meine Gedanken, als ich zusehe, wie Bibhutis restliche Knochen gerichtet werden, und dann alleine bei ihm sitze und dem Regen lausche, während der Gips aushärtet.

»Du hast mich also nicht geheilt«, sage ich. Ich versuche, es leichthin klingen zu lassen.

»Es tut mir wirklich leid«, sagt Bibhuti.

»Schon in Ordnung. Keine Sorge. Schön, dass du es versucht hast.«

»Du hast noch viel Zeit vor dir. Du musst sie klug nutzen. Vielleicht gibt es zu Hause eine neue Behandlung. Wenn man auf sein Herz hört, gibt es immer Hoffnung.«

Ich sage ihm, dass ich bald abreisen müsse. Ich höre ihn schluchzen und wende den Blick ab, damit er sich nicht schämen muss. Sein Bild an der Wand hängt schief. Ich stehe auf und rücke es gerade. Er sitzt mit weit gespreizten Beinen da, drei Betonplatten dazwischen. Der erhobene Vorschlaghammer in der Hand eines anderen Mannes. Das hätte unser Rekord sein sollen, dann wäre alles viel einfacher gewesen. Wenn ich ihn doch nur schon vor Jahren gefunden hätte.

36

Ich halte die Leiter fest umklammert und blicke nicht nach unten. Der Regen pladdert mir auf den Hinterkopf. Irgendwo unter mir stößt Ellen erschrocken eine Gotteslästerung aus, und Jolly Boy trällert etwas, das seinem weißen Onkel die Nerven stärken soll. Ich kann mich nicht rühren. Ich möchte all die neuen Namen vergessen, die ich mir merken musste.

Ich kann die großen Hände von B Pattni unter mir die Leiter halten und sie auf der Ladefläche des Pick-ups verankern spüren. Die Kraft seines Zugriffs gibt mir Festigkeit. Die Leiter des Nachbarn allein war nicht hoch genug, also baten wir um Hilfe, und B Pattni hatte die geniale Idee, die Leiter hinten auf seinen Laster zu stellen. Jetzt ist die kaputte Satellitenschüssel in greifbarer Nähe. Fröhliche Improvisationskunst auf indische Art. Bombensicher, solange die Handbremse hält.

B Pattni hatte sich erboten, an meiner Stelle nach oben zu klettern, und ich musste standhaft bleiben. Das war mein Job. Beim Aufstieg musste ich die stechenden Blicke der Schaulustigen ertragen, die Nachbarn waren gekommen und wollten sehen, wie ich Wiedergutmachung leistete, und die Reporter warteten verbissen auf den ersten Blick auf einen genesenen Bibhuti, wie immer aus erster Hand und mit eigenen Augen: wie einer der Ihren die Sonne berührt hatte und zurückgekehrt war.

Alle wundern sie sich über mich. Wie hat ein käsiger Engländer zur Hand Gottes werden können? Ich mache einen Arm frei und taste nach dem Schraubenzieher in der Hosentasche, klettere eine Sprosse weiter hinauf, barfuß, damit ich auf dem rutschigen Metall Halt finde, der Nagellack an meinen Zehen platzt ab, und die Kraft verlässt mich. Ich bin kaum Tier genug, mich halten zu können. Meine ganze Kraft geht ins Festklammern. Ich schäme mich, weil ich so langsam bin. Ich zittere, wenn ich nach dem nächsten Haltegriff suche, ein unmännliches Spektakel vor den vielen Kameras. Ich mache weiter, weil ich muss. Meine letzte Tat auf diesem Kontinent soll eine gute Tat sein. Etwas, das einem Freund hilft. Ich schleppe mich, so hoch ich kann.

Ganz oben bin ich mit mir und meinem Atem allein. Ich strecke den Arm aus und greife mir die Schüssel. Sie sieht intakt aus. Nur die Halterung ist aus dem Mauerwerk gebrochen. Ich brülle meinen Befund nach unten. B Pattni lässt die Leiter los, um die Ersatzhalterung zu holen, und einen Augenblick lang hänge ich in der Luft. Das Warten auf seine Wiederkehr fühlt sich an wie eine Ewigkeit, unbeschwert vom Ballast anderer Menschen. Ich konzentriere mich ganz auf das Gebetsarmband an meinem Handgelenk. Es ist ausgeblichen und rutscht mir lose am Arm herunter. Als ich B Pattnis Gewicht wieder auf der Leiter spüre, weiß ich, dass ich den Tag überleben werde.

Langsam arbeite ich mich die Sprossen herab, bis ich unten vor B Pattni stehe. Er reicht mir die Halterung und die Schrauben an, und ich mache mich wieder an den Aufstieg. Ich hoffe, dass ich entschlossen und furchtlos aussehe und dass er dieses Detail erwähnt, wenn er Bibhuti von meinen Heldentaten Bericht erstattet, der allein vor dem toten Bildschirm sitzt und wartet, dass er wieder Empfang hat. Ich hebe den Kopf und lasse mir den Regen ins Gesicht fallen. Er ist noch warm. Dann geht es aufwärts.

Bibhuti ist mit mir zufrieden. Der Bildschirm taucht den Raum in grelles Licht. Das Bild ist klar. Er zappt sich am Cricket vorbei, tippt gereizt auf der Fernbedienung herum. Er schaltet die Kanäle durch und feiert Wiedersehen mit seinen Liebsten. Mit Sport hält er sich nicht auf. Das wäre zu schmerzhaft, eine ständige Erinnerung an die Tatsache, dass er die kommenden Wochen untätig verschwenden wird. Um die Folterqualen in der Genesungszeit klein zu halten, muss er alle Anzeichen von Kraft und Eleganz aus der großen weiten Welt aus seinen vier Wänden verbannen.

Er schnalzt mit der Zunge und schaltet um. Ein zehn Jahre alter amerikanischer Krimi. Sein Blick wird glasig, und er lehnt sich auf dem Sofa zurück, ergibt sich der Trägheit, die der ärztliche Rat war, als er mit seiner Entourage aus dem Krankenhaus stolperte.

»Du gehörst ins Bett«, schimpft seine Frau ihn. »Da erholst du dich viel besser.«

Aber er grummelt nur etwas und fummelt am Lautstärkeregler herum.

Der Boden unter meinen Füßen verschiebt sich wie Treibsand, meine Beine glauben, sie baumeln noch immer in der Luft. Sobald ich Zeit zum Nachdenken habe, wird mir wieder einfallen, wie angststarr ich oben auf der Leiter klebte, und die Erinnerung wird wie eine Flutwelle über mich hereinbrechen und mich davonspülen. Aber jetzt konzentriere ich mich ganz auf die Logistik der Heimreise. Flüge müssen gebucht, ein Testament muss aufgesetzt werden. Ich muss entscheiden, was vom gesammelten Nippes vermacht und was weggeworfen werden soll, und dazu muss ich mir von jedem Teil noch einmal seine Geschichte anhören. Diese Anhörung wird den größten Teil der Zeit in Anspruch nehmen, die mir noch bleibt. Ich muss zurück und jedem Einzelnen einen Gott zuordnen, bevor sie vergehen. Im Schlaf hast Du mich still und leise erfüllt. Nun bin ich wach und trage die Verantwortung. Ich muss die Dinge regeln. Ich muss den Ort verlassen, an dem ich aufgewacht bin. Ich muss meinen Freund vergessen.

Ich frage ihn, ob es ihm gut gehe und ob ich sonst noch etwas für ihn tun könne. Er winkt ab, den Blick starr auf den Fernseher gerichtet.

Jolly Boy spürt, dass sein Vater ihm entgleitet, und er hat eine Idee. Ob er den Rekordversuch sehen wolle, den Mitschnitt auf YouTube?

Da leuchten Bibhutis Augen wieder, und er setzt sich auf. Er befiehlt Jolly Boy, seinen Laptop zu holen. Jolly Boy läuft hüpfend ins Schlafzimmer und kommt mit dem Laptop zurück, der schon surrend hochfährt.

»Komm«, sagt Bibhuti zu mir, »wir gucken das zusammen. Jolly Boy, mach Platz für den Onkel.« Aufgeregt sieht er zu, wie der Browser sich öffnet und der Junge einen Suchbegriff googelt. Bibhuti Nayak Baseballschläger.

Ich wende den Blick ab, bevor er auf Enter drückt.

»Schon okay. Ich muss das nicht sehen.«

Bibhuti ist verwirrt. »Wir müssen uns an diesen schönen Augenblicken erfreuen«, sagt er.

»Willst du nicht sehen, was du angerichtet hast?«, fragt

seine Frau. Das ist eine Kampfansage. Ich muss den Tatsachen ins Auge sehen. Wir rücken alle zusammen. Ellen nimmt tröstend meinen Arm. Jolly Boy klickt auf Play.

Die Aufnahme ist klar und sauber. Der Kameramann von AXN muss sie geleakt haben, um der Öffentlichkeit einen Dienst zu erweisen. Mir erweist sie keinen guten Dienst. Ich komme rüber wie ein Besessener, der unanständig wie im Zeitraffer auf Bibhuti einhämmert und wie ein Affe mit den Armen über dem Kopf ausholt. Jolly Boy reicht mir glupschäugig die neuen Schläger an, Stolz und Schrecken bringen sein Gesicht zum Leuchten. Das Schlottern, mit dem Bibhuti jeden Schlag abfedert, könnte das Ganze nach Folter aussehen lassen. Aus meinen Bewegungen spricht die Panik eines Vogels, der im Asphalt feststeckt. Ich sehe aus wie einer, der im Angesicht des Todes zum ersten Mal seine Superkräfte entdeckt.

»Großartig«, gurrt Bibhuti. Er blickt mich stolz an, den Sohn, den er nie haben wollte.

»Onkel sieht sehr lustig aus«, sagt Jolly Boy. Er betrachtet sich selbst und gefällt sich ganz gut. Das ist nicht mehr der Junge, den seine Freunde einst herumgeschubst haben, sein Babyspeck umhüllt jetzt ein Stahlskelett. Als Komplize beim Vollbringen großer Taten wird er an die Schule zurückkehren, als Legende, und die anderen Jungen werden sich auf ihn stürzen wie Ameisen auf Zucker. »Du kannst wirklich stolz auf deinen Mann sein«, sagt Bibhuti zu Ellen. »Er hat sich tapfer geschlagen.«

»Bin ich auch«, sagt Ellen. »Er hat immer sein Bestes gegeben.«

Ein Fiebertraum könnten wir sein. Ich beobachte mich dabei, wie ich mich von ihm löse, und mir kribbelt die Haut. Mitleidig ruhen Deine Augen auf mir. Ich bin nichts als eines Deiner Kinder, das sich im Wettrennen um den Preis für das schnellste Leben verlaufen hat.

Bibhuti sackt zusammen und stürzt. Zoom auf seinen niedergestreckten Leib. Einen Augenblick lang ist es still, dann breitet sich Verwirrung aus. Ein Raunen geht durch die Menge. Jolly Boy kommt ins Bild, er kniet an der Seite seines Vaters. Er streichelt dessen Arm, schüttelt ihn leicht. Seine Mutter kommt hinzu. Sie schüttelt Bibhuti fester, sie ist schon hart geworden, wie nach Jahren der Trauer. Er rührt sich nicht. Der Himmel tut sich auf. Eine Anmerkung zum eitlen Zeitvertreib Deiner Kinder. Dicke Regentropfen hinterlassen ihre Spuren auf dem Objektiv und malen die Erinnerung an den Mann, der Bibhuti einmal war, in Wasserfarben.

Wir stehen da und sehen zu. Uns fehlen die Worte. Wir sind jetzt alle Freunde, und was geschehen ist, ist geschehen.

In Ellens Bett kann ich gut einschlafen. Ich treibe davon, umgeben von den Dingen, die sie mir von zu Hause mitgebracht hat. Ich kann mich noch an den beruhigenden Kick erinnern, den ich empfand, als ich mich mitten in ihren mit Spitzen besetzten, parfümierten Sachen wiederfand. Den frauenwarmen Gewändern, die mich daran erinnerten, dass ein anderer Mensch mich auserwählt hatte, ihn durch eine Welt voller Gefahren zu leiten. Ich empfinde wieder diesen Kick und sehne mich nach den Gefahren. Mit ihrem Geschmack auf der Zunge schlafe ich ein. Ich schlafe für uns beide, kuschle mich in eine Dunkelheit, die mir das Fett aus dem Fleisch zieht und mich so leicht macht, dass sie mich aus dem Sorgenstuhl heben kann.

Als ich aufwache, sind die Koffer gepackt, mit den kleinen Vorhängeschlössern darauf, damit ich sie einhängen und zuschnappen lassen kann. Ellens taube Finger sind nichts für kleine Sachen. Ich lange auf ihre Seite des Bettes hinüber, wo sie sitzt, und nehme ihre Hand. Drehe sie so, dass die Knöchel außen liegen, und lasse sie über meine Wange streichen. Es sollte verspielt wirken. Das Kratzen meiner Bartstoppeln klingt laut. Sie sieht traurig aus. Ich stelle mir vor, dass sie darüber nachdenkt, wie sehr sie eine männliche Hand vermissen wird.

»Du musst mich nicht bei dir behalten«, sage ich. »Wenn du nicht willst. Ich kann irgendwo hingehen, es gibt Orte nur zum Sterben. Dort gibt es ausgebildete Leute, die nehmen es nicht persönlich. Das ist einfacher.«

»Sei doch nicht albern«, sagt Ellen. Und dann verrät sie mir ein Geheimnis. Es sollte eigentlich kein Geheimnis sein, fühlt sich aber so an. Sie verrät mir, dass sie nie aufgehört habe, mich zu lieben.

»Einmal bin ich dir eine Schneekugel kaufen gegangen. Weißt du noch, dass ich dich immer so genannt habe?«

Das weiß ich noch. Ich friere ein. Ich bin schon so lange nicht mehr ihr Geheimnis gewesen.

Sie erzählt mir von einem Spielzeuggeschäft in der Stadt, mit Karussellen im Fenster und Schneekugeln in verschiedenen Größen, einem ganz altmodischen Laden, der Handgefertigtes verkaufte, solange es ging. Sie wollte mich überraschen. Das war der Tag, an dem ich sie beobachtet hatte und über den wir nie gesprochen hatten.

»Ich habe endlos lange gesucht, aber ich konnte nicht die Richtige finden. Die Auswahl war so groß, und ich wollte nichts falsch machen. Wenn ich die Falsche kaufte, würde das bedeuten, dass ich dich nicht mehr wirklich kenne. Ich fand die Idee so toll, ich war ganz begeistert von mir, als ich hingegangen bin, und malte mir aus, wie du gucken würdest, wenn ich sie dir schenkte. Es war schwierig gewesen mit uns, und ich wollte es wiedergutmachen. Du hattest dir so viel Mühe gegeben.«

Sie will etwas Schmerzliches aussprechen und tut es so tapfer, dass ich mich schäme, es nicht schon gewusst zu haben. Ich schäme mich für alles, was sie in mir gesehen hat.

»Dann habe ich einfach aufgegeben. Das warst alles nicht wirklich du. Aber nicht, weil ich dich nicht kannte. Deine war einfach nicht dabei. Wenn ich sie gesehen hätte, hätte ich es gemerkt. Ich wollte keine Kompromisse machen.«

Sie holt ein Geschenk für mich aus dem Koffer, hält es mir auf der Handfläche hin wie eine Opfergabe. Ich nehme es und packe es vorsichtig aus. Es ist eine der Schneekugeln, die ich aus dem Wasser gerettet habe, mit dem Kraftwerk.

»Die habe ich gefunden, als ich gerade angekommen war, bevor ich dich gesucht habe. Es gab sie in einem kleinen Souvenirgeschäft gleich beim Hotel, du kennst es wahrscheinlich. Sie waren gerade frisch eingetroffen, es war die Erste, die er in die Auslage gestellt hatte. Ich weiß nicht, warum, aber ich fand, sie passte. Mir gefiel etwas an ihrer Beliebigkeit. Na los, probier sie mal aus.«

Ich schüttelte sie. Das Wirbeln des Glimmers war wenig beeindruckend. »Perfekt«, sagte ich.

Ihr kommen die Tränen. Ich habe sie wieder. Am Ende hatte ich sie nie verloren. Ich lege die Arme um sie und lasse sie schluchzen. Sie ist Schnee genug für den Rest meines Lebens.

Die Geister des Mannes und der Kobra scheinen durch die weiße Tünche, und Harshad hängt seit Sonnenaufgang gebannt am Radio. Der Sturmlauf einer beliebten Ballade hält ihn von der Whiskyflasche fern, die fast voll ganz hinten auf dem Tresen steht. Alles funktioniert wieder. Jetzt hat er nichts mehr zu reparieren, und er kann endlich die Hände ruhen lassen. Noch vor dem Abend wird die Flasche ergriffen und geleert werden, aber immer wenn die Musik spielt, wird sie ihm ein wenig von seiner Traurigkeit nehmen, ihn ein wenig vom Vergehen einer Zeit abschirmen, die nicht von einer greifbaren Liebe aufgehellt wird, die ihn zu einem besseren Menschen macht. Alle Tage werden so für ihn vergehen. Ich kann nur hoffen, dass das Radio weiter funktioniert, damit die Musikdosen hoch genug bleiben, um ihn über Wasser zu halten.

Als ich an den Tresen trete, hört er auf zu singen. Mit einem hasserfüllten Blick macht er mich klein.

Ich frage ihn, ob er gehört habe, dass Bibhuti nicht mehr im Koma liege und alles gut werde.

Ja, das hat er. Es freut ihn. Es ändert aber nichts, das sehe ich ihm an den Augen an. Dass Bibhuti noch lebt, ist reines Glück. Reines Pech war, was ihm seine Frau, seine Finger und seinen besten Freund genommen hat. Und wenn er Glück hat, wird er noch erleben, dass seine Tochter in der Ehe ein Glück findet, das er nie gefunden hat. Er möchte jetzt einfach mit seiner Musik allein sein.

Ich halte ihm meine Hand hin. Ich danke ihm für alles. Ich habe nichts Besonderes im Sinn, ich will nur höflich sein. In der Vergangenheit bin ich undankbar gewesen und weiß heute, dass es falsch war. Seine verkrüppelten Finger sind weich, wie von Verbrennungen. Ich schüttele ihm die Hand länger als nötig, nur damit er weiß, dass mich nichts mehr ekelt.

Er kommt hinter seinem Computer hervor und bringt die Koffer nach draußen. Er steht dort, wo früher sein Freund saß und auf sein Wetter wartete. Von den erlittenen Verlusten ausgehöhlt, steht er da wie eine Regentonne. Der Regen stürzt in ihn hinein, klebt ihm die wüsten Haare an den Kopf. Aufrecht steht er da, das Gesicht zum Himmel erhoben, die Augen fest zugekniffen. Einen Augenblick lang sieht es so aus, als würde er so in den Himmel auffahren, wie der alte Mann mit den Göttern es sich erhofft hatte.

Lautes Hupen bringt ihn wieder zu sich. Das war die Hand von Jolly Boy am Lenkrad. Lachend hupt er noch einmal und erschreckt seine Mutter auf dem Rücksitz. Hinter dem Lenkrad sieht er klein aus, wie eine Erwachsenenparodie. Vom Beifahrersitz aus steuert Bibhuti das Auto an den Randstein. Er nickt, und Jolly Boy bremst mit einem Ruck. Bibhuti schleudert es nach vorne, er prallt an seinen Ganesha. Er fasst sich wieder und blickt zu mir auf. Er klopft auf das Zifferblatt einer imaginären Uhr, sein neuer Umgang mit dem Schmerz macht ihn ungeduldig. Wir müssen los.

Mein letzter glorreicher Sieg (2010)

37

Voller Stolz will ich von meinem jüngsten Weltrekord berichten, der auch mein letzter sein wird, so hat der Allmächtige es beschlossen. Der Rekordversuch ging fast glatt über die Bühne, das einzige kleine Problem lässt sich auf seinen extremen Schwierigkeitsgrad zurückführen, der sich mit anderen Mitteln nicht bewältigen lässt. Meine Erinnerung an das Ereignis weist leichte Lücken auf, aber alle wichtigen Augenblicke wurden auf Film aufgezeichnet und im Gedächtnis aller Anwesenden, besonders meines großen Freundes John Lock, der mich mit ungetrübter und unvergleichlicher Tatkraft und Entschlossenheit zu Glanz und Gloria anspornte. Elf zerschlagene Baseballschläger in einer Minute und siebenunddreißig Sekunden. Die Ratifizierung durch Guinness steht noch aus. Mein Körper ist nicht länger der Käfig meiner Träume. All meine Träume sind nun aus ihm befreit, erkunden die Welt und kehren mit Nachrichten aus den sieben Weltmeeren und den Ländern dahinter zu mir zurück. In allem ist Gott, und er kennt den besten Weg zum Glück. Ich bin ihm immer sicheren Schrittes gefolgt, bis der Endpunkt meines Weges erreicht war.

Die Schmerzen sind sein Geschenk. Sie sagen mir, dass meine Arbeit getan ist. Daran gibt es keinen Zweifel. Diesen Bericht mit den Fingern einer Hand zu tippen ist eine Geduldsprobe, die mir die Wartezeit auf weitere Anweisungen für mein nächstes Abenteuer als hoch qualifizierter Mann verkürzt.

Sie fragen sich vielleicht, warum ich nicht bedaure, dass ich mein Ziel von fünfzig Schlägern nicht erreicht habe. Aber da kann es im Grunde kein Bedauern geben. Was ich durch die große Rekordshow und auf dem Weg dorthin gewonnen habe, ist zu viel, als dass ich Zeit auf Grübeleien über das verschwenden möchte, was hätte sein können. Mein Gewinn ist ein neuer Freund in Gestalt von John Lock, den ich auf ewig im Herzen tragen werde. Wenn der Allmächtige ihn von seiner Krankheit befreit hat, werden wir viele schöne Augenblicke gemeinsam erleben. Er wird mich dann noch mehr über die Bedeutung von Güte und Freundlichkeit lehren, als er es jetzt schon getan hat. Auch herrliche Momente der Komik wird es geben, wie in früheren Beispielen erlebt, etwa als er sich zum ersten Mal im Yoga versuchte oder als er immer wieder im Badminton geschlagen wurde, was Jolly Boy jedes Mal ein Lächeln ins Gesicht zauberte. Außerdem sind elf Schläger eine beachtliche Zahl, die nie von einem anderen übertroffen werden wird. Alles ist genau meinen Wünschen entsprechend geschehen.

Als ich zum ersten Mal auf den Extremsportgedanken kam, konnte ich nicht auf die Laufbahn hoffen, auf die ich nun zurückblicke. Das liegt nun viele Jahre zurück, ich war ein junger Mann, der ohne Frau oder Kind und mittellos aus meinem Heimatort in Mumbai ankam. Alles, was ich damals hatte, war der Glaube an die Verheißung des Schicksals, mir täglich Brot und Schutz zu geben. Zwanzig kurze Jahre später halte ich an die vierzehn Weltrekorde unter den Bannern von Guinness und Limca, mit einer Erfolgsbilanz als Trainer junger Rekordbrecher und vielen weiteren Hochleistungen auf dem Buckel, so habe ich zum Beispiel die Sicherheit bei Konkan Railway verbessert und durch Enthüllungen auf den Seiten meiner Zeitung korrupte Beamte der gerechten Strafe zugeführt. Alles zum Nutzen meiner Gemeinde und um dem einfachen Mann Respekt zu verschaffen. Welch Ergebnis! Ich habe nicht die leiseste Ahnung, wie das möglich war. Ich bin der Sohn eines Bauern und Aktivisten für soziale Gerechtigkeit, mehr nicht.

Ich wollte meine Erinnerungen an alle Rekorde teilen, die ich mit den Jahren aufgestellt habe. So lautete mein Plan, als es mir zum ersten Mal einfiel, meine Memoiren zu schreiben. Es gibt noch viele Rekorde, die hier nicht vorgekommen sind, etwa das Einarm-Radschlagen auf den Fingerknöcheln, die Liegestütze auf den Fingerspitzen, das Fahren mit dem Rad über den Körper usw. Aber das war damals, als es so aussah, als könnte ich meine Meisterleistung nie vollbringen. An einem Tiefpunkt ohne jede Aussicht auf finanzielle Sicherheit. Die Schläger lagen da und warteten, aber es gab niemanden, der sie in die Hand nehmen wollte. Mit der Ankunft von John Lock änderte sich dann ganz unvermittelt alles. Nun hat mein Einsatz ein angemessenes Ende gefunden, wie man es sich auf Film ansehen kann, und für Rückblicke gibt es keinen Anlass mehr.

Heute blicke ich nur noch in die Zukunft und freue mich auf den Augenblick, wenn meine Knochen verheilt sind und ich meinen neuen Weg wieder auf eigenen Beinen beschreiten kann, so wie Gott ihn mir weisen wird. Ich warte auf seine nächste Einflüsterung, seine Anweisungen. Ich habe keine Eile. Ich werde sehr geduldig sein und den nächsten Schritt erst gehen, wenn ich mir meiner sicher bin.

Rama, der Feuerschlucker, hat mich wieder im Schlaf besucht. Ich wusste nicht, dass ich mit Knochenbrüchen in einem Krankenhausbett liege und die Schwestern mir Gift in den Leib pumpen. Ich dachte, ich wäre wieder in meinem Heimatort. Es war schön, dort zu sein. Frei von den Alltagssorgen der Großstadt, die Menschen so viel gelassener, sie rennen nicht durcheinander wie die Ratten. Mein Vater ließ mich wieder die Ziegen hüten, wie früher. Ich passte auf der Weide auf sie auf. Alles rundum war still, Natur im Überfluss. Wenn die Vögel über mich hinwegflogen, grüßten sie mich, und die Schlangen zu meinen Füßen wünschten mir einen guten Morgen. Es war ganz friedlich, und es gab keinen Schmerz, weder in mir noch sonst wo auf der Welt.

Ich sagte mir gerade, wie schön das Leben war, als Rama aus dem Wald trat. Er schenkte mir ein breites Lächeln und kam, mir die Hand zu schütteln. Ich hatte ihn lange nicht mehr gesehen, aber die Freude, die ich darüber empfand, dass wir wieder vereint waren, ließ die langen Jahre des Wartens wie nichts erscheinen. Sie flogen davon, wie ein Vogel. Ich war älter geworden, er aber hatte sich nicht verändert. Sein Bart leuchtete noch immer wie Feuer, und er war noch immer nackt bis auf den Lendenschurz. Vor allem aber trug er noch immer seine Feuerschluckerfackel. Das freute mich sehr, obwohl sie während unserer Unterhaltung nicht angezündet wurde.

Die nächste Überraschung dann, als Gopal Dutta hinter ihm aus dem Wald trat. Er war auch Feuerschlucker geworden. Er sagte kein Wort. Er schluckte stattdessen immer wieder das Feuer seiner Fackel. Von Kopf bis Fuß war er eingehüllt in eine Anmutung völliger Zufriedenheit und natürlicher Abgeklärtheit. Das war ein schöner Anblick, und er überzeugte mich davon, dass allen Menschen im Tod dieser Segen zuteilwird.

Ich wagte kaum, mit Rama zu sprechen, weil ich ihn nach unserer Wiederbegegnung nicht gleich wieder verscheuchen wollte. Die ganze Szene fühlte sich an wie ein Zauber, den ich nicht brechen durfte. Schließlich redete ich ihn an. »Ich warte schon sehr lange auf dich«, sagte ich.

»Ich weiß«, sagte Rama, der Feuerschlucker. Der Wind schlief ein, während er sprach, und so hörte man nichts als seine Stimme und meine. Die Sonne in seinem Rücken sah uns aufmerksam zu, als wären wir Schauspieler, als würde es bald dramatisch werden.

»Warum bist du erst heute zurückgekehrt?«, fragte ich ihn.

»Vorher hast du mich nicht gebraucht«, antwortete er.

Ich dachte darüber nach und merkte, dass er recht hatte. Ich brauchte ihn erst, als er erschien. Zwischen seinem ersten Besuch und diesem hatte ich die Last meines Schicksals alleine tragen können.

Er fragte mich, wie es mir gehe. Es gehe mir gut, sagte ich. Ich fragte ihn, wie es ihm gehe. Ihm gehe es auch gut. Er habe meine Rekorde aufmerksam verfolgt. Man habe ihm alle Gerüchte über meine Unternehmungen zugetragen. Selbst auf seinen geheimsten Reisen habe er immer von meinen Aktivitäten gehört. Er sei sehr stolz darauf, zu jenen zu gehören, die dieses Feuer in mir entzündet haben. Er habe das nicht gewollt. Es sei ihm nicht als Pflicht auferlegt worden, sagte er. Es sei allein mein Verdienst, und er sei nur Zeuge. Ich glaubte ihm nicht. Ich wusste, dass der Allmächtige ihn mir gesandt hatte. Aber ich widersprach ihm nicht, das wäre respektlos gewesen. Die Wahrheit kam ans Licht, als er mir sagte, ich müsse meine Extremsportlerlaufbahn subito beenden. Er habe eine Vision gehabt und gesehen, dass ich in großer Gefahr sei, wenn ich weitermachte. Er mache sich Sorgen um mich und bitte mich aufzuhören.

Das wollte ich zuerst nicht akzeptieren. Ich tat, als hätte ich es nicht gehört. Ich tat stattdessen so, als hätte er mich zu einem neuen Rekordversuch gedrängt. Aber ich machte mir etwas vor. Das ist mir heute klar. Was er mir sagen wollte, war eindeutig. Er beharrte darauf, dass er aus rein privatem Interesse gekommen sei, aber ich weiß, dass er ein Bote war. Ich weiß endlich, dass ich von alten Lasten befreit bin.

Wir saßen lange zusammen. Wir sagten nichts mehr. Mein Herz war ruhig, und eine herrliche Müdigkeit legte sich auf mich wie eine Decke. Der Feuerschlucker Rama stand auf und ging zurück in den Wald. Am Waldrand hielt er inne und winkte mir zu. Dann drehte er sich um und war fort. Ich wusste, dass ich ihn nie wiedersehen würde. Das war in Ordnung, denn er ließ mich mit dem sicheren Gefühl zurück, dass eine tiefe Wahrheit über mein Leben mich in die Arme geschlossen hatte.

Nun bin ich wieder im Kreise meiner Lieben. Mein Freund John Lock bereitet sich auf seine Abreise vor. Er wird in seine Heimat zurückkehren und dort alles regeln. Dann wird er mich wieder besuchen. Darauf hoffe ich, und darum bete ich.

John Lock hat meinen Sohn »Jolly Boy« genannt, und so rufe ich ihn nun auch. Das gefällt ihm sehr. Während ich langsam wieder zu Kräften komme, hält er mich mit Aufnahmen meiner Rekorde bei Laune. Im Augenblick habe ich das Gefühl, einem völlig anderen Menschen zuzusehen als mir selbst. Aber all das wird sich ändern, wenn ich wieder zu Kräften komme.

»Ich helfe dir, den nächsten Rekord auszusuchen, Baba«, hat er heute gesagt. »Das wird der größte von allen.«

»Es wird keine Rekorde mehr geben«, war meine Antwort. »Dein Baba ist am Ziel seiner Reise. Jetzt wird er etwas anderes machen.«

Das konnte der Junge nicht verstehen. Er sah sehr traurig aus. Vielleicht hatte er gedacht, sein Vater würde sich zu stark verändern, wenn er nicht mehr auf sein besonderes Ventil zurückgreifen konnte. Ich musste ihm diese Angst nehmen.

»Vielleicht versuche ich noch einmal, mit den Haaren die Lokomotive zu ziehen. Ich glaube, diesmal weiß ich, wie es funktionieren könnte. Alles hängt davon ab, wie man die Haare befestigt. Ein starker Klebstoff kann Wunder wirken, wenn Guinness das erlaubt.«

Das Ergebnis schien Jolly Boy zu befriedigen. Meine Frau weniger, aber wenn es darauf ankommt, die Familienbande zu stärken, werde ich sie überzeugen.

Ich kann es kaum erwarten, wieder gesund zu sein und draußen die frische Luft zu atmen. Ich kann den Regen niederprasseln hören und träume, auf den unter dem Wasser verborgenen Straßen meiner Stadt Räder zu schlagen. Bald wird der Monsun vorüber sein, und der Alltag wird wieder einkehren. Ich werde meinen Freund vermissen, aber ich werde mich damit beschäftigen, Dank zu sagen und mir ein neues Ziel zu setzen. Ich habe großes Glück, dass ich in einer Zeit lebe, in der Gottes Liebe großzügig auf der ganzen Welt verteilt wird. Wir haben eine einzige Lebensspanne von hundert Jahren oder weniger, und mit vegetarischer Kost und positivem Denken ist alles möglich.

Danke schön.

38

Ich habe mich ans Lenkrad gesetzt. Bibhuti möchte mich neben sich haben. Wir sind einander nah wie zwei Brüder, und ich tröste ihn über seine Schmerzen hinweg. Außerdem könnte dies für mich die letzte Gelegenheit zum Autofahren sein, und mich ans Steuer zu lassen ist eine gute Tat, die seine Liebe tief in mir verankert. Diese Liebe werde ich mitnehmen. Wenn der Winter kommt, wird sie mir Kraft geben. Das sind seine eigenen Worte, und ich glaube sie ihm. Er hat vom englischen Winter gehört, wie kalt es wird und dass es echten Schnee gibt. Er möchte mir über alle sieben Weltmeere hinweg eine warme Strömung sein.

»Wenn unsere Gebete erhört worden sind, kommst du uns wieder besuchen. Bis dahin musst du dich warm halten. Unser Sonnenschein wartet auf dich.«

»Er ist ein lieber Junge.«

»Nein, unsere Sonne. Wegen der Hitze. Sie wird deine Gesundheit völlig wiederherstellen.«

»Ach so.«

»Jolly Boy wird auch auf dich warten.«

Ich drehe mich um und sehe ihn ungeduldig zwischen den Sitzen klemmen. »Stimmt das? Wirst du dich an mich erinnern?«

Jolly Boy grinst und legt den Kopf schief; eine Demutsgeste. »Wir könnten nach Tadoba fahren«, sagt er. »Wenn wir meinen Tiger finden, darfst du ihn auch streicheln.«

»Das klingt doch gut.«

Bibhuti fasst mir ins Lenkrad und steuert uns um einen toten Hund herum. Wir streifen den Kadaver, und er kullert ein Stück über den sanften Abhang, der uns zum Creek hinunterlockt.

»Augen auf die Straße«, schimpft Bibhuti, nach der Anstrengung, das Steuer herumzureißen, von Schmerz durchzuckt. »Wir müssen dich in einem Stück am Flughafen abliefern.«

Der Verkehr kriecht über die Brücke, immer bedacht, nicht zu viel Gewicht auf eine Welt zu legen, die von der Dauerattacke des Regens weich und wackelig geworden ist. Mehr Menschen als sonst sind zu Fuß unterwegs, weil sie ihrer eigenen Leichtigkeit mehr vertrauen als der klobigen Schwere von Gummi und Stahl; nach Monaten der Auflösung haben sie mit dem Gedanken, fortgespült zu werden, ihren Frieden gemacht. Behände schlängeln sie sich zwischen den Stoßstangen hindurch, Regenschirme verbergen ihre Gesichter, nasse Finger fahren über Motorhauben und suchen kurz an Seitenspiegeln Halt, während die Autos die Menschen in Richtung Brückengeländer abdrängen und zum Hinunterspringen einladen.

Der Bach umspült unsere Knöchel, die grauen Fluten verwüsten das im Rückzug befindliche Land, und heldenhafte Schwimmer kreuzen auf dem Rücken das Kielwasser eines zum Leben erwachten Gottes.

Unten auf dem Wasser geht Ganesha baden, sitzt in stiller Meditation auf einem Holzfloß, und der Wellengang rüttelt ihm die Stoßzähne aus dem Kopf. Meine Wahnvorstellungen müssen eingesetzt haben, als die Söldnerzellen sich breitgemacht haben und das Blut in meinen Adern zu Quecksilber geworden ist. Der Elefantenkopf dreht sich in meine Richtung, und ich kann sehen, dass die großen aufgemalten Augen im Angesicht des Untergangs frei von Angst sind. Ich kann sehen, dass er leblos ist, unfähig, sich zu fürchten.

»Heute ist der erste Tag von Ganesh Chaturthi«, sagt Bibhuti. »Das ist hier ein wichtiges Fest. Es feiert die Geburt von Ganesha. Überall fertigen die Menschen Statuen von ihm an und lassen sie schwimmen. Das soll Wohlstand bringen.«

Wild dreht die Statue sich in der Strömung, Symbol einer Intervention gegen den Zufall. Die Schwimmer stehlen sich heran, um ihren Rumpf wieder auszurichten, mit den Augen auf die Mündung des Bachs. Ein Hauch Seeluft ordnet ihr die vielen Glieder; ihre Reise haben die Männer vorgezeichnet, die ihr den Ton angerührt und die Ringe auf die dicken Finger und Zehen gemalt haben. Nichts ist hier dem Zufall überlassen, alles ist das vorherbestimmte Ergebnis Tausender Verhandlungen und zahlloser Ängste, im Ofen eines gründlichen Glaubens zu amulettgroßen Statuetten gebrannt. Die Schwimmer schließen sich zusammen und drehen ihren Ganesha so, dass er der Zukunft zugewandt bleibt. Wenn der Regen nachlässt, wird sein Antlitz Diamanten aus dem Schlamm zaubern.

Ein Mann stellt seinen Regenschirm ab und springt lächelnd von der Brücke. Er paddelt wie ein Hund, er will dabei sein. Die Wellen nehmen ihn mit offenen Armen auf. Er geht unter. Es sieht aus, als wäre er verloren. Kurz darauf wird er zum Jubel seiner neuen Freunde wieder herausgefischt. Mühselig bringt er sich auf Ganeshas Floß in Sicherheit und legt der Statue dankbar einen Arm um den Fuß. Von den Opfergaben der Götter und Menschen besänftigt, lösen die Wolken die verschränkten Finger, und blauer Himmel scheint auf. Und ich weiß, dass ich nie wieder einen so lichten Morgen erleben werde, erfüllt von so herrlichem Lärm, wie diesen.

In ironischer Verehrung neigen sich mir die Flughafenpalmen zu, als ich zum letzten Mal die indische Sonne genieße und vor dem Abflugterminal die Beine ausstrecke. Mein letzter Atemzug in indischer Luft fällt hingebungsvoll aus und tief. Diesel und Scheiße und Blut und Regen. Limetten und Schweiß und die naturgegebene Morgendämmerung.

Die Zeit schließt mich in die Arme. Die Gedanken laufen mir davon. Ich schließe die Augen und nehme alles in mich auf.

Der Schlag kommt von hinten. Eine Faust auf den Hinterkopf, ich kann sie hören, bevor ich sie spüre. Ich gehe in die Knie. Als ich den Kopf hebe, steht der Angreifer über mir, bebend und mit wildem Blick. Bibhuti reckt den Kopf aus dem Auto und beschimpft ihn. Der Mann ist jung, ein Muskelprotz. Ich erkenne ihn aus Bibhutis Kurs wieder. Einmal habe ich gesehen, wie er mit einem gewaltigen Satz auf den Kopf eines Mannes losging. Ich bleibe unten und krieche langsam aus der Reichweite seiner Füße.

»Was soll das denn?«, will Ellen von ihm wissen.

Er ignoriert sie. Er lauscht seinem Sensei, der ihm klarmacht, was für einen Fehler er begangen hat.

Bibhutis Frau sieht mich auf allen vieren. Ein Lächeln erlaubt sie sich nicht, aber in ihren dunklen Augen blitzt Zufriedenheit auf, in den Augenwinkeln. Hier gehöre ich hin. Ein besseres Ende hätte sie mir nicht wünschen können. Mein Hinterkopf schmerzt. Ich taste ihn ab und habe Blut an den Fingern. Das Blut ist ein Geschenk, wie auch der Schmerz. Ich atme und blute auf der Flucht vor der Zeit. Mein Leben ist doch kein Traum gewesen.

Bibhuti bringt den Mann zur Vernunft, und der hilft mir hastig wieder auf die Beine, zieht mich mit einer Hand ins Stehen, als hätte ich überhaupt kein Gewicht. Er überschüttet mich mit Entschuldigungen. Er habe mich für einen Feind seines Meisters gehalten. So sei es in der Presse dargestellt worden. Die Wahrheit habe er nicht gekannt. Ob ich ihm vergeben könne?

Ich spucke etwas Blut. Ich habe mir auf die Zunge gebissen. Keine Sorge, sage ich ihm.

Er läuft ins Flughafengebäude und kommt mit einem Rollstuhl für Bibhuti zurück. Wir helfen ihm hinein, und Jolly Boy saust herbei, lädt unser Gepäck auf einen Kofferkuli und schiebt ihn zur Tür. Der Mann bietet sich an, beim Wagen zu bleiben. Er wird von Schaulustigen seiner Attacke belagert. Er erzählt ihnen, wer wir sind, und sie folgen uns hinein, weil sie einen Blick auf den berühmten Krüppel erhaschen wollen und auf den Mann, der ihm die Beine zerschlagen hat.

Kühle Luft. Das Drinnen ist international. Indien liegt schon hinter mir. Die Schaulustigen halten uns auf, legen Bibhuti Hände auf Schultern und Arme, tätscheln ihn wie weichen Ton, hinterlassen die Abdrücke ihrer Finger in ihm, für die Vorsehung. Ein paar hocken sich neben ihren Helden und lassen sich fotografieren. Als die Sicherheitsleute die Finger an die Abzüge legen, treten sie den Rückzug an. Wir rollen durch die Wartehalle und sehnen uns dabei alle heimlich nach dem Augenblick, da wir die anderen abschütteln können, nachdem wir uns alle auf unsere eigene Weise auf die Nerven gegangen sind. Jolly Boy quält sich damit ab, den krummen Kofferkuli auf gerader Spur zu halten. Wir lachen über seine vergurkten Versuche, edel wie ein Schwan dahinzuziehen. Ich weiß, dass ich ihn nie wiedersehen werde, und mich überfällt ein Kummer, den ich mit Dampfplauderei überdecke.

»Wirst du an deinem Buch weiterarbeiten?«, frage ich Bibhuti.

»Natürlich«, sagt er. »Meine Geschichte ist noch nicht zu Ende.«

Ich danke ihm, dass ich ein Teil davon sein durfte.

»Mehr als ein Teil. Der größte Teil. Wenn du wiederkommst, wird das Buch fertig sein. Dann kannst du lesen, was ich geschrieben habe.«

Seine gut gemeinten Lügen tun mir im Herzen weh.

Das Mädchen am Check-in sieht, dass mir Blut in den Nacken läuft, und bietet mir ein Papiertaschentuch an, zum Abtupfen. Als die Koffer abgefertigt sind, steuert Jolly Boy den Rollstuhl und läuft mit mir zur Sicherheitskontrolle; die Schreckensschreie seines Vaters hallen vom sonnengesprenkelten Marmor wider. Die Menschen leeren ihre Taschen, nehmen die Gürtel ab und ergeben sich nervös einer Illusion von Sicherheit. Ich hole mein letztes indisches Geld aus der Tasche und gebe es Bibhutis Frau. Es ist nicht als Bestechung gemeint, und ich erhoffe mir keine Vergebung von ihr. Ihr letzter Eindruck von mir soll einfach der eines Mannes sein, der selbst für seine Schulden aufkommt.

Sie flüstert einen Dank dafür, dass ich ihr ihren Mann zurückgebracht habe.

Ich beuge mich hinunter und küsse Bibhuti auf den Hals, einen braunen Flecken zwischen den Gipsverbänden. Ich spüre einen kurzen Krampf, er zuckt zurück, dann entspannt er sich wieder. Ich nehme seine Witterung auf, dann fasse ich Ellen am Arm und führe sie hinter die Sicherheitsabsperrung. Ich ziehe meine Schuhe aus, bevor ich darum gebeten werde. Als ich alles in die Schale gelegt habe, drehe ich mich um, und mein Freund ist fort. Gemächlich schlendern die Männer mit den Maschinenpistolen im Kreis herum, und die Lampen über ihnen lassen alles älter aussehen.

Über die Wellblechdächer geht der Flug, und das Affenmädchen Rebati winkt uns aus ihrem Traumhaus zu. Die kleineren Kinder hören kurz auf, ihr das Gesichtshaar zu Zöpfen zu flechten, blicken in den Himmel auf und fragen sich, was für Schätze sich wohl im Bauch dieses Flugzeuges verbergen mögen und wo sie hingeschafft werden. Ich glaube, dass ich in der Bucht noch viele Ganesha-Statuen treiben sehen kann. Die Sonne spiegelt sich in ihren Rümpfen wider, die sich dem unaufhaltsamen Sog des Meeres entgegenstellen. Ich bin eine Frucht ohne Kern. Das dunkle Herz wurde aus mir herausgelöffelt, und ohne seine einheitsstiftende Masse sinkt mein Fleisch in sich zusammen. Welch herrliches Hinsinken. Alles singt mit neuer Süße, und ich bin müder als je zuvor. Ich löse den Sitzgurt und drücke Ellen die Hand.

Ein Schlaf genügt, wenn er nur tief genug ist. Ein Schlaf, der ein ganzes Leben aufwiegt auf unserem Flug gegen die Uhr. Jetzt gibt es nichts zu tun, als erinnern und warten. Das Fahrwerk wird eingezogen, und die Augen fallen mir kampflos zu. Ich sehe ein orangenes Blitzen und höre ein Grollen, eine Warnung, dann Unterwerfung. Das Letzte, was ich spüre, ist das Kitzeln von Fell an meinen Fingerspitzen. Ich habe einem Tiger den Schwanz gestreichelt, und es hat ihm offenbar nichts ausgemacht.

ANMERKUNG DES AUTORS

Bibhuti Nayak gibt es wirklich, und viel von dem, was Sie in diesem Buch gelesen haben, ist wahr. Sein Wesenskern ist in der Romanfigur aufgehoben, die seinen Namen trägt, und manche der Heldentaten, die sie vollbracht hat, haben sich wirklich ereignet – darunter viele der Rekorde –, aber wo es für die Geschichte erforderlich war, habe ich Dinge erfunden oder ausgeschmückt. Bibhuti hat mich gern gewähren lassen; er hat mich sogar dazu ermutigt. Wenn Sie mehr über den echten Bibhuti erfahren möchten, suchen Sie bitte online seinen Namen.

Stephen Kelman

DANKSAGUNG

Mein tiefer Dank gilt Bibhuti Bhushan Nayak, der mich mit seiner Geschichte beschenkt und mit seiner Freundschaft gesegnet hat. Dieses Buch ist seiner Großzügigkeit entsprungen, und seine Haltung zum Leben gibt mir jeden Tag. Kraft.

Meine aufrichtige Wertschätzung möchte ich Smruti and Shubham (Jolly Boy) zum Ausdruck bringen für ihr Vertrauen. Dafür gilt mein Dank ebenso Jagatdeep Singh. Zahlreichen Einwohnern von Mumbai und Navi Mumbai bin ich für ihre Freundlichkeit, ihre Ermunterung und Neugier verpflichtet. Diese Seiten sind von ihrem Leben durchdrungen, sie haben mich unsagbar bereichert.

Bibhuti ist mir zum ersten Mal in der Dokumentarserie *Paul Merton in India* auf Channel 5 begegnet. Ich möchte mich bei Paul dafür bedanken, dass er Bibhutis Einladung annahm, ihn in die Scham zu treten, ein Akt des Anstands und der Tapferkeit, aus dem schließlich dieses Buch und eine Freundschaft, die mein Leben verändert hat, entstanden sind.

Meine Gattin Uzma ist geduldig mit mir durch alle Höhen und Tiefen gegangen, die das Bücherschreiben mit sich bringt, und ohne sie hätte ich es nie geschafft.

Das Gleiche lässt sich von Jo Unwin und Clare Conville sagen, meiner früheren und meiner heutigen Agentin, die mir zu Freundinnen geworden sind und deren Unterstützung und Geschick das Unglaubliche Wirklichkeit werden lassen, und von Helen Garnons-Williams, meiner Lektorin, deren Klugheit und Sensibilität mich um die Klippen der Eitelkeit herumschiffen. Mit David Llewellyn hat alles begonnen, und das vergesse ich ihm nie.

Ich stehe tief in der Schuld meiner Eltern (Jagannath und Shanti), die mich in diese schöne Welt gesetzt haben. Dank geht an meinen Journalistenfreund R. Ramesh, der mich anspornte, manch einen Meilenstein zu erreichen, und der mir eine große Stütze war. Dank dir, Dr. Vijay D. Patil, einem Visionär und Sportbegeisterten, der immer überaus großzügig zu mir war. Dank meinem Freund Charanjeet Singh Parwana, der mich ins Licht der Öffentlichkeit gezerrt hat. Tief empfundener Dank an meine Schüler D.B. Chand und Mahesh Vishwakarma dafür, dass sie mir auf meiner beschwerlichen Reise beiseitestanden. Neelam Patil gebührt als Freundin der Familie besonderer Dank für ihr impulsives und selbstloses Handeln. Ich danke auch meinen ewig jungen Freunden Hruday R. Mohanty, Abhishek Yadav und Narenda Kamath, dass sie bei mir sind, geduldig und unkompliziert. Mein tiefernster Dank gilt Stephen und Uzma, dafür dass sie nach Jahrzehnten des Kämpfens, der Armut und Widrigleiten wieder Fröhlichkeit in mein Gesicht brachten.

Bibhuti Bhushan Nayak
Navi Mumbai
Dezember 2014

Der neue Roman einer der besten Stimmen der französischen Literatur

* Cover- und Preisänderungen vorbehalten

Thomas Reverdy

Es war einmal eine Stadt

Roman

Aus dem Französischen von Brigitte Große
Berlin Verlag, 288 Seiten
€ 22,00 [D], € 22,70 [A]*
ISBN 978-3-8270-1345-3

Kinder verschwinden spurlos, ganze Häuserzeilen verfallen, menschenleere Straßen. Die Korruption feiert Triumphe, während eine ganze Stadt Schiffbruch erleiden – Detroit ist zum Symbol des amerikanischen Niedergangs geworden. Und hier will Eugène, ein französischer Geschäftsmann, ganz neu anfangen? Stattdessen wird er sich verlieben und den Blues lernen …

Leseproben, E-Books und mehr unter www.berlinverlag.de